DE OORLOGSBRUID

Wil je op de hoogte worden gehouden van de romans van Orlando uitgevers? Meld je dan aan voor de nieuwsbrief via onze website www.orlandouitgevers.nl.

NANCY RICHLER

De oorlogsbruid

Vertaald uit het Engels door Tjadine Stheeman

ORLANDO
uitgevers

Dit boek kwam mede tot stand dankzij een subsidie van
Canada Council for the Arts.

 Canada Council   Conseil des Arts
for the Arts   du Canada

ISBN 978 90 229 6171 1
NUR 302

www.orlandouitgevers.nl
www.leescluborlando.nl

Voor Janet en Martin
En voor Vicki

Jij die ik niet kon redden,
Hoor mij aan.
Begrijp mijn eenvoudige taal,
voor een andere zou ik me schamen.
Ik zweer: in mij is geen toverkunst van woorden.
Ik spreek zwijgend tot jou, als een wolk of een boom.

Czeslaw Milosz, 'Voorwoord', Warschau 1945

HOOFDSTUK I

In een zijkamertje van een grote feestzaal in Montreal zat Lily Kramer zwijgend tegenover haar kersverse echtgenoot. Het was zomer en het was warm in de kamer. Er waren geen ramen en geen deur, alleen een gordijn waarachter de gasten – van wie ze eigenlijk niemand kende – bezig waren taart en haring met glaasjes brandewijn en wodka weg te spoelen. Lily en haar man zaten aan weerszijden van de sofa waarop ze – zo nam Lily aan – hun huwelijk moesten consummeren.

Voor de sofa stond een tafel met vruchten en hardgekookte eieren. Haar man pakte een pruim die hij tussen zijn vlakke handen rolde. Hij heette Nathan en ze kende hem pas een week. Eigenlijk had ze met zijn broer, Sol, zullen trouwen, een man met wie ze had gecorrespondeerd, maar die ze nog nooit in levenden lijve had ontmoet. Toen ze echter uit de trein was gestapt, had hij haar heel even aangekeken en besloten dat hij haar niet wilde hebben. Lily keek hoe Nathan de pruim tussen zijn handen rolde en vroeg zich af wat zijn broer zo afstotelijk aan haar vond.

Nathan pakte een mesje en trok de schil van de pruim er in repen af. Ze hadden elkaar nog niet aangeraakt, niet eens een druk van een hand of mond toen ze in de echt werden verbonden. Ze kon het aantal blikken dat ze hadden uitgewisseld nog steeds tellen, de eerste op de bank in het huis waar ze logeerde; ze schaamde zich zo erg over de afwijzing dat ze hem amper in de ogen durfde te kijken toen hij haar namens zijn broer en de gehele familie excuses kwam aanbieden.

'Kan uw broer niet eens zelf zijn excuses komen aanbieden?' had ze gevraagd. Haar schaamte verbaasde haar, stelde haar teleur. Ze had geen zin tijd – of energie – te verspillen aan een man die alleen al bij de aanblik van een vrouw de benen nam. Althans, zo had het geleken.

'Nee, niet eens,' had Nathan geantwoord.

'Geen groot verlies dan,' had ze op geforceerd luchtige toon gezegd. Ze was twee oceanen overgestoken om met deze Sol te trouwen. Verder had ze niets of niemand meer.

'De grote verliezer is hij,' had Nathan zachtjes opgemerkt.

Ze had verwacht dat hij daarna weg zou gaan, haastig de aftocht zou blazen na het wangedrag van zijn broer, maar dat deed hij niet. Hij bleef onrustig wiebelend voor haar staan.

'Wilt u niet gaan zitten?' had ze uiteindelijk gevraagd.

Zijn ogen waren warm en bruin; ze straalden geen medelijden uit. Wat hij zag leek hem te bevallen. Zijn blik had iets broeierigs.

De volgende dag was hij al terug om hun verloving officieel te maken. Vanwaar die haast? vroeg Lily zich af toen hij opnieuw voor de deur stond. Het was niet zo dat de vrijers voor haar in de rij stonden, dat ze door een ander zou worden weggekaapt als hij haar niet snel voor zich opeiste. Maar toen begreep ze het, dat dacht ze tenminste. Het was de blos op haar wangen toen hij voor het eerst de kamer binnenkwam, de neergeslagen blik die ze zich dwong omhoog te richten, haar opgeheven kin in weerwil van wat ze voelde. Hij was teruggekomen om haar schaamte weg te nemen. Hij had getuigen en cognac bij zich – en weer die broeierige blik in zijn ogen. Hij was een gelukkig mens, dacht Lily op dat moment. Zijn verlangen zette hem aan tot goede daden.

'Spreek je Engels?' had hij haar die dag gevraagd. Tot nu toe hadden ze Jiddisj met elkaar gesproken.

'Kaartje,' had ze in het Engels geantwoord. 'Brood. Neef. Koffer.'

Haar Engels was goed, praktisch vloeiend zelfs. Alleen was ze op dat moment zo boos dat ze net deed of ze het gebrekkig sprak, boos omdat hij dacht dat zij de domste van hen tweeën was – terwijl ze vijf talen sprak en zich in nog een paar andere wist te redden, zij die mensen over grenzen had gesmokkeld die hij niet eens op de kaart kon vinden. Woede vooral dat ze zo geëindigd was, dat ze blij mocht zijn dat Nathan Kramer haar wilde hebben. Zij, die vaak op het randje van leven en dood had verkeerd, zou nu langzaam wegteren in dit bleke hiernamaals van haar eigen leven.

'Vrijheid,' somde ze verder op. 'Knopen. Trein.'

'Knopen?' vroeg hij glimlachend.

'Eisenberg,' zei ze, doelend op de familie bij wie ze logeerde, Sols werkgever, die een knopenfabrikant was.

'Ja, ja, ik begrijp het,' zei Nathan nog steeds glimlachend.

Hij wist dat ze Engels sprak, dat had hij al eerder geconstateerd aan haar gezichtsuitdrukkingen, terwijl ze naar de in het Engels gevoerde gesprekken van de Eisenbergs luisterde. Hij had wel meer nieuwe immigranten ontmoet, hij kende het knikken op het verkeerde moment, de vertraagde glimlach, het schaapachtige lachen, de stomverbaasde blikken. Maar dat deed zij allemaal niet. Ze was moe, ja, van de lange reis die ze had gemaakt, en ze was in ieder geval verbijsterd en van streek door het gedrag van zijn broer op het station, maar ze was geen vrouw die niet begreep wat de mensen om haar heen zeiden. Ze begreep alles. Maar ze veinsde van niet. Dat intrigeerde hem.

Hij had haar meteen gewild, dat wist hij zodra hij de kamer binnenstapte. Het was niet haar schoonheid die hem aantrok. Niet alléén haar schoonheid. Die viel hem natuurlijk wel op, wie niet?

De delicate botstructuur van haar gezicht, de grijsblauwe ogen...
Maar het was vooral de gespannenheid in haar, een dierlijke spanning, deels hongerig, deels angstig. Die deed zijn bloed sneller
stromen en daarom – en niet om haar gêne – was hij de volgende
dag teruggekomen met de getuigen en de fles cognac. Hij had niet
verwacht zo'n spanning in de zitkamer van Sam Eisenberg, de
Knopenkoning van Montreal, aan te treffen. Hij had al veel meisjes ontmoet in de zitkamers van Joods Montreal. Brave meisjes en
stoute, slimme meisjes, mooie meisjes, berekenende, geestige, verwachtingsvolle meisjes, maar dit... nee, dit niet.

'Hier, proef eens,' zei hij terwijl hij haar een partje van de
pruim toestak, de eerste uitwisseling van hun huwelijksleven.

Hij sloeg haar gade – zijn kersverse bruid – terwijl ze de
vrucht in haar mond stak. Haar ogen vulden zich met tranen.

'Wat?' vroeg hij.

'Niets.' Ze schudde haar hoofd, deed even haar ogen dicht.
'Het is een lekkere pruim, niet zo zoet.'

Volgens de traditie hadden ze de hele dag gevast. Hadden ze
het vasten met iets anders moeten breken, vroeg Nathan zich nu
af, hadden ze hun huwelijk misschien met een hapje ei moeten
beginnen, het symbool van nieuw leven? Een schijfje meloen,
heerlijk zoet, zonder die rinse smaak van pruim?

'Ik heb in geen jaren zo'n pruim geproefd,' zei Lily in haar
nagenoeg perfecte Engels. Ze gaf hem het overgebleven stukje
terug, nam een grote slok water en hield het glas ter verkoeling
tegen haar wang.

'Het is warm,' zei hij en dat beaamde ze.

Ze drukte het glas tegen haar andere wang, al was het inmiddels niet meer koel tegen haar huid. Nathan gaf haar een ser-
vetje en ze glimlachte dankbaar terwijl ze het zweet op haar
voorhoofd en bovenlip bette. Het was de eerste keer dat hij haar
zag glimlachen.

Lily Kramer-Azerov. Ze was niet degene die ze beweerde te zijn.

Eigenlijk is niemand dat, neem ik aan, maar Lily's leugen moest je letterlijk nemen. Haar eerdere naam... had ze achtergelaten in dat geteisterde dorp waar de eerste Lily was omgekomen en waarbij, onder andere, een identiteitsbewijs vrijkwam dat haar oude kon vervangen, een identiteit die een toekomst in zich borg als iemand de kans maar zou aangrijpen.

Zo iemand was er natuurlijk. Het was een dorp in Polen, in het jaar 1944. Niets werd onbenut gelaten.

En die iemand had niet alleen de identiteit gestolen van een meisje dat ze nog nooit van haar leven had gezien; behalve de naam – Lily Azerov – en het identiteitsbewijs had ze ook nog een paar wollen sokken, een opschrijfboekje vol dromen en andere notities en een opake steen tot haar bezit gemaakt.

Ze trok de sokken over haar eigen versleten paar aan. Het identiteitsbewijs en het boekje schoof ze in haar broeksband, maar niet voordat ze de enige woorden van praktisch nut in het opschrijfboekje uit haar hoofd had geleerd: *Sonya Nemetz, Rehov Hajarkon 7, Tel Aviv*. De steen, waarvan ze zeker wist dat het een diamant was, verstopte ze onder haar lijfje.

Op dat moment aarzelde ze even: net toen ze op het punt stond weg te gaan, werd ze door iets overmand dat even sterk was als haar overlevingsdrift. Ze wist dat ze moest vluchten. Haar hele instinct zei haar dat ze zo snel mogelijk weg moest uit dat dorp en teruggaan naar het bos, waar ze kon wachten tot het veilig was om haar tocht te vervolgen en zich aan te sluiten bij de enorme massa vluchtelingen die naar het westen trok in het kielzog van het bevrijdingsleger, om zich in die massa onder te dompelen en het leven te beginnen dat mettertijd haar eigen zou kunnen worden. Wegwezen, zei ze tegen zichzelf, iets wat ze de afgelopen drie jaar al zo vaak had gedaan. Dankzij haar instinct was ze altijd net op het nippertje aan de dood ontsnapt.

Maar die dag kwam iets meer naar boven dan alleen haar instinct. Ze aarzelde. Haar blik bleef talmen. Kwam het door het verwrongen lichaam van het dode meisje, haar geknikte benen en armen, net als die van haar slapende zusje vroeger? Was het een flard uit de droom van het meisje dat haar eigen hoofd binnen was gezweefd terwijl ze vluchtig door het opschrijfboekje bladerde? De schaduw van de snuffelende rat, dichterbij gelokt door de geur van zijn volgende maaltje?

Ze bleef. Ze legde haar vlakke hand op het gladde, koude voorhoofd, gleed ermee over de gebroken ogen – grijsblauw, net als die van haar – en sloot de oogleden. De ogen zouden bedekt zijn. Dat was het minste wat ze voor haar kon doen, meende ze. Ze kon de oogleden sluiten en haar hand even laten liggen. Dat deed ze voor het meisje wier toekomst ze stal. En toen ging ze ervandoor.

Sol Kramer was een van de gasten op de bruiloft. De bruiloft die eigenlijk de zijne had moeten zijn. De hele avond had hij het glas geheven op de bruid en de bruidegom, had hij zijn broer hoog boven zijn hoofd getild en meer verbeten dan blij met hem rondgedanst. Zijn stem bulderde luider dan die van de andere gasten en zijn gezicht glom van het zweet.

'*Lechajim*,' riep hij terwijl hij het ene glas whisky na het andere achteroversloeg. Hij had al spijt van zijn besluit.

Zo was Sol Kramer nu eenmaal. Als hij 's ochtends bruin brood bij het ontbijt at, had hij even later spijt dat hij geen wit had genomen. Hij had niet alleen spijt, hij vroeg zich dan de hele tijd af of zijn dag anders was gelopen, of hij zich veel beter had gevoeld – zijn ingewanden, zijn hele wezen – als hij wit brood had gegeten in plaats van bruin.

Nu vond hij de bruid er opeens goed uitzien. Ze had een doortastende blik in haar ogen die hem niet eerder was opgevallen, die er niet was geweest, dat wist hij zeker, toen ze uit de trein stapte. Op dat moment had ze verward om zich heen gekeken, angstig wachtend op iemand die haar kwam opeisen. Deerniswekkend, zo zag ze eruit, een vrouw alleen op wie niemand wachtte. Een verloren koffer die van niemand was.

Hij besefte dat ze dat ook niet kon helpen, na alles wat ze had meegemaakt. En hij, op zijn beurt, werd niet verondersteld van haar te houden, het enige wat hij hoefde te doen was met haar trouwen en net zo lang getrouwd blijven totdat ze door een kier in de Canadese deuren naar binnen was geglipt, want die stonden nog niet open voor Joodse vluchtelingen. Het huwelijk, Sals eerste, moest beschouwd worden als een gebaar van liefdadigheid. Een gebaar waarvoor hij een kleine vergoeding kreeg, een blijk van waardering, niet royaal, maar genoeg om hem het duwtje te geven dat hij nodig had, het steuntje in de rug dat andere jonge mannen vanzelf in de schoot kregen geworpen, door hun familie of door andere meevallers. Sal kende geen meevallers. Dit huwelijk had zijn eerste moeten worden. Maar toen hij de bruid zag schrok hij terug.

Beschadigde waar. Dat zag hij. Een geknakt leven, een bange vrouw, een huwelijk dat hem zou confronteren – hoe kortstondig misschien ook – met verdriet.

Laat iemand anders maar met haar trouwen, had hij ter plekke besloten. Hij was een welwillend mens, dat zou niemand bestrijden. Hij was vriendelijk tegen alle weduwen en wezen van de wereld. Maar hij wilde niet gedwongen worden met eentje te trouwen. En waarom zou hij ook, met zijn uiterlijk en goed stel hersens en de gouden toekomst die voor hem lag? Laat iemand anders maar met haar trouwen, zei hij tegen de bemoeial die het had gearrangeerd. Zijn liefdadigheid kende grenzen en die hielden op bij het echtelijk bed.

Maar de vrouw die hij op het perron had laten staan was

weg, van de aardbodem verdwenen, en haar plaats was ingenomen door deze prachtige bruid die zijn broer had verkozen. Ze werd op haar stoel midden in de zaal omhooggetild. Doordat de dansers onder haar moeite hadden om de stoel recht te houden, schoof ze een eindje naar voren waardoor de stoel kantelde, eerst naar de ene kant en toen zo ver door naar de andere kant dat ze eruit dreigde te vallen. Ieders adem stokte, een paar vrouwen slaakten een gilletje, maar Lily bleef op haar plaats. Opgelucht gelach. Er snelden meer gasten toe om te helpen haar op te tillen, meer gespierde armen dan nodig waren, en even later zag Sol hoe ze recht omhoog uit de menigte rees. De vrouw die de zijne geweest had kunnen zijn, had móéten zijn.

Ze straalde terwijl de dragers haar op haar hoge troon door de zaal droegen in de richting van haar bruidegom. Zegevierend, zo kwam ze op Sol over. Ze hield zich niet eens vast aan de armleuningen van de stoel, die nog steeds gevaarlijk wiebelde en kantelde. In haar handen had ze een zakdoek waarmee ze naar haar bruidegom wuifde – Sols bloedeigen broer – die zijn hand uitstak om de andere punt te pakken. Ze keek geen moment omlaag naar de feestgangers onder haar; ze keurde Sol geen blik waardig.

Ze zag hem overigens wel, zijn pogingen om oogcontact met haar te maken. Dus nu wil hij me wel, zei ze tegen zichzelf. Ik ken je inmiddels; types als jij heb ik eerder ontmoet. Hij was een man die alleen wilde wat een ander eerst had gewild, bedacht ze, een man met zo weinig levenslust dat hij zich de verlangens van anderen moest toe-eigenen, als een parasiet. Heel even kruisten hun blikken elkaar, maar ze keek onmiddellijk weer weg.

Ik beteken niets voor haar. Minder dan niets. Een lafaard, dacht Sol, terwijl hij zich op de dichtstbijzijnde stoel liet zakken. Hij keek hoe zijn broer zijn hand uitstak om haar zakdoek te pakken, hij hoorde haar lachen toen Nathan de zakdoek even vasthad, waarna de dansers onder zijn stoel hem schielijk weer wegtrokken.

'Het houdt geen stand,' zei een stem naast hem, een stem die uit de keel van een vrouw kwam, maar even diep en donker klonk als die van een man.

Sol draaide zich om en zag dat aan de tafel waar hij was aangeschoven een gast zat die hij niet herkende, een vrouw van middelbare leeftijd die meende dat ze verheven was boven de rest. Of misschien was ze dat ook wel. Haar jurk, van blauw satijn, was chiquer dan die van de andere vrouwen, haar houding was rechter en strenger. Haar haar was weggetrokken van een blank, breed voorhoofd en in een met haarlak bespoten rol opgestoken. Ze was de hele avond nog niet van haar plaats gekomen en telkens als het tienermeisje naast haar – haar dochter, nam Sol aan – wilde opstaan om mee te doen met het dansen, had ze een dwingende hand op haar arm gelegd.

'Dit kan gewoonweg niet lang duren,' zei de vrouw. 'Die onmiskenbare lucht slaat er nu al vanaf.'

'Moeder, toe,' siste de dochter. Ze kon duidelijk wel door de grond zakken. Ze draaide haar servet tussen haar vingers en staarde naar de tafel, weigerde haar blik op te slaan.

'De stank van een slecht bij elkaar passend paar herken je uit duizenden,' zei de vrouw.

'Juist, ja,' antwoordde Sol, hoewel hij het niet echt begreep. Hij wist gewoon niet wat hij anders moest zeggen. Hij was een makkelijke prater – een gladde, vonden sommigen misschien – maar nu stond hij toch even met zijn mond vol tanden, wist zich geen raad met de opmerkelijke grofheid van de vrouw. De mokkende dochter draaide zonder ophouden aan haar servet. Ze keek nog steeds omlaag, zodat je alleen de scheiding in haar donkere, golvende haar zag.

De moeder keek naar Sol, in afwachting van zijn reactie.

Hij dacht even na, schonk haar toen een stralende lach en stak zijn hand uit. 'Sol Kramer,' zei hij. 'Broer van de bruidegom.'

De vrouw beantwoordde zijn lach niet, drukte alleen zijn uitgestoken hand. 'Ida Pearl Krakauer,' zei ze. 'En dit is mijn dochter Elka.'

Het meisje keek op van haar verfrommelde servet. Een knap kind, ondanks haar pruilmond, constateerde Sol tot zijn vreugde.

'Ida Pearl Krakauer,' herhaalde Sol. De naam zei hem niets.

'Vertel eens,' zei Ida. 'Waar heeft uw broer die ring opgescharreld?'

'Ring?'

'Met die glasscherf waarvan hij denkt dat het een diamant is.'

Sol voelde plaatsvervangende schaamte en woede. Een heel maandsalaris was opgegaan aan wat die vrouw zo achteloos een glasscherf noemde.

'Van Grinstein,' zei ze zonder zijn antwoord af te wachten. 'Ik herken de stijl. Of het gebrek daaraan.'

'Het was me een genoegen, wis en waarachtig,' zei Sol terwijl hij al opstond. Hij had geen zin te moeten aanhoren hoe de smaak en het oordeel van zijn broer werden afgekraakt. En hij wilde zich evenmin tot het grove niveau van de vrouw verlagen.

'Ga zitten, ga zitten. Ik wilde u niet beledigen. Als ik had geweten dat u zo'n driftkop was, had ik mijn mond gehouden, wis en waarachtig.'

Elka glimlachte flauw om haar moeders imitatie van Sol – een uitdrukking die hij zelf deftig vond, maar waarvan hij nu ook hoorde dat die bespottelijk klonk.

'En bovendien,' ging Ida Pearl verder, 'ben ik een concurrent van Grinstein, dus u moet me maar niet al te serieus nemen.'

'Met alle respect, mevrouw Krakauer, maar ik denk niet dat u iemand bent om luchtig op te vatten.'

Hier moest Ida Pearl om glimlachen, een oprecht gemeende, brede glimlach.

'In plaats van nijdig weg te benen, kunt u misschien beter mijn dochter ten dans vragen. Eigenlijk keur ik gemengd dansen op een bruiloft af, maar...'

Elka was al opgesprongen met een uitnodigend, ietwat verlegen lachje richting Sol.

'... zoals u kunt zien, maakt mijn afkeuring weinig indruk.'

Een vreemd mens, en dat was nog zwak uitgedrukt, dacht Sol terwijl hij Elka naar de kring van mannen en vrouwen begeleidde die Ida Pearls goedkeuring niet kon wegdragen. Maar de dochter was uiterst charmant, dat stond vast. Vooral als ze lachend naar hem opkeek en er twee vertederende kuiltjes naast haar mondhoeken verschenen.

Een lomperik, dacht Ida die keek hoe Sol Elka door de menigte loodste. Een man die verliefd was op de vrouw van zijn eigen broer en niet eens het fatsoen had dat te verbergen.

'Hier. Ruik eens aan me,' zei Elka terwijl ze haar arm onder Sols neus duwde.

Aan haar ruiken? dacht Sol verwonderd. Maar het was een prachtige jonge arm, slank en welgevormd. Sol pakte de pols tussen zijn duim en wijsvinger en draaide hem om zodat de zachte onderkant zichtbaar werd, en hij snoof.

'Mmm...' zuchtte hij. 'Seringen.' Al was zijn neus in feite zo verzadigd met de geur van haring, zweet en het parfum van de andere gasten dat de verfijnde bloemengeur die hij meende te ontwaren ook denkbeeldig kon zijn.

'Rozenwater,' verbeterde Elka hem. 'Maar dat is gewoon mijn odeur. Kunt u het echt niet ruiken?' Ze lachte hem verlegen toe.

'Wat ruiken?' vroeg hij, ook lachend, maar tegelijk onbehaaglijk.

'Het is niet hun stank die ze ruikt.' Elka wees in de richting van de bruid en bruidegom. 'Je kunt zo zien dat ze goed bij elkaar passen. Moet je zijn gezicht zien, hij is smoorverliefd op haar.'

Maar Sol kon het niet opbrengen nu naar zijn broer te kijken, naar het geluk dat het zijne had moeten zijn.

'Het is haar eigen huwelijk met mijn vader dat mijn moeder ruikt. Het lekt uit elke porie, ze kan er niet aan ontsnappen.'

'Jij ruikt lekker, vind ik,' mompelde Sol, koortsachtig zoekend naar een ander gespreksonderwerp. Wat was dat voor rare kletspraat over geur tussen moeder en dochter? En welk meisje sprak er nu op deze manier over het huwelijk van haar ouders tegen een man die ze amper kende?

Jammer, dacht Ida Pearl, terwijl ze de kant opkeek die haar dochter uit had gewezen. Want op het gezicht van Nathan las ze geen geluk. Het was verlangen. Verlangen dat op dat moment ook doortrokken was van hoop, maar die hoop zou snel de bodem worden ingeslagen, dacht Ida. Dat kon haast niet anders. En hij leek een fatsoenlijke jongeman, knap om te zien en welgemanierd. Een jongeman die, als zijn bruid er niet was geweest, een gelukkige toekomst tegemoet was gegaan.

Ida Pearl en Elka waren niet officieel uitgenodigd voor de bruiloft, iets wat Sol zelf had kunnen bedenken als hij even bij de kwestie had stilgestaan. Alle gasten waren van de kant van de familie Kramer. Dat was ook logisch. De bruid had geen vrienden of familie in Montreal. Ze kende er niemand, alleen de familie Eisenberg die haar onderdak had verleend.

Maar Sol dacht helemaal niet aan de gastenlijst die avond, had zich geen moment afgevraagd waar de twee onbekende gasten vandaan kwamen. Hij was alleen bezig met zichzelf, met zijn eigen stommiteiten. Hoe had hij een vrouw als Lily nu kunnen afwijzen? Hoe had zijn eerste ingeving over haar er zo ver naast kunnen zitten? Hij was iemand die blindvoer op zijn instinct. Hij moest wel. Zijn toekomst was volkomen afhankelijk van zijn onderbuikgevoel, want hij had geen opleiding en ook geen familie die hem verder kon helpen. En nu deze stommiteit! De stralende toekomst die hij eerst had zien gloren, begon al te vervagen in zijn gedachten. En daarvoor in de plaats was een sepiakleurig visioen verschenen: een vormeloze vrouw in een zomerjurk die op het balkon van een armoedige flat de tomatenplanten water gaf; een man in een onderhemd die op hetzelfde balkon zonnebloempitten aan het kauwen was en de vliesjes op de grond spuugde. Het was een weerzinwekkend visioen, afschrikwekkend in zijn helderheid. Een visioen waarin Sol direct zichzelf en zijn toekomstige vrouw herkende.

Kwam het door dit spookbeeld dat hij Elka vroeg om de feestzaal uit te gaan, uit een behoefte afleiding te zoeken voor zijn zwartgallige gedachten?

Elka wierp een bezorgde blik in de richting van haar moeder. Ze hoefde niet eens te vragen of het mocht, ze wist ook zo wel dat het uit den boze was. 'Nou, goed, eventjes dan...' zei ze.

'We kunnen allebei wel wat frisse lucht gebruiken,' verzekerde Sol haar terwijl hij met haar naar de deur liep, maar buiten was er helemaal geen frisse lucht, alleen de windstille benauwdheid van een klamme zomeravond. En wat die afleiding betreft... hij wachtte tot Elka het woord nam, over de hitte zou klagen, iets zou vragen over hemzelf, zijn ideeën, zijn dromen.

Maar Elka leek plotseling te beseffen dat ze voor het eerst van haar leven alleen met een man was, een oudere man nog wel – hij was minstens drieëntwintig – en in een situatie die, als ze toestemming aan haar moeder had gevraagd, ten strengste verboden voor haar was. Ze kon niets bedenken om te zeggen en ze stond er als een donkere, zwetende zoutzak zwijgend bij.

'Zullen we een eindje gaan wandelen?' vroeg Sol.

'Goed,' zei ze en ze liepen een paar straten door zonder iets te zeggen. In elk portiek waar ze langskwamen stond wel iemand, op elk balkon, elke trap, mensen die de hitte van hun flat waren ontvlucht en buiten aan het kaarten waren, zich met een waaier verkoeling toewapperden.

'Zo, vertel eens,' zei Sol. 'Hoe kennen jij en je moeder Lily?'

'We kennen haar niet,' antwoordde Elka.

'O, nee? Ken je mijn broer dan?'

Ze schudde haar hoofd.

'Maar hoe...?'

'We zijn niet uitgenodigd.'

Hij glimlachte. 'O, dat is heel erg... interessant.' Hij moest denken aan de enorme schaal taart en haring waar hij de moeder royaal van had zien opscheppen, de gevulde soep met kikkererwten. Zo'n vindingrijke manier om je maag te vullen had hij nog niet eerder gezien, in ieder geval heel wat minder ingewikkeld dan de manieren die hij tot nu toe zelf had weten te bedenken.

'Ik dacht dat je dat wel wist,' zei ze.

'Hoe had ik dat moeten weten?'

'Waarom kwam je anders naar onze tafel?'

'Nou, in ieder geval niet om jullie eruit te gooien.'

'O,' zei ze.

'Worden jullie er vaak uitgegooid?'

'Wat bedoel je met... "vaak"? Dacht je soms dat we dit regelmatig doen? Er een gewoonte van maken om op de bruiloft van onbekenden binnen te vallen? Waar zie je ons voor aan?' En toen Sol geen antwoord gaf: 'Mijn moeder had een nichtje in Europa dat Lily Azerov heette. Azerov was mijn moeders meisjesnaam voordat ze met mijn vader trouwde. Sinds de oorlog uitbrak hebben we niets meer van haar vernomen. Ze wacht op een bericht, maar tot nu toe heeft ze niets gehoord.' Ze keek naar Sol, die knikte. Ook zijn moeder zat te wachten.

'Ze zijn nog steeds alles daar aan het uitzoeken,' zei Sol.

'Dus toen ze van een van haar klanten hoorde dat er een vluchtelinge met de naam Azerov in Montreal was aangekomen...'

'Maar als het je nichtje was, had ze dan niet rechtstreeks contact met je moeder gezocht?'

'Dat zou je denken, ja,' beaamde Elka. 'Maar ik neem aan dat mijn moeder dacht dat ze ons misschien niet kon vinden of zo, dat ze misschien mijn moeders getrouwde naam vergeten was.' Elka dacht er nog even over na, haalde toen haar schouders op. 'Ik weet niet precies waarom mijn moeder me hierheen heeft gesleept, maar de vrouw van je broer is in ieder geval niet haar nichtje. Dat zag ze meteen.'

Wat haar er niet van weerhield op het feest te blijven en zich aan het eten en drinken te goed te doen, dacht Sol bij zichzelf.

'Ik weet niet waarom we zijn gebleven. Ik weet dat het ongepast is,' zei Elka alsof ze net Sols gedachten had gelezen. 'En dan al die dingen die ze zei...' Een blos kroop over haar wangen.

'Het was inderdaad een beetje vreemd,' gaf Sol toe.

'Vreemd' was nog zwakjes uitgedrukt, dacht Elka. Ze had gedacht dat haar moeder rechtsomkeert zou maken zodra ze had ontdekt dat de bruid niet het verloren gewaande nichtje was dat ze hoopte te vinden. Maar Ida's blik had zich juist verhard en ze had Elka's pols steviger beetgepakt. Ze had gebiologeerd naar de bruid gestaard, en niet op de gebruikelijke, bewonderende manier. Elka kon alleen maar hopen dat de andere gasten de uitdrukking op haar gezicht niet hadden gezien, een kille, harde uitdrukking die volkomen misplaatst was op een bruiloft. Het was alsof Ida's teleurstelling was omgeslagen in woede jegens de bruid, dacht Elka nu terwijl ze naast Sol liep. Alsof het de schuld van de bruid was dat ze niet het nichtje was op wie Ida gehoopt had.

'Ik kan het niet goed verklaren,' zei Elka nogmaals. Waarom ze die dingen zei. En dan nog wel tegen de broer van de bruidegom. En op een bruiloft waarvoor ze niet eens was uitgenodigd. 'Ze denkt dat ze een zesde zintuig heeft wat mensen betreft. Je weet wel: wat voor karakter ze hebben, met wie ze zouden moeten trouwen.' Ze keek even naar Sol. 'En moet je zien wat er van haarzelf terecht is gekomen.'

Sol trok vragend zijn wenkbrauwen op.

'Haar huwelijk met mijn vader was niet bepaald een doorslaand succes.'

Sol glimlachte. 'Misschien dat haar zesde zintuig beter werkt voor het leven van anderen.'

Elka lachte, blij dat Sol er niet door was afgeschrikt, zoals ze vreesde.

'En misschien heeft ze in dit geval wel gelijk,' voegde Sol eraan toe.

'Hoe bedoel je?'

'Ik had eigenlijk met de bruid zullen trouwen.'

'Jij?'

Hij vertelde haar over de briefwisseling tussen Lily en hem, de overeenkomst die ze hadden gesloten – waarbij hij wijselijk wegliet dat hij voor zijn medewerking een vergoeding had bedongen. Daarna de scène op Windsor Station.

'Maar het voelde niet goed,' besloot hij. 'Dat wist ik diep van binnen.' Hij keek Elka aan. 'Zesde zintuig,' zei hij met een knipoog.

Hij had een glimlach van haar als reactie verwacht, haar instemming dat hij juist had gehandeld, dat je gevoelens je nooit bedriegen. Hij had een variant op de hoofdknikjes en de glimlachjes verwacht die hij meestal kreeg van een meisje dat hij voor het eerst ontmoette.

'En je hebt haar daar gewoon laten staan?' vroeg ze. 'Je hebt je verloofde op het station laten staan?'

'Ik heb haar niet zomaar laten staan, hoor.' Wat dacht ze wel van hem? 'Ik heb de mensen getelefoneerd bij wie ze tot de trouwdag zou logeren.' Hij herinnerde zich het wanhopige gesprek met Eisenberg – zijn baas en zelfbenoemde raadsman sinds de dood van zijn vader elf jaar eerder. 'Ik legde uit wat er was gebeurd en vroeg of ze haar wilden komen halen.'

'En toen heb je haar daar achtergelaten? Een vluchtelinge die de halve wereld was over gereisd om met je te trouwen?'

'Zo is het echt niet gegaan,' sputterde Sol tegen, maar zo was het natuurlijk wél gegaan. Hij dacht aan Lily's gezicht terwijl ze wachtte om afgehaald te worden, de hoopvolle oplichtende blik in haar ogen bij elke man die naderbij kwam, de teleurstelling en vervolgens de verwarring terwijl de ene na de andere man langs haar liep om iemand anders te begroeten. Toen de hal langzaam leegstroomde, deed ze of ze druk bezig was met haar bagage – een poging, wist Sol, om haar groeiende paniek tegen te gaan, haar heen en weer schietende ogen te beteugelen. Ze stond over haar koffer gebogen, een eenzame, roerloze gestalte tussen het passerende publiek, haar grijze jurk was te somber te midden van de vrolijke zomerkleuren, de klassieke snit te streng te midden van alle wijde rokken en alle kwikjes en strikjes die definitief het einde van de oorlog inluidden. Hoe lang had ze zo over haar koffer gebogen gestaan, vroeg hij zich nu af, en aan de leren riem gemorreld die niet strakker hoefde, het moment uitstellend waarop ze haar blik op moest slaan en constateren dat de stationshal bijna leeg was?

Iemand was tegen hem opgebotst, een meisje met geel haar en een brede rode mond. 'Sorry, schat,' had ze hijgend gezegd.

Ze had blauwe ogen en een gefriseerd kapsel van ontelbare, volmaakte gele krulletjes. Een pop, dacht hij, zoals de lievelingspop van zijn kleine zusje, Nina. Een levende pop die alleen maar wachtte op een teken van hem om aan zijn arm weg te wandelen. Ze lachte toeschietelijk, haar mond een rode veeg. Terwijl aan de andere kant van de hal, aan de rand van zijn blikveld, zich de grijze vlek bevond waarmee hij moest trouwen.

Wat voor man...? vroeg hij zich nu af, denkend aan Lily's bedrukte gezicht, de volkomen verkeerde jurk, hoewel duidelijk met veel zorg uitgekozen. *Wat voor man...?* hoorde hij Elka denken, en hij werd vervuld van gloeiende schaamte, een schaamte die gepaard ging met woede op het zwijgende meisje naast hem in wier blik hij zo-even een uiterst ongunstig beeld van zichzelf had gezien.

Wat Elka had gezien, vond ze echter helemaal niet zo ongunstig. Ze vond het prettig dat Sol aan de rand van de stoep liep, alsof ze door iets in de verlaten straat belaagd zou kunnen worden. Ze vond de lichte aanraking van zijn hand om haar middel prettig als hij haar een hoek om loodste of hielp met oversteken; bij elke kruising wachtte ze al op die lichte, vluchtige aanraking die steeds op een ander deel van haar lichaam terechtkwam. Het was natuurlijk schandalig dat hij die vrouw op het station had achtergelaten, maar ze voelde zich gevleid bij de gedachte dat zij de man had gestrikt die Lily niet had kunnen krijgen. Misschien was het niet eens zo gek dat haar moeder per se op de bruiloft had willen blijven, dacht ze nu, glimlachend naar Sol. Misschien bezat haar moeder toch wel een zesde zintuig.

Misschien komt het allemaal nog goed, dacht Bella Kramer die in haar eentje aan de tafel zat die voor de naaste familie was gereserveerd en keek naar haar zoon en haar schoondochter die in hun opgetilde stoelen boven haar dansten. De naaste familie bestond uit drie mensen: Lily, Nathan en Bella. Nathans vader, Joseph, was elf jaar geleden overleden en zijn zus, Nina, was direct na afloop van de oorlog naar Palestina geëmigreerd. Normaal gesproken zou Sol getuige zijn geweest en had hij aan tafel met de rest van de familie gezeten, maar in dit geval vond iedereen dat zijn rol in dit huwelijk was uitgespeeld.

Wat een trieste hoofdtafel, dacht Bella, toen ze er net was gaan zitten: een kleine ronde tafel met vijf stoelen, de extra twee stoelen waren gereserveerd voor de rabbijn en zijn vrouw. Ze herinnerde zich de hoofdtafel op haar eigen huwelijk, een lange tafel die een complete wand in beslag had genomen van een van de grootste feestzalen van heel Berditsjev, met aan de ene kant haar eigen grote, luidruchtige familie en aan de andere kant de even grote en luidruchtige familie van Joseph. Dat was pas wat je noemde een hoofdtafel!

Aanvankelijk leek het Nathan beter om helemaal geen feest te geven, om af te zien van het lopen naar de choepa, omdat Lily niemand had om haar weg te geven. Maar Lily had haar hoofd geschud. 'Waarom zou jij door mijn tegenslag geen fatsoenlijk huwelijk mogen hebben?' had ze gevraagd. 'Dan loop ik ook in mijn eentje naar de choepa,' had hij geantwoord, maar daarop had ze weer met haar hoofd geschud. Ze wilde niet dat hij zijn moeder zo'n groot onrecht aan zou doen.

Nathan had Bella over hun kleine aanvaring verteld op de achterbank van de auto die hij had gehuurd om ze naar de trouwerij te brengen. Ze hadden best kunnen gaan lopen. De synagoge waar het huwelijk werd voltrokken stond in Hutchison Street, maar een paar straten bij hun flat in Clark Street vandaan, en het was een heerlijke zomeravond. Maar Nathan vond dat wie A zegt ook B moet zeggen, dus had hij erop gestaan dat elk familielid zo stijlvol en comfortabel mogelijk op het huwelijk zou aankomen als hij zich kon veroorloven.

Bella had zich wel even afgevraagd hoeveel dit ritje hem ging kosten, maar ze schudde de gedachte snel van zich af omdat ze wist hoe trots Nathan was dat hij voor deze gelegenheid een auto had kunnen huren. En niet slechts één auto. Op dat moment reed een andere huurauto door dezelfde straten om zijn bruid naar de synagoge te brengen waar ze zo dadelijk in de echt werden verbonden. Het was een droefgeestige manier om naar je huwelijk te gaan, vond Bella stiekem. Zelf was ze dansend door de straten naar haar eigen huwelijk gebracht. Ze had al van ver het zingen en klappen van haar familie en vrienden gehoord, en hoe dichter ze bij haar ouderlijk huis kwamen, hoe luider het werd. Joseph wachtte al op haar in de synagoge, en ze kwamen haar halen om haar naar hem toe te brengen. Wat een heerlijk moment was dat geweest. Ze herinnerde zich haar vreugde en het triomfantelijke gevoel toen ze door de straten werd voortgestuwd naar de man die ze zelf had uitgekozen en van wie ze nu al zeker wist dat ze heel veel hield. Dit rustige ritje naar het huwelijk van haar zoon paste beter bij een begrafenis, maar ze wist dat Nathan gelukkig en trots was. En ze wist dat hij haar net over zijn aanvaring met Lily had verteld om zijn bruid zo gunstig mogelijk af te schilderen tegenover haar aanstaande schoonmoeder.

Ze had hem glimlachend een klopje op zijn knie gegeven.

Nathan was niet het oudste kind van Bella; hij was haar vierde. Maar hij was de eerste die niet al als kleintje was overleden. Haar eerdere kinderen waren omgekomen in de burgeroorlog die na de Russische Revolutie was uitgebroken. Ze waren niet, als zovelen, vermoord, niet bruut mishandeld en gemarteld door elke opeenvolgende troep soldaten die de stad was binnengetrokken; en daarmee had ze geluk gehad, meende ze. Hoofdschuddend dacht ze hieraan terug, probeerde zich voor te stellen wat de verwachtingsvolle bruid die ze ooit was als 'geluk' beschouwde in het leven. Niet dit, wist Bella, maar de vrouw die ze was geworden begreep wél wat de donkere kanten waren van 'geluk hebben'. En dat was het geweest: een uiterst donkere kant van geluk dat haar kinderen niet bang waren geweest toen ze het leven lieten. In hun moeders armen waren ze vredig van honger en ziekte heengegaan. De een na de ander, eerst de baby, toen Leah van twee, daarna haar eerstgeborene, Shmulik, die het oogappeltje van zijn vader was geweest.

Ze dacht dat haar leven voorbij was, maar een jaar later was tijdens de overtocht naar Canada Nathan geboren. Hij was te vroeg, een maand voor de uitgerekende datum, en Joseph en zij hadden nog niet eens een naam voor hem bedacht, konden zich op dat moment nog niet voorstellen dat deze zwangerschap tot een gezond voldragen kind zou leiden. Een van de passagiers had geopperd om hem naar het schip te vernoemen dat hen allemaal naar een nieuw leven bracht. Ze glimlachte bij de gedachte aan die passagier: een kleermaker uit Pinsk die van plan was om ergens in de wildernis van Saskatchewan of Manitoba boer te worden. Ze had hem in gedachten veel succes gewenst, dat hij met die kromme rug van hem boer wilde worden. Ze was benieuwd hoe het hem was vergaan.

Zijn voorstel om haar zoon naar het schip te vernoemen – het heette de SS Vedic – was even absurd als zijn nieuwe levensbestemming, maar toch zag Bella er wel iets in. Niet omdat ze geen traditionele naam kon bedenken – alle namen van broers en ooms die toch niet werden gebruikt, omdat de voormalige bezitters voortijdig aan hun einde waren gekomen. Maar Bella wilde geen oud verwelkt plantje in nieuwe aarde overzetten. Ze wilde een verse naam, een naam die niet met de familie van Joseph of die van haar was verbonden. Zij was toen op het idee gekomen om hem Nathan te noemen, Hebreeuws voor 'geschenk'. Het was een naam, vond ze, die een mengeling was van de herinneringen van wat ze hadden meegemaakt en hun hoopvolle verwachtingen voor de toekomst. Maar Joseph had geen hoop voor de toekomst – niet voor zijn eigen toekomst of die van anderen – en hij had de naam Sol voorgesteld, naar zijn geliefde jongste broer die op zijn dertiende aan tyfus was bezweken, ook in de burgeroorlog. Bella hield echter voet bij stuk: Nathan moest het worden. Joseph zou vast wel weer hoop krijgen. Ze hadden nog een kind gekregen, nog een kans, en ze gingen een nieuw leven in een nieuw, ver land opbouwen. Maar ze had het bij het verkeerde eind.

In Rusland had Joseph in de metaal gewerkt. Een glorieus materiaal, had hij tegen haar gezegd bij hun eerste ontmoeting. Een stof waarvan de geschiedenis gelijke tred hield met die van de mensheid. Wat was hij toen een eigengereide jongen; ze glimlachte bij de herinnering. Ze had hem natuurlijk gelijk gegeven. Ze had hem op dat moment in alles gelijk gegeven – hij was zo knap en arrogant – maar ze meende het ook. Ze was toen socialiste. Ze deelde zijn overtuiging, die ook leefde bij haar medestanders, dat de metaalindustrie veruit de waardevolste en belangrijkste industrietak was om de socialistische toekomst gestalte te geven.

In Canada was Joseph echter knopensorteerder geworden. Dat was het eerste baantje dat hij had gevonden toen ze in Montreal waren aangekomen, en voor een nieuwkomer was het prima werk, omdat je er geen Engels of Frans voor hoefde te spreken en met een loon waarvan je bijna kon leven als je de lange werkdagen volhield.

Het bleek dat Joseph dat kon. Hij was liever op zijn werk, ontdekte Bella al snel, dan dat hij thuis zat, zwijgend en stram bij haar en hun pasgeboren kindje. Hij gaf de voorkeur aan de reeksen knopen die je alleen maar op kleur en grootte hoefde te sorteren.

Bella ging ervan uit dat het een tijdelijke baan was, een opstapje naar iets beters, vooral toen een van hun buren vertelde dat de Canadian Pacific Railway op zoek was naar Joodse koperslagers en andere metaalbewerkers. Maar de weken gingen voorbij, vervolgens de maanden, en Joseph was nog steeds knopen aan het sorteren.

'Wat is dat nou voor werk voor een man als jij?' vroeg Bella soms aan hem. Een eindeloze stoet van gekleurde knopen terwijl Joseph iemand was die ooit het staal had getemperd waarmee bruggen en schepen waren gebouwd.

Joseph kon het niet uitleggen. Niet aan Bella. Misschien niet eens aan zichzelf. 'Het is rustgevend,' zei hij ten slotte. Rustgevender dan de warme melk met rum die Bella elke avond als slaapmutsje voor hem klaarmaakte. Rustgevender dan het bidden waar hij als jongen niet meer aan deed, maar waar hij nu op de donkere ochtenden voordat hij naar zijn werk ging weer zijn toevlucht tot had gezocht. Hij was een man die dacht dat hij na de dood van zijn kinderen niet verder meer zou kunnen, niet meer de kracht zou kunnen vinden om door te leven. *Vergeef me dat jij en het kind niet genoeg zijn*, leek hij Bella te smeken, maar niet in woorden, nooit in woorden. Hij had geruststelling gevonden, begreep Bella, in het geestdodende werk dat hij nu deed. In de eindeloze rondgang van de lopende band; een herinnering dat het leven doorging met of zonder de aanwezigheid van Joseph Kramer. Ze had het niet over haar hart kunnen verkrijgen hem te vergeven.

Wie is dat? vroeg ze zich nu af terwijl ze haar ogen van het verleden opsloeg en om zich heen keek. Ze had die vrouw al eerder gezien; ze was de enige onbekende in de zaal, zij en haar mokkende dochter, met wie Sol zo-even naar buiten was gegaan. Waarschijnlijk familie van de Eisenbergs, die zo vriendelijk waren geweest om na Sols wangedrag de bruid onderdak te bieden. Bella herkende alle anderen op het feest. Ze had het aardig voor elkaar, dacht ze, want ze zat hier toch maar in een feestzaal omringd door heel veel mensen die haar en haar familie het beste toewensten.

'Had je vader er maar bij kunnen zijn,' had ze eerder die dag tegen Nathan gezegd, en ze had het gemeend. Er is een levenskracht die je voort doet gaan, dacht ze, terwijl ze naar haar zoon keek die met zijn bruid danste. Het was dezelfde kracht waarmee de bruiloftsgasten haar lang geleden naar haar eigen huwelijk en haar toekomst hadden voortgedreven. Als Joseph meer tijd was vergund, had hij die kracht ook vast teruggekregen. En Lily zou die kracht ook weer vinden, dacht Bella. Lily was zwaar op de proef gesteld, wist Bella. Ze herkende verdriet als ze het zag. Maar ze zou het wel redden. De meesten redden het. Het zit in de natuur van de mens om het te redden, bedacht ze. Misschien kwam alles wel op z'n pootjes terecht.

Ze stond op van de lege tafel om met het dansen mee te doen.

HOOFDSTUK 2

Het eerste pakje werd op 27 april 1953 bezorgd. Ik weet de datum nog omdat ik die dag zes werd. Dat jaar had ik leren lezen, daardoor kon ik de letters verbinden op het papier van het pakketje dat de postbode door de brievenbus had geschoven. *Ruth Kramer*, stond er. Mijn naam. En daaronder het adres op Avenue Cumberland in N.D.G., Notre-Dame-de-Grâce, waar we destijds woonden, mijn vader en ik. Wij woonden in het bovenhuis, en mijn tante Elka en oom Sol met mijn neefje Jeffrey, die toen één jaar was, in het benedenhuis. Ik weet nog hoe opgewonden ik was. Ik had nog nooit iets met de post gekregen. Geen brief, laat staan een pakje, en dan nog wel met zulk mooi papier erom. Het was hemelsblauw met stippen in verschillende kleuren, en op de voorkant een wit stukje, als een wolk, waarop mijn naam en adres waren geschreven.

Elka was in de keuken toen het pakje werd bezorgd. Ze was een cake aan het bakken voor het feestje dat we die avond zouden hebben. Mijn echte partijtje was de dag ervoor geweest, op een zondag. Alle kinderen van mijn kleuterklas waren uitgenodigd, en ze waren allemaal gekomen, op een enkeling na. Het had de hele dag geregend, dus de spelletjes die Elka buiten had gepland waren niet doorgegaan – de vossenjacht in de achtertuin, vlaggetje veroveren – maar we hadden ezeltje-prik gespeeld en gekeken naar een poppenkastvoorstelling van mijn tante Nina, die kort daarvoor was teruggekeerd naar Montreal vanuit

Israël, waar ze een beroemd actrice was geweest. Er waren cakejes die Elka speciaal bij een koosjere bakkerij had gekocht omdat sommige kinderen uit mijn klas vromer waren dan wij en geen cakejes mochten met het roze glazuur en de zilveren hageltjes van Woolworth's, die ik zo lekker vond. Het feestje dat we die avond vierden was alleen voor de familie: mijn vader en ik, Elka, Sol en Jeffrey, Elka's moeder, Ida Pearl, en mijn oma Bella. Nina kwam niet, omdat ze in het centrum woonde en het te druk had.

Het regende nog steeds – het had al twee dagen achtereen geregend – en daarom was ik binnen aan het spelen in plaats van buiten in de tuin of op straat met mijn buurjongetjes Murray of Steven. Het pakje lag nog steeds op de vloer bij de voordeur bij de andere post die die dag was bezorgd. Doorgaans lette ik niet op de stapel brieven die verspreid over de vloer lag als de postbode ze door de bus had gedaan totdat Elka de post opraapte en op het tafeltje in de vestibule legde, maar het hemelsblauwe pakje trok mijn aandacht.

Toen ik zag dat het voor mij was, bracht ik het naar Elka. Om er zeker van te zijn dat het echt voor mij was, denk ik. Of dat ik het inderdaad mocht openmaken.

Elka zette net de cake in de oven. De kom met het restje beslag stond al voor me klaar op de keukentafel om uit te likken, al moest ik dat van haar met een lepel doen omdat we geen boeren waren.

Ik liet haar het pakje zien.

'Wat is dat?' vroeg ze. Ze bekeek het aan alle kanten en rammelde er even mee. In de rechterbovenhoek zaten postzegels. Op eentje stond een opstijgende Canadese gans. 'Zat dat bij de post?'

Ik knikte. 'Mag ik het openmaken?'

Elka had de gewoonte om met haar mond te trekken als ze nadacht – dat deed ze nu ook.

'Laten we wachten tot je vader thuis is.'

Sol kwam altijd om halfzes thuis uit zijn werk. Hij was hoofd verkoop bij een firma die in knopen handelde. De avond van mijn zesde verjaardag was geen uitzondering. Hij kwam binnen door de keukendeur, de deur aan de achterkant bij het tuinpad, deed zijn hoed en jas uit en hing ze aan het haakje bij de deur. Hij kuste Elka en tilde mij in één keer op uit de keukenstoel waar ik met de nieuwe kleurpotlodenset in het kleurboek zat te tekenen dat ik de vorige dag van een van mijn vriendinnetjes had gekregen.

'Hoe gaat het met mijn engeltje?' vroeg hij. Dat vroeg hij altijd. 'Mijn verjaardagsengeltje. Oooh. Wat word je toch groot, binnenkort kan ik je niet eens meer optillen.'

Ik vertelde hem over het cadeau dat voor me was bezorgd en iets in de toon waarop hij zei 'Alweer een cadeau?' gaf me het idee dat hij het zelf had opgestuurd en dat het een bel voor de nieuwe fiets was – een met zijwieltjes – die ik van hem, Elka en mijn vader voor mijn verjaardag had gekregen.

In de drukte van Sol die thuiskwam, had mijn neefje Jeffrey zich in zijn box, die in de hoek van de keuken naast de tafel stond, aan de spijlen opgetrokken. Hij wipte op en neer alsof hij aan het springen was, maar hij kon nog niet springen – hij kon nog niet eens lopen – en hij krijste. Sol zette mij neer om hem op te pakken en terwijl hij het mollige halsje van Jeffrey zoende, kwamen mijn oma Bella en Ida Pearl de keuken in vanuit de vestibule.

Ik stond op om ze een zoen te geven, zoals Elka me had geleerd. Ze waren allebei nogal vormelijk en hielden niet van te veel knuffelen of natte zoenen. Of van lawaai. Of van kinderen, dat voelde ik aan. Maar ze hadden allebei een cadeautje voor me gekocht, kleine pakjes die ik van Elka naast mijn bord op de tafel in de eetkamer moest leggen, waar we zouden eten in plaats van in de keuken omdat het mijn verjaardag was. Ik legde de cadeautjes van Ida en Bella naast mijn bord en ging naar de vestibule om het pakje te halen dat met de post was gekomen en legde dat ook naast mijn bord.

Toen mijn vader thuiskwam, tilde hij me niet op en noemde me ook niet zijn engeltje, zoals Sol deed. Zo was hij niet. Ik weet niet of we eigenlijk iets tegen elkaar zeiden als we elkaar aan het einde van de dag weer zagen. Het enige wat ik me herinner is dat hij af en toe zijn hand op mijn hoofd legde, half op mijn oor, half op mijn haar, en hem daar even liet liggen. Daarna vroeg hij hoe mijn dag was geweest of zo. Waarschijnlijk had hij die dag gevraagd of ik een leuke verjaardag had. Ik herinner me zijn begroeting niet. Wat ik me wel herinner is dat Elka vertelde dat er iets voor me was bezorgd.

Waarom viel de hele kamer stil toen Elka deze mededeling deed? Ik wist dat er iets belangrijks was gebeurd, en dat het iets te maken had met het pakje met het blauwe gestippelde papier dat nu met mijn andere cadeautjes op de eettafel lag. Ik holde erheen en Elka riep me niet na 'Niet hollen in huis', wat ook ongebruikelijk was, en toen ik het pakje aan mijn vader liet zien, knikte hij op dezelfde manier als Elka had gedaan. Ik zag dat Bella en Ida een blik met elkaar wisselden.

'Mag ik het openmaken?' vroeg ik.

Mijn vader keek naar Elka en Sol. Elka en Sol keken naar mijn vader.

'Na het eten,' zei Bella. 'Met de andere cadeautjes.'

Ik weet niet meer wat we aten, waarover we praatten, de wens die ik deed toen ik de kaarsjes uitblies. Van Bella kreeg ik vast een boek. Ze gaf me altijd een boek. Misschien was het dat jaar wel *1001 raadsels voor kinderen*. (Ze gaf me altijd boeken die nog iets te moeilijk voor me waren). Van Ida kreeg ik een bel voor mijn nieuwe fiets. Ik belde er een paar keer mee om haar te laten zien hoe blij ik ermee was. En het cadeau in het blauwe papier? Toen ik het uitpakte, bleek er een doosje van juwelierszaak Birks in te zitten, met een begeleidend kaartje, maar daar keek ik niet naar. Elka pakte het kaartje terwijl ik het doosje openmaakte. Ik tilde het bovenste wattenlaagje op en daar lag, op nog een wattenlaagje, een roze steen.

Het was een prachtige steen. Van boven glad en glanzend en op sommige plekken bijna doorschijnend, met kartelige holletjes aan de onderkant. Een prachtige steen, dat wel, maar het bleef een steen. Ik was teleurgesteld en wist niet goed wat ik ermee moest. Ik haalde hem uit het doosje en liet hem aan iedereen zien. Niemand reageerde erg enthousiast. Sterker nog, niemand zei een woord.

'*Zuidelijke oever Gem Lake, Manitoba, 8.45 uur, 12 april 1953, onbewolkt, 0 °C, matige wind*,' las Elka voor van het kaartje dat in het pakje zat. Geen verjaardagskaart met ballonnen zoals ik die had gekregen bij mijn nieuwe fiets, maar een systeemkaartje dat leek op de kaarten waarop Elka recepten uit tijdschriften overschreef.

'Mag ik het eens zien, Elka?'

Dat was mijn vader die om het kaartje vroeg. Hij las het. Hij zuchtte diep.

Wist ik al wie het me had gestuurd? Ik voelde een steeds grotere opwinding terwijl ik de steen in mijn hand hield. Hij leek precies in mijn hand te passen, hij straalde warmte uit, alsof er een gloeilamp in zat.

'Mag ik eens zien?' vroeg Ida. Ze had het tegen mij en bedoelde de steen.

Ik wilde hem niet aan haar geven, bang dat ze hem niet terug zou geven. Ik was bang dat ik hem niet mocht houden, net zoals ik het geweer niet had mogen hebben dat ik in een speelgoedwinkel had gezien. Maar ik mocht ook niet ongehoorzaam tegen grote mensen zijn. Dus gaf ik de steen aan Ida. Ze keek ernaar zoals ik haar naar de edelstenen in haar winkel had zien kijken.

'Kwarts,' zei ze. Ze gaf hem door aan Bella, die haar hoofd schudde.

Elka pakte de steen en bekeek hem.

'Van wie is hij?' vroeg ik. Wist ik het al?

'Hij is van je moeder,' zei mijn vader en toen hij dat zei werd ik iemand anders.

Mijn leven lang was ik een meisje zonder moeder geweest. Ze was kort na mijn geboorte weggegaan, niemand wist waarheen. Ze had geen contact meer gezocht en ze zou nooit meer terugkomen. Ergens was het of ze niet voor me bestond. Ik miste haar niet, had haar nooit gemist. Ik wist ook niet wat ik moest missen. Haar afwezigheid vormde een achtergrond in mijn leven, meer niet. Het was een gegeven, een vaststaand, onveranderlijk feit, niet dynamisch, zoals het gat in een bagel, want zonder het gat zou een bagel geen bagel zijn – een kadetje misschien of een challe – maar in ieder geval iets wat van zichzelf statisch is, niet dynamisch, zeker geen actieve kracht die invloed op het deeg kon uitoefenen.

Nu had ik opeens toch een moeder. Ze was twee weken daarvoor bij Gem Lake in Manitoba geweest. Het was koud maar onbewolkt geweest. Er had een matige wind gewaaid. Ze had een roze steen gezien en die opgeraapt. En toen ze dat deed, dacht ze aan mij.

Ik zag haar de steen oprapen, al had ik haar nog nooit in het echt gezien – bij ons thuis waren geen foto's van haar. Ze had een lange zwarte jas aan met hooggehakte laarsjes en een bijpassend zwart hoedje met een korte voile. Ze was een betoverende verschijning, misschien meer geschikt voor een avond in de schouwburg van Montreal dan voor een uitstapje naar een meer in Manitoba, maar het was mijn allereerste beeld van haar, of het nu in mijn verbeelding was of niet. Ik zag haar bij een meer dat veel weg had van Beaver Lake in Montreal rond die tijd van het jaar: half bedekt met brokkelig ijs en de oevers kaal met stukken oude, bruinige sneeuw en bomen die bovenin uitwaaierden tot fijne weefsels van kale takken. Ze bukte zich om de steen op te rapen – het zal de kleur geweest zijn die haar opviel, het enige roze tussen al dat wit, bruin en grijs. Ze hield de steen in haar hand, het enige stukje roze in de wijde omtrek. Ze moest aan mij denken. Ik was bijna jarig. Dat moet ze onthouden hebben. Mijn zesde verjaardag. Ze stopte de steen die haar aan mij deed denken in haar jaszak om mee naar huis te nemen. En toen stuurde ze hem naar mij op.

'Mag ik hem houden?' vroeg ik.

Mijn vader keek me aan. Was me iets ontgaan? Hadden ze een gesprek gevoerd terwijl ik in mijn fantasie opging?

'Natuurlijk mag je hem houden. Hij is van jou.'

Hij is van mij, dacht ik. Mijn vader had dat aan tafel gezegd waar iedereen bij was. Elka had de steen nog vast, maar gaf hem aan mij. Omdat hij van mij was. Van mijn moeder gekregen. En nu, voor het eerst, wilde ik meer.

Ik kende het verhaal over het vertrek van mijn moeder, omdat mijn vader, Elka en Sol geen reden zagen om me het niet te vertellen. Ze hadden het er vaak over gehad, hoorde ik later: 's avonds bij de koffie in mijn vaders flat aan de Côte-des-Neiges in de maanden vlak na mijn moeders vertrek, en bij broodjes rookvlees en kersencola bij Levitss in Main Street. Ze hadden besproken hoe ze de kwestie van haar vertrek moesten brengen, hoe ze het op een eerlijke, ongedwongen manier aan mij moesten vertellen, dat ze alle vragen zouden beantwoorden die ik eventueel zou hebben, aangenomen dat ze daar een antwoord op hadden. Hun eigen ouders waren niet zo open tegen hen geweest, maar zij zouden het anders – beter – doen met mij.

Met dat idee voor ogen hadden ze mij ieder hun eigen versie van mijn moeders vertrek gedaan, waarvan ik weer mijn eigen verhaal had gemaakt, met als hoofdthema dat mijn moeder op een middag in de tweede maand van mijn leven door de voordeur was weggegaan om een kwartliter melk te kopen en nooit meer was teruggekomen.

Elka was op bezoek geweest. Mijn moeder had haar op de koffie gevraagd. Die uitnodiging was een leuke verrassing geweest, want Elka dacht eigenlijk dat mijn moeder haar niet mocht. (Mijn moeder was verdrietig, had mijn vader gezegd, en als mensen heel erg verdrietig zijn, vinden ze het vaak moeilijk om steeds maar aardig te doen. Ze was zo verdrietig omdat haar hele familie in de oorlog was omgekomen.) Het was een warme junidag, zo'n dag waarop het huis volstroomt met warme, klamme lucht en het openzetten van de ramen niets uithaalt, omdat de lucht buiten even warm en klam is als binnen. Mijn vader en moeder woonden op de derde verdieping en op de trap naar hun flat was het nog warmer dan buiten. Als een oven, zei Elka. Toen ze de trap naar de derde verdieping had beklommen, zweette ze zo erg dat ze even voor de deur moest blijven staan om af te koelen, omdat het niet netjes is om druipend van het zweet bij iemand op bezoek te komen. Het is ook niet netjes om ergens op bezoek te gaan zonder een kleinigheidje voor de gastheer of -vrouw mee te nemen, dus was Elka niet met lege handen gekomen. Voor mij had ze een lappenpop – de pop die Bella net voor me had gerepareerd omdat haar buik was opengescheurd en de vulling eruit was gekomen – en bloemen voor de gastvrouw, irissen die ze bij de bloemist naast de juwelierszaak van haar moeder had gekocht. 'Van May Flowers,' had Elka erbij gezegd. Daar kochten wij ook elke vrijdag bloemen tijdens de acht maanden van het jaar dat we ze niet uit onze eigen tuin konden halen.

Mijn moeder begroette Elka met een zoen op elke wang. 'Zo doen ze dat namelijk in Europa,' had Elka uitgelegd. Ze bedankte Elka voor de pop en de bloemen. 'Ze was altijd erg beleefd, je moeder. Je kon merken dat ze goed was opgevoed.'

'Ga zitten,' zei mijn moeder en wees naar de bank in de zitkamer waar Elka moest plaatsnemen, terwijl mijn moeder naar de keuken ging om de bloemen in een vaas te doen. Er stond een cake op de salontafel, wat Elka verbaasde, moest ze bekennen. Mijn moeder was beslist geen keukenprinses. Er waren avonden... en hier aarzelde Elka even, maar het moest gezegd worden. Eerlijkheid en openheid boven alles. Mijn moeder sneed vrij vaak een paar hardgekookte eieren en een tomaat in plakjes om dat met een kan ijsthee op te dienen als avondeten, vertrouwde Elka me toe. (Als mensen heel erg verdrietig zijn, had mijn vader gezegd, hebben ze vaak geen trek en geen zin om te eten.) 'Waarschijnlijk had ze vroeger in haar jeugd bedienden,' zei Elka.

Elka was niet gaan zitten. Ze liep naar het wiegje bij het raam waar ik als een kleine pop lag te slapen. Elka vond dat ik toen net een poppetje was: mooi en volmaakt. Mijn moeder kwam binnen met de bloemen die ze op het tafeltje naast de cake zette. Ze glimlachte tegen Elka en ging weer naar de keuken om koffie te zetten. Misschien dat ze toen de ijskast opendeed en iets uitriep, wellicht sloeg ze zichzelf uit effectbejag nog even tegen haar hoofd, nog een opmerking makend over hoe vergeetachtig ze soms was. Elka stond te luid tegen mij te kirren om te horen wat zich in de keuken afspeelde, was zich pas bewust van mijn moeder toen die weer uit de keuken kwam en zich verontschuldigde voor haar verstrooidheid. De melk was op, legde ze uit, en ze zou even naar de overkant hollen om verse te halen.

'Laat mij dat maar doen,' bood Elka aan.

'Doe niet zo mal,' zei mijn moeder. 'Als ik je op de koffie

vraag, stuur ik je er niet op uit om je eigen melk te kopen. Vind je het niet erg om eventjes op de kleine te letten?'

(Ik weet niet of ze het letterlijk zo gezegd had – ze woonde nog maar een jaar in Montreal. Maar misschien ook wel, want ze had een talenknobbel. Haar Engels was heel goed, daar was de hele familie het over eens.)

Elka vond het een beetje eng om alleen met mij te blijven. Ze was nog nooit met zo'n klein baby'tje alleen geweest. Met geen enkele baby. 'Dat probleem zul jij nooit hebben,' verzekerde Elka me. Daarmee doelde ze op Jeffrey. Ik hielp haar al met hem sinds hij was geboren. 'Er kan niets misgaan met haar,' had Lily gezegd. Daarmee bedoelde ze mij. 'Ik heb haar zojuist nog een flesje gegeven.' Elka knikte en zei dat ze zich wel zou redden. En mijn moeder zette haar hoedje op met de voile die de helft van haar gezicht bedekte, trok de lange handschoenen aan die ze altijd aandeed als de zon scheen, stopte haar tasje onder haar arm en ging de deur uit.

En eerst ging alles ook goed. Ik sliep. Elka wachtte. Ze nam aan dat het hooguit een kwartiertje zou duren. Maar er ging een kwartier voorbij, een halfuur. Elka begon zich af te vragen waar mijn moeder toch bleef. Misschien stond er een lange rij bij de melkboer, hield Elka zichzelf voor. Misschien moest mijn moeder nog andere boodschappen halen. Maar pas toen er een heel uur voorbij was gegaan, wist Elka dat er iets aan de hand was. Ze belde haar moeder, die zei dat ze zich niet druk moest maken. Ze zei dat ze er meteen aankwam, maar het duurde nog een halfuur voordat ze de juwelierszaak had afgesloten en naar de flat was gekomen. Ondertussen was ik wakker geworden en had het op een huilen gezet, en Elka huilde ook en mijn moeder was er nog steeds niet met haar kwartliter melk.

Mijn vader werd gebeld. De politie. De flat stroomde vol met familie, vrienden en buren, en iedereen wist dat een jonge moeder die niet terugkeerde naar haar kindje nadat ze deur was uit gegaan om melk te halen een jonge moeder was die dood in de berm lag of door een gek was ontvoerd of overreden door een bus.

En ik huilde maar, dus ging Ida Pearl naar de keuken om te kijken of er nog flesvoeding was. Ze deed de ijskast open en zag dat er nog een hele kwartliter melk stond, met daarachter een keurige rij flessen babyvoeding. Deze vondst meldde ze meteen aan de politie, maar die had geen tijd om te luisteren naar een nieuwsgierige bemoeial nu er een jonge moeder werd vermist en er ergens misschien een gek losliep.

'Neem me niet kwalijk,' zei Ida Pearl nogmaals tegen de re-chercheur, die Elka vroeg of ze misschien een verdacht persoon op straat of bij de flat had zien rondhangen. Het had mij ook kunnen gebeuren, dacht Elka, die moest snikken bij de gedach-te dat ze op het nippertje was ontsnapt aan de confrontatie met de duistere kracht die haar rakelings was gepasseerd en een paar minuten later Lily in zijn dodelijke greep had meegevoerd. 'Neem me niet kwalijk,' onderbrak Ida Pearl de rechercheur weer, nu op luidere toon, en ze nam hem mee naar de keuken waar ze de ijskast opendeed. De rechercheur begreep nog steeds niet waarom Ida hem lastigviel, dus wees ze naar de kwartliter melk die pal voor de flessen met babyvoeding stond. Meteen werd er een heel ander soort onderzoek ingesteld, dat niet veel later naar de slaapkamer leidde waar op het kussen van mijn vader een briefje bleek te liggen: *Vergeef me. Je Lily.*

Een sprookje. Zo was het verhaal altijd op mij overgekomen. Nu was het opeens het enige verhaal dat ik nog wilde horen. En de oude versies konden me niet langer tevredenstellen. Ik wilde weten hoe ze eruitzag. Wat zei ze? Vertel het me nog een keer. Waarom is ze weggegaan? Hoe bedoel je dat ze dat niet heeft gezegd? Waarom weten jullie het niet zeker? Weten jullie ook iets zeker níét? Voor wie was dat briefje bedoeld? Hoe kon iedereen er zo zeker van zijn dat ze nooit meer terugkwam?

HOOFDSTUK 3

Lily zat op het bed en luisterde. Het was drie uur op een warme zomerdag en het was stil, zo stil alsof het bijna middernacht was. Nathan en zij waren inmiddels bijna drie weken getrouwd en ze woonden nog steeds bij Bella en Sol in het familiehuis aan Clark Street. 'Het is maar voor een paar maanden,' had Nathan haar beloofd. Binnenkort zouden ze hun eigen woning hebben. Ze glimlachte bij de gedachte aan die belofte; die deed hij haar elke avond. 'Ik vind het niet erg om hier te wonen,' zei ze elke keer. 'Alleen heeft die arme broer van je pas rust als ik het huis uit ben.' Waar Nathan om moest glimlachen.

Sol schaamde zich zo erg voor wat hij gedaan had dat hij amper zijn gezicht nog durfde te laten zien. 's Avonds at hij buiten de deur en bleef tot laat weg, waarna hij in het veilige donker naar zijn veldbed achter de piano in de zitkamer sloop die dienst deed als slaapkamer voor zijn moeder en hem zolang Nathan en Lily de echte slaapkamer in gebruik hadden. 'Hij komt er wel overheen,' was Nathans standaardopmerking over Sol.

Door het open raam hoorde ze flarden van stemmen, kreten van kinderen, het klingelen van de tram een paar straten verderop. Binnenshuis hoorde ze niets, hoewel Bella thuis was. Rond dit tijdstip zat Bella meestal in de keuken de middagkrant te lezen en een kopje koffie of thee te drinken. Lily wist dat ze bij haar moest gaan zitten. Ze wist dat ze moest opstaan, de deur opendoen en naar haar schoonmoeder in de keuken gaan, maar ze kon zich er gewoonweg niet toe zetten. Ze haalde het opschrijfboekje onder het matras vandaan waar ze het bewaarde en begon te lezen.

Oktober 1943
Ik begin met een droom. Ik ren door een stad. Het is een onbekende stad. Ik ren over de klinkerstraten, gevangen tussen de hoge stenen muren die aan weerszijden oprijzen. Het is niet de witte steen van Jeruzalem waar nicht Sonya over schreef in haar brieven, witte steen met een roze zweem van de zon die er eeuwenlang op heeft geschenen, van het bloed dat erover is vergoten en er door de eeuwen heen in is opgenomen. Nee, het is de koude, grijze steen van Europa die me heeft omsingeld. De van zon verstoken steen onder een laaghangende grijze lucht. De steen zal mijn bloed krijgen maar het zal er niet door worden opgenomen. Mijn bloed zal in plasjes op het oppervlak blijven liggen totdat een hond het oplikt, totdat marcherende laarzen het naar een andere slachtplaats brengen.
Ik ren voor mijn leven door een naamloze stad in Europa, ren door een stad van de dood. Ik ren voor mijn leven, maar de dood haalt me in. Ik hoor zijn laarzen al achter me, zijn lied, een drinklied. Ik loop de eerste de beste steeg in, een doodlopende steeg, zo blijkt. Aan weerszijden twee hoge stenen muren en voor me nog een stenen muur, met daarin een zware houten deur. De deur is grijs en verweerd. Het past bij de straten, de muren, de lucht boven de stad. De krassen erop komen me bekend voor, de butsen links van het sleutelgat. Ik beuk tegen de deur, maar die geeft niet mee. Ik werp mezelf tegen de onverbiddelijke deur terwijl de dood naderbij komt, zijn marcherende laarzen, zijn lachende, zingende stem. Ik druk mijn wang tegen de deur en dan gaat hij open.

Ging ik op dat moment dood? Ik weet het niet. Kan iemand in haar droom doodgaan en de volgende ochtend wakker worden en het zich herinneren? Ze zaten me op de hielen, de deur wilde niet opengaan en toen opeens wel. Ik was in de binnentuin van tante Lottie in Krakau, waar ik elke zomer met mijn moeder naartoe ging, de tokkende kippen en de zomerhitte, pianoklanken die door het gebladerte schemerden.

Staat me dat te wachten? Een welriekende binnentuin en zomerhitte? De geur van rijpe vruchten en zwevende flarden muziek? Zo ja, dan ben ik bang dat ik hoop niet in leven te blijven. Waarom zou ik dit verkiezen? Deze angst, kou, honger en modder? Waarom deze pijn, deze zinloze taak, als de zomerse binnentuin van mijn jeugd me opwacht als ik bezwijk?

Lily sloeg het opschrijfboekje dicht omdat ze voetstappen in het trappenhuis hoorde. Ze had het al onder het matras geschoven toen ze besefte dat het niet Nathans voetstappen waren. Ze waren te zwaar en te langzaam. Het was meneer Hausner, de bovenbuurman. Hij bleef even op de overloop voor de deur van de Kramers staan, klom toen de laatste trap op naar zijn eigen verdieping, waar ze hem later de halve nacht zou horen ijsberen, heen en weer, heen en weer, meer schuifelen dan lopen. Ze sloeg het opschrijfboekje van het meisje weer open, bladerde door de pagina's die ze al had gelezen, die ze zo vaak had gelezen sinds ze het had gevonden – meegenomen – dat de beelden haast uit haar eigen geheugen leken te komen.

Wie ben ik? Een bergje modder op een herfstakker. Een hoop dorre bladeren aan de rand van een bospad. Ik stop mijn handen onder me als je langsloopt, druk mijn gezicht in de aarde. Ik ben een vage streep die je uit je ooghoek ziet, volkomen roerloos als je je blik op me richt. In jullie steden ben ik een rat die onder het oppervlak van jullie leven rondscharrelt. Ik verberg me in jullie riool. Ik besmet je dromen met ziektes. Ongedierte, noemen jullie me. Insect. Hondsvot. Varken. Vroeger was ik een meisje.

Wie ben je? vroeg hij me. Hij had me ontdekt toen ik sliep, had de lagen modder en bladeren en leugens weggeschoven om me bloot te leggen.

Hij schraapte het restje bladeren tussen mijn schouderbladen weg, veegde de kruimels aarde uit mijn nek. Ik kende zijn aanraking, de beroering van zijn vingers op mijn huid. Ik draaide me om uit de aarde om hem aan te kijken en mijn gehele blikveld vulde zich met licht, de gruwelijke dag, de onverschillige Poolse lucht. In het midden was een donkere schaduw, een uitsparing in de vorm van zijn lichaam, zijn brede schouders, zijn krullen afgetekend tegen de lucht. Hij stak me iets toe. Een aardappel? Een stukje brood? Ik stak mijn hand uit om het te pakken, maar mijn vingers sloten zich om mijn lege vuist. Ik reikte verder en mijn hele hand verdween, mijn arm.

Er was een scheur in de Poolse dag verschenen, de wereld die zich terugtrok langs een rafelige rand. Ik kneep mijn ogen toe om het beter te kunnen zien: dit uiteenwijken in de vorm van hem, deze opening naar een andere wereld.

Sta op, zei hij. Vlug.

Lily zat op de rand van het bed te lezen. Het was warm in de kamer – benauwd, zou Nathan mopperen als hij thuiskwam van zijn werk – maar zij hield juist wel van de warmte op haar schouders, die bloot waren op de bandjes van haar onderjurk na. Ze had een hele tijd zitten lezen, ze wist niet precies hoe lang. Ze sloeg het opschrijfboekje dicht toen ze voetstappen op de trap hoorde, lichter en sneller dan die van meneer Hausner. Ze schoof het opschrijfboekje onder het matras, werkte haar lippenstift bij in de spiegel, schikte haar haar en schoot haar jurk aan.

'Hallo,' zei ze tegen haar schoonmoeder voordat ze de keuken in ging.

'Hallo,' antwoordde Bella.

Daarna zwegen beide vrouwen, Lily in de deuropening en Bella voor het aanrecht. Ze hadden elkaar sinds het ontbijt niet meer gezien.

'Ik heb hamburgers voor vanavond gemaakt,' zei Bella. Een poging tot een gesprek die – in beider oren – klonk als een verwijt.

'Ik had u moeten helpen. Het spijt me. Ik was met iets begonnen voordat ik mijn dutje ging doen, maar ja...'

Toen Bella die ochtend de ijskast had opengedaan, had ze onderin de uitgebreide avondmaaltijd zien liggen die Lily had klaargemaakt: een bordje met plakjes komkommer, drie hardgekookte, met paprikapoeder bestrooide eieren in plakjes, een kommetje bosbessen met zure room.

'Ik weet niet wat ik had,' zei Lily. 'Ik was opeens zo moe.'

Zo ging het elke dag. Zodra Lily klaar was met haar minimale bijdrage aan het huishouden en de boodschappen – ze deed alleen het hoognodige wat ze meende dat van haar verwacht werd –, trok ze zich terug achter de dichte deur van haar slaapkamer. Om wat te doen precies? vroeg Bella zich af. Een dutje, zei Lily. Om zich te verschuilen, leek Bella eerder. Maar waarvoor? Of liever gezegd, voor wie? Want Bella was de enige ander die overdag thuis was. Maar Bella probeerde het zich niet persoonlijk aan te trekken, probeerde de dichte slaapkamerdeur niet als een klap in haar gezicht te zien, een afwijzing van haar toenaderingspogingen, van haar aangeboden vriendschap, familiebetrekkingen.

'Voel je je wat beter?' vroeg Bella.

Lily keek haar aan alsof ze nu al niet meer wist waar het gesprek over ging. Dat was niet zo, maar hoe kon ze het vervreemdende gevoel uitleggen dat haar overviel zodra ze haar kamer uit kwam terwijl ze toch haar best deed zich als een normaal iemand te gedragen die brood bij de bakker gaat kopen, in de keuken met haar schoonmoeder praat of andere dagelijkse dingen doet? Ze kon het zichzelf niet eens uitleggen. Het was net of de wereld buiten haar kamer een stijf toneelstukje was waarin ze zich ongevraagd bevond, een droom waaruit ze niet kon ontwaken, waar alles bedreigend was, op een ongrijpbare, ietwat surrealistische manier. Tijdens de oorlog had ze zich nooit zo gevoeld, hoewel het gevaar dat ze liep toen echt was. Als ze zich indertijd ook zo had gevoeld, had ze het niet gered, bedacht ze; dan had ze zichzelf verraden met de angstige blikken of gebaren die zoveel anderen fataal waren geworden. Maar waarom nu dan wel? vroeg ze zich af. Was dat een normale reactie op wat ze had gezien en meegemaakt, op de moeilijkheden die een nieuw huwelijk met een onbekende man met zich meebracht? Op het nieuwe leven waaraan ze gewoon nog moest wennen? Misschien, maar haar gehele bestaan voelde vreemd. Ze kreeg het idee dat het probleem wellicht elders lag, in het leven dat ze probeerde op te bouwen, het leven van een ander dat ze had gestolen. Een leven dat niet echt van haar was, nooit bedoeld was om het hare te worden.

'Na je dutje...'

Nu was ze echt de draad van het gesprek kwijt. 'Ja,' zei ze werktuigelijk. 'Dank u.' Ze keek even naar de hamburgers die op het aanrecht lagen. Ze kon de aanblik van rauw vlees niet langer verdragen. Het idee alleen al van het vlees in haar mond, het druipende vet, het geschroeide gehakt... Ze wist zeker dat ze moest overgeven als ze ervan at.

Het was verdriet, wist Bella, die Lily gadesloeg. Het was niet zo dat ze Bella niet mocht. Het was verdriet teweeggebracht door een schok en het had tijd, ruimte, geduld en begrip nodig. Plus een strenge aanpak. 'Misschien is het goed voor je om wat vaker naar buiten te gaan,' zei Bella. 'Dan knap je...'

'Dank u,' zei Lily weer werktuigelijk, zonder dat ze de bedoeling had Bella zo bot af te kappen.

En door dat einde – een abrupt, geforceerd einde, dat voor Bella even beledigend was als de dichte deur van de slaapkamer, als het gesloten gezicht van haar man, dag in dag uit, jaar in jaar uit – voelde Bella weer die bekende, zinloze woede opkomen. En vlak onder die woede, de vagere, verwarrende onrust die ze had gekregen sinds ze Nathan en Lily samen had gezien. Dat gevoel was er bijna onafgebroken: wanneer ze 's nachts wakker werd van de geluiden van het slapende huis, het geijsbeer van meneer Hausner op de bovenverdieping; wanneer ze boodschappen deed en ze de slager sceptisch vroeg naar de ware leeftijd van de kip die volgens hem een piepkuiken was of tegen de visboer snibbig opmerkte dat de ogen van die ene karper zo troebel waren; wanneer ze in haar eigen stille keuken stond en hamburgers van rauw gehakt maakte. Een onrust die zo diep ging dat het bijna doodsangst werd. Het was niet zo dat ze wist welke ramp hun nu precies boven het hoofd hing of door welk verdriet haar zoon nu precies zou worden getroffen. Het was meer de vage maar zekere angst van een moeder die een rammelende vrachtwagen naderbij hoort komen, nog onzichtbaar, maar die onafwendbaar op het jongetje afdendert dat nu nog vrolijk op straat achter zijn bal aanholt.

'Hallo, ma,' zei Nathan die de keuken binnenkwam.

Bella zat aan de tafel zichzelf koelte toe te wuiven. Lily stond voor het aanrecht bij de gootsteen met haar rug naar hen toe een tomaat in plakken te snijden en met zout te bestrooien. Nathan tilde Lily's haar op en gaf een kus in haar vochtige nek.

'Het is warm,' zei hij terwijl hij zijn das lostrok en zijn jasje uitdeed.

Het was dezelfde flat – door toeval en ongelukkige spelingen van het lot – waarin Nathan als kind had gewoond. In de tussentijd waren er andere huizen geweest, sommige wat beter, andere wat slechter, maar nu waren ze weer terug in dit huis, deze tweekamerflat, zonder lift en warm water, in Clark Street met de donkere keuken die toegang bood tot de brandtrap achter, en de benauwde slaapkamer, waar Nathan en Lily sliepen en waar Bella's verwachtingen van haar eigen huwelijk en echtgenoot een zachte dood waren gestorven.

Nathan herinnerde zich een avond – hoe lang was dat geleden? Hij zal niet veel ouder dan vijf zijn geweest, Sol een jaar of drie en Nina negen of tien maanden. Het was een winteravond. Joseph was uit zijn werk gekomen met een valentijnsverrassing voor Bella, een kaart met een man die naar de toenmalige mode gekleed was en verwachtingsvol naar de lezer tuurde:

Ik ben op zoek naar een Valentijn
Maar geen jazz-meid die wil pierewaaien.
Ik zoek een lief vlijtig juffertje
Dat ook een knoop aan kan naaien.

Onderaan waren twee knopen aan de kaart vastgenaaid, twee rode plastic schijfjes die Joseph misschien zelf had gesorteerd. Bella keek naar de kaart, scheurde hem in stukjes en liep de kamer uit.

Sol en Nina zaten al aan tafel – het was etenstijd –, Nina zat in haar kinderstoeltje met haar lepel op haar bordje te slaan. Sol liet zich van zijn stoel glijden en holde achter zijn moeder aan. Nathan bleef bij zijn vader, raapte de stukjes van de kaart op die zijn moeder aan snippers had gescheurd en legde ze op tafel. Er lag een roodwit geblokt zeiltje over de tafel, het rood was een tint donkerder dan de twee knopen die aan de verscheurde kaart waren genaaid.

Hij ging stilletjes aan de slag, zich vaag bewust van de koude tocht in zijn rug waar de warmte van het fornuis niet kon komen, zijn zwijgende vader aan de andere kant van de tafel, het steeds hardere gebonk van Nina's lepel en haar luidere ongeduldige kreten. Zijn vader stond op om een van de aardappels te pakken die op het aanrecht lagen af te koelen. Hij verkruimelde hem in zijn hand, legde hem op Nina's bord en ging weer zitten. De kaart werd weer een geheel, maar het was een nauwgezet werkje, omdat Nathan nog niet kon lezen en niet uit de letters en de woorden kon opmaken waar de stukjes hoorden.

Terwijl Nathan bezig was en Nina van haar aardappel at, begon zijn vader te praten, met zachte mompelende stem. Hij beschreef de eigenschappen van ijzer, lood en zink en legde uit in welke gevallen je het ene metaal boven het andere verkoos of waarom je soms een heel ander metaal moest gebruiken. Tin, bijvoorbeeld. Aluminium. Hij legde uit dat staal een legering van ijzer en koolstof was en op welke manieren je van zink en aluminium gietijzer kon maken. Hij sprak met dezelfde afstandelijke verwondering als waarmee hij een droom navertelde, waarmee zijn eigen vader of grootvader vroeger over de vruchten van Galilea sprak waaraan ze zich tegoed zouden doen in de Komende Wereld.

'Weet je waar het binnenste van de aarde uit bestaat?' vroeg zijn vader.

'Steen,' antwoordde Nathan.

'IJzer,' zei Joseph. 'Gesmolten ijzer. Dat houdt ons aan de wereld vastgeklonken. Hoe komt het dat we niet de ruimte in worden geslingerd hoewel de aarde rondtolt als een dolle vrouw? Heb je je dat weleens afgevraagd?'

Dat had Nathan niet, hij had nooit beseft dat hij ronddraaide.

'Denk je dat we door de zwaartekracht op aarde worden gehouden?' vroeg zijn vader. 'Neem maar van mij aan dat het niet door de zwaartekracht is. Over honderd jaar zal de zwaartekracht wetenschappelijk net zo achterhaald zijn als het idee dat de aarde plat is. Of als de goddelijke openbaring op de Sinaïberg. Namelijk als de halfgare verzinsels van de zoveelste valse profeet. We worden vastgehouden door de magnetische kracht. Hoor je wat ik zeg, de magnetische kracht?'

'Wat stond er op die valentijnskaart?' vroeg Nathan. Hij had de kaart weer samengevoegd, maar hij snapte nog steeds niet waarom zijn moeder zo boos was geworden, behalve dat het door de woorden kwam.

'Iets stoms,' antwoordde Joseph.

'Heeft mama hem daarom kapot gescheurd?'

'Zoiets, ja.' Joseph kwam bij Nathans stoel staan. 'Ben je daar nu eindelijk mee klaar?'

Nathan was nog niet helemaal klaar. Hij was eigenlijk van plan om alle stukjes om te draaien en dan het geheel met plakband vast te plakken zodat de kaart niet opnieuw uiteenviel. Maar hij knikte toch maar ja.

'Mag ik hem dan leggen op de plek waar hij hoort?'

Nathan knikte weer, en zijn vader verzamelde de stukjes in zijn hand en gooide ze in de vuilnisbak. Nina begon weer met haar lepel op haar bord te slaan, blij nu, haar gezicht, haar bord en de vloer onder haar hoge stoel waren bezaaid met stukjes aardappel.

'Je moeder is een goed mens,' zei Joseph tegen Nathan. 'Een trouw mens. Ze is trouw aan de man met wie ze is getrouwd.'

Nathan schudde de herinnering nu van zich af en legde zijn aktetas op een van de keukenstoelen. Het is maar voor even, had hij met zichzelf afgesproken toen ze de flat huurden. De oorlog was nog niet zo lang voorbij; de woningnood was nijpend in Montreal.

'Het is maar voor even,' had Nathan Bella beloofd, waardoor ze geroerd was. Het was meer een belofte die een man aan zijn bruid doet dan aan zijn moeder, en ze had niet gedacht zo'n belofte ooit nog uit de mond van een man te horen. In de oorlog had ze in het pension van mevrouw Pozniak gewoond en al hoopte ze dat ze op een goede dag haar eigen huis zou hebben, of ten minste zou worden gevraagd bij een van haar kinderen in te trekken als haar zoons levend en wel uit de oorlog waren te-ruggekeerd naar Montreal of als haar dochter, Nina, terugkwam uit Palestina, waar ze onderwijzeres was, toch had ze geprobeerd zo min mogelijk verwachtingen te hebben.

'Hoe was je dag?' Bella wist dat deze vraag beter door zijn vrouw kon worden gesteld, maar Lily vroeg nooit iets, leek het niet te interesseren.

'Gaat wel.' Hij deed de ijskast open om een biertje te pakken en zag het avondeten dat Lily had bereid. Toen viel zijn oog op de hamburgers op het aanrecht. Wat ging het worden? vroeg hij zich af. Wie zou als overwinnaar uit deze strijd tevoorschijn tre-den? 'Komt Sol thuis eten?'

'Dat heeft hij niet gezegd,' antwoordde Bella.

'Hij heeft een afspraakje,' zei Lily.

Bella blikte omhoog naar Lily.

'Dat heeft hij gisteravond tegen me gezegd,' zei Lily. 'Ik was nog op toen hij thuiskwam.'

Aha, dus ze praat wel met Sol, dacht Bella.

'Kon je weer niet slapen?' vroeg Nathan. Hij wist dat Lily aan slapeloosheid leed, maar meestal sliep hij 's nachts door als zij aan het rondspoken was.

Lily haalde haar schouders op. 'Niet zo goed.'

'Het is ook zo warm,' zei Nathan.

'Je was laat thuis vandaag,' merkte Bella op. Dit was eigenlijk ook iets wat zijn vrouw had moeten zeggen, vond ze. Viel het Lily überhaupt wel op hoe lang Nathans werkdag was? vroeg Bella zich af.

'Ik had een vergadering.'

'Een vruchtbare vergadering?'

'Redelijk,' zei Nathan. Hij knipoogde naar Lily die de tafel aan het dekken was.

Lily glimlachte, sloeg haar blik neer. Het was haar wel opgevallen dat hij laat was, maar ze had er niets van gezegd. Een man wil niet dat zijn doen en laten door een vrouw in de gaten wordt gehouden, had haar moeder haar geleerd. Ze legde de hamburgers in de koekenpan, terwijl ze haar hoofd afwendde en door haar mond ademhaalde om de lucht van dood vlees maar niet te hoeven ruiken. De lucht vulde de hele keuken, die geur van pasgedood met een heel licht zweem van bederf. Ze keek even naar Nathan en Bella. Roken zij dat nou echt niet?

'Een bedrijf loopt in het begin nooit goed,' zei Bella. 'Het kost tijd om een klantenbestand op te bouwen, om leveranciers te vinden die je niet beduvelen.'

Nathans bedrijf groeide snel, sneller dan hij voor mogelijk had gehouden toen hij Eisner had gezegd dat hij na zijn ontslag bij de luchtmacht niet zou terugkeren naar zijn oude baan. Het was zwaar werk, ja, maar regelmatig. Er kwamen elke dag meer metalen vrij uit de wapenfabrieken. Staal, ijzer, aluminium – alles waar zo'n groot tekort aan was geweest. En de klanten stonden in de rij om ze te kopen. Binnenkort had hij zijn eigen vrachtwagen nodig om ze af te leveren in plaats van er een lenen en huren, zoals hij tot nu toe had gedaan. En binnenkort had hij ook een eigen kantoor nodig. Een gehuurd plekje in een kantoor met een bureau en telefoon voldeed niet langer.

'De zaken gaan juist goed, ma.'

Bella en Lily keken allebei op van zijn zelfverzekerde toon.

'De zaken gaan heel erg goed.'

'Niet zo zelfingenomen,' waarschuwde Bella hem. Zijn vader was ook zelfingenomen geweest, herinnerde ze zich. Het was een aantrekkelijke eigenschap voor een man, maar ook gevaarlijk. Geen mens was sterker dan het leven, meende Bella.

HOOFDSTUK 4

Pas anderhalf jaar later stuurde mijn moeder me nog een pakje: 17 oktober 1954. De datum noteerde ik in mijn plakboek over haar dat ik was begonnen vlak nadat ik het eerste pakje had gekregen. Inmiddels zat ik in de tweede klas en was niet thuis als de post werd bezorgd; Elka gaf me het pakje toen ik uit school kwam en wat lekkers kreeg. Jeffrey (tweeënhalf) en Mitch (die in oktober acht maanden was geworden) lagen boven nog een dutje te doen, dus ik was samen met Elka in de keuken. Het 'meisjesuurtje', zo noemde Elka de korte tijd tussen dat ik uit school kwam en de jongens wakker werden.

Deze keer zat het pakje in gewoon bruin papier, dat niet zo mooi was als het blauwe, maar ik wilde het toch bewaren om in mijn plakboek te doen, bedacht ik. Mijn plakboek was nog leeg, afgezien van het blauwe stippeltjespapier, de postzegel met de Canadese gans die Elka voor me had losgestoomd en het systeemkaartje waarop mijn moeder eigenhandig had geschreven waar ze het stuk rozenkwarts had gevonden dat nu op mijn bureau in mijn kamer lag.

De postzegels op het laatste poststuk waren allemaal van koningin Elizabeth, wat me voor een dilemma plaatste. Eigenlijk hoorden die postzegels in mijn plakboek dat ik bijhield over de kroning van de Engelse koningin, een plakboek waar ik steeds meer dingen in plakte omdat ik het thema had uitgebreid met alle nieuwe verhalen en foto's over de koninklijke familie, de corgi's van de koningin en haar reisjes met haar man, prins Philip. Maar het plakboek over de koningin barstte al uit zijn voegen en dat van mijn moeder was nog bijna leeg, daarom besloot ik de postzegels in dat van mijn moeder te plakken. Ik zou ze losknippen in plaats van losstomen, omdat ik hulp nodig had bij het stomen en sinds de geboorte van mijn neefje Mitch had Elka weinig tijd meer om me te helpen met mijn projecten.

Elka was bezig bij het fornuis toen ik het pakje openmaakte, maar ik wist dat ze me in de gaten hield terwijl ze in de pan roerde. Ik ging met mijn vinger over mijn naam. Die was in blokletters geschreven, dus ik kon hem zonder moeite lezen. Ik haalde het papier eraf, voorzichtig, zodat het niet scheurde. Het was weer een klein doosje, maar deze keer niet van juwelier Birks, en toen ik het openmaakte zag ik zo'n zelfde laagje watten. Onder de watten lag weer een steen.

'Wat is het, schat?'

Ik tilde de steen van de watten, voorzichtig, alsof ik hem door ruw gedrag zou kunnen beschadigen. Maar ik kon hem niet beschadigen; hij was keihard. Het was een gladde, egaal grijze steen waar aderen van andere steensoorten doorheen liepen. Een mooie steen, dacht ik, en deze keer was ik niet teleurgesteld.

'Zit er een kaartje bij?'

Ik haalde een systeemkaartje tevoorschijn en wilde voorlezen wat erop stond, maar Elka moest me helpen. '*Rainy Lake, Ontario, 14.00 uur, 9 oktober 1954, bewolkt, 13 °C, zwakke wind,*' lazen we samen.

'Tja...' zei Elka.

Ik keek haar aan. Ze trok weer met haar mond.

'Je moeder houdt nogal van stenen, geloof ik.'

Achteraf begrijp ik dat dat de reactie was van een vrouw die niet wist wat ze moest zeggen, maar indertijd leek het me een

volkomen logische opmerking. En het bracht me op een geweldig idee voor mijn plakboek. Ik zou een bladzij maken waar ik
alles noteerde wat mijn moeder leuk vond. 'En meren,' voegde
ik eraan toe. 'Ze houdt ook van meren.'

'Ja, dat is zo. Die laatste steen was ook van een meer, hè?'

'Gem Lake,' zei ik.

'O ja.'

'Waar ligt Manitoba en Gem Lake?'

'Heel ver weg.'

'En Rainy Lake?'

'Ook heel ver weg.'

Ik vond het een mooie naam, Rainy Lake. Het rook er vast
lekker, dacht ik. We waren de vorige zomer naar een meer geweest, Trout Lake, in de Lourentian Mountains. Daar had ik
leren zwemmen, maar ik vond het eng om het water in te gaan
omdat Sol had gezegd dat ik moest oppassen voor forellen die
aan mijn tenen wilden knabbelen. In het Rainy Lake zou er
niets zijn om aan mijn tenen te knabbelen, leek me. Ik zou op
mijn rug op het water drijven en de regen zou zachtjes op mijn
gezicht vallen.

'Hoe ver dan?'

'Ze is daar niet meer, liefje. Daar was ze toevallig op die dag.'

'Is het verder weg of dichterbij dan Gem Lake?'

Ze dacht even na voordat ze antwoord gaf. 'Dichterbij,' zei ze.

Maar ze kwam helemaal niet dichterbij. En als dat wel zo was,
had ze het me niet laten weten, want er ging een heel jaar voorbij zonder dat ik iets van haar kreeg.

En toen, op een zondagavond, zei mijn vader dat ik een jurk
aan moest doen omdat we uit eten gingen. Meestal gingen we
alleen voor een speciale gelegenheid naar een restaurant, maar
het kwam ook weleens voor dat Elka op een zondagavond ver-

kondigde dat ze geen zin had om te koken of dat Sol aankondigde dat hij ons mee uit eten nam. Dan propten we ons met z'n allen in de auto van Sol of van mijn vader en reden we óf naar Ruby Foo op Decarie Boulevard, dat niet koosjer was, zodat we alleen vis en groentegerechten konden bestellen, of helemaal naar de andere kant van de stad, waar Sol en mijn vader vroeger hadden gewoond, naar het koosjere restaurant Green's. Daar mochten we alles nemen wat op de kaart stond, al nam ik eigenlijk altijd hetzelfde, namelijk kipfricassee, en maakte dan Jeffrey aan het huilen door hem wijs te maken dat de kippennekken in het gerecht de vingers waren van jongetjes die stiekem in de spullen van hun oudere nichtje hadden zitten rommelen.

'Hou daarmee op,' zei mijn vader boos. We waren die avond naar Green's gegaan en zoals gewoonlijk zei ik tegen Jeffrey dat hij jongensvingers aan het eten was.

'Ze maakt maar een grapje, hoor,' zei Sol tegen Jeffrey, maar Jeffrey moest toch grienen.

Mijn grootmoeder Bella en Ida Pearl waren er die avond niet bij, wat ongebruikelijk was, omdat we hen altijd ophaalden als we uit eten gingen. Mijn tante Nina ging nooit mee omdat zij het altijd te druk had.

Ik maakte griezelbewegingen met mijn vingers tegen Jeffrey, waardoor hij weer begon te jammeren, maar niemand had het me zien doen, dus niemand wist wat hem aan het huilen had gemaakt. Sol beet hem toe dat het nu wel genoeg was, waarop hij nog harder begon te huilen.

'Toe nou, Sol. Daar schiet je toch niks mee op,' zei Elka, maar ze was druk bezig met Mitch, die twee was en eveneens de boel bij elkaar schreeuwde. Ze stopte een groot stuk brood in Mitch' mond net op het moment dat hij een nieuwe brul uitstootte en ze nam Jeffrey op haar schoot.

Terwijl Mitchell probeerde uit te vinden hoe hij die enorme

broodprop moest verwerken, en Jeffrey sabbelend op zijn duim tegen haar borst lag, keek Elka naar mij en vroeg hoe ik het zou vinden om mijn eigen kamertje met bloemetjesbehang te hebben. De laatste keer dat Elka op zo'n babytoontje tegen me had gesproken was tweeënhalf jaar eerder toen ze had gevraagd hoe ik het zou vinden om er een lief klein nichtje bij te krijgen. En een paar maanden later werd Mitchell geboren.

'Ik heb al mijn eigen kamertje.'

'Ik bedoel bij ons thuis.'

Er waren maar twee slaapkamers in hun gedeelte van het huis, daarom moest ik bij Jeffrey en Mitchell op de kamer als ik bleef logeren.

'Sol en Elka hebben een nieuw huis gekocht,' zei mijn vader tegen me. Het stond aan Alpine Avenue in Côte-Saint-Luc, niet ver van het huis waar wij woonden, alleen was het nieuwer en beter. Ik moest blij zijn, dat wist ik. Dat was de reden dat we uit eten waren, om te vieren dat ze een nieuw huis hadden.

'En blijven wij dan op Cumberland Avenue wonen?' vroeg ik aan mijn vader. Ik wilde niet dat Sol en Elka gingen verhuizen, maar ik vond het minder erg als wij er bleven wonen, dacht ik. Ik kende alle kinderen uit de straat. Mijn school, Talmud Tora, was maar een paar straten verderop, aan Chester Avenue. In de achtertuin stond een wilg die Sol daar had geplant toen we er pas woonden, en er stond een schommel en een klimrek. Maar het allerbelangrijkste was wel dat mijn moeder wist waar ze me kon vinden.

'Nee, wij gaan ook verhuizen,' zei mijn vader. 'Naar een flat op Côte-Saint-Luc Road, vlak bij Sol en Elka.'

'Een heel mooie flat,' zei Elka. 'Helemaal op de negende verdieping met een lift om op en neer te gaan.'

'En mijn klimrek dan?'

'Dat nemen we mee,' zei Elka. 'En de schommel ook. Die

zetten we dan neer in onze tuin, die veel groter is dan de tuin die we nu hebben. En dan kom je elke dag bij ons spelen. Net als nu.'

Daar dacht ik even over na.

'Je vindt het er vast heel leuk,' zei Elka.

Ik dacht er nog wat over na, prikte met mijn vork in een van de kippenlevertjes in mijn fricassee en stopte het in mijn mond. 'Ik ga niet mee,' zei ik.

Ik zag de grote mensen een blik met elkaar wisselen.

'Ik weet dat het anders is dan met z'n allen in één huis wonen,' zei Elka. 'Maar het is echt niet ver. Heus. En dan kom je iedere dag uit school gewoon naar ons toe, zoals ik al zei. En dan eet je nog met ons mee. En Carrie woont in dezelfde straat.'

Carrie was mijn beste vriendin. We zagen elkaar elke dag op school en we vonden het geen enkel probleem om na school naar elkaars huis te lopen, het mijne aan Cumberland Avenue, waar mijn moeder me kon vinden.

'Ik ga niet,' zei ik weer. Ik prikte in iets anders van de stoofschotel, een onherkenbaar stukje kip. 'Ik wil niet in een stomme flat wonen, met een stomme lift, met stom bloemetjesbehang.' Het bloemetjesbehang zou trouwens in mijn kamer komen bij Elka en Sol, niet bij mijn vader, maar dat was op dat moment een detail dat er niet toe deed. 'Ik ga niet!' riep ik.

'Niet zo schreeuwen,' zei mijn vader.

Ik zag dat Elka haar hand op haar buik legde, waar de nieuwe baby zich waarschijnlijk net had omgedraaid of had geschopt. Die stomme nieuwe baby, die vast weer een jongetje zou worden en die vast de reden was dat we moesten verhuizen. 'Ik ga niet.'

'Je gaat wél en je houdt je nu ogenblikkelijk gedeisd.'

Dat was mijn vader en ik zag toevallig dat Elka haar hand op de zijne legde alsof hij degene was die zich gedeisd moest houden.

'Ik ga niet! Ik ga niet!' schreeuwde ik en bij elke kreet werd mijn stem scheller en hysterischer. 'Ik ga niet, ik ga niet, ik ga niet!' krijste ik uit alle macht terwijl mijn vader me uit mijn stoel tilde en het restaurant uit droeg.

Half maart tijdens een weekeinde vond de verhuizing plaats. Het leek iedereen beter als Jeffrey, Mitchell en ik dat weekeinde bij Bella en Ida Pearl zouden logeren. Dan liepen we niet in de weg. Ida Pearl en Bella woonden naast elkaar in hetzelfde gebouw op Decarie Boulevard dat Ida Pearl vlak na de oorlog had gekocht. Haar juwelierszaak was op de benedenverdieping, evenals bloemisterij May Flowers, en de twee woonverdiepingen erboven had ze verhuurd. Voordat Elka trouwde, woonde Ida Pearl in een bovenhuis op Notre-Dame-de-Grâce, net als wij, maar niet zo mooi als dat van ons, ouder, kleiner. Toen Elka en Sol trouwden, verhuisde Ida Pearl naar een van de woningen in het gebouw dat van haar was, en Bella trok in de flat naast haar.

Ik was vaak bij mijn oma Bella op bezoek, maar niet bij Ida Pearl, omdat Ida Pearl de hele dag in haar winkel werkte en ze mij niet echt aardig vond. Dat bedoel ik niet in algemene zin, dat ze gewoon niet van kinderen hield. Bella hield ook niet van kinderen, maar zij maakte graag een uitzondering voor dat ene concrete kind. Zoals ik, bijvoorbeeld. Bella had een afkeer van luidruchtige, blèrende kinderen, maar regelmatig kreeg ik een dikke knuffel van haar of las ze me voor of vertelde verhalen over haar jeugd in Rusland, dat ze in een sneeuwstorm terecht was gekomen of ander onheil. Ida's hekel aan mij was anders, persoonlijker. Dat voelde ik gewoon, ook al was ze nooit openlijk onaardig tegen me. Het was haar kilte, denk ik, het gebrek aan blijdschap als ze me zag. 'Je bent overgevoelig,' zei Elka terwijl ze door mijn haar woelde. Wat iets anders was dan zeggen dat ik ernaast zat met mijn gevoel.

Ik nam vanzelfsprekend aan dat als Bella en Ida ons dat weekeinde onder hun hoede namen, ik dan bij Bella zou logeren, maar dat was niet het plan. Jeffrey en Mitchell zouden bij Bella slapen en ik bij Ida Pearl.

'Bij Ida Pearl?' riep ik uit toen ik het verschrikkelijke nieuws vernam. Dat sloeg natuurlijk nergens op. Maar ik kon moeilijk tegen Elka zeggen dat haar moeder een hekel aan me had, dus maakte ik er maar van: 'Het is niet eens mijn echte oma.'

'Maar ze is wel als een oma voor je,' had Elka geantwoord. Omdat ze Elka's moeder was en Elka als een moeder voor mij was. Dat bedoelde Elka.

'Maar ze vindt me niet eens aardig.' Het kon niet onvermeld blijven. Ik voelde me in het nauw gedreven.

'Doe niet zo mal,' zei Elka. 'Dit is een goede gelegenheid voor jullie om elkaar wat beter te leren kennen.'

Elka had natuurlijk haar eigen zorgen om het aanstaande verbroederingsweekeinde. Toen ze me klaarmaakte boende ze mijn gezicht zo hard dat mijn huid ervan schrijnde, en ze bond mijn haar zo stevig in twee staartjes dat het leek of mijn halve hoofdhuid in de elastiekjes werd meegetrokken. Ondertussen zei ze steeds tegen me dat haar moeder niet van lawaai en gezeur hield en dat ik mijn bord moest leegeten en dat ik steeds netjes moest bedanken. Maar Elka's gespannenheid kon niet op tegen die van mij toen ze me voor Ida's deur afzette, met mijn gebloemde koffertje in de hand.

Ida begroette me met een bruuske omhelzing en ging me voor naar het zijkamertje, waar ze de bank als bed voor me had opgemaakt. Ik zette mijn koffertje op de deken, maar bedacht toen met schrik dat het misschien niet mocht – het bed was zo keurig opgemaakt, de deken was zo gladgetrokken als een ijsbaan – dus zette ik het op de grond. Toen was ik opeens weer bang dat dat ook niet goed was, dus ging ik op zoek naar een plekje dat wel geschikt was, en door al die spanning plaste ik in mijn broek. Ik had in geen jaren in mijn broek geplast, ook niet in mijn slaap – ik was acht, bijna negen – en de dodelijke angst die zich van me meester maakte toen ik de warmte zich voelde verspreiden werd nog eens versterkt door angsten die duidelijker waren dan de vage, onbestemde onheilsgevoelens die ik tot nu toe voor het logeerpartijtje had gehad. Ik was bang dat Ida tegen me tekeer zou gaan, dat Elka geen extra kleren voor me had ingepakt en dat ik de rest van het weekeinde in mijn blote billen of in mijn pyjama zou moeten rondlopen. Maar Ida stak zonder iets te zeggen haar hand uit en bracht me naar de badkamer, waar ze mijn broek en ondergoed uittrok en me op de wastafel tilde alsof ik zo licht en klein als een peuter was. En toen ik weer schoon en droog was, ging ik met een handdoek om mijn onderlichaam naar het zijkamertje toe en daar kozen we samen de meest geschikte kleding uit voor onze volgende bezigheid: thee in haar zitkamer, een kamer waar ik nog nooit binnen was geweest, omdat kinderen alleen de zijkamer en de keuken mochten betreden.

Toen Ida mijn koffer opendeed – hij bleek op de poef neergelegd te moeten worden – zag ik tot mijn opluchting dat Elka verschillende kledingsetjes had ingepakt, waaronder mijn favoriete gele coltrui die zo mooi stond bij mijn favoriete zwarte stretchbroek met de bandjes onder de voet, en mijn lievelingsrok: een groengeruite kilt die met een gouden speld dichtging. De aanblik alleen al van mijn vertrouwde spulletjes maakte me op slag vrolijk en Ida moet dat gevoeld hebben, want ze klopte op mijn hand terwijl ik op mijn gele coltrui klopte en zei: 'Soms kunnen dingen als een vriendje voelen.'

Even later maakte ik in mijn groene kilt en gele trui mijn opwachting in Ida's zitkamer. Het was een deftige kamer, uitgevoerd in verschillende tinten blauw, met geschulpte vitrages achter zware gedrapeerde gordijnen, en lampenkappen met kanten ruches en een spiegel in een vergulde lijst die boven de kobaltblauwe sofa hing die Elka de 'Louis Quinze-sofa' noemde en die er niet uitzag om op te gaan zitten, maar het enige meubel was in de richting waar Ida's hand naar wees, dus ging ik zitten op de plek die ze aangaf, mijn handen gevouwen op mijn schoot, en wachtte tot de thee kwam. Die bracht ze binnen op een zilveren blad dat vol stond met theepotten van verschillend formaat. Ze zette het blad op de salontafel voor de sofa en schonk twee kopjes in. Ze schonk de thee uit de grootste pot, liet een schijfje citroen in het ene kopje vallen en schonk er toen nog een amberkleurige vloeistof uit een kleinere pot bij, waarna ze een lepeltje frambozenjam in mijn kopje deed, roerde en het kopje aan mij gaf, alsof het niet bij haar opkwam dat ik het knalrode drankje op haar kobaltblauwe sofa kon morsen. Alsof ik niet langer hetzelfde meisje was dat zo-even in haar broek had geplast.

'Lechajim,' zei ze en tilde haar kopje proostend op.

'Lechajim,' zei ik haar na en ze glimlachte.

Ze sloeg de hete thee in een keer achterover, schonk zich nog een kopje in en glimlachte weer tegen me, alsof ze blij was met mijn aanwezigheid.

'Ik heb gehoord dat je niet wilt verhuizen,' zei ze.

'Nee,' zei ik. Ik vroeg me af of ze ook had gehoord dat ik krijsend en gillend als een kleuter uit Green's afgevoerd had moeten worden.

'Je vindt je huis leuk. Je vindt je straat leuk.'

Ik knikte. Ik had nog niemand de echte reden verteld waarom ik niet wilde verhuizen, zelfs niet aan Carrie, en ik was niet van plan om het nu als eerste aan Ida Pearl toe te vertrouwen.

'Je denkt dat je moeder je niet kan vinden als ze terugkomt en jij bent verhuisd.'

Nu werd ik bang. Ida kon dus mijn gedachten lezen. Maar ik was ook stomverbaasd. Geen enkele volwassene had ooit mijn diepste wens verwoord, ik wist niet hoe ik moest reageren. Als ik knikte zou ze misschien zeggen dat het dom van me was, dat mijn moeder niet meer terugkwam. Maar als ik nee schudde zou ze weten dat ik loog, omdat ze mijn gedachten kon lezen.

Ik knikte kort. Ida knikte ook, alsof ze mijn antwoord al van tevoren wist en alleen wachtte totdat ik het toegaf.

'Je moeder is een heel slimme vrouw. Ze weet je vast wel te vinden.'

'Kent u haar dan?' Ik had moeite met de chronologie van de gebeurtenissen. Aan de ene kant was mijn moeder al weg toen Elka en Sol trouwden en maakte Ida Pearl nog geen deel uit van onze familie, dus hoe kon ze mijn moeder dan kennen? Maar aan de andere kant was zij degene geweest die meteen was gekomen en de politie de fles melk had laten zien.

'Niet goed, maar ze is een keertje bij me in de winkel geweest.'

'Echt?' In gedachten zag ik de winkel van Ida voor me, die ik zo goed kende. Ida die achter haar glazen toonbank stond, met een loep aan een ketting om haar hals. En daar aan de andere kant van de toonbank stond een vrouw in een lange zwarte jas en een zwart hoedje met een korte voile. Mijn moeder. 'Was ze knap?'

Ida glimlachte, maar dacht lang na voordat ze antwoord gaf. Het was een stilte die me in verwarring bracht, omdat mijn vraag nou niet bepaald moeilijk was.

'Een vrouw kan mooi zijn zonder knap te zijn,' zei Ida ten slotte.

Ik knikte alsof ik begreep wat ze bedoelde.

'Jij hebt haar ogen,' zei ze tegen me.

'Echt waar?' Mijn ogen waren mijn sterkste punt, had mijn

tante Nina tegen me gezegd. Als ik ouder was, zou ze me laten zien hoe ik mijn ogen met make-up het beste kon laten uitkomen. Automatisch wierp ik een verstolen blik in de vergulde spiegel aan Ida's muur en zag mijn moeders ogen terugkijken.

'Wat voor haar had ze?' vroeg ik aan Ida. Ik had bruin golvend haar, al was het in de zomer eerder kroezend dan golvend.

'Ik weet niet meer wat voor haar ze had.'

'Echt niet?'

'Ze droeg het meestal uit haar gezicht.'

'In een paardenstaart?'

'Nee, opgestoken in een knot.'

'Een knot?' Dat was een domper. Oude vrouwen droegen hun haar in een knot.

'Een wrong,' preciseerde Ida. Ze sprak het in werkelijkheid uit als 'vrong' omdat ze uit Polen kwam. Maar haar accent viel me al lang niet meer op. Net zomin als dat mijn grootmoeder Bella, mijn lerares, mijn ouders of van het merendeel van mijn vriendinnen. Ik was eraan gewend, gewend dat de *w* als een *v* werd uitgesproken, de *i* als een *ie* en dat de *r*'s in mijn naam klonken als iets dat diep uit hun keel werd opgehoest. 'Volgens mij heette het een Franse rol.'

Ik wist niet wat een Franse rol was, maar het klonk in ieder geval meer als het soort kapsel dat een mooie vrouw als mijn moeder zou dragen dan een knot.

'Waarom hebben we geen foto's van haar?' vroeg ik aan Ida.

Weer een lange stilte, maar nu was ik niet in verwarring omdat de vraag die ik nu had gesteld juist heel moeilijk was. Niemand leek namelijk het antwoord te weten. ('Soms, als mensen heel erg verdrietig zijn, vinden ze dat ze er niet mooi uitzien,' had mijn vader gezegd, waar ik niets van begreep. 'Niet iedereen wil dat er een foto van ze wordt genomen,' zei Elka, wat ook geen antwoord was maar me wel op de volgende vraag bracht:

'Waarom niet?' wat weer tot de dooddoener 'Dat weet ik niet' leidde.)

'Er zijn mensen die denken dat het oog van de camera kan zien wat een mens niet kan zien.'

'Echt waar?'

Ida knikte.

'En is dat zo?'

'Natuurlijk niet. Maar misschien dacht je moeder dat.'

Daar dacht ik over na terwijl ik van mijn zoete rode thee dronk. 'Wat dacht ze dan dat de camera kon zien?'

Hier moest Ida om lachen, maar het was een lach zonder vreugde. Het was alsof iets haar eindelijk beviel – de vraag die ik had gesteld, het feit dat ik het gesprek dat we hadden kon volgen – maar het maakte haar niet echt blij. 'Wie ze vanbinnen was.'

Daar dacht ik even over na. 'Zoals bij een röntgenfoto?'

'Zoiets,' zei Ida en ik moest meteen denken aan de apparaten bij Kiddie Kobbler, niet ver van Ida Pearls huis in Snowdon, waar ze een röntgenfoto van mijn voeten hadden gemaakt om te kijken of mijn veterschoenen, instappers en nette schoenen wel goed pasten. Ik vond het leuk om mijn botten te zien; ik vond het wél leuk om te zien hoe ik er vanbinnen uitzag.

'Maar ze was een slimme vrouw,' zei Ida, alsof iemand net het tegendeel had beweerd. 'Iemand kan soms bijgelovig zijn en toch heel slim, en jouw moeder... aan het gesprek dat we die keer bij mij in de winkel hadden, kon ik merken dat je moeder heel slim was. Maar zal ik je eens wat vertellen?'

Ik knikte, buiten adem van spanning wat ze me ging vertellen.

'Ook als ze niet slim was, had ze je telefoonnummer en nieuwe adres heus wel weten te vinden in het telefoonboek, net zoals die er nu ook in staan, dus als ze je zoekt, dan kijkt ze gewoon daarin, net zoals ze dat heeft gedaan toen je op Cumberland Avenue woonde.'

Het was niet echt het nieuwtje over mijn moeder dat ik hoopte te krijgen, maar op dat moment was ik er enorm blij mee. De opluchting stroomde als een warme golf door me heen.

'Wat niet wil zeggen dat je niet verdrietig mag zijn omdat je afscheid moet nemen van je huis en je straat.'

Opeens vond ik dat niet meer zo verdrietig. De opluchting had het verdriet verdrongen en Ida moet dat gevoeld hebben, want diezelfde lach verscheen weer op haar gezicht en ze schonk onze kopjes nog eens in, deed weer frambozenjam in mijn thee en dezelfde amberkleurige drank in de hare, wat whisky was, zo besefte ik, toen de geur naar me toe zweefde. Ze tilde haar kopje weer op, net zoals ze voor onze eerdere lechajim had gedaan.

'Het hele leven bestaat uit verandering, schat, dus we kunnen er maar beter van genieten, vind je ook niet?'

HOOFDSTUK 5

Elka stond buiten op Sol te wachten toen hij haar voor hun eerste afspraakje kwam ophalen. Merkwaardig gedrag, dacht Sol toen hij haar daar op straat zag staan. Ze woonde even ten westen van Decarie Boulevard, in Notre-Dame-de-Grâce, in een bakstenen woning, klein maar goed onderhouden, met een klein voortuintje. Sol vroeg zich af wat er dan in huis zo beschamend was dat ze hem niet eens binnen wilde laten.

'Het is zo warm binnen,' had ze direct gezegd, alsof ze zijn gedachten kon lezen.

'Buiten is het niet veel beter.'

'Toch wel. Zullen we gaan?'

Door de augustushitte lag er een dun laagje zweet op haar huid, zag hij, maar niet bij elk meisje zou dat zo schattig staan als bij haar.

'Moet ik niet eerst even je moeder gedag zeggen? Haar laten weten dat ik je weer heelhuids aflever?'

'Mijn moeder mag je niet. Ze heeft me verboden met je uit te gaan, ik mag niet eens met je telefoneren.'

'Aha,' zei Sol, meer verbaasd dan beledigd, zelfs licht geamuseerd bij het idee dat Ida Pearl hem de maat had genomen en tot de conclusie was gekomen dat hij een man was om rekening mee te houden.

'Zo is ze nu eenmaal.' Elka haalde haar schouders op. 'Ze vindt dat niemand ons niveau haalt, alleen heeft ze niet door dat we het zelf ook niet halen. Ons niveau, bedoel ik. Dat onze maatschappelijke positie, de omstandigheden waarin we nu verkeren niet bepaald...'

'Wacht eventjes. Rustig aan. Wil je zeggen... dat ze vindt dat ik niet goed genoeg ben?'

'*Niet ons soort*, zo noemt ze het.'

'En jij staat hier nu buiten om me dat te vertellen? Dat je moeder me niet moet? Dat ik niet aan het niveau van je familie kan tippen?'

'Ik ben naar buiten gekomen om een ommetje te maken. Het is smoorheet binnen. En je mag naast me lopen als je wilt.'

'Wat ruimhartig van je.'

Een flauw lachje. De kuiltjes in haar wangen. 'Je mag lopen waar je wilt. De stoep is tenslotte niet van mijn moeder.'

Hij was boos, beledigd, maar omdraaien en zonder een woord wegbenen zou een zinloze overwinning zijn, besefte hij, meer een overwinning van haar moeder dan van hem.

'Ik kan wel wat lichaamsbeweging gebruiken,' zei hij terwijl hij probeerde met haar in de pas te lopen op de stoep die niet van haar moeder was.

Ida Pearl keek uit het raam van haar zitkamer naar Elka die wegwandelde met Sol. Ze wist al meteen sinds ze haar had verboden met hem om te gaan dat Elka zich daar niets van aan zou trekken – en waarom? vroeg Ida zich af. Waarom deze man en niet een ander? Waarom deze doorsneefiguur in plaats van een aardigere of rijkere man? Of waarom niet een doorsneefiguur die níét al verliefd was op de vrouw van zijn broer? Snakte ze zo erg naar aandacht? vroeg Ida zich af. Heb ik haar zoveel aandacht onthouden dat ze nu achter de eerste de beste man aanholt die haar een blik waardig gunt?

Het was dom van haar geweest om tegen Sol te zeggen dat hij

Elka ten dans moest vragen, bedacht Ida. Dom om sowieso naar dat huwelijksfeest te gaan, dat niet bepaald de missie van teleurgestelde verwachtingen was geworden zoals Elka van tevoren had gedacht.

Ida en Elka waren op de bruiloft vanwege een brief die Ida Pearl van haar zus, Sonya, die in Palestina woonde, had ontvangen. Ida kreeg regelmatig brieven van Sonya en meestal las ze die vluchtig door. Het waren doorgaans lange jammerklachten, over de vochtige hitte 's zomers in Tel Aviv, de mist in de winter, en de kwalen die dat veroorzaakte bij Sonya, haar man, Leo, en hun immer uitdijende kinderschaar; over het gebrek aan cultuur in Palestina – in Polen was ze dichteres geweest en maakte daar deel uit van de literaire coterie; over de Britten, de Arabieren, de prijs van eieren, het toenemende geweld... Maar dat alles weerhield haar er niet van om Ida Pearl aan te moedigen daar ook te komen wonen. *Waarom zouden jij en Elka als twee honden zonder baasje in Montreal zitten te simmen?* vroeg ze aan het einde van elke brief. *Je kunt hier net zo goed in armoede leven als daar. Je liefhebbende zuster, Sonya.*

Sonya's brieven belandden altijd binnen tien minuten na aankomst in huize Krakauer in de prullenbak, maar het rothumeur dat ze bij haar teweegbrachten duurde vaak tot diep in de avond en soms nog zelfs tot de volgende dag. De laatste brief echter week af van alle voorgaande, en wel omdat er voor de verandering iets interessants in stond. Een vrouw had aangebeld bij Sonya in Tel Aviv en beweerd dat ze Lily was, een nicht van vaderskant.

Het was hun nichtje niet, schreef Sonya aan Ida. Ze leek totaal niet op de Lily die Sonya zich herinnerde, een brutaal sproetig kind dat elke zomer uit Antwerpen bij hen op bezoek kwam. *Ik weet wel dat mensen veranderen,* schreef Sonya. *En G-d weet dat wat zij heeft doorgemaakt zijn sporen nalaat. Maar zo anders?*

Zo'n enorme verandering? Kan iemand door een gebeurtenis zoveel veranderen dat ze in niets meer op de oude persoon lijkt? vroeg Sonya zich af.

Ze wist het niet. Hoe moest ze dat ook weten? Ze had nog nooit moeten overleven onder zulke onmenselijke omstandigheden. Dat moest Sonya even laten bezinken en het was de reden dat ze de jonge vrouw binnen vroeg.

Zou het misschien toch kunnen? vroeg Sonya zich af terwijl ze thee zette en plakjes cake op een schaal legde. Maar toen ze een gesprek begonnen, wist ze dat het niet zo was. Het meisje was een bedriegster, een dievegge. Misschien nog erger. Ze kende niet eens de namen van haar familieleden, haar dierbare ouders, broers... *die allemaal zijn omgekomen, vrees ik*, schreef Sonya.

Ze confronteerde het meisje met haar leugen en verwachtte een bekentenis van haar, een smeekbede om genade die Sonya ten volle bereid was haar te geven. *Het is tenslotte een levende ziel, een springlevende, Joodse ziel die aan de hel was ontsnapt waarvan jij en ik ons geen voorstelling kunnen maken. Ik was niet van plan haar te verraden, haar aan te geven, en ik was bereid haar in alle opzichten gerust te stellen.* Maar de jonge vrouw gaf geen krimp, was helemaal niet uit op geruststelling. Toen ze met haar leugen werd geconfronteerd, bleef ze uiterst kalm en hield bij hoog en bij laag vol dat ze Lily was, ondanks dat ze niets van haar verleden wist.

En dat bracht me zo in verwarring, schreef Sonya. *Waarom bleef ze stug volhouden? 'Ik zal je niet verraden,' beloofde ik haar. Maar ik wilde haar ook niet in huis nemen. 'Het is niet zo dat we familie zijn,' zei ik.*

'Maar dat zijn we wel,' zei ze. Toen vertelde ze over een droom waarin ze door een stad rende, moest rennen voor haar leven. Ze kwam bij een deur. Een zware houten deur die de kleur van steen

had. Ze beschreef die deur voor me, de kleur en de krassen en de buts links van het sleutelgat. Het was de deur van ons ouderlijk huis in Krakau.

De deur ging niet open, hoe hard ze er ook tegen duwde. Ze wierp zich tegen de deur – het was van levensbelang dat hij openging – maar zelfs haar volle gewicht haalde niets uit, als een steentje dat ertegen afketst. Dat was wat ze me vertelde. Ze leunde ertegen, zonder daadwerkelijk te duwen, in de wetenschap dat haar laatste uurtje had geslagen. Ze legde haar wang tegen de deur, haar vlakke hand. En opeens ging hij open en betrad ze een wereld van rust: een begroeide binnentuin, tokkende kippen, flarden pianomuziek die uit een open raam zweefden.

Onze eigen binnentuin, schreef Sonya. Ze beschreef onze binnentuin van vroeger, uit onze jeugd, deze bedriegster die helemaal niet op Lily leek, maar toch wist van de zomers uit onze jeugd, deze onbekende die nog nooit bij ons thuis was geweest en het allemaal zo wist te beschrijven dat ik me verloor in herinneringen. Ik vergat mijn huidige leven en was weer terug op zo'n zomerse middag, de zware geur van rijpe abrikozen, de stem van mama die zich vermengde met de klanken van mevrouw Gamulka's piano. Kun jij je die middagen nog herinneren?

Dat kon Ida nog.

Ik weet niet hoe lang ik daar in het schaduw- en lichtspel van die binnentuin verbleef: zo'n diepe, weldadige rust. Best een tijdje, denk ik, want ik schrok wakker van een paniekerige stem die me terughaalde naar het nu met de vraag of het wel goed met me ging.

Ik werd me meteen weer bewust van het lawaai van Tel Aviv, de misselijkmakende geur van de zee, het zware verdriet dat even niet meer op mijn borst had gedrukt.

'Doe de ramen dicht,' verzocht ik haar. Er was niets aan die lucht te doen – hij is overal, altijd, die zilte rottingslucht die de muren doet uitzetten en zelfs in de zachte, fijne krullen van mijn kinderen gaat zitten – maar het lawaai kun je wel buitensluiten. Ik kon het lawaai niet meer verdragen.

En wat waren precies die geluiden die me zo stoorden, geluiden die ik haast als een aanslag ervoer? Gewoon, pratende mensen op het balkon onder me, auto's en het stadsgeronk, de hoge, lachende kinderstemmen op het speelplein, waaronder die van mijn eigen drie kinderen.

'Alsjeblieft, het raam,' zei ik, maar ze weigerde aan mijn verzoek te voldoen. Ze bracht me water, depte mijn voorhoofd, spoorde me aan wat te drinken.

Ik verkeerde in gevaar, echt. Ik wiebelde op de rand, met de bal van mijn voeten stond ik nog stevig op de harde, koude ondergrond van mijn huidige leven, maar mijn hielen werden door niets meer gesteund en zakten diep weg in herinneringen, het verleden, een ondergrond die bezweek als een zachte wolk. Ik wilde nu dat ze bleef, deze vrouw die niet Lily was. Ik wilde dat ze bleef en de doden levend voor me maakte, me terugbracht naar de doden die op dat moment meer levend voor me waren dan mijn eigen kinderen die op het speelpleintje voor mijn open raam aan het lachen en roepen waren.

'Alsjeblieft,' zei ik nogmaals. Blijf, bedoelde ik. Vertel me je dromen. Ik wilde weer achterover vallen in de leegte die me opwachtte.

Maar ze weigerde me nog meer te vertellen. Ze is nogal pragmatisch, die nieuwe Lily van ons. Ze was nog maar net die ochtend gearriveerd en haar positie was nog onzeker.

'Help me,' zei ze.

Ik stuurde haar door naar dat mens van Zlotnik die dingen kan regelen voor dit soort lui: papieren, een huwelijk, werk, wat je maar nodig hebt. Geen probleem, zei mevrouw Zlotnik. Vanmiddag kan ik al iets geregeld hebben, maar – hou je vast! – een nieuw leven in Palestina was niet goed genoeg voor deze bedriegster.

'Canada,' beval ze mevrouw Zlotnik.

'Canada?' Daar moest mevrouw Zlotnik hard om lachen. En ze lachte nog steeds, geloof ik, toen de vrouw een diamant tevoorschijn haalde. Geen geslepen diamant, maar een ruwe, een behoorlijke joekel ook nog kennelijk, maar het was niet duidelijk waar hij vandaan kwam en hoe zij hem had gekregen – ik vrees dat hij van ons lieve nichtje Lily was geweest en dat hij uit de slijperij van oom Chaim afkomstig was.

Zlotnik beval haar de diamant weer weg te stoppen. Er was vast iets dat ze gemakkelijker vond om te verkopen, een gouden munt of zo – hoe kon zo'n mens ook de waarde bepalen van een ongeslepen diamant?

'Het is allemaal gestolen waar,' zei ik tegen haar toen ze me het verhaal vertelde.

'Het is niet aan ons om te oordelen,' antwoordde ze, mijn morele gids, de rechtschapen mevrouw Zlotnik, die rijker wordt met elke vluchteling die ze helpt. Ze zei tegen de vrouw dat ze haar een paar dagen de tijd moest geven.

Het werden eerder een paar maanden, en nog wat langer om alles in orde te krijgen, maar nu is ze dan op weg naar Canada terwijl ik hier op mijn balkon zit. Ze reist sneller dan de woorden die ik nu aan jou schrijf. De naam van de gelukkige bruidegom is Kramer. Ga naar haar huwelijk en schrei bittere tranen.

Ida had de brief gelezen en schudde haar hoofd.

'Wat is er?' vroeg Elka die naar haar keek.

'Niets,' zei Ida. Ze moest het verhaal van haar zuster nog even op zich laten inwerken, ze kon niet geloven dat het waar was.

'Wil ze nog steeds dat we daar komen wonen?' vroeg Elka.

Kwam het door Sonya's neiging om alles aan te dikken dat Ida aan haar verhaal twijfelde? Of was het haar onwil om de gevolgen onder ogen te zien mocht het waar zijn wat Sonya zei? Ze was naar het huwelijk gegaan in de wetenschap dat de bruid een bedriegster was, maar ergens hoopte ze toch dat het haar nichtje Lily was die in de echt werd verbonden. *Ik vergeef je*, was ze bereid tegen haar te zeggen, ook al zou haar nichtje niet eens weten wat zij of iemand van haar familie had gedaan dat vergeven moest worden. Lily was nog maar een meisje van een jaar of acht of negen geweest toen haar vader, Ida's oom Chaim, Ida uit zijn slijperij in Antwerpen had gezet. *Het verleden ligt achter ons*, was Ida van plan te zeggen, al wist ze terwijl ze haar toespraakje voorbereidde, dat dat niet helemaal waar was. Door de brief waren de oude grieven weer bovengekomen, grieven die ze had gedacht achter zich te hebben gelaten, voor altijd uitgedoofd.

Toch voelde ze ook iets van hoop opvlammen. Het was vijftien jaar geleden sinds ze iemand van haar familie had gezien. Ze was net aan het uitrekenen hoe oud Lily nu moest zijn, toen de bruid aan het begin van het gangpad verscheen. Een volslagen vreemde.

'Ben je boos op me?' vroeg Elka aan Sol in het café in Montreal waar ze net aan een tafeltje waren gaan zitten. Ze had niet moeten zeggen wat haar moeder van hem vond. Ze had gedacht dat hij er wel tegen kon, dat hij dan zou begrijpen hoe lastig het voor haar was om elke dag met haar moeder te moeten leven. Elk uur. Maar tijdens de wandeling naar de koffiezaak had hij amper een woord gezegd.

'Nee, hoor,' antwoordde Sol. 'Waar zou ik boos om moeten zijn?' Hij was niet alleen gekrenkt maar ook kwaad om het kortzichtige oordeel van de moeder, haar volkomen verkeerde inschatting van zijn karakter en vooruitzichten. Toch vroeg hij zich af hoe Ida Pearl aan haar lage dunk van hem was gekomen, waarop haar idee was gebaseerd dat hij niet goed genoeg voor haar dochter was.

'Je moet het haar niet al te erg aanrekenen,' zei Elka die de klap probeerde te verzachten, Sol mild probeerde te stemmen, de avond nog probeerde te redden. 'Ze is...' Elka maakte haar zin niet af. Hoe moest ze het feit verzachten dat ze hem zojuist had meegedeeld, namelijk dat haar moeder vond dat hij niet van haar niveau was? 'Toen ze jong was, was ze beroemd, snap je?'

'Aha.' Sol deed net of hij ingespannen de kaart bestudeerde, al kende hij die uit zijn hoofd. Ongeveer om de week nam hij een ander meisje mee naar Miss Montreal.

'Echt?' Elka wilde zien of Sol nog uit zijn doen was, maar hij zat zo geconcentreerd de kaart te bestuderen dat het haast leek of de toekomst van de wereld afhing van het aanbod. 'Nou ja, ze was beroemd om haar werk.' Nog steeds geen reactie. 'Ze was diamantslijpster,' ging Elka verder, al liet Sol op geen enkele manier merken dat hij luisterde. 'Een van de beste in Antwerpen. En die van Antwerpen waren sowieso de beste, natuurlijk.'

'Uh-huh,' zei Sol. Net zoals mijn vader een ervaren metaalbewerker was, dacht hij, en mijn moeder een veranderingsgezinde die elke fabrieksarbeider die ze tegenkwam bewust maakte van zijn onrechtvaardig lot. 'IJsje?' bood hij aan.

'Graag. En een kersencola. Of nee, doe maar koffie.' Koffie was chiquer, dacht ze.

'Dus... je moeder is Belgische?' Geen wonder dat ze zo'n snob was. De Belgen waren bijna net zo erg als Duitse Joden, omdat ze vonden dat ze beter waren, beschaafder dan hun Russische en Oost-Europese broeders.

'Ze komt oorspronkelijk uit Krakau. Daar is ze geboren. Maar toen haar vader overleed, is ze naar Antwerpen verhuisd. Dat wilde ze niet, maar ze moest. Daar woonde een oom, Chaim, de broer van haar vader, die haar wel in huis wilde nemen.'

'Kon haar moeder niet voor haar zorgen?' Niet bepaald deftig, dacht Sol.

'Haar moeder had al zes andere kinderen om voor te zorgen.

Haar oom ook, maar die kon zich nog een kind veroorloven. Hij zat in de diamanten. En bovendien werkte mijn moeder voor de kost.'

'Hij nam haar in huis en zette haar vervolgens aan het werk?' Leuke familie, dacht Sol. En dan vindt zij nog dat ik niet van háár niveau ben.

'Hij zette haar niet aan het werk. Dat wilde ze zelf. Ze wilde niet haar hand moeten ophouden.'

'Maar dan nog... Hoe oud was ze?'

'Zeventien.' Maar een paar maanden ouder dan Elka nu. 'Ze begon met polijsten. Dat was het werk voor de vrouwen. Maar op een of andere manier heeft ze ook leren kloven en slijpen. Wat voor een vrouw toen bijna ongehoord was. En haar oom probeerde het ook ongehoord te houden. Al haar werk ging onder zijn naam, zijn reputatie, de deur uit. En hij betaalde haar *babkes*.' Elka nam een slokje van haar koffie, deed er drie scheutjes room in en de helft van de suikerpot.

Sol sloeg haar glimlachend gade en nam nog een slokje van zijn eigen koffie, die hij graag zwart dronk.

'Ze werd steeds beter. En haar oom werd steeds rijker. Maar op een dag kregen ze ruzie. Naar verluidt over haar loon, maar in werkelijkheid omdat het geheim bekend was geworden en steeds meer handelaars expliciet vroegen om het werk van mijn moeder.'

'Nou en? Hij was toch nog steeds degene die eraan verdiende?'

'Mijn oudoom Chaim had ook nog vijf zonen die in de zaak werkten. Vijf zonen die ook diamanten slepen.'

'Ik snap het nog steeds niet...'

'Middelmatigen zijn bang voor uitblinkers.'

'Ah.'

'Hij ontsloeg haar.'

'Aardige man.'

'Hij ontsloeg haar niet alleen, hij zond haar in ballingschap.'

'Ballingschap?'

'Nou ja, misschien niet echt in ballingschap. Hij boekte passage voor haar naar Montreal.'

'Zodat ze niet voor een van zijn concurrenten kon gaan werken?'

'Precies,' zei Elka, die hem als beloning een brede glimlach schonk.

'Maar waarom Montreal?'

'Daar kende hij een paar mensen.'

'En hij stuurde haar gewoon weg? Met lege handen?'

'Met wat contant geld voor het eerste begin plus de namen van de paar mensen die hij er kende. Niet dat ze die ooit heeft benaderd. Ze had hun adres niet en ze was net begonnen rond te vragen toen ze mijn vader ontmoette, Arthur Krakauer.' Ze keek Sol aan om te zien of hij hem kende. 'Ze vond hem een nette man. Omdat hij haar een paar keer mee uit eten nam en haar hielp met haar Engels.' Elka schudde haar hoofd. 'Over naïef gesproken.'

Sol glimlachte.

'Wat is er zo grappig?'

'Niets.' Hij kon haar moeilijk vertellen dat hij haar zo jong vond op dat moment, zo onschuldig en naïef, omdat ze haar eigen moeder – die ijzervreetster – naïef durfde te noemen.

'Vind je het soms grappig dat hij ons in de steek heeft gelaten?' Zo, dacht ze. Dat is eruit. Haar blik was koel en onverstoorbaar.

'Nee, helemaal niet. Het was niet mijn bedoeling...'

'Hij was al weg voordat ik was geboren.'

'Wat naar voor je.'

'Met al het geld dat oom Chaim haar had gegeven voor een nieuwe start.'

'Heeft hij haar al haar geld afgenomen?'

'En haar eer.'

'Nee,' zei Sol. 'Haar eer heeft hij haar niet afgenomen.'

Onder haar kalme blik verscheen een lichte blos.

'Hoe dan ook, als ik hem toevallig tegenkom, spuug ik hem in zijn gezicht.'

'Hij is het spuug in je mond niet waard,' zei Elka, maar ze was toch blij met zijn reactie, zag Sol. Hij had zijn glimlach van zo-even weer goedgemaakt.

'Na zijn vertrek ging ze op zoek naar werk, maar in Montreal waren geen diamantslijperijen. En ook geen juweliers die haar in dienst wilden nemen. Ik denk dat ze dachten dat een in de steek gelaten vrouw met een blèrende zuigeling geen goede reclame zou zijn voor verlovings- en trouwringen.'

'Ja, dat zal wel,' zei Sol. Haar openhartigheid had iets moedigs, vond hij. Dat bewonderde hij. De meeste meisjes zouden niet zijn ingegaan op de details van dergelijke gezinsomstandigheden, zouden gewacht hebben totdat de haak van hun charmes stevig in zijn vlees zat voordat ze durfden te vertellen over verlating, armoede en meer van die ellende. 'Kom,' zei hij vriendelijk. 'Eet je ijsje eens op. Het begint al te smelten.'

Hij zoekt vast naar een mogelijkheid zo snel mogelijk te ontsnappen, dacht Elka. Maar beter nu dan later. Ze had al eerder een teleurstelling moeten verwerken toen een jongen die ze leuk vond de benen had genomen omdat hij erachter was gekomen dat een bovenhuis in Notre-Dame-de-Grâce toch niet helemaal aan zijn droombeeld voldeed. Zij nam tenminste aan dat hij daarom de benen had genomen. Ze waagde nog even vlug een blik op Sols gezicht.

'Maar nu heeft ze een bloeiende zaak,' zei Sol die haar aanspoorde door te gaan met haar verhaal. 'Bloeiend' was wellicht een tikje overdreven, maar Ida kon in ieder geval haar dochter en zichzelf ervan onderhouden en ze woonden in een goede buurt, iets waar niet iedereen op kon bogen, een alleenstaande vrouw al helemaal niet.

'Redelijk bloeiend,' beaamde Elka. 'Ze is ermee begonnen toen ik nog een baby was. Oom Chaim heeft geholpen de zaak op poten te zetten. De gulle gever.'

'Hoe dan?'

'Met diamanten. Die gaf hij op krediet.'

Had ik maar zo'n oom, dacht Sol.

'Diamanten die door zijn zoons in de werkplaats waren geslepen. Inferieure diamanten, met andere woorden. Die niet voldeden aan de criteria die hij zelf hanteerde.' Elka schudde haar hoofd bij de herinnering aan haar moeder die haar op de zwakke plekken wees wanneer er een nieuwe lading diamanten was gearriveerd, de ene diamant die niet schitterde als je hem een bepaalde kant op draaide, de donkere kern van een andere waarvan het paviljoen te diep was geslepen. Het vuur dat had kunnen ontstaan als de facetten in andere proporties geslepen waren. In gedachten hoorde Elka de stem van haar moeder. Of de fonkeling die de steen had kunnen hebben als het bovenste facet net iets groter was geweest. Alsof Elka er ook maar enig verstand van had.

'Dus ze hoefde alleen maar op zoek naar een winkel om te huren.' Sol zuchtte.

'En een zaak vanuit het niets opbouwen, zonder connecties, zonder ervaring, zonder vrienden of hulp van buitenaf.' Weer die blik, koel en onverstoorbaar.

'Natuurlijk. Het was niet mijn bedoeling...'

'Mijn moeder is een vreemde vrouw.'

Alsof ik dat nog niet doorhad, dacht Sol.

Elka zuchtte, likte het laatste beetje van het ijs van haar cocktailkers. 'Wil jij hem?' vroeg ze voordat ze hem in haar mond stopte.

Sol schudde glimlachend zijn hoofd. Hij wenkte de serveerster voor nog een kopje koffie.

'Ze is niet van nature... vriendelijk. Snap je? Ze kon geen klanten vinden. Althans, niet in het begin. Het was zo erg dat we niet eens een behoorlijk huis konden huren. Ze kon de huur voor de winkel en een flat niet opbrengen, dus moesten we bij iemand inwonen. Eén kleine kamer. Geen privacy, natuurlijk. Niet dat ik toen om privacy gaf, maar zij wel. Mijn moeder. Geen warm water. En het badhuis zes straten verderop. Zo leefden we tot mijn achtste. En ondertussen was mijn moeder zich constant van het feit bewust dat ze tot de beste diamantbewerkers van Antwerpen behoorde.'

'Dat waren de crisisjaren,' zei Sol schouderophalend. 'Ze heeft geluk gehad dat ze de zaak niet is kwijtgeraakt.' Het leek hem beter om maar niet te vertellen dat hij nog steeds naar de YMCA moest om te douchen. Sterker nog, dat had hij die avond nog gedaan, als voorbereiding op zijn afspraakje met Elka. 'Voor ons was het ook geen rozengeur.'

'Wat doet je vader?'

'Niets meer,' antwoordde Sol met een luchtigheid die geen doel trof. 'Hij is in 1935 overleden.'

'O, wat naar.'

'Overreden door een tram op weg naar zijn werk. Lijn 55,' voegde hij eraan toe, alsof het ertoe deed of het lijn 55 of 83 was, of de 29 die hij zelf die avond had genomen voor hun ontmoeting. 'Hij deed in knopen.'

'Better Made?' Haar moeder had de trouwring gemaakt voor een huwelijk van een van de mensen van Better Made.

Sol schudde zijn hoofd. 'Button King. Better Made maakt de knoopsgaten. Wij maken de knopen.'

'Dus jij zit ook in de knopenhandel?' Haar gezicht werd rood toen ze besefte dat ze nu pas vroeg wat hij eigenlijk voor werk deed, omdat ze alleen maar over haar eigen leven had zitten babbelen. En niet eens haar eigen leven. Het leven van haar móéder. Wat onvolwassen van haar.

Hij zag haar blos en nam aan dat die met zijn werk te maken had, met haar teleurstelling dat de man die tegenover haar zat niet de man was op wie ze had gehoopt. 'Het is maar tijdelijk,' zei hij. Hoewel hij al elf jaar dit werk deed, zijn diensttijd niet meegerekend. 'Nathan en ik hebben mijn vaders werk na zijn dood overgenomen. Twee paar handen voor de prijs van één – en er werd verwacht dat we dankbaar waren.'

Sol herinnerde zich de dankbare blik op zijn moeders gezicht toen Eisenberg op de begrafenis van zijn vader verscheen en haar dit aanbod deed. Een dankbaarheid die de lijnen en rimpels op Bella's gezicht leek te verzachten. En toen Eisenberg haar verzekerde dat hij niet alleen de baas van haar twee jongens zou worden, maar tevens hun raadsman en leermeester, herkende Sol haar nauwelijks nog: zijn eigen moeder, die tot dan toe voornamelijk werd gekenmerkt door een genadeloze hardheid, veranderde voor zijn verdrietige ogen in een dociele koe die blij was dat ze vandaag nog niet naar het slachthuis hoefde. Het was zo'n beschamend moment voor Sol dat hij zwoor wraak te nemen, een belofte die hij overigens nog niet had ingelost. Al had Eisenberg – dat moest hij hem nageven – zich aan zijn eigen belofte van die dag trouw gehouden.

'En Nathan was dat natuurlijk ook,' ging Sol verder. 'Dankbaar, zoals het hoorde. Binnen een jaar had hij zich al kontlikkend van de lopende band bevrijd. En kwam bij de boekhouding terecht. Maar dat kon hij ook – hij was ervoor opgeleid, toen mijn vader overleed had hij al zijn middelbare school afgemaakt. Of bijna. Op vier maanden na. Ik heb zelf wel twee jaar en vier maanden school gemist.'

Elka had niet beseft dat zij, die al de vijfde klas had afgemaakt, meer opleiding achter de rug had dan hij.

'Na de oorlog had ik geen zin meer mijn school af te maken, ik wilde voor mijzelf beginnen, maar toen kwam Eisenberg met dit voorstel.'

'Eisenberg?' Was dat niet de naam van de man die Sols versmade bruid van het station zou komen halen?

Sol wachtte tot ze zou vragen wat dan het voorstel van zijn baas was geweest, maar Elka werd tijdelijk afgeleid door het feit dat Sols baas degene was geweest die hem uit de puree had gehaald waarin hij zichzelf en Lily had gewerkt – hoe zeker was hij daarna nog van zijn baan? Bovendien had hij zijn school niet afgemaakt. Ze kon zich precies voorstellen hoe dit bij haar moeder zou vallen. Als het al zover kwam. Als hij haar ooit nog een keer mee uit vroeg.

'Verkoop,' zei Sol. 'Chef verkoop, zelfs. Wat prima zou zijn geweest als ik het type schlemiel was dat zijn hele leven graag voor een ander werkt.'

'Chef verkoop,' herhaalde Elka. Dat klonk goed, dacht ze. Onverwacht veelbelovend. Zeker iets waarmee ze kon schermen als haar moeder op Sol ging afgeven. 'Hoeveel werken er op de afdeling?'

De vraag verraste hem. Hij had niet gedacht dat ze er verstand van had. Ze zat immers nog op school en had nog geen enkele werkervaring. 'Voorlopig zit ik er in mijn eentje. Maar dat is onderdeel van de baan. Ik moet de afdeling opzetten. Uit het niets iets opbouwen. Net als je moeder heeft gedaan. Alleen verkocht zij diamanten en ik knopen.'

'Knopen zijn beter.'

'Pardon?'

'Mensen hebben altijd knopen nodig. In crisistijd kun je van diamanten niet de huur betalen.'

'Je moeder wel.'

'Nee, hoor. De zaak zou failliet zijn gegaan als mijn moeder niet nog een bijverdienste had gehad.'

'Een bijverdienste?'

'Als koppelaarster.'

'Meen je dat?'

Hij zag dat ze het meende. 'Tegenwoordig maakt toch niemand meer gebruik van een koppelaarster.'

'Wel als mijn moeder haar oog op ze laat vallen.'

Hij moest denken aan Ida's merkwaardige, stuitende opmerking over de stank die van Nathans en Lily's verbintenis sloeg, kon zich niet voorstellen welke sukkel van haar diensten gebruik wilde maken. 'Was ze er een beetje goed in?'

'Even goed als het lot.' Een flauw lachje, dat Sol gelijkelijk beantwoordde.

'En laat me raden waar de gelukkige stelletjes hun ringen kochten.'

'Bingo.' Een brede lach nu.

'Dat mag ik wel,' zei hij. 'Ik hou van vrouwen die hun eigen boontjes doppen.'

'Mijn moeder kan ook de boontjes van anderen doppen.'

HOOFDSTUK 6

In het nieuwe huis van Elka en Sol had ik mijn eigen kamer, zoals beloofd, met bloemetjesbehang, een rood kleed en witte meubels met gouden randjes; ik vond het een mooie kamer en het was fijn dat er een deur was die je dicht kon doen. Als de deur dicht was, moest je kloppen voordat je binnen mocht komen. Dat was een nieuwe regel die ik na de verhuizing had ingesteld, en tot mijn verbazing zeiden Elka noch Sol dat zij degenen waren die de regels in huis bepaalden en dat ik een verwend nest was. De onverwachte privacy was een lichtzinnig genot. Ik kon doen wat ik wilde in mijn kamer en denken wat ik wilde denken, en niemand die vroeg of ze ook even ergens mee mochten spelen (Jeffrey) of me een dubbeltje aanboden voor mijn gedachten (Elka).

Wat ik echter het allerfijnst vond van de verhuizing was dat Carrie om de hoek woonde, in Bailey Street, aan het spoor. 's Middags klommen we vaak over het hek achter haar huis zodat we op de rails konden spelen die achter haar huis liepen of op de grote kale vlakte waar later flats en eengezinswoningen zouden verrijzen. Op koude dagen ploegden we door de sneeuw en deden net of we op poolexpeditie waren; onderweg bouwden we forten om onze concurrenten voor te blijven – meestal de kinderen van Saint Richard's. Als het warmer werd, legden we ons oor en onze stuivers op de rails en luisterden opgewonden naar de trillingen van de naderende trein. En wat was het leuk om het platgewalste beeld van de koningin te zien, nadat de trein eroverheen was gedenderd.

Op een middag leerde een van de meisjes van Saint Richard's hoe we op een langzaam passerende goederentrein moesten springen. 'Makkie,' zei ze. We moesten alleen onthouden dat de trein sneller reed dan het leek, zodat we zo hard we konden mee moesten rennen om genoeg vaart en stuwkracht te verzamelen voor een veilige landing na de sprong. We moesten de metalen hendel op een bepaalde manier vastgrijpen, want als je dat niet goed deed, had je kans onder de trein te komen. Dat was een meisje van haar school overkomen en zij was beide benen kwijt-geraakt. 'Ik was erbij en zag het gebeuren,' had het meisje ons verzekerd. 'Het bloed was' – ze ging wat zachter praten – 'ver-schrikkelijk.'

Dat ik zo bang was maakte het extra aantrekkelijk en opwin-dend. Ik keek naar Carrie. Ik geloof niet dat angst bij haar een rol speelde. Ze vond het een uitdaging om iets te proberen waar-in een ander had gefaald. Ik weet zeker dat haar ogen daarom zo glommen, al zou ik het indertijd anders hebben geformuleerd. Ik wist toen alleen dat ze altijd wedstrijdjes wilde winnen. Dat beweerde Elka althans. 'Winnen is niet altijd het belangrijkste,' zei Elka op een avond onder het eten tegen me. Die dag had ik mijn rug bezeerd toen ik over een touw probeerde te springen dat Carrie steeds hoger spande tussen de twee bomen in onze tuin. ('Ze zal er niks van krijgen, Elka,' was mijn vaders reactie geweest.)

Dus renden we precies zoals het meisje ons had geleerd, gre-pen de metalen hendel vast en hesen ons op de trein.

'Goed gedaan,' zei het meisje. Ik voelde dat ik begon te gloei-en van het succes en het compliment van het onbekende meisje. 'Voor een stelletje Joden,' voegde ze er smalend aan toe.

Ik stond paf. We woonden in een bijna geheel Joodse omgeving. We zaten op een Joodse school, we woonden in een Joodse buurt – zo Joods zelfs dat sommigen het ook wel de Côte-Sint-Jood noemden – en ik had nog nooit eerder iemand zo'n opmerking horen maken. Ik had natuurlijk wel van antisemitisme gehoord, maar dat vond ergens anders plaats (Rusland, Europa, de stadswijk waar mijn vader, Sol en tante Nina waren opgegroeid) en in een andere tijd (voordat ik was geboren). Mijn eerste gedachte was dat het gewoon een erg stom kind was. Ik was nog bezig met mijn tweede gedachte toen Carrie haar een klap gaf. Meer dan een klap. Ze stompte haar recht in haar maag. Het zag eruit als een harde stomp, het soort stomp dat als er publiek bij was geweest en ze niet op een rijdende goederentrein zouden hebben gestaan tot een vechtpartij zou hebben geleid. Maar ze stonden wel op een rijdende trein en er was niemand bij om te getuigen van het gezichtsverlies van een van de twee, dus grijnsde het meisje alleen maar een beetje vreemd tegen Carrie – anders dan de smalende lach van zo-even – en sprong van de trein. Automatisch sprongen wij haar achterna en hoewel we wisten dat je je zo hard mogelijk moest afduwen hadden we geen enkel besef van de fysica van het ding, dus kwamen we met een keiharde klap op de grond terecht, gevolgd door een buiteling.

'Alles goed?' vroeg het meisje van Saint Richard's. Ondanks haar ervaring had zij ook een buiteling gemaakt en we lagen alle drie niet ver van elkaar uit te hijgen, op de plek waar het spoor omhoogging.

'Ik geloof van wel,' zei Carrie.

'Ik geloof van wel,' zei ik ook. Ik lag op mijn rug naar de lucht te kijken. Ik voelde me meer dan goed. Ik voelde me geweldig. De grond was koel en vochtig tegen mijn rug – het was lente en de aarde was nog niet doorgewarmd. De lucht had een bleekblauwe kleur, als een sluier, en er dreven witte wolken langs. Ik was net aan een zekere dood ontsnapt en de opwinding ervan gierde nog door mijn lijf.

'Wat is er gebeurd?' vroeg Jeffrey toen ik de tuin binnenliep. Hij was aan het spelen op het klimrek, maar sprong op de grond toen hij me zag aankomen.

Ik wist al dat er bloed op mijn gezicht zat, want dat had Carrie gezegd.

'Carrie en ik zijn door een paar indianen aangevallen,' zei ik tegen hem.

Zijn ogen werden groot. 'Echt waar?' Hij sprak het uit als 'è wa' omdat hij nog niet zo goed kon praten.

'Ja, echt. Op het landje achter Carries huis. Maar het is in orde. We hebben ze verjaagd.'

'Echt?'

'Ze waren maar met z'n tweeën. Kleintjes,' voegde ik eraan toe. 'Maar niet tegen je moeder zeggen, hoor. Ik wil niet dat ze zich zorgen maakt.'

Ja, knikte Jeffrey met grote ogen. Hij zou het niet doorvertellen, dat wist ik. Hij was nog misschien een kleuter, maar hij wilde graag bij de groten horen. Hij was bijna vijf en wilde liever bij mij en mijn vriendinnen horen dan bij zijn jongere broertje, Mitchell, en zijn babybroertje, Chuck, die een paar weken na de verhuizing afgelopen lente was geboren.

'Ik ga me eerst even wassen voordat ze me ziet,' zei ik.

'Ik zal niks zeggen, Roesie. Ech nie.'

'Erewoord?'

Hij knikte ernstig.

Ik ging naar huis – het huis van mijn vader – en keek in de spiegel. Mijn gezicht was niet erg gehavend, althans niet zo erg dat ik een ingewikkelde smoes moest verzinnen, maar ik had helemaal geen zin om die middag terug naar Sol en Elka te gaan. Ik wilde blijven waar ik was, in mijn eentje in de stille flat die ik met mijn vader deelde. Ik was eigenlijk nooit alleen en die middag wilde ik voor het eerst alleen zijn. Ik belde Elka op.

'Hé, schat,' zei ze. 'Ben je bij Carrie?' Op dat tijdstip belde ik vaak vanuit Carrie om te vragen of ik bij haar mocht blijven eten.

'Nee, ik ben naar huis gegaan. Naar mijn vader.'

'Wat is er aan de hand?'

'Niets, ik herinnerde me opeens dat mijn spullen voor de biologie-opdracht hier liggen, dus ik dacht...'

'Je stem klinkt raar. Heb je ruzie met Carrie gehad?'

'Nee, hoor,' antwoordde ik.

'Wat dan?'

'Ik wil gewoon even alleen zijn.'

'Alleen zijn?' Een lange stilte. 'Je bedoelt ook met het eten?'

'Ik kan een boterham maken.' Ik was bijna tien. Al over twee weken. Elka wist dat ik zelf een boterham kon smeren.

'Ben je niet bang?' vroeg ze. In haar eigen jeugd was ze vaak alleen gelaten en om die reden had ze zich voorgenomen haar eigen kinderen pas de betekenis van het woord 'alleen' te leren als ze eraan toe waren. Volgens mij wist ze dat ik er nu aan toe was. Of misschien was ze die middag gewoon zo moe van haar eigen drie kinderen en de Pesach-schoonmaak dat ze het wel rustig vond om één kind minder aan tafel te hebben.

'Goed dan, liefje, maar als je je bedenkt moet je meteen bellen. Oom Sol kan je met de auto komen halen.'

Het was niet waar dat ik niet bang was. Ik was best een beetje bang. Niet dat me iets zou overkomen, of dat iemand me zou komen ontvoeren. Het was de stilte in huis. Die vond ik de eerste middag en avond nogal griezelig. In die stilte voelde ik me heel klein. Maar aan de andere kant vond ik het ook spannend. Het was niet volkomen stil in huis. Terwijl ik op de leren bank zat, had ik het gevoel dat de woonkamer als een accordeon inen uitging, om me heen werd samengeperst en uitdijde. Ik bleef een tijdje op de bank zitten, bang wat er zou gebeuren als ik opstond en ging rondlopen, maar op een gegeven moment deed ik dat toch.

Ik begon met de woonkamer. We woonden inmiddels al een jaar in ons nieuwe huis, maar het voelde anders om in mijn eentje op ontdekking uit te gaan, zonder dat mijn vader er was. Daar stond zijn stoel, een fauteuil, van zwart leer, net als de bank. Ik streek over het leer. En daar stond mijn vaders tafeltje naast zijn stoel waarop hij zijn kranten en tijdschriften legde en hij zijn glas whisky zette met een schaaltje gezouten amandelen als hij thuiskwam van zijn werk. Ik bladerde door de stapel kranten – *The Montreal Star* van de vorige dag, *Time, Life*. Daarna liep ik naar de kast waar onze geluidsinstallatie stond.

De geluidsinstallatie van Sol en Elka was verplaatst van hun woonkamer naar het souterrain, dat onlangs was verbouwd tot de algemene ontspanningsruimte. Zij hadden ook een televisie, die wij nog niet hadden. Die stond vlak naast de pick-up op een speciaal meubelstuk dat de halve muur in beslag nam en dat Sol het amusementscentrum noemde. De meeste platen die ze hadden waren van Frank Sinatra, Petty Lee en de Barry Sisters, hoewel ze ook Beethovens negen symfonieën hadden en Symfonie 1 en 2 van Brahms, plus de langspeelplaat van *Kiss Me, Kate*, een musical die ze op hun huwelijksreis in New York hadden gezien. En natuurlijk Chuck Berry. Ik zeg 'natuurlijk' omdat we op een avond, kort na de verhuizing, allemaal in de ontspanningsruimte zaten, waar Sol en mijn vader de pingpongtafel installeerden die speciaal voor het nieuwe huis was gekocht. Elka draaide een liedje dat ze op de radio had gehoord en dat haar zo erg aan Sol deed denken dat ze meteen naar de winkel was gerend om het plaatje te kopen. Het was 'Brown-eyed handsome man' van Chuck Berry. Zodra ze het opzette, had ze zin om te dansen, zei ze. Ik kreeg ook zin om te dansen, zei ik, dus trok ze me van de bank, waar ik op de muziek had zitten meewiebelen, en leerde me de jitterbug.

'Voorzichtig, Elka,' waarschuwde Sol haar. Ze was toen bijna negen maanden zwanger.

'Doe niet zo bekrompen,' zei Elka en ze trok hem bij de pingpongtafel weg om met ons te komen dansen.

Hij moest eerst een beetje lachen maar begon toch te dansen. Ook Jeffrey en Mitch deden mee – al bestond de dansopvatting van de laatste voornamelijk uit rondjes draaien op de plaats en de hele tijd lachen. Mijn vader deed niet mee met het dansen, maar stond glimlachend tegen de muur toe te kijken. Maar opeens riep Elka: 'Ooh!' op schrille toon en legde haar hand op haar buik en Sol zei: 'Wat? O, help.' En Elka zei: 'Het gaat wel, ik moet alleen even gaan zitten.' Sol bleef naast haar staan en riep de hele tijd: 'Wat? Wat?'

Toen de plaat afgelopen was, zat Elka nog steeds met haar hand op haar buik, al riep Sol niet meer:'Wat? Wat?'

Na een tijdje zei ze: 'Ik geloof toch dat het beter is als we naar het ziekenhuis gaan.'

Mijn vader en ik bleven in hun huis om op de jongens te passen totdat Ida Pearl en Bella er waren, maar nog voordat Ida en Bella waren gearriveerd, werden we door Sol gebeld dat de baby was geboren. Zo vlug was het gegaan.

'Gelukkig maar dat ze nog op tijd naar het ziekenhuis zijn gegaan,' zei ik tegen mijn vader, die moest glimlachen, door mijn haar woelde en het beaamde. 'Gelukkig maar.'

Ze wilden hem Chuck noemen, zei mijn vader. Naar Chuck Berry.

'Echt waar?' vroeg ik en we barstten allebei in lachen uit.

Toen vertelde hij me dat zijn moeder hem naar het schip wilde vernoemen waarop hij was geboren.

'Echt?'

'Wat is daar mis mee?' vroeg hij. 'Vind je de naam Vedic soms niet mooi?'

Ik zei dat ik Chuck mooier vond, en we moesten weer lachen.

Ida Pearl echter vond het verzinnen van een naam voor een kind niet iets om grapjes over te maken. (Bovendien bracht het ongeluk om de naam van een jongen te noemen vóór zijn briet mila.) 'Chuck?' vroeg ze, zodra Bella en zij er waren en het nieuws vernamen.'Wat is dat nou voor naam?'

'Ik geloof dat zijn officiële naam Charles zal zijn,' zei mijn vader, wat hen enigszins geruststelde. We hielden onze mond maar over Chuck Berry.

Mijn vaders platenverzameling bevatte ook de negen symfonieën van Beethoven en de eerste en tweede symfonie van Brahms, net als die van Elka en Sol. (Bella had een periode gehad dat ze iedereen een plaat met symfonieën cadeau gaf.) Verder had hij platen van Duke Ellington, Ella Fitzgerald, Artie Shaw, Art Blakey, Charlie Parker en nog een heleboel andere jazzmuzikanten. En hij had twee platen met Israëlische volksliedjes en *Peter en de Wolf*, die van mij was.

In de boekenkast naast de pick-up stond mijn Childcraft-encyclopediereeks, mijn vaders sidoer, het dagelijkse gebedenboek, het boek van uitgeverij Soncino met de wekelijkse delen uit de Thora en de haftara, en een paar kunstboeken die hij van Joyce had gekregen, een vrouw met wie mijn vader een paar maanden verkering had gehad toen we nog op Cumberland Avenue woonden. (Ze was heel aardig wanneer ze bij ons kwam eten – zij had me de platen met Israëlische volksliedjes gegeven – maar na een poosje kwam ze niet meer.) Op een van de lage planken stonden enkele romans uit de tijd dat Elka mijn vader voor de Book of the Month Club had opgegeven. Mijn vader las geen romans – hij las kranten en tijdschriften – dus ik begreep niet goed waarom Elka hem had opgegeven, tenzij het een twee-voor-de-prijs-van-één-abonnement was. En behalve de romans van de Book of the Month Club waren er de opschrijfboekjes.

Die boekjes waren er altijd geweest. Ze lagen midden in de woonkamer, open en bloot. Het was in zekere zin een vreemde plek, maar waar had mijn vader ze anders moeten bewaren? In een doos achter in de kast alsof ze iets beschamends waren? Er was niets aan mijn moeder om je voor te schamen, had Elka tegen me gezegd, en mijn vader vond dat duidelijk ook, dus legde hij de opschrijfboekjes gewoon voor iedereen zichtbaar neer, midden in de kamer, in het volle daglicht (licht dat ze geleidelijk aan beschadigde, maar dat wist ik pas jaren later toen ik de opleiding conservatie en restauratie volgde).

Er waren er twee. De oudste was van een meisje dat mijn moeder in Europa had gekend. En naast het boekje van het meisje lag dat van mijn moeder.

Het opschrijfboekje van het meisje had een zachtleren omslag dat ooit lichtbruin was geweest. Als je het van de plank haalde en opensloeg, wat ik nu deed, zag je de oorspronkelijke kleur nog diep verstopt in de naden. Maar de buitenkant was gevlekt en verbleekt. De bladzijden waren helemaal volgekrabbeld, Jiddisje woorden die zo klein waren dat ik ze nauwelijks kon lezen, een dicht web van woorden die ik toch niet begreep. Ik sloeg het dicht, legde het weer terug in de kast en haalde het andere tevoorschijn. Dit was van mijn moeder. Ze had het kort na het huwelijk met mijn vader gekocht, maar ze had het niet meegenomen bij haar vertrek. Het was ook in leer gebonden en verkeerde in goede, haast ongeschonden staat. En het was leeg.

Waarom had mijn moeder niets in haar boekje geschreven? vroeg ik me af. Waarom had ze het achtergelaten? ('Dat weet ik niet,' had mijn vader gezegd. 'Misschien kon ze niets verzinnen om erin te schrijven,' had Elka geopperd.)

Ik was nog nooit eerder met het opschrijfboekje van mijn moeder alleen geweest. Het zag er heel anders uit dan wanneer je het bekeek als er iemand anders bij was. Ik sloeg het open en streek met mijn vingers langs de lege blaadjes, me afvragend of mijn moeder misschien ook met haar hand over dezelfde blaadjes was gegaan. Ik ging met mijn vingertoppen over het papier en toen met mijn vlakke hand, terwijl ik me afvroeg of ik nu aanraakte wat mijn moeder had aangeraakt. Ik deed mijn ogen dicht om te kijken of ik iets bijzonders voelde, en even dacht ik van wel, maar ik kon niet goed zeggen wat het dan was. Ik deed het nog een keer, en ja, daar had je het weer, een vreemd, trillend gevoel. Het leek een beetje op de keer dat mijn tante Nina haar ouijabord had meegenomen en we allemaal onze vingers erop hadden gelegd (voorzichtig, had Nina me gewaarschuwd) en opeens voelden we het bord bewegen. Lange tijd zat ik met mijn vingertoppen op de eerste pagina van mijn moeders opschrijfboekje en ik voelde duidelijk iets trillen.

Tegen die tijd had ik nog een derde pakje van mijn moeder gekregen. Ook in dit pakje zat weer een steen. Deze nieuwste steen was gestuurd naar ons nieuwe huis, dus Ida Pearl had gelijk gehad met haar opmerking dat mijn moeder zo slim was. Of in ieder geval slim genoeg was om te weten hoe een telefoonboek werkte. Het papier van het derde pakje was groen; op een van de postzegels stond weer een gans, deze keer op een nest. Zowel het papier als de postzegel plakte ik in mijn plakboek en ik kon nu ook een regel toevoegen aan de bladzijde met mijn moeders interesses: *Vogels,* schreef ik. Maar dat streepte ik weer door en schreef: *Ganzen*, wat nauwkeuriger was.

De steen was net zo mooi als de andere twee. In deze zat een fossiel, een compleet skeletje alsof er een mini-dinosaurus op een middag op een rots een dutje was gaan doen terwijl zijn vader en moeder op jacht waren. (Jagen op wat? vroeg ik me af. Wat aten dinosauriërs eigenlijk?) En toen hij wakker werd zat hij gevangen in zijn eigen bed en niemand kon hem er meer uitkrijgen.

Het was een zielige steen dus, maar ook een heel bijzondere steen. Ik was blij dat ik hem had en zou er extra goed voor zorgen omdat er iets in zat dat vroeger levend was geweest, dus in zekere zin was het bijna een graf, en ik wist hoe belangrijk het was om een graf te verzorgen. (Mijn vader, Sol en Nina gingen twee keer per jaar naar hun vaders graf.) Maar ik was ook teleurgesteld door het cadeautje. Meer teleurgesteld dan blij, moest ik toegeven. Kwam dat omdat ik aanvankelijk dacht dat de stenen het begin van iets waren en dat ik nu begreep dat ze tot niets anders leidden dan nog meer stenen? Kwam het doordat de nieuwste steen eigenlijk een graf was?

Op het begeleidende kaartje stond: *Oldman River, Alberta, 13.00 uur, 7 mei 1956, onbewolkt, 14°C, windstil.* De naam sprak in een bepaald opzicht net zo tot mijn verbeelding als die van Gem en Rainy Lake. Ik zag meteen allemaal grillige rotsen langs de oever, als de gezichten van oude mannetjes, met fossielen erin. (Jaren later zou ik verbaasd staan hoe accuraat mijn geestesbeeld van dat landschap was geweest.) Maar ik zag niet mijn moeder in dat landschap. Ik zag alleen de rotsen en de rivier. En lastiger was de locatie van de rivier. Alberta was ongetwijfeld verder van Montreal dan Manitoba of Ontario. Wat betekende dat ze verder bij me vandaan was, niet dichterbij. Wat mijn teleurstelling nog eens vergrootte.

Ik plakte het kaartje ook in, maar ik kon niet langer volhouden dat het plakboek een geslaagd project was. De meeste pagina's waren leeg en op de bladen waar ik iets had geplakt stond niets dat iemand zou interesseren: stukjes pakpapier; postzegels;

kaartjes waarop plaatsnamen, data en weersomstandigheden stonden geschreven; een bladzijde met de titel *Interesses*, en daaronder de drie woorden: *Stenen, Meren, Ganzen*. Vier woorden als je ook *Vogels* meetelde, dat ik had doorgestreept. Het plakboek van de koningin daarentegen zat propvol met fascinerende foto's en krantenknipsels. Een paar weken eerder had ik er een foto van de hele koninklijke familie ingeplakt; vooral prinses Anne zag er prachtig uit, in een jurk die net door de wind werd opgetild toen de foto werd genomen, want hij golfde om haar heen in een warreling van licht, katoenachtig blauw.

Het was wel duidelijk dat ik het plakboek over mijn moeder een beetje saai begon te vinden. Zelfs mijn fantasieën over haar waren aan het opdrogen. Het was niet zo dat ik niet meer nieuwsgierig naar haar was. Ik was heel nieuwsgierig. Maar nieuwsgierigheid moet gevoed worden en de brokjes die ik kreeg toegeworpen waren veel te karig. Ik was uitgehongerd. Vandaar mijn opwinding toen ik de trillingen voelde in het lege opschrijfboekje dat van mijn moeder was geweest. Misschien was het toch niet zo leeg als het leek. Die gedachte schoot opeens door me heen. Misschien had ze er wél in geschreven. En misschien had ze het daarom achtergelaten, omdat ze erin had geschreven, maar met onzichtbare inkt waarvan ze wist dat ik het op een of andere manier zou ontdekken.

De telefoon ging. Ook daar schrok ik van. Ik wist niet goed wat ik moest doen. Het leek net of ik op iets ondeugends was betrapt, ook al was het gewoon een beller die me niet kon zien en trouwens, het was me niet verboden om de opschrijfboekjes in te kijken. Het was me niet alleen toegestaan, het was ook iets normaals. ('Het is normaal dat je nieuwsgierig bent naar waar je vandaan komt,' zei Elka.) Maar dingen die normaal waren konden ook gênant zijn, zoals in je blootje door Carries moeder betrapt worden in Carries kamer toen we doktertje speelden. En ik wist niet of de trillingen die ik in het opschrijfboekje voelde hetzelfde 'normaal' waren dat Elka bedoelde. Dus legde ik het boekje weg voordat ik de hoorn opnam en tegen de tijd dat ik bij de telefoon was, rinkelde hij niet meer.

Maar hij ging haast meteen weer over en toen ik opnam, vroeg Elka: 'Waar zat je?'

'Op de wc.'

'Je liet me schrikken, zeg. Ik wilde oom Sol al naar je toe sturen.'

'Ik moest plassen.'

'Gaat het goed?'

'Ja.'

'Wat heb je gegeten?'

'Een boterham met kaas en een glas melk.' Dat was niet eens ver bezijden de waarheid, want ik had inmiddels reuzenhonger en was van plan een boterham klaar te maken zodra ik had opgehangen.

'Ik heb je vader gebeld om te zeggen dat je thuis bent. Hij zei dat hij er zo aankomt.'

Het was halfzeven. Doordeweeks was hij bijna altijd om zeven uur thuis, behalve op woensdag, want dan ging hij uit eten met Melinda, met wie hij dat jaar verkering had en die een dochter van mijn leeftijd had, wat we allebei heel leuk moesten vinden – Melinda's dochter en ik – maar dat ons eigenlijk koud liet.

'Prima,' zei ik.

'Weet je zeker dat het goed gaat?'

'Ja.'

'En morgen kom je direct uit school hierheen?'

'Ja.'

'Nou, slaap lekker alvast dan maar.'

'Jij ook.'

'En vergeet niet tegen je vader te zeggen dat hij me belt zodra hij thuis is, dan weet ik dat hij er is.'

'Goed.'

Toen mijn vader een kwartier later thuiskwam, zat ik op de bank in onze woonkamer met een leeg bord en een leeg glas op het bijzettafeltje naast me.

'Bel Elka,' zei ik tegen hem nog voordat hij de deur achter zich had dichtgetrokken.

'Komt in orde, mevrouw,' zei hij en hij belde haar meteen, voordat hij zijn whisky had ingeschonken en zijn schaaltje amandelen had gehaald.

Toen hij in zijn stoel zat met de krant en de andere tijdschriften die met de post waren bezorgd vroeg hij hoe mijn dag was geweest.

'Goed,' zei ik.

Hij keek me even aan om te zien of ik nog meer had te melden, maar toen er niets meer kwam, vroeg hij of ik nog huiswerk moest maken.

'Heb ik al gedaan.' Wat ook zo was. Het volgend jaar zouden Carrie en ik naar een andere school gaan, de Young Israel Day School, omdat die volgens Carries ouders beter, strenger en strikter was. Nu hoefden we nog niet veel huiswerk te doen na school. 'Daarom ben ik naar huis gegaan. Ik heb er de hele middag aan gewerkt.'

Mijn vader knikte. Ik geloof niet dat het ooit bij hem opkwam dat ik tegen hem kon liegen. Net zoals het waarschijnlijk nooit bij hem is opgekomen dat mijn moeder misschien tegen hem had gelogen. Maar wat ik deed voelde niet als een leugen. (Misschien gold dat ook voor mijn moeder.) Ik beschouwde het als privacy. Dat nieuwe begrip. Het was niet alleen de deur van mijn kamer die ik dat jaar leerde dicht te doen, maar ook andere deuren van verborgen kamers diep in me waar ik niet wilde dat iemand kwam. Dus vertelde ik hem niet dat ik had geleerd hoe je op een rijdende trein moest springen. Ik wist dat Carrie en ik anders nooit meer over het hek naar het spoor en het landje erachter mochten klimmen. En ik vertelde ook niet over het meisje van Saint Richard's dat 'Jood' had gezegd alsof het een scheldwoord was, omdat ik wist dat hij en de andere grote mensen daar te veel ophef over zouden maken. En ik vertelde ook niet dat ik een tijdje met mijn moeders opschrijfboekjes had doorgebracht, want dat trillen dat ik had gevoeld was iets tussen haar en mij en anderen zouden dat toch niet begrijpen.

'Weet je wat ik vandaag dacht?' zei ik tegen hem.

'Nou?'

'Dat het leuk zou zijn om een scheikundedoos te hebben.'

'Een scheikundedoos?' Het idee beviel hem wel. 'Wat voor soort experimenten ben je dan van plan te doen?'

'O, ik weet niet. De lakmoesproef of zo.' Die hadden we net gehad bij natuurwetenschap. 'En dingen met inkt. Je weet wel, onzichtbare inkt.'

Mijn vader knikte. Toen zei hij: 'Ik geloof niet dat we zuiveringszout in huis hebben, hè?'

'Elka misschien.'

'Citroenen,' zei mijn vader. Hij dronk zijn thee altijd met citroen. Bij ons in de ijskast was er altijd melk en citroen.

Hij stond op en we gingen samen naar de keuken, waar hij een citroen doormidden sneed. We hadden geen citruspers zoals Elka, dus deed hij het gewoon met de hand en kneep het sap in een kommetje.

'Goed. Haal nu even een vel papier en een wattenstaafje.'

Ik rende weg. Mijn vader vond het nooit erg dat ik rende in huis.

'Mooi,' zei hij toen ik terug was. 'Nu ga ik naar de woonkamer en jij gaat hier een geheim bericht met citroen als inkt schrijven. Als je klaar bent, breng je het naar me toe.'

Wat moest ik schrijven? Ik overwoog mijn naam op te schrijven, maar hij had gezegd dat ik iets geheims moest schrijven. Na een tijdje had ik toch iets bedacht.

'Vergeet niet het goed te laten opdrogen voordat je het oppakt,' riep mijn vader, toen ik net het kletsnatte papier wilde oppakken.

Ik wachtte een paar minuten en toen de citroen voldoende leek opgedroogd, bracht ik het stuk papier naar mijn vader.

'Ah. Een blanco papier,' zei mijn vader.

Het zag er inderdaad blanco uit. Even blanco als de bladzijden in mijn moeders opschrijfboekje, alleen was het papier een beetje bobbelig, doordat het nog vochtig van het citroensap was. Mijn vader hield het omhoog tegen het peertje in de lamp naast zijn stoel en terwijl hij dat deed, zag ik dat mijn letters bruin oplichtten. *Juf Lazaar is gemeen*, stond er. Juf Lazaar was mijn balletlerares en die week had ze net de rollen voor de eindvoorstelling verdeeld. Ik had gehoopt een van de zwanen te zijn, maar die rol had ik niet gekregen, ik zou een lisdodde zijn, had juf Lazaar gezegd, net zo'n belangrijke rol als die van zwaan, zei ze, en waarvoor ik heel hard moest oefenen, want het was niet makkelijk om de bewegingen van een lisdodde onder de knie te krijgen. Ik wist best dat het helemaal niet net zo'n belangrijke en mooie rol was als die van zwaan. Carrie mocht wel over het podium als zwaan dansen terwijl ik in een hoekje een stomme lisdodde moest staan wezen. Ik zag mijn eigen opmerking in het bruin verschijnen waarna ze snel vervaagde omdat het hele papier bruin werd.

'Dat komt door het zuur in het citroensap dat reageert met het zuur in het papier,' legde mijn vader uit.

Hij vroeg niet naar juf Lazaar, zoals Elka zou hebben gedaan. Ik weet niet of hij de geheime boodschap eigenlijk wel tot zich had laten doordringen. Hij was meer geïnteresseerd in de reden waarom de geschreven woorden door de warmte tevoorschijn kwamen en dat aan mij uit te leggen. Als we zuiveringszout met water zouden mengen, konden we hetzelfde doen, zei hij. En we konden dan ook citroensap in plaats van warmte gebruiken om de woorden te zien.

Het maakte mij niet uit dat hij niet naar juf Lazaar vroeg. Of misschien een klein beetje dan. Ik wilde zo snel mogelijk weer alleen thuis zijn, en toen het zover was, haalde ik meteen mijn moeders schrijfboekje uit de boekenkast en hield het tegen de lamp.

Niets.

Ik hield het dichterbij.

Nog steeds niets.

Ik drukte het tegen de gloeilamp en het papier werd warm, maar er verscheen niets.

'Stenen?' vroeg mijn tante Nina.

We zaten allemaal bij Elka en Sol aan de seidertafel en ik had haar verteld over het fossiel in de steen die mijn moeder had opgestuurd. Het was nieuw voor haar dat mijn moeder me pakjes had gestuurd, waarschijnlijk omdat ze in het centrum woonde en we haar niet veel zagen.

'Stuurt ze haar stenen?' Nina richtte haar vraag aan Elka.

Elka knikte, en de blik die ze ondertussen met Nina wisselde leek veel op de blik die de grote mensen met elkaar hadden gewisseld de avond toen de eerste steen van mijn moeder was bezorgd.

'Wat voor stenen?'

'Hele mooi,' zei ik. Ik wist heus wel dat het beetje vreemd was dat mijn moeder me stenen stuurde. Maar vreemd kon van alles betekenen, en aangezien de blikken van Nina en Elka in de richting van 'stapelgek' wezen, probeerde ik er uit alle macht 'bijzonder' en 'mooi' van te maken.

Nina ging er meteen in mee. Ze vroeg naar de nieuwste steen en maakte bewonderende geluidjes terwijl ik de steen beschreef. Ik voelde me zo bemoedigd dat ik ook het plakboek aan haar beschreef, alsof ik het nog steeds een prachtig project vond, wat niet zo was, maar het werd minder saai nu Nina er zoveel belangstelling voor toonde. Ze zei dat ze het per se die avond nog wilde zien en dat ze na de seider direct met ons mee naar huis zou gaan.

Maar dat gebeurde niet – de seider liep uit, zoals gewoonlijk, en tegen de tijd dat we Elka met opruimen en afwassen hadden geholpen was het bedtijd – maar ze zei tegen me dat ze het in ieder geval gauw zou komen bekijken. Op mijn verjaardag, vast en zeker, die al over twee weken was.

Ik moest me maar niet te veel verheugen op Nina's bezoekje, had Elka gezegd. Ze wilde heus wel komen, ze was het echt van plan als ze het zei, maar Nina had het vaak heel druk met allerlei andere dingen.

'Ja, met Nina,' zei Sol, waarmee hij bedoelde dat Nina egoïstisch was.

Zo dachten mijn vader en Sol over Nina: iemand die alleen aan zichzelf dacht. Dat was ook de ware reden dat ze na de oorlog naar Palestina was geëmigreerd, terwijl mijn vader en Sol nog niet van hun diensttijd waren teruggekeerd en hun moeder Bella, die weduwe was (niet dat het Nina iets kon schelen), helemaal in haar eentje in Montreal zat. Nina was in ieder geval niet naar Palestina gegaan omdat ze een idealiste of een zioniste was of dat ze graag oorlogswezen lezen wilde leren, zoals ze beweerde, maar omdat ze dacht dat ze daar ongestoord haar gang kon gaan ('Wat moet het fijn zijn om aan niemand verantwoordelijkheid te hoeven afleggen,' zei Sol), zoals actrice proberen te worden.

'Je tante Nina is een dromer,' zei Elka tegen me en daarom moest ik me het maar niet aantrekken als ze niet op mijn verjaardag kwam om mijn plakboek te bekijken.

En ze kwam ook niet.

'Het spijt me verschrikkelijk,' zei ze toen ze me belde dat ze niet kon komen. Ze was een beetje buiten adem, alsof ze net binnen was komen rennen van iets heel belangrijks. En dat bleek ook zo. Ze had een heel belangrijke rol aangeboden gekregen en als ze die niet aannam, was haar hele carrière misschien naar de maan. ('Welke carrière?' had mijn vader gevraagd.)

Ze kwam echter wel op Jeffreys verjaardag, eind juni, en ging eerst even langs bij ons om mijn plakboek te bekijken. De week ervoor was er net weer een steen van mijn moeder gekomen. Dat bracht het totaal op vier. Deze was zwart met groene strepen erdoor, waarvan Ida Pearl dacht dat het misschien olivijn was. Mijn moeder had hem gevonden op de westelijke oever van de Fraser River, bij Boston Bar, British Columbia, en dat was nog verder weg van Montreal. Het pakpapier was blauw. 'Precies de kleur van je ogen!' zei Nina, en de kleur was inderdaad hetzelfde grijsblauw als mijn ogen. Wat betekende dat het ook de kleur van mijn moeders ogen was, als het klopte dat mijn ogen dezelfde kleur hadden als die van mijn moeder, zoals Ida Pearl beweerde. De postzegel was een plaatje van de ontdekkingsreiziger David Thompson die naast een landkaart van West-Canada stond.

Nina bewonderde mijn plakboek en zei dat ze erdoor op een idee was gebracht voor mijn verjaardagscadeautje, dat ze nog steeds niet had gekocht. 'Wat ben ik nou voor tante? Vergeet ik gewoon een cadeautje te kopen voor mijn lievelingsnichtje!' riep ze. (Ik was haar enige nichtje.) Ik liet haar het cadeau zien dat ik van mijn vader had gekregen: een scheikundedoos. 'Onze eigen kleine Madame Curie!' had ze uitgeroepen.

De week erop kwam Nina langs met haar cadeau: een landkaart van Canada op een prikbord met daarbij verschillende gekleurde spelden die ik in de plaatsen kon prikken waar mijn stenen vandaan kwamen. Die eveneens de plaatsen waren waarvan ik vrijwel zeker kon weten dat mijn moeder er was geweest.

Ik wist wanneer mijn vader blij was en wanneer niet, en toen ik het cadeautje van Nina uitpakte en zij uitlegde waar het voor diende, zag ik duidelijk dat hij niet blij was. Dat weerhield hem er niet van om Nina en mij te helpen het prikbord aan de muur van mijn kamertje op te hangen, maar later, toen ik had gezegd dat ik de plaatsen zelf wilde opzoeken en ze mijn kamer waren uit gegaan en de gang in gelopen, hoorde ik hem vragen of ze nou echt dacht me te moeten aanmoedigen.

Aanmoedigen in wat? vroeg ik me af. Wat was er mis met mij aanmoedigen? Was 'aanmoediging' geen positief woord? Maar ze waren te ver bij me vandaan om Nina's antwoord te horen.

HOOFDSTUK 7

Wie ben je? vroeg hij.
    Ik had al dagen gelopen. Mijn huid plakte van het stof, mijn haar was een viezige warboel, maar het was niet de zwarte aarde van akkers die aan me kleefde of de rode klei van de rivierbedding of het gele zand van de paden en wegen die ik had bewandeld. Het was het grijze stof van puinhopen, van verwoeste huizen, hele dorpen die tot een fijn doods poeder waren verpulverd. Ik droeg het met me mee. Bij elke stap voelde ik het gewicht.
    Ik ben een wandelende begraafplaats, zei ik tegen hem. De doden zijn begraven in mijn huid. Kijk naar mijn gezicht. In de poriën zul je je vader vinden. Je moeder rust in de plooien naast mijn mondhoeken.
    Hij bevochtigde zijn hemdsslip met het spuug uit zijn mond en maakte een stukje huid schoon.
    Niet doen, zei ik. Je verstoort ze.
    Hij had een plekje op mijn wang stofvrij gemaakt. Hij likte aan de top van zijn duim en ging ermee over mijn wenkbrauwen, zodat de glooiende boogjes van mijn gezicht vrijkwamen. Ik voelde hoe de welving boven mijn lip werd onthuld, de tere huid onder mijn ogen, het moedervlekje naast mijn mondhoek waardoor volgens mijn grootmoeder op een dag een man door mij betoverd zou raken. Uren gingen voorbij. Dagen, geloof ik. Zijn ogen waren zwart, maar ze weerkaatsten het licht. Mijn gezicht kwam tevoorschijn, gaf zichzelf bloot aan hem.

Dit opschrijfboekje bevat niet de waarheid, dacht Lily toen ze het dichtklapte. Het waren alleen maar de fantasieën en dromen van een wanhopig meisje met liefdesverdriet, een meisje dat op de rand van de dood verkeerde op het moment dat haar leven juist zou moeten beginnen. Het was triest om te lezen, maar het was niet waargebeurd.

Ida Pearl had net het bordje op de deur van haar winkel omgedraaid van GESLOTEN naar EERST BELLEN VOORDAT DE DEUR OPENGAAT toen de zoemer ging. Het was tien uur 's ochtends op een warme septemberdag. Zo vroeg verwachtte ze nog geen klanten; eerlijk gezegd verwachtte ze helemaal geen klanten. Het was de vrijdag voor Labour Day; mensen genoten van het laatste vleugje zomer, dachten voornamelijk aan de drie vrije dagen die voor ze lagen. Niemand ging vandaag een ring kopen. Ida had haar winkel geopend met het idee om de boekhouding te doen, de inventaris op te maken en te kibbelen met Elka, want dat was bijna onvermijdelijk. Het meisje had sinds haar eerste afspraakje – nu een maand geleden – niets meer van Sol gehoord en scheen te vinden dat dat door haar moeder kwam, haar moeder die voorgoed elke kans dat zij, Elka Kramer, op een dag het geluk en de liefde van een man zou vinden had geruïneerd.

'Ik hoop dat je niet verwacht dat ik hier de hele dag blijf rondhangen,' had Elka net nijdig gezegd, wat Ida natuurlijk helemaal niet verwachtte.

Ze had eerder gehoopt dat Elka zich op deze dag zelf zou weten te vermaken, ongeveer de laatste dag voordat de school weer begon, dat ze misschien met een vriendin ging wandelen of picknicken op de berg... iets doen, iets anders in ieder geval dan binnen in de donkere winkel, met haar neus in een boek en een chagrijnig gezicht, zitten wachten tot de telefoon over zou gaan.

'Wil jij even opendoen?' vroeg Ida toen de zoemer ging.

'Nee,' zei Elka, al stond ze toch op uit de stoel achterin waar ze haar dagkamp had opgeslagen. Ze schoof de sleutel van het haakje onder de toonbank en slenterde naar de deur, waarna haar hele houding op slag veranderde.

'O! Hallo!'

Ida hoorde de verandering in Elka – de stroom schoot door haar heen, waardoor haar rug zich rechtte en haar stem meteen geanimeerd klonk – en de moed zonk haar in de schoenen. De middelmatigheid, dacht Ida.

Maar de stem die Elka begroette was niet die van Sol. 'Mag ik binnenkomen?' Een vrouwenstem.

'O, natuurlijk! Neem me niet kwalijk!' Elka sprong opzij zodat de vrouw binnen kon stappen.

Ach, dacht Ida, toen ze zag wie het was. Ze kwam achter haar bureau vandaan en ging achter de toonbank staan.

'Mevrouw Krakauer?' Mocht Lily geweten hebben dat Ida op haar bruiloft was geweest, dan liet ze het niet merken.

'Ja. Kom binnen. Alstublieft.'

'Dank u.' Lily deed de deur achter zich dicht en liep naar de toonbank. 'Lily Kramer,' zei ze.

'Ja,' zei Ida. Ze ging niet doen of ze niet wist wie er voor haar stond in haar eigen winkel. 'Hoe maakt u het?'

'Heel goed, dank u. En u?' Ze sprak Jiddisj.

'Heel goed,' antwoordde Ida ook in het Jiddisj. 'Dank u.'

En nu wachtte Ida. Ze begon geen kletspraatje om haar op haar gemak te stellen, vroeg niet wat ze voor haar kon doen, ging niet eens bij zichzelf alle mogelijke redenen na waarom de vrouw nu bij haar in de winkel stond. Onder het wachten bestudeerde ze de delicate trekken van het gezicht voor haar, de mooie snit van de japon, dezelfde grijze japon – al kon Ida dat niet weten – die Lily aanhad op de dag dat ze door Sol op het treinstation werd afgewezen.

Wol, dacht Elka. In deze hitte. Een lichte wol, dat wel, maar toch... Maar je kon aan niets merken dat Lily het warm had of zich ongemakkelijk voelde, geen enkel overtollig zweetdruppeltje op de huid van haar gezicht, geen enkel zweem van een rode kleur op haar wangen. Het enige wat er aan haar te zien was, dacht Elka, was een aangename verschijning met een kalme elegantie.

'Is het al warm buiten?' vroeg Elka.

'Niet overmatig,' antwoordde Lily, waardoor Elka zich beledigd voelde, omdat ze vond dat Lily haar poging tot een gesprek afkapte, en waarvan Ida, die elke vorm van aanstellerij wantrouwde, onder de indruk was.

Lily legde haar tasje op de glazen toonbank en vouwde haar gehandschoende handen samen op de sluiting.

Glacés! dacht Elka. Die moesten haar man een fortuin hebben gekost. Haar eigen kale handen leken opeens zo kinderlijk, en haar japonnetje – een vrolijk bedrukt katoentje – zo flodderig en ongeschikt voor het jaargetijde, namelijk het begin van de herfst, al bleek dat nog bepaald niet uit het weer. Geen wonder dat hij me niet heeft gebeld, dacht ze met nieuwe wanhoop, bang dat nu alle kansen op een gelukkige toekomst verkeken waren.

Lily knipte haar tasje open en stak twee lange glacévingers in de donkere geopende mond.

Ida voelde haar hart bonzen, de tijd leek te vertragen terwijl ze wachtte op wat er tevoorschijn zou komen.

Een fluwelen buideltje, stelde Elka zich voor. Zwartfluweel, dat goed paste bij de elegante vingers die er nu naar zochten. Zwartfluweel en een vuurrood koordje. Nee, geen koordje, satijn. Vuurrood satijn, een lange smalle band, met een sierlijke lus vastgeknoopt. Elka ging zo op in de verpakking die ze verwachtte dat ze niet meteen zag wat Lily tussen haar vingers had die inmiddels weer tevoorschijn waren gekomen. En hoe had ze ook kunnen weten wat het kleine grijze kristal was waarover haar moeder zich al sinds de brief van haar zuster Sonya het hoofd had gebroken.

'Ik heb reden om aan te nemen dat deze steen...'

Ida wachtte, keek de vrouw aan die het brutale lef had haar winkel binnen te wandelen met haar gestolen diamant, zoals ze ook met haar gestolen naam naar haar zuster Sonya was gegaan. Maar Ida was sterker dan Sonya. Ze zou deze vrouw een koekje van eigen deeg geven.

'... *van u is*,' had Lilly overwogen te zeggen. Dat had ze althans op de weg naar de winkel bedacht. Maar later vroeg ze zich af of ze dat daadwerkelijk zou hebben gezegd. Ook als de vrouw haar niet zo kil had aangekeken, alsof er niets aan haar deugde. Had ze werkelijk haar lot in de handen van deze vrouw gelegd?

'... *een diamant is*,' zei ze.

Ida legde een vierkant stukje papier op de toonbank.

'Gaat u gang,' zei ze en wees naar het papiertje.

Lily legde de steen op het papier.

Ida pakte hem eerst tussen haar vingertoppen, rolde hem heen en weer, legde hem op de rug van haar hand, bestudeerde hem met het blote oog en legde hem weer terug op het papiertje. Daarna haalde ze de loep tevoorschijn die altijd om een ketting aan haar hals hing en hield die voor haar oog. Ze pakte de steen met een pincet op en hield hem ter inspectie voor de loep. Daarna legde ze hem weer neer en liet de loep vallen.

'Het is een diamant,' zei ze.

Lily knikte en slikte hoorbaar, de eerste en enige aanwijzing dat ze wellicht gespannen was.

'En de waarde ervan...' Ida keek nogmaals naar de onbekende vrouw voor zich, die haar blik beantwoordde en ook leek te wachten, maar waarop? Op een moment van zwakte zoals bij haar zuster Sonya? 'De waarde is altijd moeilijk vast te stellen.'

Lily knikte weer.

'De grootte is goed. Het gewicht ook. Maar het oppervlak is mat, zoals u zelf ook kunt zien, zodat we niet weten hoe de kern eruitziet. Het is mogelijk dat als we één vlak schoonmaken – om naar binnen te kunnen kijken, snapt u? – blijkt dat de aangetroffen insluitsels, de onvolmaaktheden, een slijpvorm vergen die ten koste gaat van het gewicht. Het oppervlak zelf is al beschadigd. Kijkt u maar...' Ze gaf de loep aan Lily, alsof ze een gewone klant was, pakte de steen op en wees met haar pincet op een minuscuul roestbruin scheurtje. 'IJzeroxide,' legde ze uit. 'Dat is door het bewegen van de aarde of van water in die breuk gaan zitten. Een zwakke plek op het oppervlak is uiteraard geen probleem. Die wordt gewoon weggeslepen, maar zwakke plekken van binnen, als de binnenkant vol zit met...'

'De Pohl zat ook vol met insluitsels,' zei Lily. Alsof ze een gewone klant was.

'De Pohl.' Ida lachte. 'Hemeltjelief. U doet me denken aan mijn buurvrouw, mevrouw Kaplan. Haar zoon Hyman was vorig voorjaar van school gestuurd wegens slecht gedrag. Vreselijk gedrag, als ik anderen mag geloven. Toen hoorde ze dat Einstein vroeger ook van school was gestuurd wegens slecht gedrag, dus mevrouw Kaplan redeneert dat als Einstein wegens slecht gedrag van school gestuurd is en Hyman ook, haar Hyman dus een Einstein in de dop moet zijn.'

Lily hoorde deze vergelijking met een kille blik aan. 'Mijn redenering heeft geen enkele overeenkomst met die van uw buurvrouw.'

'En uw diamant heeft geen enkele overeenkomst met de Pohl.'

Het is vast een bijzonder waardevolle diamant, dacht Elka.

Ze had haar moeder nog nooit zo'n opmerkelijke onverschilligheid zien veinzen. Als het tenminste onverschilligheid was die ze veinsde.

'De kwaliteit van de steen is... in potentie... goed. In pótentie, begrijpt u?'

Lily knikte.

'Maar als het u gaat om de waarde, dan is het allerbelangrijkste dat u een koper weet te vinden die geen bezwaar heeft tegen... de omstandigheden waaronder de steen is verkregen.' Na die woorden keek ze Lily weer aan. 'Als er geen koper is, dan heeft de steen geen waarde tenslotte. Maar als u wel een koper vindt, met de nadruk op als, mevrouw Kramer... willen mensen ook graag weten waar hun spullen vandaan komen.'

Is dat zo? vroeg Elka zich af.

'Het spijt me,' zei Lily. 'Ik had gehoord, ik had begrepen dat...'

Elka moest denken aan hoe ze tegen Sol had opgeschept over haar moeders talent en vroegere bekendheid. Had hij daarover iets tegen Lily gezegd? Was het Sol geweest die haar had aangepraat dat Ida de aangewezen persoon was om haar diamant te bewerken?

'Aha,' zei Ida. 'U wilt dat ik de diamant, die waarschijnlijk gestolen is, voor u slijp...' Maar daarop aarzelde Ida. Eindelijk was het moment daar om de vrouw te confronteren, haar te dwingen uit te leggen wie ze was en hoe ze aan die naam, de herinneringen en die diamant was gekomen waarvan ze beweerde dat die haar eigendom was; maar Ida's instinct hield haar tegen, dit was niet het goede moment. De vrouw die voor haar stond was sterk, dacht ze, maar het was een harde, broze kracht. Het zou niet onder een directe confrontatie bezwijken, maar verbrijzelen alvorens te bezwijken.

Bovendien werd Ida opeens bang, al kon ze niet precies zeggen waarom.

'Niet dat ik u van diefstal beschuldig, natuurlijk, maar gezien het gebrek aan informatie over de herkomst van deze steen...' Ze wachtte totdat het duidelijk was dat er geen verdere informatie meer kwam. 'U wilt dat ik deze diamant voor u slijp, die misschien niet eens van u is, zodat u hem daarna kunt doorverkopen voor een mooie prijs, een veel betere prijs dan u er in de huidige, onbewerkte staat voor zult krijgen.'

Lily gaf geen antwoord, maar maakte aanstalten op te stappen. Ze pakte de diamant en vouwde hem in het papiertje waarop hij lag.

'Het spijt me,' zei Ida. 'Maar u moet begrijpen, mevrouw Kramer...' Ida wist dat ze haar hand had overspeeld, maar ze wist niet in welke mate en hoe ze het weer ongedaan kon maken. 'Ik kan nu eenmaal niet...'

'Het geeft niet,' zei Lily. Ze pakte de diamant en stopte hem weer in haar tasje. 'Ik begrijp het,' zei ze. En daarna knipte ze haar tasje dicht, zei gedag tegen moeder en dochter en beende de winkel uit.

Dat Ida Pearl een van de beste diamantbewerkers van haar generatie was geweest, klopte niet helemaal. Ze was goed, zeker, en ze had ongetwijfeld nog beter kunnen worden als ze niet zo vroeg in haar carrière die rampzalige aanvaring met haar oom had gehad. Maar ja, dat was nu eenmaal gebeurd, en in de relatief korte periode van haar actieve werkzame leven, had ze nooit het niveau bereikt dat Elka haar tegenover Sol had toegedicht. Ze had in ieder geval nog nooit een steen bewerkt van het formaat en het kaliber zoals van de steen die zo-even een paar kostbare minuten op haar toonbank had gelegen. Op haar stoffige toonbank, merkte ze op tijdens de verbijsterde eerste ogenblikken na Lily's vertrek.

'Elka!' riep ze, alsof Elka buiten gehoorsafstand was, terwijl ze zich vlak achter haar moeder in de flauwverlichte hoek achter in de winkel bevond.

'Wat!' Elka schrok van de plotse scherpte in haar moeders stem, even bang dat ze de opdracht zou krijgen achter de vrouw aan te hollen die Ida min of meer van diefstal had beschuldigd.

'De toonbank is vies. Een schande. Je had hem vanochtend toch even kunnen afstoffen?'

'Het spijt me.' In die drie simpele woorden wist Elka over te brengen hoe onheus ze zich voelde behandeld – de toonbank was niet vies, alleen maar wat stoffig – niet alleen om deze valse beschuldiging, maar om alle onrecht die haar tot nu toe was aangedaan, waarvan het verraad van Sol het laatste was.

Hij had alles doorverteld aan die vrouw, dacht ze weer, terwijl ze de toonbank stofte. Mijn moeders verleden, onze privé-aangelegenheden... Direct na ons afspraakje ging hij ervandoor, de afdruk van zijn lippen nog warm op mijn voorhoofd, om alles aan haar door te briefen wat ik hem in vertrouwen had verteld. Ze zag Sol en Lily voor zich, ergens in een café, een rokerig café met een lange koperen toog en ramen waar kanten vitrages voor hingen. Het soort café dat ze alleen van affiches kende. Een chic café, met andere woorden, niet zoals de snelbuffetten, limonadetentjes en cafetaria's waar zij kwam. Ze zag ze verwikkeld in een diep gesprek, hoofden naar elkaar toe gebogen, een karaf rode wijn tussen hen in. Hadden ze zich vrolijk om mij gemaakt? vroeg ze zich af. Hadden ze gelachen om het domme gansje dat al haar geheimen aan de eerste de beste man vertelde die net deed of hij belangstelling voor haar had? Ze hoorde hen smoezen, hoorde hen lachen om het onnozele kind dat verliefd was op Sol.

Na zijn afspraakje met Elka was Sol niet meteen naar Lily gerend. Hij had urenlang door de klamme straten van de stad gelopen, om het moment dat hij naar het huis moest dat hij tijdelijk met Lily deelde zo lang mogelijk uit te stellen. Tijdens de uren met Elka waren de gedachten aan Lily ver weg geweest, ver weg maar niet verdwenen, en nu wachtte hem weer een nacht op het veldbed achter de piano in de woonkamer, zijn tijdelijke 'slaapkamer' totdat Nathan een flat voor hem en zijn nieuwe vrouw had gevonden. Vaak lag Sol urenlang wakker, zwetend, zich bewust van Lily's aanwezigheid vlak achter de gesloten deur van de slaapkamer, of in de gang, door het open raam van de keuken dat uitkwam op de brandtrap, waar ze een groot deel van de nacht doorbracht, om te roken en naar buiten te staren.

Hij ging een snelbuffet binnen. De koffie daar was gloeiendheet en brandde zijn mond, maar hij dronk hem toch op, in de hoop dat hij daardoor helderder ging denken. Hij nam nog een tweede kopje, en hij had misschien nog een derde genomen als er niet een meisje op de kruk naast hem was gaan zitten die opmerkte dat hij eruitzag of hij opgevrolijkt moest worden.

'Bedankt maar nee, bedankt,' zei hij terwijl hij even opzij keek om de zware make-up, de wallen onder haar ogen en de pafferige kaaklijn in zich op te nemen. Hij glimlachte om de afwijzing te verzachten, al wist hij dat haar aandacht voor hem puur zakelijk was. Ze schoof wat dichter naar hem toe, omdat ze zijn glimlach voor besluiteloosheid aanzag.

'Het spijt me,' zei hij.

'Niet als je me mee naar huis neemt.'

Hij liet een dubbeltje naast zijn lege kopje liggen en een dollar voor het meisje en stapte op.

'Hé, mister.' Hij hoorde het getik van hoge hakken achter zich. Hij draaide zich om en ze stond vlak achter hem, met zijn dollar in haar uitgestrekte hand. 'Ik ben geen liefdadigheidsdoel,' zei ze. 'Alleen maar eenzaam.'

Nu was hij niet alleen geïrriteerd maar ook nog eens zwaar

gedeprimeerd. Vanwege de zielige trots van het meisje dat wel of geen hoer was, om de nutteloosheid van zijn eigen instinct waarvan hij ooit had gedacht dat dat hem naar een beter leven zou leiden.

Hij dacht met vertedering aan Elka. Het meisje had esprit, ook al gaf ze op het eerste gezicht de indruk verzuurd te zijn door wrok. En ze was ook noġ eens slim en mooi, met haar bruine ogen en schattige kuiltjes. Als je haar trekken stuk voor stuk vergeleek met die van Lily kon je eigenlijk wel zeggen dat ze mooier dan Lily was, maar hij kon de verschrikkelijke aantrekkingskracht die hij voor Lily voelde niet ontkennen, de strijd die in zijn innerlijk woedde. Het was een strijd die alleen maar erger werd zodra hij het huis binnenging en zich nog eens verhevigde in de lange uren die volgden.

Ze was er natuurlijk. Dat voelde hij zodra hij de donkere stilte binnenstapte van de vestibule van zijn huis. Buiten was het warm, maar binnen was het stikheet, de warmte van de dag zat gevangen tussen de dikke muren. En het was donker, het gele peertje in de plafondarmatuur wierp een schemerlicht in de lange, smalle gang. Maar achter het schemerdonker was hij zich van haar aanwezigheid bewust. Achter de stilte van de gang en de benauwde lucht die hem omvatte. In de keuken aan het einde van de gang stond een raam open naar het donker, en achter dat open raam dat lucht noch licht binnenliet, zat ze te wachten, een ineengedoken figuurtje op de trap.

Hij deed zijn schoenen uit om zijn moeder en Nathan niet wakker te maken en sloop zo zachtjes mogelijk de gang door. Hij voelde het gladde warme zeil onder zijn voeten, het afschuwelijke bruine zeil met de roze rozen dat zijn moeder trouw elke week in de was zette. Hij kwam langs de deur naar de woonkamer, waar zijn moeder op de opklapbank lag te slapen, kwam langs de dichte deur van de slaapkamer, waarachter zijn broer sliep.

Toen hij bij de keuken kwam zag hij haar door het open raam. Ze zat precies zoals hij had verwacht: een sigaret te roken en in de verte te staren. Hij wist dat hij moest weggaan. Hij wist dat hij door de gang terug moest lopen naar de woonkamer, die hij 's nachts met zijn moeder deelde, naar zijn veldbed achter de piano, de gehate piano die zijn zusje, Nina, had gekregen van een man die haar geen ring kon geven omdat hij die al aan de vrouw had gegeven die hij nooit zou verlaten ondanks Nina's vele, gevarieerde bekoorlijkheden. Maar dat deed Sol al elke avond. Sinds de bruiloft had hij Lily elke avond vluchtig begroet en wat over koetjes en kalfjes gepraat, maar was steeds meteen door gegaan naar zijn bed, waar hij rusteloos, ellendig lag te woelen en zich steeds beroerder voelde. Deze avond echter nam hij een biertje uit de ijskast, klom door het raam en ging naast Lily zitten.

Ze verroerde zich niet, begroette hem niet, bleef gewoon zitten waar ze zat, starend in de verte een sigaret rokend, alsof ze helemaal alleen was. Hij wist niet goed wat hij moest doen. Als ze hem begroet had, zoals de algemene etiquette voorschreef, had hij haar groet kunnen beantwoorden. En dan was van het een het ander gekomen; hij had bijvoorbeeld simpelweg kunnen vragen hoe haar dag was geweest, waarop zij een kort antwoord had kunnen geven, gevolgd door de vraag hoe zíjn dag was geweest. Een doodgewoon gesprek, kortom, wat het fundament kon leggen voor de verdere normalisering van hun verstandhouding. Maar er kwam geen groet van Lily, alleen de koude muur van haar onverschilligheid.

'Weet Nathan dat je rookt?' vroeg hij ten slotte, een weinig briljante openingszin, waarop zij een diepe trek van haar sigaret nam en haar hoofd afwendde om de rook uit te blazen.

Ze dacht dat hij wel weg zou gaan als ze hem negeerde. Welke man bleef nou zitten terwijl de vrouw wel heel erg duidelijk maakte dat hij niet gewenst was? Welke man drong zich nou op als een vrouw alleen wilde zijn en ging ongeveer bij haar op schoot zitten, zoals hij nu? Dat deed een man, meende ze, die een vrouw uitnodigde om twee oceanen over te steken om met hem te trouwen en haar vervolgens op het perron liet staan omdat zij hem die dag toevallig niet aanstond.

Sol zocht stuntelend naar een manier om verder te gaan. Hij had Lily eigenlijk willen vertellen hoe zijn afspraakje was verlopen. Hoorde een zwager zoiets niet te doen? Hoorde hij zijn iets oudere schoonzusje niet te vertellen over een meisje dat hij aantrekkelijk vond? En zou die ontboezeming dan niet leiden tot een plagerige, zusterlijke glimlach? Daar had hij op gerekend toen hij de vorige avond had verteld dat hij een afspraakje had, maar Lily had hem niet eens gehoord, leek het.

'Smerige gewoonte,' zei hij, terwijl hij zelf een sigaret opstak. Hij keek even opzij om te zien of ze zijn spottende ondertoon wel doorhad.

Ze staarde naar de achterkant van de huizen aan de overkant, voor haar inmiddels een even vertrouwd gezicht als de vier muren van haar slaapkamer. Het was stil op dit uur, en bijna overal donker, op één kamer na waar het licht altijd brandde, hoe laat ze ook opbleef. Wie was er in die kamer? vroeg ze zich af. Iemand die net als zij aan slapeloosheid leed? Een dichter die nog aan het werk was? Een oververmoeide vrouw die in de keuken stukwerk deed terwijl de rest van haar gezin sliep? Elke avond verbaasde ze zich over de brandende lamp, die andere slapeloze ziel die haar gezelschap hield in een bestaan dat meer als een wake dan als een leven voelde.

'Het meisje met wie ik vanavond een afspraakje had... Weet je nog dat moeder-dochterstel dat op jullie bruiloft was? Ida Pearl en Elka Krakauer?'

Lily haalde haar schouders op. 'Ik ben aan zoveel mensen voorgesteld die avond.'

'Ze waren niet uitgenodigd.'

'Maar je zei net van wel.'

'Ja, ze waren er wel, maar ze waren door niemand uitgenodigd. Het blijkt dat Ida Pearl – de moeder – een nichtje had met dezelfde naam als jij, en ik denk dat ze hoopte, snap je, toen ze hoorde...'

Nu keek Lily Sol aan. 'Een nichtje?'

'In Europa. En ik denk dat toen ze hoorde dat jij hier was aangekomen...'

'Maar hoe kan ze dat nu gehoord hebben?' onderbrak Lily hem, haar onverschilligheid had opeens plaatsgemaakt voor nervositeit. 'Wie zou het haar verteld hebben?'

'Ik heb geen idee. Misschien dat een van haar klanten had gehoord dat...'

'Wat gehoord? Wie zijn deze lui?'

'Rustig, Lily.' Jemig, dacht hij. Over snel gegriefd gesproken. 'Het was gewoon een misverstand. Ida Pearls meisjesnaam is Azerov. Net als jij. En ze had een nichtje dat Lily heette. Dus toen ze hoorde dat jij in Montreal was, dat je met mijn broer ging trouwen, dacht ze waarschijnlijk dat ze... Maar het was gewoon toeval, dat jij net zo heet. Dat zag ze meteen.'

'Wie zijn deze lui?' vroeg Lily weer.

'Ik ben vanavond met de dochter uit geweest. Dat probeer ik je de hele tijd uit te leggen.'

'En wat zei ze precies?' vroeg Lily.

'Dat heb ik je net verteld.'

'Vertel het nog eens.'

Sol herhaalde wat Elka hem had verteld, over haar moeder die van een klant had gehoord dat er een vluchtelinge was gearriveerd die Lily Azerov heette en dat haar moeder hoopte dat de bruid haar nichtje was. IJdele hoop.

'Het is niet zo belangrijk.'

'Niet zo belangrijk,' herhaalde Lily, alsof ze net een nieuwe uitdrukking had geleerd. Ze keek weg, probeerde dit te verwerken. Kon het werkelijk toeval zijn? vroeg ze zich af. Nog een Azerov, nog een Lily?

'Volgens mij is het gewoon een kletsverhaal. Ze vertelde ook nog dat haar moeder vroeger een beroemde diamantbewerkster was.'

Lily draaide zich met een ruk om. 'Een diamantbewerkster?'

'De beste van heel Antwerpen, naar het schijnt. En die waren de beste ter wereld, wist je dat?'

Lily wendde zich weer af, maar Sol had nog net haar doodsbenauwde gezicht kunnen zien, een gezicht dat hem een misselijk gevoel bezorgde.

Het was dus geen toeval, dacht Lily. Ze deed haar ogen dicht. Om zichzelf te kalmeren. Even afstand nemen van wat Sol haar net had verteld.

'Volgens mij blaas je het veel te veel op,' zei Sol. En toen ze geen antwoord gaf: 'Het is toch geen misdaad om dezelfde naam te hebben als iemands nichtje?'

'O nee?' dacht ze terwijl ze hem weer aankeek. Ze wist dat het geen klant was die Ida Pearl over haar komst naar Montreal had verteld. Het moest de nicht zijn geweest van het meisje, de nicht die ze op haar eerste dag in Tel Aviv was gaan opzoeken: Sonya Nemetz. Zij moest haar familielid in Montreal, deze Ida Pearl Krakauer, over het onverwachte bezoek hebben geschreven.

'Heb jij... ken jij haar nichtje?' Het was zijn instinct die Sol deze vraag deed stellen, haar verschrikte gezicht toen hij haar over het toeval van de namen had verteld, de gespannenheid en gejaagdheid die hij opeens bij haar bespeurde.

'Nee,' zei ze automatisch, omdat ze niets prijs wilde geven voordat ze zeker wist dat ze geen enkel risico liep.

Ze was niet van plan geweest die Sonya in Tel Aviv op te zoeken, was niet eens van plan geweest de naam te houden. Ze had de naam voor slechts één doel aangenomen: als tijdelijke dekmantel zodat ze de grenzen over kon komen die anders gesloten voor haar waren gebleven.

Maar toen kwam dat verschrikkelijke moment dat ze voet op Palestijnse bodem zette, de spelonk in haar die openging toen ze besefte dat dit het dus was, hier eindigde en begon haar moeizame tocht: deze naargeestige dageraad, deze gapende leegte die voortaan haar leven zou zijn. Er was natuurlijk niemand om haar op te halen. Niemand die op haar wachtte. Nergens om heen te gaan. Ze was een café binnengegaan en had daar de ene kop zwarte koffie na de andere gedronken. Hoe lang? Dat wist ze niet meer. De ober kwam op een gegeven moment zeggen dat ze gingen sluiten. Een leugen, dacht ze, een list om haar weg te krijgen. Maar waar moest ze heen en naar wie? De ober keek haar aan alsof hij wist dat ze nergens naartoe kon, dat ze bij niemand hoorde en niemand bij haar. Ze stond op, liep naar buiten. Ze sloeg linksaf. Daar was een bus. 'Tel Aviv?' vroeg ze aan de chauffeur. 'Waar in Tel Aviv?' Ze klampte zich vast aan het enige herkenningspunt dat er in de woestenij binnen in haar opdoemde, een naam en een adres uit het opschrijfboekje dat ze had meegenomen: *Sonya Nemetz, Rehov Hayarkon 7, Tel Aviv*.

Het was volkomen onbezonnen. Een wanhoopsdaad. Maar nu had ze tenminste een doel. En indertijd voelde het niet als bedriegerij. Niet echt. Tijdens de maanden dat ze de naam had gedragen was ze langzaam gewend aan Lily Azerov. De naam had wortels gekregen en zich in de verschroeide woestenij van haar leven vastgezet. Ze reageerde uitsluitend nog op die naam; er was niemand meer die haar onder haar oude naam kende. En toch wist ze dat het bedriegerij was. Het was volkomen onbezonnen.

Ze herinnerde zich hoe kritisch Sonya haar gezicht had afgespeurd, zoekend, hopend ondanks haar twijfel, ondanks de vleesgeworden vergeefse hoop die nu voor haar stond. En door die herinnering kwam er weer een andere boven, nog iemand die naar haar keek, een vrouw met dezelfde kritische blik.

'Nu herinner ik me die vrouw van Krakauer weer,' zei ze tegen Sol, hoewel ze zich niet de vrouw herinnerde maar de blik, een vluchtige indruk die ze op de bruiloft had opgemerkt maar die ze snel van zich had afgeschud – ze had die blik al zo vaak gezien. 'Ik weet nog hoe ze naar me keek toen ik aan het dansen was.' *Die blik* – dat dacht ze nu. 'Zoals zij naar me keek, heb ik anderen al zo vaak zien doen.' In Europa, in de chaos na de oorlog, op straat, op perrons, in de opvangcentra. En daarna in Palestina ook weer. Maar hoe moest ze dat aan Sol uitleggen? Het was de blik van mensen die wanhopig graag een teken van hun dode dierbaren wilden zien, afgaand op geruchten, ook de vluchtigste geruchten, in de hoop dat... maar uiteindelijk bleek die hoop altijd ijdel.

Ze sloeg haar armen om haar knieën en liet haar kin erop rusten. Ze ging verder met haar verhaal en ging ongemerkt over op het Jiddisj. 'Ik zat een keer, enkele weken nadat ik er was aangekomen, in een café in Tel Aviv en ik zag een man me aanstaren. Ik werd er onrustig van. Hij had zo'n borende blik, bijna agressief. Ik kon me niet ontspannen onder zijn blikken, ik was bang dat hij elk moment op me af kon komen en me beetpakken... wat dan ook. Ik rekende gauw af en ging weg. Hij kwam me achterna. Ik sloeg een straat in, ging sneller lopen. Ik was behoorlijk bang. Ik zette het op een lopen en hij kwam me achterna gerend. "Gabi!" riep hij en meteen begreep ik het. Ik bleef staan, draaide me om en zijn gezicht betrok. Hij keek zo teleurgesteld dat het net was of mijn gezicht alleen de boodschapper van het slechte nieuws was. Begrijp je wat ik bedoel?'

Sol knikte, al wist hij niet precies of hij het begreep.

'"Het spijt me," zei hij. "Het kwam door de manier waarop je de suiker in je koffie omroerde... en hoe je je kopje optilde, hoe je het vasthield... Vergeef me," zei hij. En hij draaide zich om en liep weg. Ik keek hem na, een doodgewone man zou je zeggen. Hij had geen bochel, geen slepende pas. Niemand zou denken dat hij een man was die vrouwen uit cafés achternaging omdat hij zo wanhopig graag iets wilde zien in hen...' Ze zweeg, haalde haar schouders op. 'Wie was deze Gabi? vroeg ik me af. Een meisje op wie hij vroeger verliefd was? Een zusje van een vriend? Een nichtje?'

Lily moest denken aan haar eigen teleurstelling op dat moment. Het liefst had ze gewild dat ze wél het gezicht was dat de man had gezocht. Het liefst wilde ze dat ze bij hem, bij Sonya Nemetz, bij alle overlevenden de blijdschap van herkenning opriep.

'Iedereen is op zoek naar zijn doden,' zei ze. Ze doorzoeken de puinhopen, dacht ze, op zoek naar een aanwijzing, een flard... een bekend gebaar, een oppervlakkige gelijkenis, een naam. 'Denkt de moeder van je vriendinnetje soms dat ze de enige is?'

Sol gaf geen antwoord.

'Het spijt me dat ik niet de Lily ben die ze had gehoopt te zien op mijn bruiloft.'

Sol knikte weer. Hij geloofde haar. Maar hij voelde ook dat er iets niet klopte. Aan Lily? Aan wat ze hem net had verteld? Hij wist het niet, kon het ongemakkelijke gevoel niet goed verklaren.

En nu? vroeg Lily zich af. Ze zaten een tijdje zwijgend bij elkaar. 'Het is al laat,' zei ze. Aan de overkant van de straat brandde het licht nog. 'Wie woont daar?' vroeg ze.

'Waar?'

Ze wees.

Sol haalde zijn schouders op. 'Dat weet ik niet.'

Ze ging proberen te slapen, nam ze zich voor. Als het ochtend was, kon ze beter besluiten wat ze moest doen. Ze ging met haar hand over haar bovenbeen alsof ze kruimels die er tijdens hun gesprek waren ontstaan wilde wegvegen. Toen stond ze op en de zachte stof van haar peignoir streek in het voorbijgaan langs zijn wang.

HOOFDSTUK 8

Ik was twaalf toen ik voor het eerst een volwassene zag huilen. Ik had wel al tranen zien opwellen in de ogen van volwassenen, zoals de keer dat Elka een gloednieuwe zwarte japon aanhad en Sol uit zijn werk kwam, haar aankeek en zei: 'Wat moet dat voorstellen?' Maar of Elka's tranen overgingen in huilen toen ze die dag de keuken uit rende (Sol meteen verontschuldigend achter haar aan) heb ik niet gezien. En toen de hond Old Yeller doodging of het gevreesde telefoontje van de dokter kwam met het nieuws dat Bella niets mankeerde, zag ik de ogen van mijn vader alleen vochtig worden. De grote mensen in mijn leven huilden achter gesloten deuren. Totdat mijn meester in de zesde klas, meneer C, ons op een novembermiddag een schriftelijk proefwerk uitdeelde en daarna bij het raam ging staan huilen.

Eerst had ik het niet door. Hij was doodstil en ik concentreerde me op het proefwerk, dus ik keek niet zijn kant op. Ik had het misschien helemaal niet gezien als Carrie me niet had aangestoten en met haar kin in zijn richting had gewezen. En toen wist ik nog niet goed waarom ze me had aangestoten. Ik was gewend om meneer C geleund tegen de vensterbank naar buiten te zien kijken. Dat waren we allemaal. Op die plek stond hij ook als hij tegen ons sprak. 'Kinderen,' zei hij dan terwijl hij niet naar ons keek maar naar wat er buiten te zien was: ons speelplein met de vakken voor het hinkelspel met krijtjes op het gescheurde asfalt getekend en omheind door een hek van harmonicagaas, de bakstenen rijtjeshuizen aan de overkant van de straat. 'Pak jullie choemasj en ga naar het derde vers van het tweede hoofdstuk van Exodus,' zei hij bijvoorbeeld in het Hebreeuws, waarin nog de Jiddisje stembuigingen en de oude Europese uitspraak doorklonken, heel anders dan het Hebreeuws dat wij spraken, of probeerden te spreken, namelijk de moderne, Israëlische versie van de taal. En ondertussen keek hij nog steeds naar buiten, naar het kapotte asfalt, het ijzeren hek, de rijtjeshuizen aan de overkant.

Wát? vroeg ik geluidloos aan Carrie.

Ze wees nog een keer met haar kin en ging met haar vinger over haar wang zodat ik nu ook zijn tranen zag.

Die ochtend waren we nogal luidruchtig en uitgelaten geweest en ook toen hij de klas binnen was gekomen en ons tot de orde had geroepen, waren we gewoon doorgegaan. 'Kinderen,' had hij een paar keer geroepen, '*Baniem, banot*!' elke keer een beetje harder totdat hij ons op het laatst niet meer kinderen in het Engels of in het Hebreeuws noemde, maar tegen ons tekeer ging in het Jiddisj, een taal die maar de helft van de klas verstond. Zijn gezicht was rood van woede, de ader op zijn voorhoofd was opgezwollen en klopte verontrustend en duidelijk zichtbaar. En eindelijk hielden we op met praten en gingen weer op onze plaats zitten, klaar om met de les te beginnen. Gedurende het jaar was hij al een paar keer boos op ons geworden, maar zijn uitbarstingen hadden geen enkel effect op ons, niet op ons gedrag in ieder geval, en pas als onze directeur, rabbijn Loffer, erbij werd gehaald – meestal door een docent van het lokaal ernaast – keerde de rust terug en kon de les beginnen. Het was niet dat we hem expres zaten te jennen. We deden gewoon wat kinderen van nature doen: het leven een kwelling maken voor elke leraar die geen orde kan houden. Maar er was ook iets vreemds aan meneer C, iets wat niet natuurlijk was.

Hij was klein, even lang als sommige jongens in onze klas, en hij verzoop in het gekreukte grijze pak dat hij elke dag aanhad, een gekreukt grijs pak dat hem een paar maten te groot was en slobberend over zijn schoenen heen viel, die ook te groot waren. Het leken meer bloembakken dan schoenen, alsof zijn voeten voor hem uit waren gelopen en hun volle omvang hadden bereikt terwijl de rest van hem door het lot en zijn jeugd was achtergebleven. Hij was klein, maar hij was niet slap, zoals de kinderen die door hem bij hun pols waren gepakt of in hun nek waren gegrepen konden bevestigen. Hij was sterk, een harde, tanige kracht. Hij was tanig en hard, en zuinig, zowel in bouw als van karakter, versteend haast – als het hout waarover we net hadden geleerd, hout dat ooit een boom was – behalve als hij een driftaanval kreeg, een woede-uitbarsting die zijn ingevallen gezicht opvulde en de grauwe huid kleurde met zuurstofrijk bloed.

Meneer C was na de oorlog uit Europa naar Canada gekomen. Dat was op zich niet zo vreemd. Een heleboel ouders van onze vriendjes en vriendinnetjes waren na 1945 geëmigreerd. (De school waar Carrie en ik nu op zaten was een halfuur met de bus door het oostelijk gedeelte van de stad, dicht bij waar mijn vader, Sol en Nina waren opgegroeid en waar de nieuwere immigranten nog steeds woonden.) En veel van deze ouders hadden rare trekjes die verband hielden met de oorlog: zenuwaandoeningen, stemmingswisselingen. Zo kwam Mira's vader elke avond haar kamer binnen en zat dan aan haar bed om te kijken hoe ze sliep. Daarvoor schaamde ze zich als er vriendinnetjes bleven logeren. Soms voelde ze urenlang zijn aanwezigheid, zijn blik die zo sterk was dat ze er soms wakker van werd. En Helens moeder verstopte en hamsterde eten. En Lena's vader had buien met het staccatoritme en de kracht van een machinegeweer. Maar de rare trekjes van die ouders stonden los van hun normale persoonlijkheid, zoals de kwartsstrepen losstonden van het zwarte graniet van een van de stenen die mijn moeder me had opgestuurd. Maar de rare trekjes van meneer C waren als de steen zelf, doorregen met flinters humor, vriendelijkheid en andere stukjes van zijn vroegere ik.

'Hij is beschadigd,' zei Carries moeder op een middag toen we haar over een van zijn uitbarstingen vertelden, en het was haar gebruik van dat woord – 'beschadigd' – de toon, die me aan het denken zette over mijn eigen moeder, op een andere manier dan mijn eerdere nieuwsgierigheid – want mijn moeder was ook beschadigd, dat wist ik. 'Kapot,' was het woord dat Elka soms gebruikte, maar bij dat woord moest ik altijd denken aan het theekopje dat op de hoogste plank van de servieskast bij Elka en Sol in de eetkamer stond, een witporseleinen kopje met een teer patroon van blauwe bloemetjes dat een keer uit Sols handen op de vloer was gevallen, nauwgezet gelijmd was, maar daarna te fragiel voor de zware taak van thee bevatten, van schoteltje naar mond te worden getild en weer terug worden gezet. Mijn moeder was als dat theekopje, bedacht ik nu. Ze kon de zware taak van het leven dat ze probeerde te leiden niet aan, een normaal leven van liefde, huwelijk en gezin. Mijn geboorte had haar opnieuw kapotgemaakt. Het was een zielig verhaal, zeker, maar het had ook iets moois. Mooie dingen gingen toch ook kapot? Glas, kristal, teer porselein. Maar meneer C was in geen enkel opzicht mooi te noemen.

Toen ik die dag zijn tranen zag, moest ik weer denken aan de woorden van Carries moeder, want alleen een beschadigd iemand ging in een lokaal vol kinderen bij het raam staan terwijl de geluidloze tranen over zijn wangen rolden. En toen zag ik heel even mijn moeder bij een raam staan. Ze was minder mondain dan ik me haar tot nu toe had voorgesteld, maar niet omdat ze geen mooie kleren aanhad. Ze zag er heel mooi uit, in een rok met een blouse, die wel wat leken op de kleren die de moeder van mijn vriendinnetje Helen droeg, en haar haar zat in een wrong, vastgemaakt met een schildpadspeld. Het was meer hoe ze voelde dan hoe ze eruitzag dat anders was. Het leek op het gevoel dat ik kreeg als ik andere immigranten zag van wie ik wist dat ze uit hetzelfde deel van Europa afkomstig waren als mijn moeder. Mensen met een zwaar accent die er heel streng uitzagen of me nadrukkelijk aankeken of die ik zo beladen vond, zo samengebald, alsof de cellen in hun lichaam zwaarder en gecomprimeerder waren dan die van ons. Ik kon haar gezicht niet zien – ze staarde net als meneer C naar de stad, die nu haar thuis was – maar ik zag van opzij wel de tranen over haar wangen stromen.

De tranen van meneer C kwamen door zijn beschadiging; dat wist ik. Maar hadden wij er ook niet schuld aan? Die vraag kwam bij me op toen ik naar hem keek. Hij had ons tot de orde geroepen en wij hadden hem genegeerd. We hadden hem op ontelbare manieren duidelijk gemaakt hoe weinig respect we voor hem hadden, hoe impopulair hij was als leraar, dat ook bleek uit het feit dat wij met een enkele letter naar hem verwezen, alsof hij geen naam had. In gedachten zag ik hem aan het eind van de schooldag in zijn grijze pak een flat binnengaan, zijn hoed ophangen – een grijze vilthoed – aan een haakje naast de deur, waarna hij door een groezelige bruine gang naar een groezelige beige keuken liep om thee te zetten dat hij uit een glas zou drinken, net als iedereen uit Europa, met citroen en suiker, en harde koekjes erbij, en op dat moment besloot ik voortaan vriendelijk en beleefd tegen hem te zijn, een besluit dat ik opschreef en op een briefje aan Carrie doorgaf, die grote ogen opzette en terugschreef of ik het antwoord op een van de proefwerkvragen wist. Dat gaf ik haar zonder dat meneer C het zag, want die stond nog steeds uit het raam te staren, al huilde hij inmiddels niet meer.

'Dit is een klas, geen gekkenhuis,' had Carrie in de pauze tegen me gezegd. Ik wist dat dat een uitspraak van haar moeder was, want ik had haar moeder hetzelfde tegen Elka horen zeggen toen ze een paar weken eerder had gebeld om haar te vragen mee te doen aan de campagne om meneer C uit zijn functie te ontheffen en hem ergens een minder verantwoordelijke baan te bezorgen. Niemand wil dat hij zonder werk komt te zitten, had Carries moeder Elka verzekerd.

'Ik vind dat we aardiger tegen hem moeten zijn,' zei ik tegen Carrie, want in mijn gedachten waren mijn moeder en meneer C steeds meer met elkaar gaan versmelten. Het was heus niet zo dat ik nou een betere inborst had dan Carrie. Maar voordat ik de kans kreeg om mijn goede voornemen ten uitvoer te brengen – diezelfde middag nog – gaf meneer C me een uitbrander omdat ik een fout antwoord had gegeven, alsof ik expres de leerstof verkeerd had begrepen om hem boos te maken. De precieze inhoud van zijn tirade had ik niet helemaal verstaan – hij was overgegaan op het Jiddisj – maar ik begreep dat zijn woede, zijn verontwaardiging voortkwam uit het feit dat hij mij en domme, onbehouwen types als ik les moest geven in plaats van de razendslimme jongens en meisjes die vijftien jaar eerder in Europa waren omgekomen – niemand was ooit doodgegaan in Europa, ze waren altijd omgekomen – en hoewel ik wist dat hij beschadigd was en dat hij daarom zo tekeer ging, voelde ik toch een diepe schaamte naar mijn wangen stijgen, waarop Carrie meteen reageerde met een briefje waarop stond dat hij een moordenaar was.

Nu moet ik er wel bij zeggen dat Carrie verwees naar een passage in de Talmoed die we dat jaar hadden geleerd, nota bene door meneer C zelf, en waarin duidelijk stond: 'Hij die zijn naaste buur te schande maakt, is als iemand die bloed vergiet.' Dat bloedvergieten verwees naar het beschaamde gezicht van het slachtoffer dat van kleur verandert – ook al wordt in de Talmoed verwezen naar het verbleken van het gezicht in plaats van het rood kleuren, zoals mij die dag overkwam – en dat was alles wat ze bedoelde. Het was meer een poging om me te troosten in mijn schaamte, een schaamte die meneer C had veroorzaakt maar die niet echt zijn schuld was, zodat het op dat moment voelde alsof het helemaal mijn eigen schuld was. Toegegeven, het was nogal een sprong, van een rood gezicht naar regelrechte moord, maar Carrie hield nu eenmaal van overdrijven als ze iets duidelijk wilde maken, en er zou niets gebeurd zijn als meneer C gewoon uit het raam was blijven kijken toen ze mij dat briefje doorgaf. Hij was klaar met zijn tirade, hij was weer bij het raam gaan staan en leek onze klas tijdelijk vergeten. Carrie liet het briefje op de hoek van Freddy's tafeltje vallen – hij zat tussen ons in – en toen liet Freddy het op mijn tafeltje vallen zoals hij al zo vaak had gedaan, maar helaas deed hij dat net op het moment dat meneer C zich naar de klas omdraaide. Ik zag het briefje op mijn tafeltje landen en keek even op om te zien of meneer C het ook had gezien. Maar hij zei niets en ik deed niets, en het briefje lag onaangeroerd en ongeopend op de plek waar het was neergekomen.

'Nou?' zei hij ten slotte. Zijn stem was zacht, zoals altijd na een van zijn woede-uitbarstingen. 'Ga je je post niet lezen?'

Ik had het op moeten eten, zei Carrie achteraf. Ik had het in mijn mond moeten proppen en doorslikken, zoals we in talloze films hadden gezien en wat zij wél gedaan zou hebben, verzekerde ze me. Maar ik had Carries tegenwoordigheid van geest noch haar theatrale inslag, dus vouwde ik het briefje open zoals me was opgedragen en las het hardop voor.

'"Hij zou zich juist moeten schamen. Hij is een moordenaar,"' las ik voor en terwijl ik dat deed, trok het bloed uit het gezicht van meneer C, precies zoals beschreven door rabbijn

Nachman bar Isaac in de passage waar Carrie naar had verwezen: 'Want ik heb het [de schaamte] met eigen ogen gezien, de blos die verdween en plaatsmaakte voor een bleke gelaatskleur.'

Meneer C zei niets, kon niets uitbrengen, leek het. Zijn gezicht was asgrauw en zo roerloos als steen. De klas was ook doodstil, zo stil dat je de wijzer van de klok aan de muur achter me een minuut van zijn uurcyclus voorbij kon horen tikken. We leken allemaal in hetzelfde moment gevangen, dezelfde verschrikkelijke stilte totdat meneer C ons eindelijk, na een hele tijd, opdroeg onze leesboeken tevoorschijn te halen en voor onszelf te gaan lezen, wat we deden, of althans veinsden. Ik probeerde me te concentreren op de betekenisloze letters en woorden die voor mijn ogen zwommen, maar na een tijdje móést ik gewoon naar hem kijken. Hij stond weer met afgewend gezicht uit het raam te kijken, maar ik zag genoeg van zijn gezicht om te weten dat het weggetrokken bloed nog niet was teruggekeerd. Het was het gezicht van een lijk waar ik naar keek, als er niet dat eenzame spiertje in zijn kaak was geweest, dat regelmatig trekkende spiertje.

De volgende dag was hij niet op school, en de rest van de week ook niet. Het gerucht ging dat hij was ingestort en dat kwam – natuurlijk – door Carrie en mij. Hoewel hij nooit een populaire leraar was geweest, was iedereen op zijn hand, ook nadat Carrie de toedracht herhaaldelijk en helder had uitgelegd. Het is mogelijk dat de directeur of een van de andere leerkrachten wist wat er was gebeurd, maar er werd niet ingegrepen. Ik denk dat ze er waarschijnlijk niets van wisten, want onze klasgenoten wezen dan wel meteen de vinger beschuldigend naar Carrie en mij, maar zelf droegen ze ook schuld. Iedereen die het vreselijke voorval had bijgewoond, was erbij betrokken. Dat een van ons – uit zo'n beschermde omgeving en in alle opzichten verwend – een van hén van moord kon betichten, en dan nog wel meneer C, de vleesgeworden oorlogsgetraumatiseerde, was zo onvergeeflijk dat het een smet wierp op iedereen die de woorden had gehoord die Carrie had opgeschreven en die ik had uitgesproken.

De week erop was hij terug en tot mijn grote opluchting zag hij er niet anders uit dan eerst: dezelfde samengebalde compactheid in hetzelfde grijze pak, dat in dezelfde plooien over dezelfde te grote schoenen viel. Hij zette zijn hoed af – dezelfde grijze vilthoed – zoals hij altijd deed als hij de klas binnenkwam en streek met zijn hand over zijn kruintje, zoals zijn gewoonte was, om te controleren of zijn zwarte keppeltje goed op zijn hoofd zat. Daarna legde hij zijn hoed op zijn bureau.

'Goedemorgen, kinderen,' zei hij.

'Goedemorgen, meneer Czernowitz,' zeiden wij in koor, omdat wíj anders waren, althans dat dachten we, veranderd door de schaamte voor wat we gedaan hadden, en door onze hoop dat we met berouw – door voortaan alleen nog maar heel beleefd tegen hem te zijn – onze daad goed konden maken, misschien zelfs vergiffenis konden krijgen.

Meneer C begon de les met ons om de beurt een passage uit ons boek te laten voorlezen. We lazen zoals we altijd deden, sommigen vloeiend, anderen hakkelend, waarbij meneer C ons zonodig verbeterde of af en toe een vraag stelde die de slimsten en ijverigsten onder ons hoopten te mogen beantwoorden door druk met hun hand te zwaaien of soms zelfs te grommen om maar zijn aandacht te trekken. De minder slimme en ijverige kinderen keken naar hun tafeltje om de ogen van meneer C te ontwijken. Gelukkig had hij weer zijn oude alerte, haast dreigende blik terug die door de klap van de week ervoor – de klap van Carrie en mij – verdwenen was. Er waren fouten gemaakt en die waren rechtgezet. Meneer C ontplofte niet.

We haalden opgelucht adem, we begonnen al te denken dat

er geen schade was aangericht – althans, geen diepere, perma-
nente schade – en toen gaf Marc het juiste antwoord op de vraag
die meneer C had gesteld. Het was niet eens een geweldig antwoord. Het was niet een bijzonder interessant antwoord. Maar
het was het juiste, volkomen correcte antwoord – nota bene van
een leerling die een keer met de *Playboy* was betrapt, verborgen
in de verhandeling van de Talmoed waarin hij zogenaamd verdiept was – en in de geschokte stilte die volgde begon meneer C
te huilen.

Deze keer wendde hij zich niet af. Hij stond voor de klas en
keek ons recht aan, terwijl de tranen over zijn wangen stroom-
den. Hij snikte niet, hij huilde volkomen geluidloos, zodat we
aanvankelijk niet eens doorhadden dat we getuige waren van
huilen, voor mij een handeling die in ieder geval met enige bewegingen van het gezicht gepaard ging, met een uiting van lichamelijke wilskracht. Zijn armen hingen slap langs zijn zij, zijn
vlakke handen naar ons toegekeerd, zijn gezicht een beetje omhoog. Het leek haast of hij luisterde of wachtte op iets, en ik had
zijn uitdrukking bijna 'hoopvol' genoemd als er geen tranen op
zijn gezicht te zien waren. En toen was het voorbij. We zagen
het wegebben, een siddering van onbehagen die als de schaduw
van een wolk langs zijn gezicht trok, en daarna een plotse, steel-
se opleving van activiteit – een witte zakdoek waarmee hij zijn
tranen wegveegde en zijn wangen droogde. Hij snoot zijn neus,
een luid getetter, alsof hij net uit de kou kwam, en daarna droeg
hij de volgende leerling op om voor te lezen.

En zo ging het verder. Er zat geen systeem in de huilpartijen,
je wist nooit waardoor de tranen begonnen te stromen. Om te
zeggen dat we eraan gewend raakten, ging wat ver, maar in de
loop van de tijd werden we minder bang, zaten we niet meer
stokstijf op onze stoelen wanneer het begon. Het werd bijna
normaal voor ons – normaal dat meneer C zo deed, bedoel ik.

Het huilen was in november begonnen en al leek het alsof het eeuwig door kon gaan, in werkelijkheid hield het al na een paar weken op, voorgoed. Toen we op een ochtend in de klas zaten, vlak voor de kerstvakantie, kwam de directeur, rabbijn Loffer, binnen in plaats van meneer C. Meneer Czernowitz was ziek, deelde rabbijn Loffer ons mee, en zou niet meer terugkomen op school. Nooit meer, begrepen we. Er was een nieuwe leerkracht aangesteld die later die dag zou beginnen, een leraar die onlangs uit Israël naar Montreal was verhuisd. Rabbijn Loffer zei glimlachend tegen de klas dat hij zeker wist dat we ons verantwoordelijk en beleefd zouden gedragen – maar meneer C en wij wisten wel beter.

Kwam het door zijn beschadiging dat hij geen les meer kon geven, of kwam het door ons? Of misschien een vreselijke combinatie van de twee? Die vraag bleef nog lang door mijn hoofd spoken terwijl de rest van de klas hem al vergeten leek. Niemand had het ooit nog over hem, al had Carrie me een jaar later verteld dat hij werk had gevonden bij een koosjere bakkerij op Victoria Avenue, want haar moeder had hem een keer achter in de zaak gezien waar het bakwerk werd gedaan. Hij schoof net een blik met broden de oven in. 'Dat is een veel geschiktere baan voor hem,' had Carrie opgemerkt en daarmee leek voor haar de kous af.

Maar ik kon het niet van me afzetten en het bracht nieuwe, andere vragen over mijn moeder bij me boven. Niet waarom ze niet bij ons had kunnen blijven, maar of er misschien iets in onze familie, haar nieuwe omgeving in Montreal was, een vreselijk conflict tussen haar en haar omgeving, of tussen haar en ons – ongeveer zoals de reactie die ik een keer had gezien toen ik per ongeluk water bij het zwavelzuur uit mijn scheikundedoos had gedaan – dat haar had verjaagd.

Niet lang daarna had Carrie per ongeluk aan haar vriendinnetje Mira verteld dat mijn moeder me stenen opstuurde. Formeel gezien was het niet echt verraad, omdat er niets aan mijn moeder was dat geheim moest blijven, maar toch voelde het zo, en al snel ging het de hele klas rond en een paar meisjes uit ons groepje zeiden dat mijn moeder 'keigek' was, waardoor ik me diep beschaamd voelde.

Aan de ene kant was het natuurlijk gewoon een flauwe woordspeling van ons vriendinnenclubje, te verleidelijk om te laten liggen, niet gemener bedoeld dan de pijlen die we doorgaans in de klas en het schoolplein op elkaar richtten, maar ik kon het niet van me afzetten, omdat het me inmiddels wel duidelijk was dat mijn moeder niet helemaal spoorde. En ik dus ook niet. Vanwege de stenen, ja. Dat kon je toch wel vreemd gedrag noemen. Het feit dat zij me stenen toestuurde en mijn reactie erop. Dat had ik intussen ook door en ik wist dat ik maar beter niet kon laten merken hoe bijzonder ik de stenen vond, elke steen was voor mij een geheime, unieke boodschap van mijn moeder aan mij. Ik wist dat ik ook maar beter niet kon laten merken hoe ongerust ik was als er te lang geen nieuwe steen was gekomen, en dat jaar was ik nog nooit zo ongerust geweest want ik had al twee jaar geen steen gekregen.

Maar wat me meer dwarszat, was het feit dat ze me in de steek had gelaten. Daardoor waren zij – en ik – in een soort niemandsland terechtgekomen, apart van de andere ouders en kinderen uit mijn omgeving. Ik had namelijk nog nooit gehoord van een vrouw die haar kindje in de steek had gelaten, en zeker geen vrouw die haar hele familie al in Europa was kwijtgeraakt. Je zou denken dat ze juist daarom een nieuw gezin wilde stichten, zoals de ouders van mijn vriendinnetjes Mira, Helen en Lena. De vreemde trekjes, gewoontes en buien die de ouders van die vriendinnetjes hadden, waren niet van invloed op de liefde voor hun kinderen. Ze hielden misschien wel te veel van hun kinderen, konden ze niet loslaten, zoals de vader van Mira die 's avonds keek hoe ze sliep. Maar geen van hen liep van huis weg.

Ik had aan niemand van mijn familie verteld wat er op school was gebeurd, ook aan Elka niet. Ik schaamde me nog steeds heel erg om de spottende opmerkingen, ook al hadden mijn klasgenoten allang weer een ander doelwit gevonden. De schaamte vulde me als een gifgas, zodat er geen ruimte voor andere gevoelens overbleef en smoorde het toch al weinige zelfvertrouwen dat ik had. Op een avond onder het eten plaagde Jeffrey me met een puistje op mijn gezicht. Ik zei dat hij op een mopshond leek waarop hij antwoordde dat ik een gezicht had dat alleen een moeder mooi kon vinden. Het was een opmerking uit een aflevering van *Honeymooners* waar we een paar dagen geleden naar hadden gekeken, maar toen hij dat zei, holde ik huilend van tafel en sloeg de deur van mijn kamer met een klap dicht.

Even later klopte Elka aan en vroeg of ze binnen mocht komen. Ik gaf geen antwoord, verstopte mijn gezicht in mijn kussen, maar ze kwam toch binnen, ging op de rand van mijn bed zitten en legde haar hand op mijn rug.

'Is er iets aan de hand op school?' vroeg ze.

'Nee,' bromde ik in mijn kussen.

'Niet iets waarover je met me wilt praten?'

Ik schudde weer mijn hoofd.

Ze wachtte eventjes en zei toen dat dertien een moeilijke leeftijd was, dat zij het ook zwaar had toen ze dertien was.

Mijn verdriet had niets te maken met het feit dat ik dertien was. Al mijn vriendinnen waren dertien en die waren geen van allen verdrietig.

'Ik weet dat je vader de laatste tijd nogal druk is met Naomi.'

Ik gaf geen antwoord.

'Het is volkomen normaal dat je er moeite mee hebt dat je vader...'

'Het laat me koud wat mijn vader en Naomi doen.'

Naomi was knap en kwam de laatste tijd veel bij ons aan huis, maar het idee dat ik jaloers was op haar relatie met mijn vader was belachelijk. Ze had mijn vader voor zijn verjaardag de filmmuziek van *Exodus* gegeven, omdat ze vond dat de meeste muziek waar hij naar luisterde niet melodieus was. En voordat we aanvielen op de jachtschotel of de zalmtaart die zij had gemaakt moesten we om de beurt één leuke gebeurtenis van de dag vertellen. Tussen mijn vader en Naomi zou het toch niets worden.

'Ik had ook maar één ouder,' zei Elka, die het over een andere boeg gooide.

Dat was zo, dat wist ik, maar haar situatie, hoe moeilijk en beschamend die ook was geweest, was niet zo abnormaal en ongehoord als die van mij.

'Je voelt je altijd anders dan de rest.'

Mijn anders-zijn was geen gevoel. Het was een feit. Ik kende gewoon niemand van wie de moeder al haar familieleden in de oorlog had verloren om vervolgens haar kleine dochtertje in de steek te laten, dat juist haar allerdierbaarste bezit had moeten zijn.

'Je hebt het gevoel dat er iets mis met je is,' ging Elka verder, maar ze had het nu meer over haar eigen jeugd.

Ik gaf geen antwoord, durfde niet de stop los te trekken van de stortvloed die in me zat.

'Ik kan je verzekeren dat er niets mis is met je.'

Het was mijn moeder met wie iets mis was. Dat begreep ik althans uit Elka's woorden. En hoewel ik dat best wist – er zou echt iets mis met me zijn als ik dat niet inmiddels doorhad – voelde ik toch de drang om het voor mijn moeder op te nemen, wilde ik niet dat ze in bedekte termen voor de zoveelste keer voor gek werd uitgemaakt.

'Niet alles in het leven is iemands schuld,' zei Elka, alsof ze mijn gedachten kon lezen.

Toen ik nog steeds geen antwoord gaf, niet eens liet merken dat ik haar had gehoord, raakte ze boos. Haar hand op mijn rug voelde niet meer troostend aan, maar begon te bewegen, rusteloos, ongeduldig kloppend. En ja hoor, ik had de verandering in haar hand nog niet opgemerkt of ze zei dat ik met mokken niets opschoot en dat ik nu moest opstaan en haar met de afwas helpen.

Hoewel Elka net deed of de zaak hiermee was afgedaan, vermoed ik dat ze er met andere familieleden over had gepraat, want een paar weken later, aan de seidertafel, pakte tante Nina mijn hand, bestudeerde met een ernstig gezicht mijn handpalm en fluisterde in mijn oor, terwijl Sol maar dooremmerde over de tien plagen, dat ik met een diepgaande, langdurige liefde in mijn leven zou worden gezegend, dat God of een van zijn engelen dat in mijn hand had gegrift, en dat het daarom de onherroepelijke, definitieve waarheid was, zoals alleen de waarheid Gods dat was.

Ik wist dat Nina dat waarschijnlijk maar zei omdat Elka haar over mijn humeurigheid van de laatste tijd had verteld (onder die verzamelnaam werden mijn onverklaarbare buien geschaard) en dat de toekomst niet op iemands handpalm te lezen was, en dat Nina een atheïste was die helemaal niet geloofde in een goddelijke waarheid, maar ik voelde toch iets van hoop in me opvlammen.

'O, dat weet ik niet, hoor,' zei ik, terwijl ik voor het eerst sinds weken van iets anders kleurde dan van dodelijke schaamte.

'Nou, ik wel,' zei Nina.

Ik wilde haar graag geloven, maar ik moest tegelijkertijd denken aan Carrie die na school nu vaak met Mira meeging zodat ik in mijn eentje de lange busrit door de stad moest maken, met alleen Jeffrey als gezelschap, en dat Carrie en Mira het weekend ervoor met z'n tweeën waren gaan bowlen zonder mij mee te vragen. En dan was er nog de groeiende ongerustheid over het uitblijven van een nieuwe steen van mijn moeder, een teleurstelling die ik met elke voorbijgaande dag steeds meer als een directe afwijzing ging zien.

'Wat?' vroeg Nina, die niet alleen mijn hand maar ook mijn gezicht leek te lezen, en haar eigen gezicht en stem waren zo meelevend dat ik zonder nadenken 'Carrie haat me' eruit flapte.

'Wat?' vroeg Nina, waarop mijn vader en Elka ons boos aankeken, omdat we de seider verstoorden.

Na afloop van de maaltijd, toen we weer mochten praten, zei ik tegen haar dat Carrie aan Mira over de stenen had verteld.

'En je denkt dat ze je daarom haat?'

'Niet alleen daarom.'

'Ze is gewoon jaloers.'

'Jaloers?'

'Haar eigen moeder houdt zich alleen maar bezig met de vraag van welke golfclub ze lid moet worden en dan ziet ze dat jij van die prachtige stenen krijgt van je moeder...'

'Wie is er jaloers?' vroeg Jeffrey vanaf de andere kant van de tafel.

'Haar vriendin Carrie,' zei Nina. 'Ze kan het niet hebben dat Ruthie een interessantere moeder heeft dan zij zelf.'

'Ze is niet jaloers,' snauwde ik, want ik was niet alleen boos op Nina dat ze mijn persoonlijke zaken op tafel had gegooid maar ook op mezelf dat ik haar in vertrouwen had genomen. 'Je bent niet jaloers op iemand die geen moeder heeft.'

De hele tafel was even stil totdat Jeffrey zei: 'Maar je hebt wel een moeder, Ruthie.'

'Ze is alleen niet hier,' zei ik.

'Dat betekent nog niet dat ze niet bestaat.' Dat was mijn vader.

'Waarom is ze dan niet hier?'

Er viel een ongemakkelijke stilte. Elka was druk bezig om Chucks lapje vlees in stukken te snijden. De andere grote mensen keken naar mijn vader. Hij moest deze kwestie oplossen. Mijn vader gaf me zijn gebruikelijke antwoord.

'Dat weten we niet precies.'

Ik wist dat dat de waarheid was, dat hij niet tegen me loog, maar ik voelde voor het eerst dat hij meer wist dan hij wilde toegeven, dat iedereen meer wist dan ze wilden toegeven. 'Dan moet ik haar maar gaan zoeken en het haar zelf vragen,' zei ik en terwijl ik dat zei, wist ik voor het eerst zeker dat ik dat ook ging doen.

'Echt waar?' vroeg Jeffrey met grote nieuwsgierige ogen.

Ik had al vaker gefantaseerd over een ontmoeting met mijn moeder. Vanzelfsprekend. Maar dat waren fantasieën over mijn moeder die naar míj op zoek ging, zoals ze had gedaan bij het toesturen van de stenen. Zij was degene die een zoektocht begon naar het kleine meisje dat ze in de steek had gelaten en als ze me had gevonden, zou ze me eindelijk de redenen van haar vertrek uitleggen, rustig en weloverwogen, zonder tranen of dramatisch gedoe, het verdriet van haar leven dat in haar gezicht stond gegrift, maar dat ze niet overdreven uitte in haar gedrag. (Mijn moeder was geen overdreven type, had ik besloten. Een andere conclusie was ook moeilijk te trekken geweest.) Ik had me al talloze keren voorgesteld dat de telefoon ging en dat de stem aan de andere kant van een lijn een lage, rustige stem was, met een licht Joods-Pools accent. *Spreek ik met Ruth?* zou ze vragen, met een nauwelijks waarneembare rollende r, die heel anders klonk dan de raspende *r* van mijn grootmoeder Bella en Ida Pearl, meer als Ingrid Bergman in *Casablanca. Daar spreekt u mee*, zou ik dan antwoorden. Dan de uitnodiging om ergens een ijsje te gaan eten. Bij Murray, stelde ik me zo voor, een chique koffiezaak die ik vooral leuk vond vanwege hun opgerolde cake met ijs en chocoladesaus en omdat niemand van mijn familie daar in mijn fantasie zomaar zou binnenstappen (Elka vond dat ze te veel mayonaise in hun broodjes eiersalade deden). Maar ik had nooit gedacht dat ik het initiatief zou nemen, dat ik haar zou opbellen en haar ging opzoeken.

'Maar waar ga je haar dan zoeken?' vroeg Jeffrey.

Dat was een goede vraag, die me terughaalde naar de realiteit, want niemand wist waar mijn moeder was. De vraag werd gevolgd door een nieuwe stilte, even ongemakkelijk als de eerste.

'Dat weet ik nog niet,' antwoordde ik.

Niemand kwam op de proppen met bemoedigende woorden of een voorstel, totdat Bella zei: 'Als Ruthie besluit dat ze haar moeder wil gaan zoeken, dan zal er na de seider nog tijd genoeg zijn om dat te doen.'

Haar opmerking was aan Jeffrey gericht, maar iedereen keek naar mij, en ik geloof dat ik blij was dat de rest van de familie het onderwerp liet rusten. Ik voelde me alleen staan in de discussie, alsof de kloof die tijdens mijn weken van ellende was ontstaan tussen mij en de andere familieleden nog groter en dieper was geworden. Ik wist niet goed waarom ik me zo eenzaam voelde, wist alleen dat er een algeheel onbehagen was nu we voor het eerst de mogelijkheid bespraken dat ik mijn moeder ging zoeken.

'Ik help mee zoeken, Ruthie,' zei Jeffrey.

'Ik ook,' zei Mitchell, en ook al wist ik dat hij alles napapegaaide wat zijn grotere broer zei, alles nadeed wat Jeffrey deed, werd ik toch geroerd door zijn aanbod, net als door dat van Jeffrey.

En toen keek Chuck, die nog geen vijf was, me aan en zei: 'Ikke ook helpen.'

Maar ik wist dat ze me niet echt konden helpen. Ik was volkomen alleen, op een manier die ik haast niet kon omschrijven. Waarschijnlijk had ik me altijd zo gevoeld, maar dit was voor het eerst dat ik het me bewust was, voor het eerst besefte ik dat ik deel uitmaakte van de familie om me heen, de familie die van me hield en waarvan ik op mijn beurt ook hield, maar dat er ook een deel van mij was dat voor altijd alleen zou zijn, er niet bij hoorde. Het deed me denken aan de gletsjers waarover we op school hadden geleerd en waarin zulke diepe spleten ontstonden dat er hele stukken als ijsbergen afbraken omdat ze te klein waren om de stroming rond de grote gletsjer te weerstaan. Ze waren van hetzelfde materiaal als de gletsjer die ze had voortgebracht, maar toch dreven ze snel af, ver bij de gletsjer vandaan.

HOOFDSTUK 9

Mijn vader werkte met licht, zei ik tegen hem. Hij ving het licht met stenen. Hij boog gebroken licht om in schoonheid.

Waarop hij zijn schouders ophaalde en zei dat zijn vader slager was.

En van moederskant stam ik af van goedheid, zei ik, waarop hij weer zijn schouders ophaalde en zei dat ik niet sentimenteel moest worden.

Als je mijn moeders vader had gekend, zou je mijn verdriet niet sentimenteel noemen.

Ik heb hem gekend, zei hij. Ik kende honderden mannen als hij. Duizenden.

Hij was een man die zo goed was dat vermoeide trekvogels op zijn schouders kwamen uitrusten. Ik heb ze gezien, zei ik. Met eigen ogen.

Maar niet zo goed dat hij mij toestond mijn moeders schande ooit te vergeten, riposteerde hij.

Zijn moeder was kennelijk niet met zijn vader getrouwd. Erger nog: zijn moeder was met iemand anders getrouwd, maar heeft haar man in de steek gelaten om er met de slager vandoor te gaan.

Ze had zeven bastaardkinderen van wie ik de jongste ben, vertelde hij. Als je nog steeds je vaders dochter bent, zou je nu oversteken om mijn blik te ontlopen.

Dat zou ik nooit doen, verzekerde ik hem. We waren voor elkaar voorbestemd.

Lily wist dat de fantasieën van het meisje ook feiten bevatten, maar hoeveel? Zat er een boodschap of antwoord in verborgen? Was zij er echt alleen maar per ongeluk op gestuit of zat er nog iets anders achter dan alleen zuiver toeval? Dit waren een paar van de vragen die bij haar opkwamen tijdens het lezen, terugkerende vragen, vragen waarop ze het antwoord niet wist maar die wel steeds door haar achterhoofd spookten – ze kon ze voelen. Ze legde het opschrijfboekje neer om te wachten of er soms iets duidelijk werd als ze er even niet in keek, maar wat ze voor zich zag was het gezicht van Ida Pearl Krakauer, Ida's kille, harde gezicht, dat haar niet vertrouwde, dat haar beschuldigde.

Het was een week geleden dat Lily haar had opgezocht. Een week en ze durfde er nog amper aan terug te denken, de achterdocht van de vrouw, haar wantrouwige, beschuldigende houding die liet doorschemeren dat ze zeker wist dat Lily kwaad in de zin had. Ze wist eigenlijk niet eens meer waarom ze naar de zaak van die vrouw was gegaan, kon zich niet goed meer herinneren dat ze die ochtend na het gesprek met Sol zo vol verwachting wakker was geworden, de vastbeslotenheid die ze had gevoeld. Die ochtend had ze het idee dat de dwaasheden die ze tot nu toe had begaan helemaal geen dwaasheden waren, maar deel uitmaakten van een groter plan, een hoger plan om de levenden terug te geven wat er nog over was. Toen ze wakker werd, wist ze dat ze naar Ida Pearl zou gaan om haar de diamant te laten zien. Ze zou vertrouwen op... wat? Waarop had ze precies gedacht te vertrouwen? Op het lot? Op God? Op een verborgen, hoger doel dan haar primitieve overlevingsinstinct? Ze kon het zich niet meer herinneren, kon zich alleen nog de kille houding van de vrouw herinneren, de achterdocht. En nog iets ergers: haar angst. Een angst die zo tastbaar was dat Lily bijna over haar schouder had gekeken of er soms iets bedreigends in haar eigen schaduw op de loer lag. Maar er bevond zich niets achter haar; dat wist ze zeker.

Ze werd in haar gepeins opgeschrikt door lawaai van buiten, een ruzie of zo, Bella's stem die schril klonk tegenover de lagere, kalme stem van een man. Lily kon geen woorden onderscheiden, alleen woede. Ze wachtte tot het ophield, maar dat gebeurde niet. Ze sloeg het opschrijfboekje dicht, legde het weg, ging haar kamer uit en liep de gang door waar ze een bezorger op de overloop zag staan, en Bella stond in de deuropening, hem de toegang blokkerend.

'Zeg maar tegen je baas dat we die spuugleitjke meubels van hem niet meer willen,' zei Bella. 'Zeg maar dat hij zijn troep bij zich...'

'Bent u mevrouw Kramer?' vroeg de bezorger toen hij Lily achter Bella zag verschijnen.

'Inderdaad,' zei Bella.

'Ik heb een bestelling voor meneer en mevrouw Kramer,' zei de bezorger, die zich tot Lily richtte en haar een kaartje overhandigde. Het was dezelfde man – al kon Lily dat niet weten – die de verfoeide piano een jaar eerder had afgeleverd, en aangezien dit nieuwe meubelstuk – een elegant kaptafeltje – even frivool en even nutteloos was als de piano die hun woonkamer ontsierde, was het logisch dat Bella dacht dat dit alweer een cadeau voor Nina was van dezelfde getrouwde lomperik die het met haar hiel.

Lily pakte het kaartje aan en gaf het door aan Bella: *Voor mijn broer en nieuwe zusje. Moge jullie liefde eeuwig duren en jullie leven gelukkig zijn. Mazzeltov, Nina.*

Deze uitleg vermocht Bella niet milder te stemmen. Ze wist best dat een jonge lerares uit Palestina zich niet de aanschaf van zo'n meubelstuk kon permitteren. Ze nam aan dat Nina een brief aan die lomperik had gestuurd – die eigenaar van een meubelzaak was tenslotte – om zijn hulp in te roepen voor een huwelijksgeschenk voor haar broer en zijn nieuwe vrouw. Ze gruwde van de gedachte waarom deze man zo graag bereid was te helpen, om zo'n cadeau te geven aan de familie van een meisje dat nog een tiener was toen hij op slinkse wijze haar genegenheid en vertrouwen wist te winnen. Het cadeau zelf – een kaptafel was meer iets voor een ijdele vrouw dan voor een jong hardwerkend stel – zei vooral iets over de onderliggende bedoelingen van de gever.

'Het is troep,' zei Bella. 'Neem het weer mee.'

Maar Lily legde haar hand op de arm van haar schoonmoeder. 'Toe,' zei ze.

Het was voor het eerst dat Lily Bella aanraakte. Tot dan toe hadden ze alleen de obligate zoenen uitgewisseld, zoals de conventie voorschreef, de vluchtige beroeringen van droge lippen tegen de wang, maar dit was nieuw: de lichte, warme aanraking van de jonge vrouwenhand op haar huid, het leven dat Bella onder die warme aanraking voelde kloppen. Ze draaide zich om en keek haar schoondochter in de ogen, waar ze een emotie zag die ze niet kon duiden. Verlangen, waarschijnlijk, al leek het meer op pijn. Verdriet, ook al glimlachte ze. Later dacht Bella: *ze houdt meer van het huwelijkscadeau dan van haar man*, maar op dat moment dacht ze niets, was zich alleen bewust van een onderhuids leven in die doodse huls waarmee haar zoon was getrouwd. Ze deed een stapje opzij en gebaarde naar de bezorger dat hij de gang in moest gaan die naar de slaapkamer leidde.

Toen Nathan thuiskwam, trof hij de commode uit de slaapkamer in de vestibule aan. Volgens zijn moeder had die plaatsgemaakt voor het nieuwste cadeau van Nina. Even schoot er door hem heen dat het misschien een wiegje was, compleet met Nina's kraaiende, vrolijke buitenechtelijke baby erin, maar tot zijn verbazing bleek zijn moeder zich zo op te winden over een nieuw meubelstuk, meer niet.

'Denkt ze soms dat het hier een pakhuis is?' vroeg Bella wijzend naar de commode die prominent in de vestibule stond.

'Ik zal het met Lily bespreken,' beloofde Nathan.

Lily zat voor haar nieuwe kaptafel, met haar rug naar Nathan, toen hij de slaapkamer binnenkwam. Volgens Bella zat ze daar al de hele middag. En wat ze daar aan het doen is, God mag het weten, had Bella gezegd. Op dat moment was het enige geheimzinnige dat ze haar gezicht insmeerde met crème. De geur, vermengd met die van haarzelf, bracht iets bij hem teweeg terwijl hij haar schouder kuste bij wijze van begroeting. Ze ving zijn blik in de spiegel en glimlachte. Hij trok zijn overhemd uit en ging in zijn broek en hemd op bed liggen.

'Lange dag?' vroeg ze. Ze leunde naar voren om in de spiegel een denkbeeldige onzuiverheid te inspecteren die haar vingertoppen hadden ontdekt.

'Lang genoeg.'

Ze wist dat hij haar gadesloeg, wist dat hij haar graag zag in haar onderjurk, met haar bovenkant ontbloot, een schouderbandje dat van haar naakte schouder gleed.

'Vind je het mooi?' vroeg ze.

'Hoe kun je dit nou niet mooi vinden?'

'Ik bedoel de kaptafel.'

'Prachtig.'

'Je hebt niet eens gekeken.'

Hij glimlachte. 'Ik ben te moe. Beschrijf hem maar.' Hij deed zijn ogen dicht en luisterde naar haar beschrijving van het fijngenerfde hout – mahonie, dacht ze –, het subtiele patroon van het inlegwerk, de afgekante langwerpige spiegel, de fraai gedraaide poten.

'Mmm,' zei Nathan. 'En beschrijf jezelf nu eens. De onderjurk die je aanhebt. Satijn, toch?'

'Zijde.'

'Grijze zijde.'

'Parelwit, Nathan. De lingerie van de vrouw die je liefhebt is nooit grijs.'

Hij hoorde de lach in haar stem, deed zijn ogen open. Ze deed nu lippenstift op, een donkere, warme wijnrode kleur, al werd die vast ook anders genoemd.

'Ik weet dat de commode daar niet kan blijven staan,' zei ze.

'Mijn moeder is er niet blij mee.'

'Dat was de bezorger ook niet toen ik vroeg of hij hem wilde verplaatsen.'

'Waarom heb je hem die kast in vredesnaam in de vestibule laten zetten?' Hij had weinig zin om hem weer terug te sjouwen. Het was een grote, zware commode. 'Je had toch gewoon kunnen vragen of hij hem een stukje verderop wilde schuiven?'

Ze gaf geen antwoord.

'Er is ruimte genoeg voor beide meubels.'

'Ik vind hem lelijk,' zei ze.

'Lelijk?' Hij zocht haar ogen in de spiegel, maar ze was druk bezig met haar lippen. 'Het is misschien niet jouw smaak, maar...'

'Het heeft niets te maken met smaak, Nathan. Die commode is gewoon lelijk.'

Hij moest denken aan hoe opgetogen zijn moeder was geweest en hoe trots zijn vader toen ze met de commode thuiskwamen. Massief essen, had zijn vader gezegd, met zijn knokkels op het hout kloppend. Aan de lach van zijn moeder meende hij op te maken dat essenhout de kostbaarste houtsoort ter wereld was.

'Misschien wel,' gaf hij toe. 'Maar dat wil nog niet zeggen dat we hem uit onze slaapkamer kunnen verbannen.'

'Ik wilde hem gewoon even kwijt, een middagje zonder...'

Hij vroeg zich af of ze vroeger misschien verwend was. Iets in haar toon... Hij kon haar zich voorstellen als meisje dat met stampvoeten en een kregelig zwiepen van haar haar een rijke vader volkomen in haar macht had.

'Ik wist niet dat hij je zo tegenstond.'

'Dat was ook niet zo. Maar ja, toen kwam deze kaptafel...' Ze streek met haar vlakke hand over het oppervlak.

'Binnenkort hebben we ons eigen huisje,' beloofde Nathan. 'Nog een paar maanden. Hooguit een halfjaar. Dan mag je al je eigen meubels uitkiezen. Stuk voor stuk. Helemaal naar je eigen zin.'

'Daar gaat het niet om,' zei ze. 'Het was het gevoel dat ik kreeg toen de kaptafel werd bezorgd. Het idee dat je zuster precies weet wat ze me moet toesturen. Alsof ze me kent.'

'Maar... ze kent je niet.'

'Ik had het gevoel van wel.'

'Omdat ze je een kaptafel toestuurt die je mooi vindt?' Hij probeerde het te begrijpen, maar hij maakte zich ook zorgen. Verloor Lily de greep op de werkelijkheid, omdat ze de hele tijd in haar eentje op haar kamer zat, zoals zijn moeder had gezegd? Het was al een week geleden dat ze had aangeboden om boodschappen te doen, had zijn moeder gerapporteerd, en nu zat ze al de hele week op haar kamer. Ze kwam er alleen af om aan tafel te verschijnen en elke ochtend in haar eentje een wandeling op de berg te maken. 'Ik vraag me af of Nina hem heeft uitgekozen.' Hij had het er niet met zijn moeder over gehad, maar ook hij vermoedde dat Nina's rol in de kwestie beperkt was gebleven tot het aanschrijven van Levine's Salonmeubelen, en dat Levine Nina in gedachten had bij het uitzoeken van de kaptafel, niet de onbekende bruid naar wie hij het moest versturen. 'Het was Levine, die vuile...'

'Mijn moeder had ook zo'n kaptafel.'

Nathan was opgehouden met praten. Het was het eerste beeld uit haar jeugd dat zij hem schetste.

'Vroeger keek ik altijd hoe zij zich opmaakte voordat mijn vader thuiskwam. Mijn moeder was net een kunstenares, elke avond transformeerde ze in iemand anders. Zoveel potjes crème, zoveel kleurtjes – en ze vergat nooit ook wat van dat toverspul op haar lippen en wangen te doen. Op ons allemaal – we waren met z'n vieren, allemaal meisjes. Geen broers, die arme vader van me.' Haar glimlach suggereerde dat haar vader het niet erg vond dat hij geen zonen had en altijd meer dan opgetogen was om elke avond door zijn pasgeverfde verzameling meiden te worden begroet. 'Ik vond de lippenstift het mooist. Al was het niet een echte stift. Het zat in een potje, net als de rouge. Met een borsteltje bracht ze het op haar mond aan, maar voor onze mond gebruikte ze altijd haar vinger.' Ze deed haar ogen even dicht alsof ze de geurende ingesmeerde huid van haar moeder weer rook en haar moeders vinger weer voelde die crème op haar dochters lippen deed.

En ze deed haar best, maar er kwam geen beeld boven. Ze deed haar ogen weer open.

'Ik zou de kaptafel krijgen. Omdat ik de oudste was. Het zou mijn huwelijkscadeau zijn.'

Nathan keek haar aan in de spiegel.

'Zodoende dus.'

'Zodoende wat?'

'Het is net alsof je zuster me kent.'

'Maar, Lily, liefje...'

'Noem me geen "liefje" op zo'n neerbuigende toon.'

'Ik ben helemaal niet neerbuigend. Ik wilde alleen... Luister, het is geweldig dat je hem zo mooi vindt, maar het is heus niet zo dat Nina dat van tevoren wist. Ze kent je tenslotte niet. En jij kent haar niet.'

'Ik ken haar wél.'

'O ja?'

'Niet persoonlijk, maar ik weet wie ze is. Ik heb haar een keer in een toneelstuk gezien.'

'Heb je Nina gezien?'

'Heb je nog een andere zus dan?'

'Nee. Ik ben alleen verbaasd dat je dat nooit hebt verteld.'

'Het was maar een klein rolletje.'

'Toch.'

Lily haalde haar schouders op.

'Was ze goed?'

'Ze was niet heel slecht.'

'Zo erg?'

Lily glimlachte. 'Ze was echt niet slecht. Het was meer haar Hebreeuws, haar accent. Je kon niet goed verstaan wat ze precies zei. Maar afgezien daarvan was ze...'

'Zo slecht in ieder geval dat je je haar nog herinnert.'

Lily glimlachte weer. 'Ik herinnerde me haar omdat ik rond die tijd een brief verwachtte van een zekere Sol Kramer uit Montreal, die welwillend tegenover een huwelijk stond. De vrouw die me hielp met alles regelen, had de naam van je broer een paar dagen daarvoor aan me doorgegeven, dus, ja, de naam Kramer op de affiche viel me op. Ik wist toen nog niets van Sol, ook niet dat hij een zuster in Tel Aviv had, maar ik vond het wel toevallig dat ik naar een toneelstuk ging waarvan een van de actrices dezelfde achternaam had als de man met wie ik binnenkort wellicht ging trouwen.'

Nathan hoorde het aan, deze doodgewone toevalligheid die door Lily als iets meer werd gezien. 'Het is niet echt een ongebruikelijke achternaam, Kramer.'

'Misschien niet,' gaf Lily toe. 'Maar toen zag ik haar een paar avonden later weer.'

'In een ander toneelstuk?'

Lily schudde haar hoofd. 'In een café dicht bij mijn flat in

Tel Aviv. Ik ging niet vaak naar dat café, maar het was vreselijk weer die avond. Het goot van de regen, zoals het hier ook kan doen, aangewakkerd door een wind die uit de zee loeit – daarvan word je gek, van die wind. Ik wilde niet alleen thuis blijven.

Ik zat in mijn eentje een boek te lezen, probeerde een boek te lezen, maar er zat een groepje aan een van de andere tafeltjes, een luidruchtige groep die steeds luidruchtiger werd. Ze waren van mijn leeftijd, maar ze leken van een andere generatie, haast van een andere wereld. Wat ze in zekere zin ook waren. Ze overstemden iedereen met hun gelach en ik voelde me steeds ongemakkelijker alleen aan mijn tafeltje terwijl zij aan het lachen waren. Steeds eenzamer. Ik probeerde ze te negeren en me op het boek te concentreren dat ik las – weggaan was geen optie; op de kamers waar ik woonde was geen verwarming en ik wist dat de stroom in zulk noodweer waarschijnlijk was uitgevallen. Maar negeren had geen zin. Misschien waren ze niet rumoeriger dan een willekeurige groep jonge mensen, maar hun luide zelfvertrouwen kwam op mij als een belediging over – ik kan het niet goed uitleggen – hun gelach...' Ze haalde haar schouders op bij de herinnering.

'En toen zag ik een meisje zitten dat me bekend voorkwam. Bijna direct herkende ik haar als het meisje uit het toneelstuk. Het meisje met de achternaam die binnenkort de mijne zou worden. Ik voelde al een band met haar.' Ze keek hem aan. 'Klinkt dat raar?'

'Nee, hoor,' zei Nathan, al vond hij van wel.

'Het leek me een te groot toeval.'

'Hoe bedoel je?'

'Het was bijna als een teken, dat ik haar weer zag. Ik dacht na over hoe groot de kans eigenlijk was op zo'n toevalligheid, begon me af te vragen waarom ik opeens had besloten naar een café te gaan waar ik anders nooit kwam.'

'Een teken van wat?'

'Van wat ik moest doen, welke richting ik moest kiezen als de brief kwam.' Ze keek hem weer even aan. 'Kijk niet zo bezorgd. Ik weet hoe ik klink.'

'Je klinkt niet...'

'Ik klink als zo'n oud vrouwtje dat ik vroeger in mijn jeugd in koffiehuizen zag zitten, trieste wezens met een perkamenten huid die zo eenzaam waren dat ze zich vastklampten – in hun fantasie althans – aan iedereen die hun maar een blik waardig keurde.'

'En zo eenzaam was jij,' zei Nathan.

'Zo eenzaam was ik,' herhaalde ze, alsof ze iets aan zichzelf uitlegde. 'Ze had iets waardoor ik steeds naar haar moest kijken, het was niet alleen haar naam. Ze was zwaarder opgemaakt dan haar vriendinnen. Er is een bepaalde stijl, die door sommige kringen daar wordt aangehangen, waarbij de vrouwen zo naturel mogelijk zijn en geen spoortje make-up dragen, want dat is te burgerlijk, snap je. Of te Europees, ik weet niet precies wat. Maar dit meisje, met haar paarsroze lippen en kohl om haar ogen... deed me denken aan een paradijsvogel die per ongeluk in een zwerm spreeuwen is beland.'

Dat moest haast wel Nina zijn, dacht Nathan.

'Ik vroeg me af of ze misschien net uit de schouwburg kwam, van een andere rol op het toneel, maar mijn overpeinzingen werden onderbroken door het zoveelste lachsalvo, dat gevolgd werd door luide begroetingen. "Ezra, Ezra," riepen ze en ik draaide me om om te zien wie hen aanzette tot zo'n enthousiaste begroeting. Hun held stond even in de deuropening, schudde de regen van zijn jas en haalde de doorweekte krant die als hoed had dienstgedaan van zijn hoofd. Ze waren nog steeds aan het roepen en lachen, zonder zich iets aan te trekken van de andere klanten. Ik keek weer even over mijn schouder en zag

dat het meisje dat me al eerder was opgevallen niet moest lachen en zich volkomen afzijdig hield van de gezamenlijke uitgebreide begroeting. Ze werkte haar lippenstift bij in het spiegeltje van haar poederdoos en was zo geconcentreerd bezig dat
ze niet eens leek te merken dat er iemand binnen was gekomen.
Waardoor ik direct begreep dat hij de reden was voor haar op-
gemaakte gezicht, dat zij de hele avond al op dit moment had
gewacht. Ik keek nog even naar de man, die de aanleiding was
voor zo'n goed voorbereid vertoon van onverschilligheid. Hij
liet zich op de dichtstbijzijnde stoel vallen, gooide een lange
arm om de schouder van de vrouw die toevallig naast hem zat
– niet de paradijsvogel die net deed of ze hem niet zag. Ze wreef
haar lippen over elkaar om de lippenstift egaal te verspreiden,
klikte haar poederdoos dicht en maakte aanstalten om te vertrekken.'

Nathan herkende zijn zuster wel in de scène die Lily net had
beschreven: de geveinsde onverschilligheid, de klik van de poederdoos. Hij had de scène zo vaak gezien dat die haast afgezaagd
was.

'Ze liep zigzaggend langs de tafeltjes, op weg naar de uitgang,
met opgeheven hoofd voor het geval hij naar haar keek.'

'En keek hij ook?'

'Nee.'

Natuurlijk niet, dacht Nathan. 'Zij is de ster in haar eigen
toneelstuk, mijn zus. Ze ziet gewoon niet dat niemand naar haar
kijkt.'

'Ik keek wel, Nathan. Ben ik soms niemand?'

'Natuurlijk niet. Je weet dat ik het zo niet bedoelde. Ik bedoelde dat...'

'Ze liep met opgeheven hoofd, blik recht vooruit, zo waardig. Als een koningin.'

'Maar ze is geen koningin, Lily. Dat is het 'm nu juist.'

'Ach, stil toch. Je zus heeft stijl. Daar gaat het om.'

'Ze had daar dus hetzelfde soort vernederende verhoudingen als hier.' Nathan schudde zijn hoofd. 'Gelukkig was mijn arme moeder er niet bij.'

'Je arme moeder. Snap je nu waarom ik je dit niet eerder heb verteld?' En na Nathans beledigde blik: 'Jouw zus heeft fantasie. Ze heeft klasse. Ze deed me heel erg denken aan een van mijn eigen zusjes. Namelijk het meisje aan wie mijn moeder de kaptafel had beloofd.'

Ze keerde zich weer naar haar verzameling lippenstiften en potjes die ze in de loop van de middag op haar kaptafel had uitgestald. 'Het ging niet helemaal zoals ik je net heb beschreven.'

'O, struikelde ze soms op weg naar de uitgang?'

Lily glimlachte. 'Een actrice als je zuster struikelt niet als ze afgaat. Ik bedoelde mijn moeder voor haar kaptafel. Het was anders dan ik je net heb verteld. Ik keek eigenlijk nooit als mijn moeder zich aan het einde van de dag opmaakte, omdat ik mijn vader hielp in de zaak. Daar ging ik na school altijd heen. Tegen de tijd dat mijn vader en ik thuiskwamen, lagen ze vaak al in bed. En ook als ik er wel was geweest... Mijn moeder en ik hadden niet zo'n hechte band.'

'Hadden jullie veel ruzie?'

'Niet eens. Ik vond het niet eens de moeite waard om ruzie met haar te maken. Ik vond haar oppervlakkig, ik vond dat ik beter was dan zij.'

'Meisjes kunnen vaak niet met elkaar opschieten.'

'Nu heb ik daar spijt van, natuurlijk, maar ik had geen enkele belangstelling voor haar, met haar hoeden voor elke gelegenheid, en haar bijpassende handschoenen en pumps, al haar lippenstiften en potjes rouge. Dat wist ze en het moet haar pijn hebben gedaan.' Lily veegde de lippenstift die ze net had aangebracht van haar mond, draaide een andere open, een fellere rode kleur. 'Hier had ik geen tijd voor. Lippenstift, rouge, al die regels hoe dames er buitenshuis uit moeten zien.'

Ze beschreef een vrouw die heel erg op haar leek, vond Nathan. Was ze vroeger ook niet zo geweest?

'Met mijn vader had ik wel een hechte band, zijn wereld vond ik wel interessant. Zijn zaak. Zijn leven.'

'Wat voor zaak?'

'Import en export.'

Nathan knikte, stelde zich exotische kleden uit Perzië voor, kunstvoorwerpen van God weet waar vandaan, mode uit Parijs, stijl, elegantie. Een mannelijk versie van de moeder die ze zojuist had beschreven.

'In drukke tijden moest hij vaak heel hard werken.'

Nathan knikte weer. 'Maar waarom moest jij hem helpen?' Met zo'n zaak zou je je toch wel betaalde krachten kunnen veroorloven? dacht hij.

'Hij had geen zonen en ik was de oudste, dus...'

'De surrogaatzoon.'

'Zoiets.'

Was de vader dan gierig, had hij geen zin om betaald personeel aan te trekken? Er klopte iets niet aan dit scenario: een jong meisje dat zo hard moest werken in de zaak terwijl de familie duidelijk niet onbemiddeld was.

Ze glimlachte. Hij stond op en ging achter haar staan, met zijn handen lichtjes op haar schouders.

'Misschien dat mijn ogen me bedriegen.' Hij ging met zijn handen van haar schouders omlaag over de rondingen van haar bovenlijf. 'Mmm. Nee. Je voelt beslist niet als een zoon.'

Ze leunde tegen hem aan, met dichte ogen. Die glimlach, dacht hij, hoe haar lichaam zich ontspande. Het ging dwars door alles wat hij niet van haar wist, deed haar volgende woorden als een berouwvolle streling voelen: 'Je weet dat je moeder in de keuken op ons wacht.'

'Dat weet ik,' zei hij. 'En ze is al niet in een geweldig humeur.' Nog een paar maanden, dacht hij, en dan konden ze naar een eigen plekje verhuizen.

'We hoeven hem niet te houden,' zei ze.

'Wat niet?'

'Die kaptafel.'

'Natuurlijk houden we die. Je vindt hem juist zo mooi.'

'Nee,' zei ze. 'Ik vind hem niet mooi. Maar toen hij werd bezorgd, deed hij me aan mijn moeder denken... meer niet.'

'Dat is toch een goede reden?'

Maar Lily schudde al haar hoofd. 'Mijn moeders kaptafel was niet voor mij bestemd. Toen mijn zusje trouwde, heeft zij hem gekregen. Het zusje dat na mij kwam. Zij was degene die altijd graag naar mijn moeder zat te kijken.'

'Maar die was van je moeder, Lily. Deze is van jou. Van ons. Van mijn zus.'

'Ik vroeg me vandaag af wie hem nou zou hebben. Welke vrouw er nu in mijn moeders spiegel kijkt. Wat ze ziet.'

'Wat ze ziet?'

'Ik hoop dat ze mijn moeder ziet.' Ze glimlachte tegen hem in de spiegel. 'Kijk niet zo bezorgd. Ik denk heus niet dat mijn moeder me via de spiegels van andere vrouwen achtervolgt.'

'Ik ben niet bezorgd,' zei hij, maar dat was hij wel, een beetje. Hij merkte dat ze de hele dag al bezig was geweest haar moeder op te roepen, door de lippenstift en de crème die volgens haar niet echt iets voor haar waren.

De dag erop, toen hij thuiskwam van zijn werk, stond de essenhouten commode weer op zijn oude plek en was de kaptafel verdwenen.

'Ik heb Levine gebeld om hem weg te halen,' zei Lily tegen

hem. 'We kregen een tegoedbon voor de aanschaf van een eet-tafel voor ons nieuwe huis.'

Nathan was teleurgesteld. Nu de kaptafel weg was, leken zowel de kamer als Lily kaler, naakter, ergens van beroofd.

'*Nie bylo las, byl las. Nie bedzie nas, bedzie las,*' zei Lily tegen Sol toen ze een paar nachten later samen op de brandtrap zaten.

'Pardon?' zei Sol.

'Wij waren niet hier, maar de bossen wel. Wij zullen hier niet zijn, maar de bossen wel. Een troostrijke gedachte, vind je niet?'

'Niet echt,' zei hij. Hij vond het zelfs een deprimerende gedachte. Een tikje morbide. 'Als je het zo bekijkt, heeft het geen zin om nog iets te doen, want uiteindelijk leiden al onze daden tot niets.'

De laatste tijd was het hun gewoonte geworden om bij elkaar te zitten als iedereen sliep. Het was niet zo dat Lily het gezelschap van Sol verkoos boven dan van Nathan, maar Nathan kon zich niet permitteren om de halve nacht op de buitentrap te zitten kletsen. Hij moest zijn zaak opbouwen; hij had zijn slaap nodig. Hij had geen tijd voor het soort gesprekken dat zij met Sol had, urenlange gesprekken met lange stiltes waarin gedachten in wisselende gedaante opeens bovenkwamen, en waarin ze volstrekt openhartig konden zijn, want voor haar gevoel was er tussen hen niets te verliezen.

'O ja, ik ben naar de moeder van je vriendinnetje gegaan.'

'Naar mevrouw Krakauer?'

'Vorige week.' Als ze me achterna had willen komen, had ze me nu al gevonden, dacht Lily.

'Maar waarom in vredesnaam?'

'Ik voelde me schuldig, geloof ik.'

'Waarom dan?'

'Ik weet niet. Ik denk...'

'Jij kunt het toch ook niet helpen dat je dezelfde naam hebt als haar nichtje.' Hij had spijt dat hij er iets van had gezegd. Als hij zijn mond had gehouden, was het vanzelf voorbijgedreven, maar nu was het uitgesproken en als hij Elka weer zag, als hij haar een keer mee naar huis nam, en die kans zat erin, besefte hij, omdat Elka onmiskenbaar iets had...

'Dat lijkt zij wel te denken.'

'Wat?'

'Dat het mijn schuld is.'

'Hoezo?'

'Dat zag ik. Ze staarde me zo aan.'

'Ach, vergeet het. Het is een ouwe taart.' Ze was overgevoelig, dacht hij, onevenwichtig.

Ze komt me niet achterna, wist Lily, die zich de angst herinnerde die ze bij Ida had bespeurd, een angst die even verontrustend was als de gedachte dat Ida haar achterna zou komen, alsof Ida iets van Lily wist dat Lily niet eens van zichzelf wist. Alsof ze iets zag, net als Sol, toen hij haar op het station had laten staan.

'Citeerde je net een Pools gezegde?' vroeg Sol, die haar wilde afleiden van Ida Krakauer.

Lily knikte. 'Dat had ze op de eerste bladzij van het opschrijfboekje gezet.'

Een paar avonden daarvoor had ze hem over het opschrijfboekje verteld dat ze aan het einde van de oorlog had gevonden. Het opschrijfboekje van een meisje dat was omgekomen.

'Wie zet er nou een spreekwoord voor in een persoonlijk dagboek?' vroeg Lily zich af.

Sol gaf geen antwoord. Hij ging zich niet aan speculaties wagen over hoe een vrouwelijk dagboek in elkaar zat.

'Niemand,' antwoordde Lily zelf. 'Ze schrijft op een bepaalde manier, iets in haar stijl... Het is geen persoonlijk dagboek. Ze schreef voor andere ogen dan haar eigen. Zo komt het op mij over. Misschien was ze schrijfster of kunstenares. Als ze was blijven leven, bedoel ik. En dan dat gezegde... Het is iets wat een schrijver als motto in een boek zet. Waarom dat citaat, vroeg ik me af. En waarom heeft ze juist dat gekozen? Vlak aan het begin, boven aan de eerste bladzij, maar ze had het er op elk willekeurig tijdstip in kunnen zetten. Misschien had ze het vlak voor ze stierf opgeschreven.'

Het meisje was al dood toen Lily haar zag liggen, had Lily aan Sol verteld. Het opschrijfboekje zat in de tas die ze bij zich had.

'En waarom in het Pools, vraag ik me af.'

'Waarom niet?'

'De rest is allemaal in het Jiddisj.'

'Dus het meisje was Joods?'

'Dat zou je zeggen.'

Hij wachtte tot ze verder zou gaan. Toen ze dat niet deed, nam hij de gelegenheid te baat om van onderwerp te veranderen, het over iets minder naargeestigs te hebben.

'Onze nieuwe man komt uit Polen,' zei hij. De man die een affront voor hem was, met wiens aanwezigheid Eisenberg hem duidelijk maakte hoe laag Sol in rang stond, hoe beperkt zijn vooruitzichten bij Button King eigenlijk waren. Niet dat hij anders had verwacht, want Eisenberg had twee zoons die als prinsjes de zaak in de schoot geworpen zouden krijgen. De zaak die Sol had helpen opbouwen. En zijn broer en vader vóór hem. Hij had er nooit moeten terugkeren, dacht hij. De oorlog had een natuurlijke onderbreking gevormd, die had hij moeten aangrijpen. Net als Nathan had gedaan. Hij had eruit moeten breken, een nieuw gebied ontdekken. Zijn eigen gebied. Ritssluitingen, misschien.

'Hij is een totale onbenul. Hij weet niet hoe hij zich moet kleden. Hoe hij moet spreken. Niets. En dan moet ik hem gaan inwerken.' *Hem als je gelijke behandelen*, was de impliciete boodschap toen Eisenberg hem aan Sol had voorgesteld als Sols nieuwe 'partner', een woord dat hij te pas en te onpas gebruikte elke keer dat hij zijn hoofd om de hoek stak van het kantoor dat Sol en de nieuwe man deelden. 'Zonder dat ik mijn werk mag laten sloffen. En ook nog de verkoop moet opschroeven. Terwijl hij om mijn nek hangt als een... als een...'

'Een molensteen,' zei Lily.

'Precies,' beaamde Sol.

Het was zijn straf, vermoedde Sol, al zou Eisenberg dat nooit toegeven. Het was de trap na voor zijn afwijzing van Lily; Sol wachtte er al weken op. Indertijd waren er geen harde woorden gevallen, Eisenberg had geruststellende dingen gezegd – *we maken allemaal fouten, het gaat erom dat je ze goedmaakt* –, maar sindsdien had Sol het gevoel dat hij in de gaten werd gehouden. En nu werd deze partner hem opgedrongen, was Sol gedwongen zijn verantwoordelijkheid en prestige te delen, werd hem indirect te verstaan gegeven dat deze sukkel uit Polen zijn gelijke was.

Het was een gulle man, deze Eisenberg, dacht Lily. Nathan had haar al eerder verteld dat hij elf jaar geleden op de begrafenis van zijn vader was verschenen, niet alleen om de treurende weduwe en haar zoons met hun verlies te condoleren, maar ook om diezelfde zoons werk aan te bieden tegen een salaris dat in die tijd – de crisis was op haar dieptepunt – ongekend was voor het luttele werk dat ze – jongens van dertien en vijftien – ervoor hoefden te verrichten. En ook hoe aardig hij tegen haar was geweest, de hartelijkheid waarmee hij en zijn vrouw, Bayla, hun huis voor haar hadden opengesteld toen Sol haar had laten zitten, het gevoel dat ze hun helemaal niet tot last was en dat het niet uitmaakte hoe lang ze van hun gastvrijheid gebruikmaakte. Ze vroeg zich af wat hem en zijn vrouw bewoog om zo behulpzaam te zijn, welke zonden ze ermee probeerden goed te maken.

Dat was een cynische gedachte, dat wist ze, vermoeiend. Was ze altijd zo geweest eigenlijk?

'Je baas is erg betrokken bij het helpen van vluchtelingen,' zei Lily.

'Zijn vrouw was een revolutionair in Rusland,' zei Sol, waar Lily om moest glimlachen. Elke tweede Jood die ze in Montreal tegenkwam beweerde dat hij een revolutionair in Rusland was geweest.

'Een terroriste, schijnt het.'

En hoe rijker ze waren, deze Joden in Montreal, hoe extremer hun roemruchte, revolutionaire verleden.

'Die zoons van 'm zijn nietsnutten.'

Lily had ze ontmoet, twee knappe mannen van in de dertig. 'Nietsnut' was niet het woord dat bij haar opkwam, eerder 'onbenut'. De Button King zelf was minstens zeventig, maar niets wees erop dat hij het kalmer aan wilde doen. De verbolgenheid die Sol jegens de zoons voelde was waarschijnlijk niets, dacht Lily, vergeleken met die van de zoons zelf, die vergeefs wachtten totdat de vader iets van zijn enorme macht en verantwoordelijkheid aan hen overdroeg.

'Een stel klootviolen.'

Lily zag meteen de intense kleuren van de viooltjes voor zich die zo uitbundig bloeiden in de bloembakken voor de ramen van haar schoonmoeder. Zulke felle kleuren: paars en geel, even diep en ondoordringbaar als de vrouw die ze water gaf. Lily's moeder had ook viooltjes geplant, langs het pad naar de voordeur van hun zomerhuisje, maar haar moeder gaf de voorkeur aan zachtere kleuren: tere roze en roomwitte tinten waar het zomerlicht doorheen schemerde, en gele, die meer neigden naar botergeel dan goud.

'Mijn moeder was dol op viooltjes,' zei ze.

Sol lachte maar zei niets. Negen van de tien keer stak ze hem in zijn eigen taal de loef af, en dat vond hij helemaal niet erg. Hij vond het zelfs wel leuk. Hij hield van slimme vrouwen. Maar op de momenten dat ze fouten maakte, vond hij haar nog liever, wanneer ze zich versprak voelde hij zijn verlangen naar haar het sterkst. Op de momenten dat ze kwetsbaar was zonder dat ze het zelf wist, dat ze niet zag dat ze een zwakke plek onthulde, ervoer hij een aangenaam pijnlijk verlangen. Het was als toevallig een stukje blote huid zien van een vrouw die in de tram haar arm omhoogstak om zich aan de stang vast te houden waarbij haar truitje opkroop. Zo'n glimp – ongemerkt en onverwacht – vond hij opwindender dan een stukje bovenbeen of decolleté dat welbewust werd getoond.

Lily wist overigens precies wat Sol met zijn opmerking bedoeld had. Die andere betekenis was alleen veel grappiger, het beeld dat het bij haar opriep was zo dierbaar en onverwacht – het duister in haar geest spleet even open om een straal licht van haar verleden binnen te laten. Ze hield het zo lang vast als ze kon, deed haar ogen dicht om zich te beschermen tegen Sols matte beschrijving van zijn dag en tegen zijn gemopper dat ongetwijfeld volgde. Ze zag het pad van het tuinhek naar de voordeur van het zomerhuisje van haar familie, de lichtgekleurde bloemblaadjes die zachtjes heen en weer wuifden in de wind.

'Ik wist niet dat ze violen hadden in Polen,' zei Sol, die zich verkneukelde om zijn woordgrapje, dat Lily niet kon waarderen.

'Alles wat jullie hebben hadden wij ook,' zei ze.

En van betere kwaliteit, hoorde hij haar denken, en hij merkte dat hij zich ergerde aan haar arrogantie, dat bewustzijn van haar superioriteit, en daar was hij heimelijk blij om. Hij wilde niet half verliefd zijn op de vrouw van zijn broer. Tegelijkertijd moest hij zich overgeven aan het gevoel, kon zich maar niet bedwingen om elke avond door het keukenraam te klimmen en bij haar op de brandtrap te gaan zitten. Elke keer dat hij door de bruine gang liep naar de keuken koesterde hij de flauwe hoop dat dit de avond zou zijn dat hij van dat gevoel verlost zou worden, dat zijn aantrekkingskracht voor haar verdwenen zou zijn, dat hij weer zijn nuchtere zelf zou zijn.

'Het is net of het leeft,' zei ze.

'Wat?' vroeg hij.

'Dat opschrijfboekje.' De woorden die elke keer dat ze ze las een andere betekenis hadden. 'Ze probeert me iets te vertellen.'

'Ze is dood, Lily,' zei Sol.

Hoe moest ze hem uitleggen over de zielen van vermoorde mensen, hoe anders die waren dan de ziel van de andere doden, hoe twistziek ze soms waren, hoe bang, hoe gekweld, hoe gevaarlijk.

'Ik zeg niet dat het niet triest is dat ze dood is, zo'n jong meisje met nog een heel leven voor zich.'

Clichés, dacht ze. Lege woorden. Woorden die alleen maar duidelijk maakten hoe weinig hij van haar begreep. En hoe kon hij ook?

'Maar goed, zij is dood. Ze is weg. Maar jij niet. Jij leeft nog.' Hij keek haar aan. Ze leek te luisteren. 'En jij moet verder met je leven.'

Een poos zei ze niets, zo lang dat Sol al begon te bedenken hoe hij het gesprek weer op gang kon brengen.

'Denk je soms dat ik dat niet probeer?' vroeg ze uiteindelijk.

Ze had een paar dagen eerder zelf een opschrijfboekje gekocht. Op een ochtend was ze wakker geworden – de ochtend nadat ze de kaptafel aan Levine had teruggegeven – met een beeld in haar hoofd: een dagboek, net zo een als het dagboek dat ze had meegenomen, maar dan nieuw, maagdelijk, bladzijden die niet door woorden of vlekken waren bezoedeld. Ze had het duidelijk voor zich gezien: de prachtige band, de lege, roomwitte bladzijden, een beeld dat zo levensecht was dat ze dacht zo'n boekje wel in de reële wereld waarin ze nu leefde kon vinden. Maar ze had het mis. Het evenbeeld uit haar fantasie was nergens te vinden, maar ze vond wel een opschrijfboekje met een zacht leren omslag en papier waarvan de structuur en het gladde glanslaagje haar bevielen. Het was duur, een luxe, maar ze kocht het toch. Tot dan toe had ze gehoopt een evenbeeld te vinden van het dagboek uit haar verbeelding, maar toen ze het had gevonden, begon het beeld te veranderen, te versmelten met het opschrijfboekje dat ze in haar handen hield, en dat vond ze eigenlijk wel fijn. Het was voor het eerst dat iets in haar nieuwe leven versmolt met haar innerlijke verlangens, en al was het maar een leeg dagboek dat zich in haar had vastgezet, toch voelde ze de hoop in zich oplaaien dat dit eindelijk het begin was van haar nieuwe leven, en dat de andere momenten dat ze dat ook had gedacht – haar aankomst in Palestina, het vertrek uit Palestina, haar aankomst in Montreal, haar huwelijk met Nathan – meer valse starts waren van een hardloper die zo gretig is dat zijn spieren hem al in beweging zetten terwijl het startschot nog niet heeft geklonken. Ze wilde te graag opnieuw beginnen, voortgestuwd door angst, verlies en schuldgevoelens die haar in beweging zetten nog voordat haar geest en hart er klaar voor waren. Maar nu, op dit moment, met het geruststellende gewicht van het nieuwe dagboek in haar hand, een gewicht dat inhoud verleende aan haar dromen en fantasieën, had ze het gevoel dat ze echt met een nieuw leven begon.

'Ik heb nu mijn eigen opschrijfboekje,' zei ze tegen Sol, in de hoop dat het verwachtingsvolle gevoel dat ze in de winkel had gehad weer zou opvlammen.

'Bedoel je een dagboek?'

Ze knikte.

Zijn zuster Nina hield ook een dagboek bij. Hij herinnerde zich dat ze eroverheen zat gebogen en met haar linkerhand de geheimen afschermde die ze met haar rechterhand schreef voor de nieuwsgierige blikken van haar oudste broer. Hij herinnerde zich de teleurstelling die hij voelde toen hij op een dag het slotje openbrak en niets nieuws ontdekte: gewoon de namen van de jongens op wie ze verliefd was, de pesterijen van haar broers, de dood van haar vader. Waarom schreef ze dat op? had hij zich afgevraagd. Wat was de zin van gebeurtenissen en gevoelens opschrijven die al onaangenaam genoeg waren om daadwerkelijk door te maken? Het beschrijven van een ramp nam niet de gevolgen ervan weg. Integendeel, zelfs. In Nina's geval maakte het alles erger: *vandaag vierde sterfdag van papa. Mama stak de kaars aan en foeterde me uit alsof het mijn schuld was dat hij onder de tram was gelopen.* Zulke dingen had ze op 15 februari 1939 opgeschreven, de vierde sterfdag van haar vader – en waarom? Hun vader was niet onder de tram gelopen. Hij was over een ijsplek uitgegleden terwijl lijn 55 er net aankwam. Daar was het rapport van de lijkschouwer duidelijk over geweest, de stellige eindconclusie was dat zijn dood een ongeluk was geweest, maar Nina, die een wilde fantasie had, moest er per se haar eigen realiteit van maken, een die erger was dan die waarmee ze al moest leven.

'Het moet afgelopen zijn met die dagboeken,' zei hij nu tegen Lily. 'Je moet meer naar buiten, mensen ontmoeten. Misschien kun je met mijn moeder naar een van haar lezingen.'

'Je moeder mag me niet.'

'Ze vindt je gereserveerd, maar als je iets toeschietelijker wordt, draait ze wel bij, echt. En het zou je goed doen om er eens uit te gaan, nieuwe mensen te ontmoeten, nieuwe dingen te horen.' Levende mensen, levende dingen, bedoelde hij. 'Je bovenkamer eens laten doorwaaien.'

Toen ze het dagboek net had gekocht, deden de lege bladzijden haar aan velden met pasgevallen sneeuw denken, die witte vlaktes die ze als kind 's ochtends vroeg bij het ontwaken zag als ze in de winter op het platteland waren, effen witte vlakken omlijst door strakke lijnen van bruine en zwarte bomen, die zich naar alle kanten uitstrekten tot aan het wit van de winterlucht. Ze had met haar handen over het lege oppervlak van de bladzijden gestreken en zich voorgesteld hoe de woorden er als vanzelf op zouden vallen, ze markeren met het bewijs dat haar leven was doorgegaan, zoals die sneeuwvelden onontkoombaar met haar voetstappen waren gemarkeerd wanneer ze er doorheen liep. Een bladzij voor elke dag, die even doelbewust moest worden gevuld als lopen door een veld – maar ze had met de pen in haar hand voor het lege papier gezeten, aarzelend, niet wetend hoe ze moest beginnen. Met de details van haar dagelijks leven? Hoe laat ze wakker was geworden? De droom die haar wakker had gemaakt? Het ei dat ze bij het ontbijt had gegeten? En zo ja, in welke taal? De taal van haar jeugd? Het Engels van alles wat er nog in het verschiet lag? De pen zweefde boven het papier maar kwam niet neer.

'Misschien heb je gelijk,' zei ze. De hoop die ze had gevoeld toen ze het dagboek had gekocht was niet teruggekomen. De pen, die ze vasthield, was dood in haar hand. 'Niets voelt echt. Ik kan het niet goed uitleggen. Ik dacht dat als ik het opschreef, mijn leven... het ei dat ik bij het ontbijt heb gegeten, bijvoorbeeld...'

'Wil je in je dagboek schrijven over het ei dat je bij je ontbijt hebt gegeten?'

'Om mee te beginnen,' zei ze.

Was het mogelijk, vroeg ze zich af, dat het gevoel dat ze nu had, deze lethargie, het idee dat er een dikke, stroperige laag om haar heen zat die haar afsloot van haar beleving, van haar leven, door uitputting en vervreemding werd veroorzaakt en ook weer over kon gaan? Dat het ei, of ze het nu als *ayer* of *jojko* schreef, zijn vroegere kracht terug kon krijgen en haar de blijdschap schenken die ze als kind altijd had ervaren?

'*Jojko,*' zei ze zachtjes en liet de vertrouwde klanken over haar tong rollen. Ze wachtte. Niets. 'Dat is "ei" in het Pools,' zei ze tegen Sol.

Hij knikte en wachtte ook. Dit gaat niet goed, dacht hij. Een groot deel van het gesprek was min of meer langs hem heengegaan, het enige wat hij begreep was dat dit niet gezond was. Dit was niet goed.

'Het is afgelopen met die dagboeken,' zei hij zacht. Wat zij nodig had, dacht hij, was een kindje, een levend, huilend, lachend kindje dat haar elke minuut van de dag nodig had zodat ze vanzelf terug in de werkelijkheid zou worden gebracht die ze nu zei niet te voelen.

'Je moet echt wat vaker de deur uit.'

'Misschien,' zei ze, maar haar gedachten waren ondertussen elders, terug naar het dagboek, een passage die ze eerder die dag had gelezen:

Ik ben verdwaald in een stad van steen. Ik ben door een scheur in de ommuring naar binnen gekomen. Eerst dacht ik dat het een veilige plek was. Het is hier schoon en droog, de stenen zijn niet bezoedeld door bloed of uitwerpselen, en uitgesleten tot gladde, grijze oppervlakken door de talloze voeten die de mijne zijn voorgegaan. En het is stil, doodstil, het rumoer dat ik achter me heb gelaten werd eerst door de ommuring gesmoord, maar verdween geheel naarmate ik verder doordrong in het doolhof van straatjes. De stad staat nog overeind, niet beschadigd door de oorlog die buiten woedt. Het is Canada, denk ik, verbijsterd door het gemak waarmee ik het land binnen ben gekomen. Canada, fluister ik, zoals mijn vader altijd fluisterde, de naam als een gebed in zijn mond, een bezwering die bij mij eindeloze

prairies opriep. Canada, fluister ik, en strijk met mijn hand
over de koude grijze steen die geen enkele gelijkenis vertoont met
de droom die mijn vader in mijn bewustzijn plantte.

Het was een droom die ook van haar had kunnen zijn, dacht
Lily. Het was alsof ze over haar eigen werkelijkheid las, gefilterd
door de droom van een ander. Een voorspellende droom: het
meisje had de vrede voorvoeld die op haar wachtte als ze was
blijven leven. De vrede die ik nu in haar plaats beleef, dacht Lily.
Een vrede die niet de zomerse binnenplaatsen van haar jeugd
waren of de eindeloze prairies van haar vaders gebeden, maar
het levenloze steen van een stad waarin ze was verdwaald, de effen oppervlakken – niet bezoedeld, had zij het genoemd – een
kleurloze kou onder haar hand.

De straten zijn verlaten en eerst denk ik nog dat de bewoners
binnen zijn, thuis, rond het avondmaal zitten, maar dat is niet
zo. Ze zijn weg. Ze zijn gevlucht. En ik ben alleen.

Het was haar eigen leven waarover ze las, dacht Lily, geschreven
door de hand van een ander.

Ik ben een verlaten stad binnengegaan en ik ben alleen. De stil-
te is onnatuurlijk. Er is geen beweging, geen achtergrondgeluid,
geen ruisen van bladeren of enig teken van leven. Zelfs mijn
voetstappen zijn stil, het geluid van mijn voeten wordt verzwol-
gen door de stenen waarop ze neerkomen. Angstig begin ik te
spreken, om mezelf gerust te stellen. Ik zeg mijn naam, de na-
men van mijn familie, de stad waar ik ben geboren en getogen,
maar ook mijn stem wordt het zwijgen opgelegd, opgeslokt door
de lucht waartegen ik roep. De stilte in deze stad is niet slechts
de afwezigheid van geluid, maar een levend iets, een vacuüm

dat me zal verzwelgen als ik blijf. Ik draai me om en wil weg-gaan, maar dat kan niet. Ik voel de aanwezigheid van de stilte, in het binnenste van het stratendoolhof. Ik voel haar kracht die mijn bloed uit me zuigt als de maan die aan de zee trekt. De stilte trekt mij naar zich toe, naar haar lege hart.

HOOFDSTUK 10

Niemand vroeg waarom ik bijna elke middag direct uit school naar mijn vaders huis ging. Elka's jongens waren luidruchtig en druk en zaten altijd aan mijn spullen; ik moest huiswerk maken en kon me niet concentreren als Mitch en Chuck constant vroegen of ik met ze wilde spelen; bovendien kreeg ik steeds meer vriendinnen met wie ik veel aan de telefoon hing en Elka vond het niet fijn als ik de lijn bezet hield. Er waren veel redenen waarom ik de uren tussen school en avondeten liever niet meer bij Elka en Sol doorbracht. Ik geloof niet dat iemand van de familie wist dat ik het grootste deel van die tijd bezig was als een inbreker door mijn vader huis te sluipen, op zoek naar aanwijzingen over mijn moeder.

Ik had ons huis in zones ingedeeld. De woonkamer was het gebied met de twee opschrijfboekjes, waarvan het ene leeg was en het andere volgeschreven in een mij onbekende taal. Ik wist dat het opschrijfboekje van het meisje belangrijk kon zijn, maar voorlopig had ik er niets aan. Ik had mijn vader een keer gevraagd om het voor te lezen, maar zijn Jiddisj was niet goed genoeg, en toen ik het aan mijn grootmoeder, Bella, vroeg, zei ze: 'Waarom?' Ze verzekerden me allebei dat er niets interessants in stond, en ik denk dat ze dat meenden, maar ik wilde het voor mezelf weten.

Soms ging ik met mijn vingers over de woorden die ik niet begreep, alsof ze voorbij de dichte poorten in mijn hoofd konden glippen en via mijn huid naar binnen konden komen. Hetzelfde deed ik met de gladde, onbeschreven bladzijden uit mijn moeders dagboek, en er kwam inderdaad iets binnen. Niet het trillende gevoel van eerst, maar iets anders. Ik voelde het gewicht: de woorden van het meisje, de stilte van mijn moeder. Het was als een dier dat in me lag opgerold, waarvan ik de stroom door mijn eigen bloedsomloop voelde gaan. Maar niets wat me kon helpen mijn moeder op te sporen.

In de badkamer en keuken was niets dat met haar in verband kon worden gebracht. Hoewel ze een groot deel van onze borden en keukengerei zelf had uitgekozen en gebruikt, waren wij er sinds haar vertrek zo intensief mee omgegaan dat alle eventuele sporen van haar waren gewist.

In mijn kamertje lagen de stenen. Hun boodschap – dat ze me niet was vergeten, dat ze me wilde laten weten waar ze was of onlangs was geweest, dat ze een beetje gek was of compleet krankzinnig – was min of meer dezelfde informatie als de trillingen die ik van de dagboeken voelde uitgaan.

Het plakboek bezat ik ook nog, maar dat vond ik inmiddels nogal een zielige bedoening. Goed, ik had wel het pakpapier en de postzegels van haar laatste poststuk tussen de bladzijden geschoven (een stuk gelaagde schalie uit Jasper, Alberta, dat twee weken na mijn veertiende verjaardag was bezorgd), maar alleen omdat het de meest logische opbergplek was.

En dan had je de landkaart, die nog steeds boven mijn bureau hing. 'Wat is dat?' vroeg Mira toen ze voor het eerst bij mij thuis was. (Doe niet zo paranoïde, had Carrie gezegd toen ze zichzelf en Mira had uitgenodigd, alsof de breuk tussen ons alleen in mijn fantasie bestond.)

'Een kaart,' zei ik.

Carrie was druk bezig een sinaasappel te pellen, wat ik als een teken kon opvatten dat ze er spijt van had dat ze me verraden had en dat ze het nooit meer zou doen.

'Ben je daar allemaal geweest?' vroeg Mira, doelend op de spelden die in plaatsen waren geprikt als Rainy Lake in Ontario, en de Old Man River en Jasper in Alberta.

'Daar wil ik nog heen,' antwoordde ik.

'Leuk,' zei Mira en Carrie gaf haar een partje sinaasappel.

Ons huis lag vol met aanwijzingen over mijn moeder, alleen brachten ze me geen steek verder. Daarom waagde ik me op een middag in mijn vaders slaapkamer. Ik wist dat ik dat beter niet kon doen. Ik had een zeer sterk besef van mijn eigen en andermans recht op privacy, ook toen ik de laden van mijn vaders nachtkastje opendeed en de snoepjes zag die hij daar bewaarde voor als hij kriebel in zijn keel had, de pakjes tissues, zijn zaklantaarn, allerlei bonnetjes, wat losse munten. Er lagen een paar dasspelden en twee manchetknopen die eigenlijk op het plateautje van zijn kledingstandaard hoorden, een paar op-gevouwen notities aan zichzelf, onder andere enkele bood-schappenlijstjes en briefjes om niet een doktersafspraak, een voorstelling of proefwerk van school te vergeten waar ik hem over had verteld. Op één papiertje stond de titel van een boek waarvan ik wist dat hij het onlangs voor Sally had gekocht, een vrouw die hij een paar keer mee uit eten had genomen. (Ze was aardig, maar niet zijn type, dat zag ik meteen. Te aanstellerig.) Ik voelde me opgelaten en schaamde me voor wat ik aan het doen was – het was net of ik in een damestasje zat te rommelen – maar dat weerhield me er niet van om naar zijn com-mode te gaan. Welk meisje van veertien neust er nu door haar vaders ondergoed? vroeg ik mezelf af toen ik de bovenste la opentrok. Ik leek wel niet goed bij mijn hoofd. Ik zag een paar versleten grijze wollen sokken dat al lang weggegooid had moeten worden, een paar losse sokken die ook al in de vuilnis-bak hadden moeten zitten, en toen viel mijn oog op een punt-je van iets dat geen sok of onderhemd was. Een soort kaart. Ik trok hem met een mengeling van opwinding en angst uit het nest van sokken.

Het was een valentijnskaart, een oude ook nog. In ieder geval oud genoeg om van mijn moeder aan mijn vader te kunnen zijn, of andersom. En in ieder geval de vreemdste valentijnskaart die ik ooit had gezien. Valentijnskaarten hoorden romantisch te zijn, maar deze kaart kon niemand ook maar in de verste verte romantisch vinden. De afzender was *op zoek naar een Valentijn, maar geen jazz-meid die wil pierewaaien*, wat al vreemd was want mijn vader hield juist van Bill Evans, Duke Ellington en Oscar Peterson en de week ervoor was hij nog met een plaat van John Coltrane thuisgekomen. De volgende twee regels waren nog vreemder: *Ik zoek een lief, vlijtig juffertje dat ook een knoop aan kan naaien.* Niet alleen een flauwe boodschap maar ook nog eens beledigend, in mijn ogen, alsof de afzender (mijn vader?) liever een werkster dan een vriendinnetje had. Er zaten zelfs twee rode knopen aan de kaart, voor het geval het vriendinnetje in kwestie (mijn moeder?) opeens zin kreeg ter plekke knopen aan te gaan naaien.

De kaart was in stukken gescheurd en weer met plakband aan elkaar gemaakt. Het plakband was vergeeld van ouderdom, maar de twee knopen onderaan waren nog steeds felrood. Ik vond het logisch dat mijn moeder hem in stukken had gescheurd. Als ik zo'n kaart had gekregen, had ik hem ook verscheurd, dacht ik. Maar waarom was hij weer aan elkaar geplakt? Wie zou er zoveel moeite hebben gedaan om iets te repareren dat duidelijk een stommiteit was, een teleurstelling, een fiasco? En waarom?

Ik draaide de kaart om, maar de opdracht was in het Jiddisj en al kon ik wel de klanken van de letters aan elkaar rijgen omdat Jiddisj het Hebreeuwse alfabet gebruikte, de woorden die de letters vormden begreep ik niet. De naam kon ik echter wel lezen. Het was dezelfde in het Jiddisj als in het Hebreeuws. *Yoseph Kramer*. Mijn vaders vader.

Had mijn grootmoeder Bella deze valentijnskaart dan gekregen? Ik kon het me niet voorstellen, kon me haar niet anders voorstellen dan zoals ik haar kende: een oude vrouw die veel kookte en las, en voor wie het toppunt van vermaak een bezoek aan de bibliotheek was of een kaartje leggen met Ida Pearl onder het genot van een kopje thee of een glas whisky. Ze was gewoon niet het valentijnstype, maar als ze toch een valentijnskaart kreeg, dan was het er ongetwijfeld zo eentje, en de afzender, haar man, zou hem vast met zijn voor- en achternaam hebben ondertekend. Nu ik wist dat hij waarschijnlijk voor Bella was bestemd, vond ik het minder interessant waarom hij in stukken was gescheurd en aan elkaar geplakt. Ik hield van mijn grootmoeder maar ik was niet door haar gefascineerd; ik hoefde niet per se andere dingen van haar te weten dan die ik al wist, of me mogelijke scenario's voor te stellen waarin Bella de hoofdrol had gespeeld.

Ik wilde wel graag weten waarom die kaart in mijn vaders la lag. Kon dat te maken hebben met het feit dat hij vroeger van zijn vader was geweest, dat zijn vaders handschrift op de achterkant stond? vroeg ik me af. Joseph Kramer was overleden toen mijn vader vijftien was, slechts een jaar ouder dan ik nu was. Voor zover ik wist was dit het enige voorwerp van zijn vader dat hij bezat, afgezien van de sidoer die in de boekenkast in de woonkamer stond en die mijn grootvader had gebruikt voor zijn ochtendgebed en waaruit mijn vader ook elke ochtend las voordat hij naar zijn werk ging. Misschien vond mijn vader het fijn om af en toe naar het handschrift van zijn vader te kijken. Misschien streek hij er soms even met zijn vingers overheen, net zoals ik over de kaartjes van mijn moeder streek en over de bladzijden van haar dagboeken. Ik kon het hem niet vragen zonder dat ik toegaf dat ik in zijn spullen had zitten neuzen. En dan nog wel in zijn onderbroekenla. En ik wist eigenlijk niet of ik het wel wilde weten. De gedachte dat mijn vader 's avonds alleen op zijn kamer zat en met zijn vingers over de door zijn dode vader geschreven regels ging was deprimerend. Griezelig, zelfs. Ik legde de valentijnskaart terug en deed de la weer dicht. Ik wilde niet nog een la opentrekken. Wat ik net had ontdekt zat me al niet helemaal lekker, een geheim leven dat vooral eenzaam en triest was en niet echt interessant.

Niet lang daarna vroeg ik aan Bella of ze nog een keer wilde voorlezen wat het meisje in het dagboek had geschreven. Deze keer vroeg ze niet:'Waarom?' en evenmin zei ze dat er niets interessants in stond.

'Mijn ogen zijn niet meer zo goed,' zei ze.

Maar nog wel goed genoeg, dacht ik, om al die stapels Jiddisje boeken en pamfletten te lezen die ze elke twee weken uit de Joodse openbare bibliotheek leende.

'Het is zo'n priegelig handschrift, haast niet te lezen.' En het grootste deel was gebazel, legde ze uit, dromen die niemand iets zeiden.

Kortom, ze wilde het niet aan me voorlezen. Maar waarom niet?

'Omdat je grootmoeder andermans privacy respecteert,' zei Ida Pearl toen ik een paar dagen later haar en Elka over het gesprek vertelde. We zaten in Miss Snowdon, een restaurant dicht bij Ida's winkel, waar Elka en ik vaak met Ida afspraken wanneer we in de buurt boodschappen deden.

'Nietes.' Het was geen geheim dat Bella vroeger vaak in Nina's dagboeken las. Zo ontdekte ze dat Nina, toen ze nog op de middelbare school zat, een verhouding had met een getrouwde man.

'Heb jij niet net de kaneeltaart besteld?' vroeg Ida mij streng toen ik een tweede portie op mijn bordje schepte van de koolsla en augurken die gratis op elk tafeltje stonden.

'Het geeft niet, ma, ze brengen wel nieuwe,' zei Elka.

'Het gaat me niet om het voedseltekort.'

'Ik heb honger,' zei ik ter verklaring van de berg koolsla op mijn bord.

'Dan had je een warme maaltijd moeten bestellen.'

'Misschien ga ik er wel mee naar mevrouw Schoenfeld,' zei ik. Die woonde tegenover het huis van Sol en Elka, en sprak Jiddisj.

'Geen sprake van,' zei Ida. Haar scherpe toon verraste me. 'Je gaat geen familiezaken met een vreemde bespreken.'

Mevrouw Schoenfeld was niet echt een vreemde: ze was al jarenlang mijn pianolerares en we zagen haar elke zaterdag in de sjoel. En sinds wanneer was het meisje lid van onze familie? Volgens mijn vader was ze niet eens de vriendin van mijn moeder.

'Dan moet ik zelf maar Jiddisj leren. Want het is wel duidelijk dat niemand van de familie het me ooit gaat voorlezen.'

Nu veranderde Ida van onderwerp en vroeg welke kleur gordijnen Elka voor de woonkamer had besteld. Ik besloot maar geen derde portie koolsla op te scheppen, zodat Ida niet nog nijdiger werd, maar ik wist dat ze nog steeds geïrriteerd was. Ik merkte het aan haar stugheid. En ja, hoor, even later, toen ik net mijn laatste stukje kaneeltaart met slagroom en chocoladeschaafsel van mijn bordje schraapte, onderbrak ze haar gesprek met Elka en richtte zich tot mij.

'Dat dagboek is helemaal niet zo interessant als je denkt.'

'Waarom leest u het dan niet aan me voor?'

'Als je verloofd bent, lees ik het aan je voor.'

Seks, dacht ik. Er stond vast seks in. Wat het voorlopig ontoegankelijk voor me maakte, omdat de enige bekenden die Jiddisj spraken de ouders van vriendinnetjes waren, grootouders, mensen die uit Europa waren gekomen, en alleen al de gedachte dat die mensen me iets zouden voorlezen dat ook maar indirect over seks ging...

'Misschien lijkt het op Anne Franks dagboek, maar dan met seksscènes,' zei Carrie toen ik een paar dagen later bij haar was. 'Als dat zo is, kan het een enorme bestseller worden.'

Ze sloeg het opschrijfboekje van het meisje open en boog zich over de eerste bladzij. Ik wist dat ze Jiddisj verstond want dat was de taal waarin haar ouders met elkaar spraken als ze wilden dat Carrie en haar zusjes het niet begrepen, maar ik had geen idee dat ze het daadwerkelijk kon lezen.

'*Ik begin met een droom...*' zei ze hardop in het Engels. Ze verdiepte zich in de volgende zin. '*Ik ren...*'

'Geen droompassages,' onderbrak ik haar. 'Probeer iets beters te vinden.' Iets wat haar inspanning waard was, bedoelde ik, want om te zeggen dat Carrie Jiddisj kon lezen ging wel ver, want over de eerste zin deed ze uren en het ging heel moeizaam.

Carrie vond ook dat andermans dromen saai waren. Ze bladerde door de pagina's tot ze bij een andere passage kwam. Ze begon:

'*Gisteravond zag ik... Eva.*' Ze keek op. 'Ik weet bijna zeker dat dat laatste woord een naam is. Eva.'

Ik knikte, begreep niet waarom we dit niet al veel eerder hadden gedaan.

'*Het pad waarover ik liep kwam uit bij een... open plek.*' Ze keek weer op. 'Voor "open plek" staat een ander woord dat ik niet ken.'

'Geeft niet. Ga door.'

'*... en daar stond ze – mijn liefste, dierbaarste, mooiste Eva...* Jeetje, ze was wel dol op deze Eva. Wie was dat?'

'Hoe moet ik dat weten?'

'Ze zat aan de oever van een beekje, haar voeten... hingen... in het water, en het was weer zomer, het bos om haar heen een... dinges, weet ik veel... ik kan het woord niet goed lezen... *van planten, het water een andere* zussemezo *van glinsterende blauwe en grijze tinten.*'

'Mengeling?' vroeg ik.

'Zou kunnen. *Ze had haar favoriete zomerjurk aan, een lichte katoenen hemdjurk, groen als bleke nieuwe boomblaadjes. Haar haar hing los, viel in golven over haar schouders. Ze was de Eva van wie ik altijd had gehouden, de vriendin van wie ik al mijn leven lang hield... O-oh.*'

'Wat?' Nu kwam het, dacht ik: de reden dat niemand me het wilde voorlezen.

'Dit ga je niet geloven.' Ze las verder: '*Mijn droom heelde de breuk tussen ons...*'

'Weer een droom?'

'*... voegde zomerhitte toe als een zonnestraal die een sombere dag doorbreekt.*'

Carrie sloeg het dagboek dicht. Het had haar bijna een uur gekost om die passage te lezen en te vertalen. 'Het zijn alleen maar dromen.'

'En ik dacht dat niemand het me wilde voorlezen omdat het te pikant was.'

'Ze vinden het gewoon te saai om voor te lezen,' zei Carrie.

We legde het dagboek weer op de plank naast dat van mijn moeder.

Ik was vastgelopen. Bij ons thuis was er verder niets meer te vinden over mijn moeder. Maar tegelijkertijd was mijn behoefte daaraan ook minder geworden. Ik had het druk genoeg met mijn eigen leven. Dat was interessanter en gelukkiger dan vroeger. Ik was socialer geworden en hield me nu bezig met dringende vragen als: zou ik wel op de zestiende verjaardag van Lina

Tessler worden uitgenodigd, vond Charles Blumenthal me leuk of juist stom, was het eerlijk dat ik pas op mijn achttiende mijn rijbewijs mocht halen en Carrie al op haar zestiende? Ik voelde me nog steeds een buitenstaander in de familie, maar het gaf me niet meer het gevoel uitzonderlijk te zijn. Al mijn vriendinnen voelden zich intussen ook buitenstaanders.

Toen er weer een steen van mijn moeder met de post kwam, ergerde me dat, maakte me kriegel. Ik vroeg me af waarom ze me geen brief schreef of me met rust liet. Ik was praktisch volwassen en ze stuurde me nog steeds van die pakjes alsof ik een kind van zes was dat amper kon lezen en door het dolle was als er een roze steen in de bus viel. En toch werd ik door deze steen (een prachtige gestreepte agaat van de noordelijke oever van Lake Superior bij Wawa) op de een of andere manier geraakt, de moeite die ze had genomen hem in te pakken, de zorgvuldige krullen van haar handschrift. Ze had iets zieligs, wat me zowel ontroerde als afstootte.

Dus het was niet echt uit brandende nieuwsgierigheid dat ik op een middag de telefoonboeken in de bibliotheek besloot in te kijken. Ik moest een werkstuk maken voor school en zag toevallig de boekenplanken met telefoonboeken van alle steden in Canada. Saskatoon was de eerste waarop mijn oog viel. Ik trok hem in een opwelling van de plank en keek onder *Kramer, Azerov, Azeroff*. Ik zag geen Lily bij die achternamen staan, maar er was wel een L. Kramer.

Zou het haar kunnen zijn? vroeg ik me af terwijl ik het nummer opschreef. Mijn hart ging als een razende tekeer. Had het al die tijd voor het grijpen gelegen? Het leek wel of er op die lange plank een telefoonboek stond van iedere stad in Canada. Het zou wel even duren voordat ik ze allemaal had geraadpleegd, en ik moest ook nog een werkstuk over de Franse Revolutie maken dat de week erop ingeleverd moest worden. Maar de Franse

Revolutie leek onbeduidend vergeleken met mijn andere taak, volkomen onbelangrijk. Ik trok Lethbridge uit de kast. Niets, maar in Regina woonde een L. Kramer.

Toen ik bij Winnipeg was aangeland, hoorde ik iemand 'Ruthie!' roepen. Ik keek op en zag mijn grootmoeder Bella.

'Ik dacht al dat jij het was.'

Ze was altijd blij me te zien, maar nu leek ze extra blij. Waarschijnlijk omdat ik in de bibliotheek zat in plaats van rond te hangen in het winkelcentrum met mijn vriendinnen. Ze wilde meteen weten wat ik aan het lezen was. Ik zag haar verbazing toen ik opstond om haar een kus te geven.

'Omie,' zei ik.

Ik voelde me net zoals vijf jaar eerder, toen Elka de voorraad kauwgum en snoep, die Carrie en ik hadden gejat, tussen mijn bed en de muur had ontdekt. Er was geen reden om me schuldig te voelen, hield ik mezelf voor. Het was toch geen misdaad om in een telefoonboek te kijken? Maar mijn gezicht gloeide en ik voelde een gêne die helemaal misplaatst was bij een ontmoeting tussen een meisje en haar oma in de leeszaal van de openbare bibliotheek.

'Ken je iemand in Winnipeg?' vroeg Bella, want ondanks Ida Pearls bewering was ze weinig terughoudend waar het andermans privézaken betrof. En als ze mijn gêne bespeurde – en dat moest haast wel – zou ze er helemaal bovenop duiken.

'O, niemand. Ik neem even pauze van het onderzoek voor het werkstuk dat ik moet maken.' Ik begon aan een uitgebreid, langdradig betoog over het lot van Danton tijdens het Schrikbewind.

'Wie zoek je dan op in het telefoonboek?'

Het kon dat ze het echt niet wist, dat ze de vraag zonder bijbedoelingen en puur uit nieuwsgierigheid stelde, maar ik had het idee van niet. Waarom zou ik anders in een telefoonboek van een stad in West-Canada kijken? Wie dacht ze dan dat ik wilde opzoeken?

'Mijn moeder,' antwoordde ik.

Aan haar reactie zag ik direct dat ze dat niet had verwacht. Haar vreugde dat ze mij op haar favoriete plek aantrof verdween van het ene moment op het andere, haar uitdrukking werd opeens pijnlijk ernstig.

'Ik heb een paar L. Kramers gevonden,' zei ik terwijl ik heel gewoon probeerde te klinken, de uitdrukking op haar gezicht wilde terugdraaien. 'Ik weet dat die waarschijnlijk haar niet zijn.' Dat wist ik niet en ik was nog helemaal opgewonden bij het idee dat mijn moeder erin zou staan.

Bella knikte. 'Leg dat telefoonboek weg en kom even met me mee naar buiten. Ik moet met je praten.'

Ik was wrokkig, weigerachtig. Ik had geen zin in de goede raad die ze me zo ging geven, haar waarschuwingen over dat ik geen beerput moest openen of een doos van Pandora, maar ik wist dat er nog wel andere gelegenheden kwamen om de telefoonboeken door te worstelen. Ik legde het telefoonboek neer en liep achter haar aan de hal in. We gingen op een van de bankjes zitten.

'Je moeder heette niet Lily Kramer,' zei ze tegen me.

Zomaar, plompverloren. Geen voorbereiding, geen inleidend praatje over dat ze me iets moest vertellen dat wellicht verwarrend, moeilijk, weet ik wat, was. Mijn moeder heette niet zoals ik dacht.

'Niet Lily Kramer. Niet Lily Azerov. Niet Lily wat dan ook.'

'Hoe bedoelt u?'

'Ik bedoel dat Lily Azerov de naam van een ander was die ze aan het eind van de oorlog heeft overgenomen. Dat gebeurde wel vaker,' voegde ze er snel aan toe.

Ik wist dat het wel vaker gebeurde. Ik had een klasgenootje

van wie de vader de identiteit van een ander had aangenomen om zo Canada binnen te kunnen komen. Het was een geheim dat ik aan niemand mocht doorvertellen – ook nu nog niet – uit angst dat zij en haar familie nog steeds uitgezet konden worden. Maar het ging er niet om dat dat wel vaker gebeurde.

'Dus... wat is haar naam dan?'

Dat leek me meer ter zake doen nu, maar Bella haalde haar schouders op. 'Ze wilde niet dat iemand dat wist.'

'Maar waarom niet?'

'Waarom ze een andere naam heeft aangenomen?'

Dat was niet precies mijn vraag, maar ik liet Bella antwoord geven.

'Omdat ze uit Polen kwam, vlak bij de Russische grens, en ik denk dat ze bang was dat ze gedwongen werd terug te keren als de oorlog was afgelopen. De Russen hadden Polen bevrijd, vergeet dat niet.'

'Maar er zijn een heleboel mensen uit Polen hierheen gekomen na de oorlog.' De ouders van bijna de helft van mijn vrienden, leek het wel.

'Of ze nu echt een valse identiteit nodig had, weet ik niet. Ik denk eigenlijk van niet, maar misschien ook wel. Ik weet het gewoon niet,' zei Bella weer. 'Maar toen ze jou en je vader in de steek liet, heette ze geen Lily meer.'

Met andere woorden: ik had mijn tijd verspild met het zoeken naar een Lily Kramer of een Lily Azerov. 'Hoe weet u dat?'

'Dat voel ik.' En toen, alsof ze merkte dat ik geen genoegen nam met zo'n antwoord: 'Je kunt niet alles wat je voelt in het leven verklaren.'

Ik dacht aan wat ze net had gezegd, probeerde het te verwerken.

'Maar zou niemand het me verteld hebben?' Als het echt waar is, bedoelde ik. Ik vond het moeilijk te geloven dat mijn vader en Elka en Sol zulke belangrijke informatie al die jaren voor me hadden verzwegen.

Het duurde zo lang voordat Bella antwoord gaf dat het haast leek of ze nooit over die vraag had nagedacht. 'Ik denk dat je vader niet goed wist wat hij moest doen. Wat het beste was. Voor jou.'

'Dus hij dacht dat het beter was dat ik niet wist dat mijn moeder een valse naam had?'

'Ik weet dat je dat nu niet kunt begrijpen, maar als je zelf eenmaal moeder bent zul je het vast beter snappen.'

'Ik zal in ieder geval nooit glashard tegen mijn kind liegen.'

'Niemand heeft tegen je gelogen, Ruthie.'

'Hoe noemt u het dan?'

Bella gaf geen antwoord.

'Het is wel liegen,' zei ik.

'Misschien had ik niet degene moeten zijn om het je te vertellen. Niet zonder eerst je vader gesproken te hebben. Maar toen ik je met die telefoonboeken zag en je vertelde wat je aan het doen was... En je bent nu zestien, je bent geen klein kind meer.'

Ik geloofde haar niet. Mijn vader en Elka zouden dit nooit voor me verzwegen hebben. Maar het was niet zo dat ik haar helemaal niet geloofde. Waarom zou ze zoiets verzinnen?

'Ik moet maar eens met mijn vader gaan praten,' zei ik.

Ze klopte op mijn hand. 'Dat verandert niets aan het verleden.'

Ik keek haar aan en zag dat ze dat werkelijk dacht. Stel nu dat mijn moeders naam Selma of Freda was in plaats van Lily? Dan was ze nog steeds weggegaan; dan had ik haar nog steeds nooit ontmoet; dan had ik nog steeds een familie die van me hield. Dat bedoelde Bella, nam ik aan, maar als ze in een buitenaardse taal had gesproken had ik haar misschien nog eerder begrepen.

'Het maakt het wel anders,' was het enige wat ik zei.

In het begin voelde ik een lichte opwinding. Mijn moeder had nu iets geheimzinnigs dat ze eerst niet had. Ze was niet zomaar een vrouw die gek was geworden, maar een vrouw die zich achter een compleet valse identiteit had verscholen. En waarom? Waarom wilde ze niet dat men haar echte naam wist, zoals Bella beweerde? Waar was ze bang voor? Wie was ze als ze niet Lily Kramer-Azerov was? Ik zou met mijn vader gaan praten, eisen dat hij me de hele waarheid vertelde, ook al was die moeilijk. De tijd was rijp. Ik was zestien, geen klein kind meer.

Toen ik echter van de bibliotheek naar huis liep en op de bank op mijn vader ging zitten wachten, was de opwinding overgegaan in spanning. Ik stond op het punt mijn vader voor zijn voeten te werpen dat hij mijn leven lang tegen me had gelogen, dat hij essentiële, levensbelangrijke feiten over mijn moeder die hij al die tijd had geweten voor me had achtergehouden, mijn vader die altijd een betrouwbare, liefdevolle figuur in mijn leven was geweest en die ongetwijfeld zijn best voor me deed in een situatie die niet – ondanks dat men er altijd een positieve draai aan probeerde te geven – de beste was.

Hij was een jonge man toen ze hem in de steek had gelaten, een jonge, knappe, ambitieuze, verantwoordelijke man. En na verloop van tijd werd hij ook nog een financieel succesvolle man. Hij was een goede partij, met andere woorden, ook al had hij een jong kind om voor te zorgen, en toch was hij nooit hertrouwd, had nooit een serieuze relatie met een vrouw gehad. Dat kwam door mij, dacht ik. Omdat ik het belangrijkste was in zijn leven. Omdat hij zijn leven zo had ingedeeld dat we een gezin konden zijn, hij en ik.

Elka en Sol waren ook mijn familie, hun huis was een tweede thuis voor me, en toen ik klein was, bracht ik veel tijd bij hen door, meer dan bij mijn vader, maar mijn eerste thuis was bij mijn vader, altijd. Mijn hele kindertijd waren we doordeweeks meestal 's avonds bij elkaar en de meeste weekenden ook. Toen we naar Côte-Saint-Luc waren verhuisd, haalde hij me op werkdagen na het eten bij Elka en Sol op en dan liepen we de drie straten naar huis. We hoefden niet te lopen; hij kon me ook met de auto ophalen. Vaak was het handiger en in ieder geval verstandiger – vooral als het hartje winter was in Montreal – om met de auto te gaan. Maar onze wandeling was iets van ons, los van alle anderen. Mijn beeld van een gezin dat zich in die jaren ontwikkelde werd niet gevormd door de avondmaaltijden bij Elka en Sol, hoe fijn ik het daar ook vond – om zes uur stipt zaten we allemaal om de tafel en kregen een lekkere, voedzame maaltijd voorgezet en vertelden om de beurt over onze dag –, maar door die zwijgende wandeling naar huis met mijn vader. Als ik aan die wandeling dacht was het altijd winter. In werkelijkheid was het natuurlijk ook vaak lente, zomer of herfst, en de avonden waren afwisselend warm, koud, regenachtig of winderig, maar wat zich in mijn hoofd had vastgezet, wat naar boven kwam van al die samengevloeide herinneringen van de wandelingetjes naar huis was één koude winteravond, een avond zo koud dat mijn oogkassen er pijn van deden, en zo stil dat alleen het geluid van de knerpende sneeuw onder onze laarzen te horen was, en zo kalm dat het enige dat op me drukte de hand van mijn vader was die mijn wantenhand vasthield.

En nu zat ik te wachten om hem de mantel uit te vegen.

'Ah, je bent thuis,' zei hij toen hij binnenkwam.

Een verheugde constatering, impliceerde zijn toon, en wat er nu ging gebeuren, zat me helemaal niet lekker. Ik deed net of ik in mijn huiswerk was verdiept, keek amper op toen ik zijn groet beantwoordde. Hij deed zijn das af en zijn jasje uit, schonk een whisky voor zichzelf in.

'Er staat nog gehaktbrood in de ijskast,' zei ik. 'Zal ik dat even opwarmen?'

'We kunnen later eten. Tenzij je al honger hebt...'

'Nee, nee,' verzekerde ik hem. 'Later is prima.'

Hij slaakte zijn einde-van-de-dag-zucht terwijl hij zich in zijn luie stoel met de krant installeerde. Ik bleef doen of ik helemaal opging in mijn huiswerk. Het was stil, op het ritselen van de krant na en af en toe het ronken van een passerende bus of vrachtwagen over Côte-Saint-Luc Road, tien verdiepingen lager.

Was het achterhouden van dit feit hetzelfde als liegen? vroeg ik me af. Lag de waarheid over mijn moeder nou werkelijk in dit ontbrekende stukje informatie?

Ik moest denken aan een middag, jaren terug, toen mijn vader en ik een wandeling maakten in het bos rond het huisje in de Laurentians dat Sol en Elka voor de zomer hadden gehuurd. Het was een warme dag en de lucht zinderde van zoemende, prikkende insecten. Ik wist dat de wandeling een speciaal uitje voor ons tweeën was – mijn vader was niet het type dat zijn kranten en vakbladen zomaar weglegde om een stevige boswandeling te maken – maar ik werd gek van de insecten. 'Ik dacht dat muggen overdag sliepen,' zei ik terwijl ik tegen mijn oor mepte, maar de bron van het helse gezoem miste, waarna ik op mijn arm sloeg, een voltreffer, die een bloederig spoor naliet. 'Weet je wat hier voor bomen staan?' vroeg mijn vader. 'Berken,' zei ik. 'En wat nog meer?' vroeg hij. 'Naaldbomen.' Ik wees naar een groepje. 'Ja, maar wat voor naaldbomen?' Dat wist ik niet. 'En die?' vroeg hij, wijzend naar wat loofbomen. 'Dat weet ik niet. Zullen we hier weggaan en gaan zwemmen?' Hij keek verbaasd. 'Natuurlijk,' zei hij en ik merkte dat ik hem had gekwetst. We liepen over het pad in de richting van het meertje totdat hij opeens zei: 'Blijf even staan. Geef me je hand.' Dat deed ik. 'Nu je ogen dicht.' Ook dat deed ik. Hij pakte mijn hand en legde die op een boomstam, drukte mijn hand tegen de schors. 'Dat is een berk,' zei hij. Ik knikte. Om te zeggen dat dit een ongebruikelijke manier van handelen voor hem was, was even zwak uitgedrukt als de constatering dat het ongebruikelijk was voor onze rabbijn, rabbi Searles, om in een roze tutu over het gangpad van de synagoge aan te komen dansen. 'Hou je ogen nog even dicht,' zei hij. Ik moest een paar stappen doen en toen legde hij mijn hand op een andere stam. Deze bast was ruwer, een beetje schilferig. 'Dat is een den.' Hij liet mijn hand los en we liepen samen naar het meertje. 'Je moeder kon op die manier bomen herkennen,' zei hij tegen me, en hoewel ik dolgraag meer wilde weten, de rest van de dag in het bos wilde blijven zodat hij me meer over haar kon vertellen en over de bomen die ze kende, had ik het al verpest. Over een paar minuten zouden we bij het meer zijn, waar Elka op haar stretcher zou liggen, met haar zilveren zonnereflector onder haar kin en een boomblaadje op haar neus tegen verbranding, waar mijn neefjes elkaar met zandtaartjes zouden bekogelen en Sol op het meer in zijn roeiboot zou zijn en net doen of hij genoot van het vissen.

Was het feit dat Lily niet haar echte naam was nou werkelijk belangrijker dan wat hij me die dag in het bos had willen vertellen?

'Vind je het erg als ik muziek opzet?' vroeg ik.

'Nee, ga je gang.'

Ik zette een oude plaat van Artie Shaw op. Een vergissing, besefte ik zodra ik weer op de bank zat en 'Begin the Beguine' door de kamer klonk. Het was irritante muziek die op mijn zenuwen werkte. Ik liep naar de grammofoon en zette de plaat af.

'Toch maar niet?'

'Ik heb liever rust.'

Mijn vader liet zijn krant zakken en keek me aan. 'Gaat het goed met je?'

'Ja, prima. Hoezo?'

'Zomaar.'

Dit was onze manier van omgaan met elkaar, altijd geweest. We hadden oog voor elkaar, maar we waren niet bemoeizuchtig. (In zijn spullen snuffelen op zoek naar sporen van mijn moeder was niet bemoeizuchtig, had ik besloten.) In ons gezamenlijke leven hadden we nog nooit tegen elkaar gezegd: 'Een dubbeltje voor je gedachten,' een uitdrukking die ik bij Elka en Sol zo vaak had gehoord dat ik een klein fortuin zou hebben vergaard als ik de helft van de keren daar antwoord op had gegeven.

'Ik zag vandaag Omie in de bibliotheek.'

'O ja?'

'Ik moest wat opzoeken voor mijn werkstuk over Danton.'

'Hoe gaat het daarmee?'

'Goed. Prima.'

'En hoe ging het met Omie?'

'Ook goed.'

'Is haar verkoudheid over?'

'Ik geloof van wel.'

'Had ze nog een luchtig boekje voor je in de aanbieding? *Misdaad en straf* bijvoorbeeld?'

Ik wilde lachen zoals ik normaal zou doen, maar niets voelde normaal. 'Ze vertelde me over mijn moeders naam. Je weet wel. Dat ze niet zo heet.' Ik had gedacht dat het er vlot uit zou komen, maar mijn keel zat dichtgeknepen, dichtgesnoerd door angst en een mengeling van allerlei opgekropte gevoelens.

Mijn vader knikte, maar in de daaropvolgende lange stilte liet hij het bij deze non-verbale bevestiging. Hij bood niet zijn verontschuldigingen aan, zoals ik had verwacht, zocht niet naarstig naar de verklaringen die hij me al lang geleden had moeten geven. Zijn zwijgzaamheid kan simpelweg een kalme, eerlijke reactie zijn geweest op mijn onmiskenbare spanning en onrust,

maar op dat moment ervoer ik het als opzettelijke terughoudendheid.

'Wie was ze?' vroeg ik aan hem. 'Haar echte naam, bedoel
ik.'

'Dat heeft ze me nooit verteld.'

'Weet je het niet?'

'Dacht je dat ik het voor je had verzwegen als ik het wél had
geweten?'

'Maar je hebt het voor me verzwegen, het feit dat de naam
die ik kende niet haar echte naam was.'

'Omdat ik je niets daarvoor terug kon geven.'

'Waarom me niet gewoon de waarheid vertellen?' vroeg ik.
En toen hij geen antwoord gaf: 'Is dat soms niets?'

Hij gaf weer geen antwoord, maar deze keer wachtte ik.

'Ik dacht dat dat het alleen maar erger zou maken,' zei hij
tenslotte. 'Niet nu, misschien, maar toen je klein was, een meisje zonder moeder. Om dat van je af te pakken, je niet eens een
naam te geven die je kon...'

'Maar het was niet haar echte naam.'

Hij knikte niet, beaamde ook niet wat ik had gezegd, maar
ging ook niet door met zijn betoog. 'Het was de naam waaronder ik haar kende,' zei hij na een tijdje. Zwakjes, vond ik.

'Wanneer kwam je daarachter?'

'Toen ze weg was.'

Ik wachtte tot hij verder zou gaan, op een verklaring, wat dan
ook, over de vrouw met wie hij was getrouwd, mijn moeder, die
inmiddels nog nooit zo ver van me vandaan was geweest. Ik
wilde dat hij me een nieuw pad liet zien dat me naar haar toe
kon brengen, want het oude was verdwenen, ik wilde dat hij me
wat nieuwe feiten zou aanreiken, maar hij zei niets.

'Geen wonder dat jullie huwelijk gestrand is,' zei ik. 'Je wist
goddorie niet eens hoe ze heette. Dat is toch wel fundamenteel.

Je moet toch de naam kennen van degene met wie je getrouwd bent. Ik bedoel, dat is toch wel het minste wat...?'

Maar iets in de gezichtsuitdrukking van mijn vader hield me tegen. Hij schaamde zich, besefte ik. En waarom ook niet? Het was vernederend om toe te geven dat mijn moeder hem zo weinig had vertrouwd, dat ze hem haast niets had verteld. En misschien was dat de reden dat hij me niets had verteld. Niet uit een drang om me te beschermen. Niet omdat hij het vervelend vond dat hij niets had in ruil voor mijn moeders naam. Hij schaamde zich gewoon. Want hardop zeggen dat hij het niet wist was hetzelfde als toegeven dat zijn huwelijk met mijn moeder een schijnvertoning was geweest, zijn enige, ware liefde onecht. Zo onecht dat zelfs de naam waarmee hij haar op hun momenten van diepste intimiteit had aangesproken – misschien wel op het moment dat ik tot leven werd gewekt – niet echt bleek te zijn, niet haar ware naam was, afketste op haar buitenste huidlaag.

Ik kon hem niet meer aankijken, zijn schaamte was te zichtbaar. Het was net of hij bloot was; ik moest wel wegkijken. Ik stond op, liep naar de boekenkast en haalde het dagboek van het meisje eruit. 'Ik weet dat je denkt dat er niets in staat,' zei ik, de mantra van de familie herhalend. 'Maar ze had het vast niet gehouden als het niet belangrijk voor haar was. Als het meisje van wie het dagboek was niet belangrijk voor haar was.'

Was mijn vader opgelucht dat het gesprek een andere wending nam? Was hij blij dat we het niet meer hadden over zijn complete mislukking als echtgenoot? Hij liet niet zijn gebruikelijke tegenwerping horen dat zijn Jiddisj niet goed genoeg was, maar pakte het dagboek uit mijn handen en sloeg het bij de eerste bladzijde open.

'Aan het begin staat een citaat dat ik niet begrijp. Het is in het Pools.' Hij sloeg de bladzij om en begon te lezen. '*Ik begin met een droom. Ik ren door een stad van steen...*'

'Niet iets met een droom,' zei ik.

Hij bladerde verder en begon weer te lezen.

'*De middag voordat de oorlog uitbrak ging ik op bezoek bij Eva.*'

Weer die Eva.

'*Een paar weken eerder had ze griep gekregen, een hardnekkige griep die maar niet over leek te gaan, en ik was nog niet op bezoek geweest, een omissie van mijn kant die in voorgaande zomers ondenkbaar zou zijn geweest.*'

Hij vertaalde langzaam maar moeiteloos. Vloeiend, zelfs. Dus waarom al die jaren de schijn opgehouden dat hij het niet kon lezen terwijl dat wel zo was?

'*Van kleins af aan was ze mijn beste vriendin, een vriendschap die hechter is geworden door het verlangen tijdens de tien maanden per jaar dat we elkaar niet konden zien en verdiept door de hartstochtelijke brieven die we elkaar schreven, brieven die met kussen en tranen waren bezegeld waarin we ons diepste zelf blootgaven en bespraken wat we allemaal gingen doen als het schooljaar afgelopen was en we eindelijk weer samen konden zijn.*'

Ik was nu zo boos op hem dat ik me amper kon concentreren op wat hij voorlas. Dat hij steeds had gezegd dat hij geen Jiddisj kon lezen! Dat hij glashard tegen me had gelogen...

'*De hele grijze Antwerpse winter lang dacht ik aan de zomer in Krakau, dat we dan hand in hand door de lommerrijke lanen van het Planty-park zouden lopen, ergens in een café limonade zouden drinken of kersenijs eten, of de hele middag op het gras liggen bij de sportvelden in de buurt van de Vistula, kijkend naar de voorbijdrijvende wolken en in hun verschillende vormen de voortekenen zien van onze toekomstige levens en liefdes.*'

Hij stopte even. Eerst dacht ik dat hij een woord of een zinnetje probeerde te ontcijferen, maar toen keek hij op.

'Dit dagboek was van Lily Azerov,' zei hij en ik was even in de war omdat die naam voor mij nog steeds met mijn moeder was verbonden. Toen besefte ik dat hij de echte Lily Azerov bedoelde, het meisje van wie mijn moeder de naam had overgenomen. En dat meisje was het nichtje van Ida Pearl, begreep ik van mijn vader, die vertelde over de brief die Ida Pearl een paar dagen voor het huwelijk van mijn ouders van haar zuster Sonya in Tel Aviv had gekregen.

'Maar... waarom?' vroeg ik. Waarom had ze de identiteit van een ander aangenomen, bedoelde ik. En waarom juist die van haar?

'Dat weet ik niet. Er zijn zoveel...'

'Kenden ze elkaar al?' Ik wilde per se meer weten, het ging er bij mij gewoon niet in dat mijn vader zo weinig wist van de vrouw met wie hij was getrouwd. Kon mijn moeder misschien Eva zijn, het jeugdvriendinnetje van de echte Lily, over wie ik zojuist een beschrijving in haar dagboek had gehoord? Ik vroeg het mijn vader en ondertussen zag ik een meisje van veertien voor me dat hand in hand met haar vriendin liep, dat op een grasheuveltje lag en naar de wolken keek, dat kersenijs at en net zulke lange, sentimentele brieven schreef als ik vroeger aan mijn vriendinnen van vakantiekamp, dwaze bakvissenbrieven bezegeld met kusjes en beloften van eeuwigdurende vriendschap. Het was voor het eerst dat ik een soort beeld voor me zag van mijn moeder als meisje dat ergens alledaagse dingen aan het doen was. Ik wilde meer horen, popelde om meer, maar mijn vader schudde zijn hoofd.

'Je moeder was niet de Eva over wie het meisje schrijft,' zei hij.

'Lily,' zei ik. Ze had een naam, het meisje, ook al had mijn moeder die ingepikt. 'Hoe weet je nu dat mijn moeder niet Eva was?' Het was een mooie naam, vond ik. Eva. Ik vond hem mooier dan Lily.

'Je moeder kwam niet uit Krakau.'

'Waar dan vandaan?'

'Dat heeft ze me niet precies verteld, maar...'

'Als ze je niet eens de naam van haar woonplaats heeft verteld...'

'Je moeder was niet hetzelfde meisje als de Eva uit dit dagboek,' zei hij, waarna hij het dagboek pakte, erin bladerde en me weer begon voor te lezen. Hij was onderhand erg vertrouwd met de inhoud van het dagboek, merkte ik.

'*Maar die zomer was ik veranderd. Dat wist ik zodra ik uit de trein stapte. Ik zag dat Eva me opwachtte, maar haar gezicht, zo dierbaar in mijn herinnering, verschafte me niet de vreugde waarop ik had gehoopt. Haar zachte bruine ogen, die ooit de vensters naar een ziel waren die ik oneindig interessant vond, waren nu nog slechts stilstaande, ondiepe poeltjes.*'

Mijn vader hield op met lezen en keek me aan. 'De ogen van je moeder waren niet bruin,' zei hij. 'Die waren blauw.'

'O,' zei ik en met die enkele klinker liet ik alle spanning los die zich in me had opgebouwd vanaf het moment dat het idee bij me had postgevat dat ik mijn moeder in het dagboek had gevonden.

'Net als die van jou,' zei mijn vader.

Misschien dacht hij dat ik hem niet geloofde. Misschien was het makkelijker om me voor te lezen uit het dagboek dan met mijn woede geconfronteerd te worden, mijn teleurstelling dat de moeder die ik had gedacht te hebben opgespoord – die ik al voor me zag op bestaande locaties en die dingen deed als ijs eten en limonade drinken en op het gras liggen kijken naar voorbijdrijvende wolken – voor de zoveelste keer in rook was opgegaan. Hij begon weer te lezen.

'*Toen Eva ziek werd, was dat een opluchting. De zomervakantie duurde nog maar twee weken en ik vond het fijn dat ik die nu in mijn eentje kon doorbrengen...*'

'Wie was die Eva toch?'

'Een vriendin van Ida Pearls nichtje, zou ik zeggen.'

Maar niet mijn moeder. Niet eens iemand die mijn moeder kende hoogstwaarschijnlijk. Weer een doodlopende weg.

'Waarom hebben we het dan nog? Als er niets in staat dat met mijn moeder te maken heeft. Als het van Ida's nichtje was. Waarom heb je het dan niet aan Ida gegeven toen mijn moeder weg was?'

'Dat wilde ik ook, maar Ida hoefde het niet. Ze heeft het weer teruggegeven.'

'Waarom?'

'Dat zei ze er niet bij.' Hij sloeg het dagboek dicht. Dat deed hij met een zekere weloverwogenheid, alsof hij met het gebaar wilde zeggen: *Zie je wel? Ik heb niet gelogen. Er staat niets in waar jij wat aan hebt.* 'Misschien vindt ze het te pijnlijk om te zien. Misschien doet het haar te veel aan dingen denken waar ze liever niet meer aan denkt.'

Talloze vragen drongen zich aan me op, maar ik stelde er maar eentje waarvan ik zeker wist dat hij er een antwoord op had. 'Hoe ben je er uiteindelijk achtergekomen?'

'Ida Pearl heeft het me verteld. De avond dat je moeder vertrok.'

Ik wachtte tot hij verder ging. Hij vond het moeilijk om terug te gaan naar die avond, dat merkte ik aan de lange stilte die hij liet vallen, de traagheid waarmee hij ergens diep van binnen de woorden omhoog trok.

'We hadden net haar briefje gevonden.'

Vergeef me. Je Lily.

'Ida vroeg of ze me even kon spreken. We gingen de gang in en ze liet me de brief van haar zuster Sonya zien.'

Ik kon me zijn afgrijzen voorstellen toen Ida Pearl hem vertelde dat zijn huwelijk, of wat hij dacht dat zijn huwelijk was, in feite een schijnvertoning was. Opnieuw durfde ik hem niet goed aan te kijken, maar toen ik toch keek, zag ik niet de schaamte van de bedrogen echtgenoot die ik verwachtte, niet de bittere schande die ik zo-even bij hem had bespeurd. Wat ik op zijn gezicht zag, was eerder een schrijnend dan een bitter verdriet. Hij had van haar gehouden, besefte ik, ook al had hij haar echte geboortenaam en haar levensgeschiedenis niet gekend. Hij had gehouden van wat hij van haar wist: de klank van haar stem, wellicht, de geur van haar huid, de blik in haar ogen als ze 's ochtends wakker werd. En zelfs de catastrofe van haar vertrek had hem dat gevoel niet kunnen ontnemen.

'Ik heb iets voor je,' zei hij.

Hij verdween in zijn kamer en even had ik de fantasie dat hij zo dadelijk met een brief naar buiten zou komen die ze voor me had achtergelaten, met de instructie om te wachten totdat ik groot genoeg was om de brief te begrijpen. Maar die fantasie drong ik terug voordat ze volledig gestalte had gekregen, zodat ik maar een heel klein beetje teleurgesteld was, slechts een heel lichte bittere nasmaak diep achter in mijn bewustzijn had toen mijn vader me een... steen gaf. Dat dacht ik althans: weer een steen, en ook nog de kleinste tot nu toe. Maar volgens mijn vader was deze steen anders dan alle andere, het was namelijk een edelsteen. Een diamant.

'Maar hij ziet er niet uit als de diamanten die ik ken,' zei ik, al zag ik wel dat het een kristal was, en een kristal zoals ik ook nog nooit had gezien.

'Dat komt omdat hij ruw is, ongeslepen. Hij was van haar,' zei hij tegen me. 'Van je moeder,' voegde hij eraan toe, alsof hij de draad van ons gesprek was kwijtgeraakt. 'Die vond ik na haar vertrek.'

'Je bedoelt dat ze die heeft laten liggen zodat jij hem zou vinden.'

'Ik denk het,' zei hij.

Had ze hem dan voor mij achtergelaten? Ik keek er nog eens goed naar. Het was in ieder geval de kleinste steen die ik ooit van haar had gekregen – hij was niet veel groter dan een erwt – maar groot voor de diamanten die ik had gezien. Hij deed me denken aan de stukjes melkglas die ik als kind had gevonden aan het strand van Ogunquit, waar ik een zomer met Elka en Sol had doorgebracht, maar dit was onmiskenbaar een kristal. De steen was nu niet bijzonder om te zien, maar misschien kon hij in de juiste handen net zo mooi worden als de diamant die Sol aan Elka had gegeven voor hun tiende trouwdag.

'Heb je er weleens over gedacht hem te laten slijpen?'

'Nee,' zei hij. 'En dat moet jij ook niet doen.'

Uit respect, dacht ik dat hij bedoelde, voor bezit dat formeel gezien nog altijd van mijn moeder was; wij hadden de steen alleen in bewaring en het zou best kunnen dat ze hem nog een keer kwam ophalen.

'Het is zestien jaar geleden,' bracht ik naar voren, waarmee ik wilde zeggen dat het niet waarschijnlijk was dat ze na zo'n lange tijd haar spullen nog zou komen opeisen.

'Dat is niets als het om herkomst gaat.'

Ik had het woord 'herkomst' nog nooit in een gesprek horen vallen – we waren geen familie die kunst of antiek bezat – maar ik wist precies wat hij bedoelde.

'Denk je dat ze hem gestolen heeft?'

'Ik heb geen idee,' zei hij. 'Dat heeft ze nooit met mij besproken.'

'Maar jij denkt dat dat best zou kunnen.' Van hetzelfde meisje van wie ze de naam had overgenomen. Het meisje dat uit een familie van diamantbewerkers kwam.

'Ik denk dat als het duidelijk was geweest dat je moeder de rechtmatige eigenaar was, ze hem wel had laten slijpen of meegenomen bij haar vertrek.'

'Dus eigenlijk geef je hem niet aan me.'

'Het is niet aan mij om hem te geven.'

Toch gaf hij me de diamant. Misschien omdat hij verder niets van haar had om mij te geven. Een ruwe diamant, en waarschijnlijk ook nog gestolen.

'Ruthie,' zei Ida tegen me, turend vanachter haar glazen toonbank, toen ik haar schemerige winkel binnenstapte. Aan haar stem was te horen dat ze verrast was door mijn onverwachte bezoek. 'Kom je van je oma?'

Ik schudde mijn hoofd.

'Van Resnick?' Meneer Resnick was een kleermaker die een van de ruimtes op de eerste verdieping huurde.

'Ik kom voor u,' zei ik.

'Aha. En wat verschaft me deze eer?'

Ik haalde de diamant uit de envelop waar ik hem de vorige avond in had gestopt en gaf de steen aan haar.

Even staarde ze verbluft naar de piepkleine steen op haar vlakke hand en toen knikte ze.

Ze keek me recht aan. 'Hoe kom je hieraan?'

'Gisteravond heeft mijn vader die me gegeven. Nou ja, hij heeft hem niet echt gegeven...'

Ida trok haar wenkbrauwen op en wachtte tot ik verder zou gaan.

'Hij heeft hem wel aan me gegeven, maar hij zei erbij dat het niet aan hem was om de diamant weg te geven en dat ik er niets mee mocht doen...'

'Hij wilde dus niet dat je hem liet slijpen.'

'Nee, nee. Hij zei er speciaal bij dat ik hem niet...'

'Hij wilde dat je iets had dat van haar was geweest?'

Ik keek haar aan. 'Hoe weet u dat die van...?'

'Zij is ermee bij mij geweest.'

'Mijn moeder is er bij u mee gekomen?'

Ida onderzocht de steen zoals ik haar met talloze stenen had zien doen. Eerst hield ze hem tussen duim en wijsvinger, rolde hem alle kanten op en bekeek hem ondertussen ingespannen. Daarna legde ze hem op de rug van haar hand en bekeek hem uit alle hoeken. Ten slotte pakte ze hem op met haar pincet en onderzocht hem nauwgezet onder haar loep. Ze knikte af en toe alsof de gehele inspectie alleen maar een bevestiging was van haar eerste vermoedens. Met een laatste knikje stopte ze de diamant terug in de envelop, vouwde de envelop in vieren zodat hij er niet uit kon vallen, en gaf hem aan me terug. 'Het is dezelfde steen,' zei ze.

Ida's reactie verontrustte me. Ik had gedacht dat ze geïnteresseerd zou zijn, nieuwsgierig, opgewonden zelfs, zij het op de onderdrukte, verongelijkte Ida-manier. Ik had verwacht dat ze me met vragen zou bestoken over wat mijn vader me over de steen had verteld, waarna er zich een echt gesprek over mijn moeder zou ontrollen. Ik zou haar vertellen dat ik nu wist dat mijn moeder de naam van haar nichtje had aangenomen, en zij zou me vertellen wat ze wist, wat ze dacht. Er was genoeg tijd verstreken, ruim zestien jaar. En als ze dacht dat mijn moeder de diamant van haar nichtje had gestolen, zou ik hem aan haar teruggeven. Dat was mijn voornemen. Maar in plaats van wat ik me had voorgesteld, was er alleen maar deze terloopse opmerking dat mijn moeder in de zaak was geweest, en Ida's strakke gezicht toen ze mij de steen teruggaf.

'Ik wist niet dat mijn moeder hier al...'

'Hoe kon je dat ook weten?' sneed Ida me de pas af. 'Je vader is hem ook een keer komen brengen. Nadat ze was weggelopen. Wie denk je dat hem heeft verteld wat het is?'

Nu wist ik niet wat ik moest zeggen. Erger nog, ik had het gevoel dat Ida dat ook niet wist. 'Mijn vader is in de veronderstelling dat de... herkomst niet zeker is.'

Ida haalde haar schouders weer op.

'Vindt u niet dat we de herkomst moeten achterhalen? Hij kan heel kostbaar zijn.'

'En aan wie moeten we dat dan vragen?'

De doden, bedoelde ze. Mijn moeder. Dat kon ik wel op mijn buik schrijven.

Ik had het gevoel dat de verstreken tijd de deur naar het verleden had vergrendeld en dat ze niet meer wilde dat hij openging.

'Zijn er geen clubjes of zo van diamantbewerkers? Als u de diamant daar liet zien, zou het dan niet kunnen dat iemand hem herkent...'

Ze gebaarde dat ik mijn mond moest houden voordat ik mijn zin had afgemaakt. 'Stop hem weg,' zei ze.

'Hoe bedoelt u?'

'Leg hem terug waar je vader hem al die jaren heeft bewaard.'

'Maar waarom?'

Ze gaf geen antwoord.

'Stel dat hij kostbaar is?'

Toen ze nog steeds geen antwoord gaf, zei ik wat ik op mijn hart had. 'Is het niet zonde om hem weg te stoppen? Hij zou geslepen moeten worden, er moet iets moois van gemaakt worden. Misschien een broche of een ring...'

'Het is geen goede steen.'

Ik dacht dat ze de fysieke eigenschappen bedoelde, de kleur, de helderheid, een zwakke plek die ze binnen in de steen had ontdekt.

'Wat is er niet goed aan?'

'Er zit alleen maar verdriet in,' zei ze.

Ze maakte het kastje onder haar toonbank open en haalde er een kistje uit. 'Ik zal je iets laten zien. Doe je ogen dicht en steek je hand uit.'

Dat deed ik. Ik strekte mijn hand uit, zodat ze er een ring om kon schuiven, maar ze draaide mijn hand om en legde iets op de palm.

'Nu mag je weer kijken,' zei ze.

Ik deed mijn ogen open. Op mijn hand lag een traan van licht.

'Mooi, hè?'

Dacht ze soms dat ik een klein kind was dat kon worden afgeleid met een glimmend pruldingetje?

'Je hebt er niet eens goed naar gekeken. Kijk dan.'

'Heel mooi,' beaamde ik met tegenzin, afwezig. Ik wilde haar dingen vragen over mijn moeder, over mijn moeders bezoek aan haar winkel zeventien jaar geleden, toen ze Ida dezelfde ruwe diamant had laten zien die Ida me zojuist had teruggegeven.

'Als je een man vindt, zorg ik ervoor dat hij hem voor je koopt.' Een korte stilte, waarin ik op een manier zon op het gesprek weer op mijn moeder te brengen. 'Heb je nog steeds verkering met die jongen van Blumenthal?'

'Ik heb geen verkéring met hem, tante Ida. We zijn alleen maar samen naar een verjaardagsfeest geweest.'

'En?'

'En niets.'

Weer een stilte.

'Ik heb gehoord dat je naar haar op zoek bent.'

'Ik ben heel nieuwsgierig naar haar,' gaf ik toe, en dat was toch ook logisch, dacht ik. Het was vanzelfsprekend dat een kind nieuwsgierig was naar de moeder die het nooit had gekend.

Maar Ida Pearl haalde haar schouders op alsof ze wilde zeggen: *Waar ben je nou helemaal nieuwsgierig naar?*

'Zij is de helft van wie ik ben, hoor.'

'Nee, niet waar.'

'Genetisch, bedoel ik.'

Ida haalde haar schouders weer op. 'Gaat het goed op school?'

'Ja, best.'

'En je vriendinnen? Kun je weer goed met ze opschieten?'

Ik knikte, was me niet bewust van het feit dat Ida wist dat ik een tijdje niet goed met ze had op kunnen schieten.

'Vind je ze aardig?'

'Natuurlijk vind ik ze aardig. Anders zouden het toch niet mijn vriendinnen zijn?'

Ida gaf geen antwoord. 'Je bent een mooi meisje,' zei ze. Het verbaasde me dat uit haar mond te horen; Ida was niet het type dat met complimentjes strooide. 'En je hebt een leuke familie, leuke vriendinnen, je bent slim. Klopt dat?'

'Ik geloof van wel, ja.'

'Ik weet het wel zeker,' zei ze. 'Dus luister naar iemand die iets meer van het leven weet dan jij. Ga niet op zoek naar verdriet.'

HOOFDSTUK 11

De steen die de vrouw had meegebracht had, in geld uitgedrukt, weinig waarde, hield Ida Pearl zichzelf voor toen ze na het bezoek van Lily in haar donkere woonkamer zat met een kopje thee dat op het tafeltje naast haar stond af te koelen. De markt werd overspoeld, dat kwam er ook nog bij – een heleboel vluchtelingen hadden diamanten meegenomen. Het leek wel of bij elke tweede of derde sjofele jas een diamant in de voering zat genaaid, en dat waren al geslepen, gepolijste en compleet bewerkte diamanten. Deze steen was dat niet. Zelfs op een gunstige markt zou de waarde uitsluitend worden bepaald door zijn potentieel en die was op dat moment puur hypothetisch. Wie kon zeggen of er in het binnenste van de steen geen insluitsels zaten? Wie wist zeker dat deze ruwe, kleine steen de geslepen diamant werd die Ida in gedachten al voor zich zag, al probeerde ze dat tegen te houden, want dat was de eerste fout die ze kon begaan: zich van tevoren een beeld vormen en dan de steen dwingen eraan te voldoen, hem slijpen naar het beeld dat te haastig was gevormd, een diamant die misschien aan de eisen voldeed en wellicht zelfs mooi was, maar die niet de verwezenlijking zou zijn van zijn unieke potentieel. Om die unieke eigenschappen tot hun recht te laten komen – en zonder dat doel had het geen zin om de steen te bewerken – zou ze zich door de steen zelf moeten laten leiden. En ze wist zeker dat de steen dat kon. Dat had ze gevoeld toen ze hem voor het eerst in haar hand had.

Ze had het leven erin gevoeld nog voordat ze hem vlak voor haar oog had gehouden om hem goed te bekijken, ook al wist ze dat de aanwezigheid van de steen in haar winkel, in de hand van de bedriegster die ermee was komen aanzetten, de vernietiging bevestigde van haar familie, van wie de steen was geweest. En op dat moment wist ze dat zij degene zou zijn die het licht uit de steen zou bevrijden.

Ze was niet gelovig meer, durfde niet eens te zeggen dat ze nog in het lot geloofde, maar deze diamant was haar lotsbestemming, dat wist ze opeens zeker. Waarom gebeurden anders de dingen die waren gebeurd? Hoe moest ze anders de plotse verschijning van deze vrouw met de naam van haar nichtje en de diamant van haar nichtje verklaren, en niet zomaar in Montreal maar in haar eigen winkel? Toeval? Nee. Het was voorbestemd, dat wist ze gewoon zeker, en met die zekerheid kreeg haar tot dan toe ogenschijnlijk doelloze leven eindelijk zin. De voortijdige, tragische dood van haar vader, de daaropvolgende vernederende armoede en schande, de deuren van Chaims werkplaats en huis die keihard voor haar waren dichtgeslagen – inmiddels wist ze dat dat haar redding was geweest – het verraad van Arthur, opnieuw vernederende armoede en schande, de geboorte van haar dochter, die zo vaak een vreemde voor haar was, al was het haar eigen bloed dat door de aderen van het meisje stroomde, het voortschrijdende inzicht in wat haar familie was overkomen... Zelfs de bedriegster leek niet langer de plunderende, liegende dievegge zoals ze aanvankelijk dacht, maar het instrument voor een verlossing waarvan Ida nu nog niet precies wist in welke vorm die zou komen, maar dat ze...

'Godallemachtig!' Een schelle kreet onderbrak haar gemijmer.

Het was de verbaasde uitroep van Elka die haar moeder opeens in het donker ontwaarde.

'Ik kreeg zowat een hartaanval! Wat dóé je daar?'

'Ik drink een kopje thee.'

'In het donker? Het is pikdonker hier. Heb je dat niet gemerkt?'

Het was helemaal niet pikdonker, dacht Ida, alleen een beetje schemerig.

En sinds wanneer rook thee naar sterkedrank? vroeg Elka zich af. En hoe lang had haar moeder al in haar eentje whisky zitten drinken die ze koppig thee bleef noemen ondanks het steeds kleiner wordende aandeel van de laatste in het mengsel?

Elka drukte het lichtknopje op de muur in en in het felle elektrische licht dat de kamer overspoelde zag Ida opeens het doel van haar leven niet meer, dat haar zo-even nog zo helder voor ogen stond. Wat ze nu zag was een dwaze oude vrouw met een verwoest leven die haar dagen in haar leunstoel sleet, mompelend in zichzelf dat niets in het leven zomaar gebeurt. En haar dochters gezicht – dat onthulde het licht nu ook. Haar dochters opgezette, betraande gezicht, maar ze wist dat ze er geen vragen over mocht stellen, want Elka zou elke vraag van haar moeder – hoe lief en goed ook bedoeld – interpreteren als bemoeizucht, met als onderliggend doel Elka's leven te verpesten. En dus zaten ze samen zwijgend bijeen, Elka op de sofa, met haar lange blote benen onhandig bij de enkels over elkaar geslagen, haar handen om de leuning geklemd alsof ze elk moment kon opspringen en wegrennen. Ida zat in haar leunstoel en probeerde zo blanco en neutraal mogelijk te kijken.

'Wat?' vroeg Elka.

'Wat wát?'

'Je kijkt me zo aan.'

Ida zei maar niet dat ze haar nek in een heel ongemakkelijke houding moest draaien als ze níét naar de sofa wilde kijken, want Elka zat recht in Ida's blikveld. Ze pakte het kopje dat naast haar stond, nam een slokje thee en stelde toen de onschuldigste openingsvraag die ze kon bedenken: 'Heb je onderweg toevallig nog de *Star* meegenomen?'

Elka schudde haar hoofd en ondertussen rolden er alweer nieuwe tranen over haar wangen. 'Ik ben naar hun huis geweest,' zei ze.

'Wiens huis?' vroeg Ida. Vriendelijk. Voorzichtig.

'Van hen.'

Het kon niet waar zijn, dacht Ida. Maar dat was het natuurlijk wel. Elka was een slim kind, vindingrijk ook, dat zich prima zelf kon redden. Maar omdat ze Ida niet meer vroeg naar haar vader wilde nog niet zeggen dat ze geen vragen meer had. Het lag voor de hand dat ze hem was gaan zoeken. Zo lastig was dat niet. Hij had geen moeite gedaan zich te verbergen. Hij stond gewoon in het telefoonboek: *A. Krakauer*, de derde naam van boven.

'Ik heb me volkomen belachelijk gemaakt,' zei Elka, waarop ze pas echt begon te snikken. Ze boog zich voorover, legde haar gezicht in haar handen en wiegde heen en weer.

Ida ging op de sofa naast haar zitten en legde haar hand op haar rug. Elka draaide zich om en klampte zich aan haar moeders boezem vast, iets wat ze in geen jaren had gedaan.

'Jij bent niet belachelijk, maar hij,' mompelde Ida met haar armen om haar dochter heen.

'Ik ben hopeloos. Volkomen waardeloos,' snikte Elka. 'Je had zijn gezicht moeten zien toen hij binnenkwam en mij aan de keukentafel met zijn moeder zag zitten.'

Zijn moeder? vroeg Ida zich af. Had Arthur haar niet achttien jaar eerder verteld dat zijn moeder dood was? Bedoelde Elka niet zijn echtgenote, de vrouw die hij had verkozen boven Ida?

'En hij was met haar. Die vrouw. Ze kwamen samen binnenlopen.'

'Welke vrouw, liefje?'

'De bruid. Ik wist niet eens dat ze samen in één huis woonden. Ze had zo'n superieur glimlachje toen ze me zag. Alsof ik een of andere verliefde bakvis was. Maar zo zag ik er ook vast uit. Ik weet dat ze over me aan het roddelen waren.' Haar lichaam schokte opnieuw van het snikken.

Ida had haar armen nog om haar dochter en ze maakte nog steeds troostende geluidjes, maar haar gedachten waren al van het diepgevoelde medelijden van zo-even op een killere stand overgeschakeld.

'Ben je naar Sols huis gegaan?'

'Ik ben zo stom geweest,' jammerde Elka.

Ze had het allemaal zo mooi uitgestippeld, dacht ze, genoeg tijd overgelaten aan het einde van zijn werkdag om niet tegelijk met hem bij de voordeur te arriveren, maar ook weer niet te veel zodat ze zou binnen komen als hij net aan tafel zat. Het was een lange tramrit geweest, van Snowdon Junction naar zijn buurt, maar ze hoefde niet over te stappen en ze had de hele weg een zitplaats gehad, die ze ook niet weggaf zoals ze meestal deed omdat ze niet tegen andere warme, zweterige lijven aangedrukt wilde worden en dan onfris ruikend met een gekreukte jurk aankomen. Het huis was dichter bij de tramhalte dan ze had gedacht, dus ze stond drie minuten eerder dan gepland voor de deur, namelijk om 17.42 uur.

Het was een huis dat er precies zo uitzag als de andere in het blok, drie verdiepingen hoog en ingeklemd tussen de buren, met een buitentrap die naar de bovenhuizen leidde. Onder op de trap zaten twee meisjes te kaarten. Elka vroeg of de familie Kramer hier woonde. 'Tweede verdieping,' zei een van de meisjes zonder op te kijken van haar spelletje. Elka stapte over de meisjes heen en klom de trap op, terwijl haar hart sneller ging toen ze bedacht hoe Sol zou kijken als hij opendeed. Hij zou waarschijnlijk niet blij zijn haar te zien, daar was ze op voorbereid. *Ik wil geen beslag leggen op je tijd*, zou ze hem verzekeren op een waardig gereserveerde toon en daarna zou ze hem de brief geven die ze van tevoren geschreven had:

Beste Sol,

Ik vind het niet erg dat we geen contact meer met elkaar hebben gehad na de avond die we een maand geleden met elkaar hebben doorgebracht. Ik denk dat als twee mensen voor elkaar voorbestemd zijn dat voor beiden zonneklaar is, en dat het zinloos en dwaas is om een genegenheid te forceren die er niet is. Wat ik wel erg vind is dat ik deze week ontdekte dat je geen greintje discretie of normaal fatsoen bezit. Want je hebt je schoonzuster persoonlijke informatie over mij en mijn familie doorgespeeld die ik je die avond in vertrouwen heb verteld en dat is een schending van het belangrijkste gebod van algemeen menselijk verkeer.

Wellicht heeft het geen zin om dit onder je aandacht te brengen, aangezien je niet eens de normen hebt van zelfs de meest onbehouwen lomperiken uit mijn kennissenkring, maar voor het geval je toch nog iets van integriteit bezit, verzoek ik je om het onrecht dat je me hebt aangedaan ten minste toe te geven.

Hoogachtend,

Elka Krakauer

Het had haar drie dagen gekost om de brief te schrijven. Ze had urenlang op elke regel en zinswending zitten broeden. Sol moest in ieder geval weten dat ze iemand was met beschaving, intelligentie en waardigheid, en dan zou hij spijt hebben dat hij haar had laten gaan, dat hij haar als een vod, als een kind had behandeld. Ze popelde om hem de brief te geven en dan rechtsomkeert te maken, terwijl op zijn gezicht nog net de teleurstelling was te zien om wat hij zich had laten ontglippen.

Maar Sol was niet thuis. Het was zijn moeder die opendeed – Elka herkende haar van de bruiloft – zijn moeder die haar met verbaasde nieuwsgierigheid opnam en haar daarna meedeelde dat Sol er niet was. Hoe kon hij nu niet thuis zijn? vroeg Elka zich af. Ze was op elke situatie voorbereid en had een antwoord klaar, maar op een of andere manier niet voor deze.

'Hoe laat verwacht u hem thuis?'

'Dat weet ik niet,' zei zijn moeder, een simpel zakelijk antwoord dat Elka aanhoorde als spot en het was die vermeende spot die haar woede weer aanwakkerde en haar moed gaf. Ze keek Bella recht in de ogen, een techniek die ze al vroeg had geleerd om de geruchten – denkbeeldige en echte – te pareren die ze op haar weg door het leven tegenkwam.

'Mag ik dan op hem wachten?'

Wat deed ze hier, dit meisje dat niet ouder dan zestien was? vroeg Bella zich af. Had Sol zich hiertoe al verlaagd? Tot schoolmeisjes die net zo oud waren als Nina was geweest toen ze door die pummel was onteerd? Hing hij soms rond bij middelbare scholen? Bracht hij zijn tijd door in cafetaria's waar meiden met hun vriendinnen giechelend ijsjes aten en het spannend vonden dat mannen aan het tafeltje naast ze naar ze gluurden, zonder dat ze hun bedoelingen goed begrepen? Zat hij 's avonds zijn schoonzusje op de achtertrap het hof te maken om overdag zijn gekrenkte mannelijkheid door schoolmeisjes weer op te laten vijzelen? En wie was dit meisje? Ze kwam Bella bekend voor, maar waarvan?

'Kom binnen,' zei Bella en Elka liep achter haar aan door de bruine gang – de roze bloemen op het zeil waren amper te zien in het flauwe schijnsel – naar de keuken achterin, waar ze op de bank ging zitten, zoals Bella had aangegeven, ingeklemd tussen de tafel en de muur, met haar gezicht naar het raam dat toegang gaf tot de brandtrap waar Lily en Sol elke avond zaten.

'Wil je iets drinken?' vroeg Bella, die een glas limonade inschonk en het op het roodwit geblokte tafelkleed voor het meisje neerzette. 'Ik geloof niet dat we elkaar kennen.'

'Neem me niet kwalijk, Elka Krakauer. Het is me een genoegen, mevrouw Kramer,' zei Elka, die haar hand uitstak om alsnog kennis te maken, iets te laat volgens de beleefdheidsregels die ze Sol verweet niet te kennen.

Glimlachend schudde Bella de uitgestoken hand. Het was een kind met lef, dat zeker. Haar hand was warm en droog ondanks haar zichtbare nervositeit, haar handdruk was stevig, haar oogcontact standvastig.

'En hoe ken jij Sol?'

'We zijn vrienden.'

'Aha.'

Elka keek niet weg, ondanks de afkeuring die ze op Bella's gezicht ontwaarde.

'En hoe oud ben je, Elka?'

'Zeventien,' antwoordde ze. 'In maart.'

'Dus dan ga je naar de...'

'Vijfde klas. Volgende week.'

'En weten je ouders dat je bevriend bent met een man van in de twintig?'

'Nee.'

'Aha,' zei Bella weer en ze stond met haar armen over elkaar terwijl Elka met bestudeerde rust een slokje van haar limonade nam.

Ze haat me, dacht Elka. En dat lag ook voor de hand. Ze vindt me een slet en een lellebel en ze denkt dat ik lieg tegen mijn ouders. De ouders van wie ze denkt dat ik die heb... maar zo direct komt ze erachter dat dat niet zo is, want dat wordt haar volgende stap, op dit moment, terwijl ze me staat op te nemen alsof ik een kip ben die ze keurt op de markt.

'Krakauer...' zei Bella, alsof ze heel terloops over de naam aan het peinzen was.

Nu komt het, dacht Elka.

'Niet van Lou en Irma...?'

Elka schudde haar hoofd. 'Ida Pearl.' Ze zette haar limonade neer om Bella aan te kunnen kijken. 'Mijn moeder heeft een juwelierszaak aan Decarie Boulevard. Hij zat vroeger in Sainte-Catherine Street.'

'Ik geloof niet dat ik die ken,' zei Bella. Ze uitte niet de gebruikelijke gemeenplaatsen dat Decarie Boulevard zo'n mooie straat was en in zo'n goede buurt. Het was haar opgevallen dat er geen vader werd genoemd. En gezien de brutale starende blik van het meisje leek het een aannemelijke veronderstelling dat diens afwezigheid niet door zoiets onbeschamends als een natuurlijke dood was veroorzaakt.

Elka wierp een blik op de wandklok.

'Ik weet niet waar Sol blijft...'

'Ik moest maar eens gaan,' vond Elka ook. Het was stom geweest om te vragen of ze op Sol mocht wachten. Ze had gewoon die brief moeten afgeven en weggaan. Maar als ze dat had gedaan, had ze nooit geweten of ze hem nog een keer zou zien – je kon zo makkelijk een brief negeren, geen antwoord geven – en dat wilde ze juist zo graag. Ze had een jurk aan die ze zelf bijzonder flatteus vond: een linnen hemdjurk in een roomwitte tint die haar zongebruinde huid prachtig deed uitkomen. Het linnen was een beetje stijf maar het was een chiquere stof, vond ze, dan de meisjesachtige katoentjes waarin hij haar tot nu toe had gezien. Ze wilde per se dat hij haar in deze jurk zag. Hij had een manier van naar haar kijken alsof hij niet echt keek, alsof ze niet mocht weten dat hij keek en dat het hem beviel wat hij zag. Ze wilde die vluchtige waarderende blik zien, waarvan hij dacht dat ze het niet zag, die heimelijke glimlach die ze niet goed kon schatten, maar die ze juist daarom nog een keer bij hem wilde uitlokken.

Toen hij even later echter de keuken binnenkwam met Lily, besefte ze dat het een lelijke jurk was. In alle opzichten een verkeerde keus. Het leek meer een verpleegstersuniform dan een jurk.

Lily had een grijze kokerrok aan met een lichtblauwe blouse. De kleuren weerspiegelden het blauw en grijs van haar ogen, de snit deed haar slanke figuur goed uitkomen. Toen ze haar schoonmoeder zag, tilde ze snel haar hand op om een haarlok achter haar oor te strijken, een nerveuze tic die zo mooi werd uitgevoerd dat Elka de moed in de schoenen zonk.

Lily zag Elka een fractie later dan Sol. Zodra hij binnenkwam, zag hij haar zitten en de uitdrukking op zijn gezicht was niet de blijdschap waarop Elka had gehoopt maar evenmin de ergernis die ze min of meer verwachtte. Hij leek zelfs eerder verbijsterd dan geërgerd.

'Elka,' zei hij en de aarzeling in zijn stem paste helemaal niet bij de stoere man uit haar fantasieën. Hij wierp even een vragende blik naar zijn moeder, maar daar kwam natuurlijk geen uitsluitsel van, dus keek hij naar Lily, die haar wenkbrauwen – smalle, volmaakt gevormde boogjes – even optrok waarna ze tegen Elka glimlachte op een manier die – volgens Elka dan – als hooghartig en superieur kon worden beschouwd.

Elka had de situatie nog kunnen redden, of ten minste nog iets van haar waardigheid kunnen behouden, als ze gewoon had gezegd: 'Dag, Sol,' en hem met dezelfde blik had aangekeken waarmee ze zijn moeder zo-even zo frank en vrij tegemoet was getreden. Maar nee, ze was onhandig van haar plek tussen de tafel en de muur gekomen, had de brief uit haar tasje gehaald en die hem bruut toegestoken. Daarna was ze haastig de keuken uit gelopen, de bruine gang door, zich er bewust van dat het rugpand van haar jurk kletsnat van het zweet was van het leunen tegen de skai bekleding van de keukenbank.

Maar dat vertelde ze allemaal niet aan haar moeder toen ze huilend in haar armen lag. Het was al erg genoeg dat ze zich aan een man had opgedrongen die haar niet wilde. Ze kon het niet aan om alle vernederende details nog eens uit de doeken te doen, bovendien zou het haar moeder alleen maar irriteren, want die hield niet van aanstellerij, zoals ze Elka's pijntjes en verdrietjes altijd noemde. Het einde van het liedje was dat haar moeder haar de les zou lezen. Haar veroordelen. Alsof het allemaal haar schuld was. Alsof zij erom had gevraagd geboren te worden. Ida had haar beide handen al op Elka's schouders gelegd en haar weggeduwd – zachtjes, maar toch – van haar boezem, waar Elka tegenaan lag. Ida bestudeerde haar nu van een afstandje op die kille manier van haar, zonder glimlach of blijdschap of zelfs maar genoegen. Elka kon gewoon wachten op haar moeders commentaar op haar jurk, alsof Elka zelf niet wist dat hij ge- kreukt was en aan haar huid vastplakte. Alsof zij zelf niet al had ontdekt dat linnen niet een handige stof is voor een gelegenheid waarbij het zweet je kan uitbreken. Of misschien zou Ida eerst iets over haar mascara zeggen, de mascara die ze eigenlijk niet mocht dragen maar die nu in zwarte strepen over haar wangen liep.

Was Elka echt zo'n dom gansje waar het mannen betrof? vroeg Ida zich af terwijl ze naar haar dochters verdrietige gezicht keek. Kon ze echt zo'n verkeerd beeld van mannen hebben, zo'n falend instinct als Ida vreesde? *Alsof jij zo slim was*, zou Elka haar voor de voeten werpen alsof ze de gedachten die door Ida's hoofd speelden kon lezen. Ida was natuurlijk ook niet slim geweest. Ze was stom geweest, rampzalig stom, maar daarbij moest niet wor- den vergeten dat zij moederziel alleen was geweest toen ze op Arthur Krakauer verliefd werd. Ze was nieuw in een land waar ze de taal niet verstond, alleen in een stad waar ze niet naartoe had willen gaan, waar niemand wist wie ze was of bij wie ze vroeger hoorde. Ze was weggegaan uit Antwerpen met het idee dat haar leven voorbij was. Ze was net als de andere passagiers op het trans-Atlantische schip angstig gespannen geweest, maar de hoopvolle verwachting van de rest had ze niet kunnen delen. Voor hen betekende Canada een nieuw begin, maar voor Ida was het haar verbanningsoord. Haar Elba, had ze op de scheepsreis gedacht. Haar Siberië, had ze besloten toen ze zag waar ze was beland.

Het schip was aangekomen in Halifax, dat er in haar ogen uitzag als een bouwvallige buitenpost, ingeklemd tussen donkere bossen en de zee. Toen ze door de douane was en haar enkele koffer met spullen had opgehaald, had ze meteen een trein genomen. En vanaf dat moment was haar huivering overgegaan in een somberder gevoel. Ze was in een woestenij beland, besefte ze in de trein die door een eindeloos monotoon landschap van bomen raasde, een woestenij zonder de magie van de sprookjesbossen die ze zich als kind had voorgesteld noch de belofte van verlossing die de woestenij uit Exodus en andere Bijbelse beproevingen in zich borg. Hier was geen magie, dacht ze. En zeker geen belofte van wat voor soort verlossing dan ook. Er was alleen maar bos, bomen die zich uitstrekten tot zover het oog reikte, af en toe afgewisseld door steenformaties, grimmige rotswanden en soms een moeras of meertje. De tekenen van menselijke bewoning die ze zag, maakten haar alleen maar somberder: dorpjes en gehuchten die niet meer dan spikkels waren in het oog van de omringende woeste leegte. Ze werd door uitputting overmand. Ze deed haar ogen dicht en sliep, maar het was een zware slaap waarvan ze niet opkikkerde. Toen de bedrijvigheid in haar wagon erop wees dat ze Montreal naderden, werd ze ook van de aanblik van de stad niet veel vrolijker, ondanks de dicht opeengepakte grijze gebouwen die veel leken op de gebouwen die ze achter zich had gelaten, en het verkeer – zowel voetgangers als voertuigen – waarmee de straten waren gevuld. Achter de stadskern zag ze een beboste berg, een uitloper van dezelfde bossen waar ze als sinds haar aankomst in Halifax doorheen was gereisd. De berg stak als een gezwel boven de stad uit, als een restant van een nare droom die gedurende de dag steeds blijft opduiken.

Achteraf wist ze dat ze zichzelf ernstig had moeten toespreken. Ze had zich niet door haar fantasie moeten laten meeslepen en de werkelijkheid zo moeten verdraaien. Ze was niet uit haar eigen leven verbannen, had ze tegen zichzelf moeten zeggen; dit wás haar nieuwe leven. En de bossen waar ze doorheen was gekomen waren niet meer dan dat: bossen. Overvloediger dan de bossen in Europa, dat zeker, maar meer ook niet: overvloedig. Overdreven. Het was niet de troosteloze woestenij waaraan ze allerlei mystieke en symbolische betekenissen had toegedicht, betekenissen die haar eerste indruk van de stad die vanaf nu haar thuis was hadden vertekend. Maar ze had zichzelf niet ernstig toegesproken en er was ook geen verstandiger of rationeler iemand geweest die haar uit het moeras van haar depressie omhoog had kunnen trekken. Toen ze besefte dat ze zo dadelijk voet zou zetten in een stad waarin haar leven of haar dood niemand van de inwoners iets zou kunnen schelen, voelde ze zich even leeg als het landschap waar ze doorheen was gereden. En in die gemoedstoestand was ze in Montreal uit de trein gestapt. Was het dan verwonderlijk dat ze voor de charmes viel van de eerste de beste man die tegen haar glimlachte?

Maar Elka moest toch beter weten, dacht ze. Elka was nog nooit buiten haar geboorteplaats geweest, laat staan in een ander land met een andere taal, en ze zou nooit weten hoe het was om alleen op de wereld te zijn. Niet als het aan Ida lag. En toch was het duidelijk dat ze zich alleen voelde. Dat wist Ida, al jaren, maar ze kon nu even niets bedenken waardoor Elka zich minder alleen zou voelen. Ida wist dat Elka soms zo eenzaam was dat ze zich verbannen uit het leven voelde. En dat ze die gevoelens niet aan haar moeder durfde te bekennen, uit angst voor Ida's minachting, haar laatdunkende ergernis dat Elka het waagde om de triviale tegenslagen in haar leven te vergelijken met de ontberingen die haar moeder had geleden.

'Ga je gezicht eens wassen,' zei Ida, 'dan zet ik een kopje thee voor je.'

Lily had op dezelfde bossen uitgekeken als Ida Pearl in de trein naar Montreal, al hadden ze niet dezelfde uitwerking. Zij was in juli in Halifax aangekomen, maar ook in de zonnige fonkeling van de dag had ze gezien hoe donker de omringende omgeving was – diep donkergroen dat bijna aan blauwzwart grensde, een zee die er meer grijs dan blauw uitzag. Maar voor haar was het een verademing: het donkere palet van het landschap, het koele noorderlicht. Rustgevend na de felle, meedogenloze zon van Palestina.

Tegen de tijd dat ze alle formaliteiten bij de douane had afgehandeld en in de trein naar Montreal zat, was ze doodop, daarom had ze urenlang geslapen en niets gezien van Halifax en omgeving. Ze werd wakker van het knarsen en rammelen van de trein die schokkend tot stilstand kwam. Maar de trein stond zo abrupt stil dat het haast een noodstop leek; ze verwachtte dan ook niet een perron te zien en mensen die met koffers op de binnenrijdende trein wachtten. Maar wat ze nu zag, had ze ook niet verwacht: een maanbeschenen vlakte met een dichte laaghangende mist waaruit allerlei knoestige gedaantes oprezen. Het was een griezelig gezicht – er werd al nerveus gemompeld door de andere passagiers.

'Niet een plek waar je graag een poosje wil blijven,' zei de man naast haar. Hij had zo'n sterk Pools accent dat ze aanvankelijk niet hoorde dat hij Engels sprak.

'Het is maar een moeras,' zei ze. In andere grond zouden deze bomen recht en hoog zijn geworden, dacht ze, maar in deze onvolgroeide, verwrongen gedaantes school ook schoonheid.

'Ik zie ook wel dat het een moeras is.' In zijn toon klonk verontwaardiging door dat ze misschien dacht dat hij dat zelf niet zag. 'De vraag is waarom we op een dergelijke plek zijn gestopt.'

Zijn Engels was uiterst precies maar zo moeilijk te verstaan dat ze zich afvroeg of hij de taal misschien uitsluitend uit boekjes had geleerd. Hij stond op om poolshoogte te gaan nemen en zou vast en zeker straks terugkomen om haar in de meest hoogdravende bewoordingen verslag uit te brengen, dat hij niet in staat was te ontdekken waar ze waren of waarom ze gestopt waren. Ondertussen drukte ze haar voorhoofd tegen het raam, vreemd getroost door de knoestige figuren die als verschrompelde oude vrouwtjes in het maanlicht opdoemden, en de deken van mist rees en daalde alsof hij een levend wezen was.

'Niemand weet iets,' hoorde ze haar buurman even later zeggen terwijl hij naast haar neerplofte. 'Niet waarom we in dit uitgesproken onaantrekkelijke landschap stilstaan. Noch wanneer we weer in de richting van onze respectieve bestemmingen zullen vertrekken.'

Ze draaide zich om. 'Het komt door de mist.'

'Ik denk het niet, liefje. Er is meer voor nodig dan een beetje mist om een trein van dit formaat tot stoppen te dwingen.'

Dacht hij nou echt dat het formaat van de trein van invloed was op het zicht van de machinist op het spoor voor hem? Dacht hij nou echt dat ze zijn *liefje* was? Ze drukte haar voorhoofd weer tegen het raampje en hield haar handen aan weerszijden van haar gezicht om het licht van de coupé af te schutten dat haar het uitzicht belemmerde. Terwijl ze naar buiten keek, kreeg ze een vreemd gevoel, ze werd overspoeld door een sensatie van een herinnering, ook al had ze dit landschap nog nooit van haar leven gezien: de zoete, rottende geur van de rivier waar ze met haar vader op net zo'n zomeravond had gedobberd, de lome lucht die gonsde en knisperde van de moerasgeluiden, het regelmatige plonzen van de roeiriem van haar vader, een opspringende vis, een duikende kikker of vogel. Ze zat met haar voorhoofd tegen de harde, koele ruit gedrukt maar tegelijkertijd ging ze helemaal op in het landschap voor haar; ze zat in de trein op weg naar een onbekende met wie ze ging trouwen en tegelijkertijd was ze in haar vaders vlet, die geluidloos langs de knoestige, opdoemende bomen gleed.

De trein maakte een plotse slingerbeweging en begon langzaam te rijden.

'Zoals ik al zei,' dreinde haar buurman.

Ze deed haar ogen dicht en doezelde weer in, en toen ze een tijd later wakker werd, was het enige wat ze zag haar weerspiegeling in de donkere ruit. Het was stil in de coupé. Zelfs haar buurman was in slaap gevallen. Lily sloot ook weer haar ogen en toen ze door het ochtendlicht gewekt werd, waren ze in een landschap van bebouwde akkers, een lapjesdeken van groen en geel, doorsneden met een brede grijze rivier.

Haar buurman schonk hete thee uit een thermosfles in en toen hij zag dat ze wakker was, haalde hij een bekertje uit zijn tas en vroeg of ze ook thee wilde. 'Heb je lekker geslapen?' vroeg hij.

'Redelijk.' De thee was sterk en zoet en verrassend, aangenaam heet. 'En u?'

'Nee, helemaal niet. Ik kan niet meer slapen.'

Ze herinnerde zich zijn gesnurk waarvan ze 's nachts een paar keer wakker was geworden, maar ze onderdrukte haar glimlach en knikte meelevend.

'Ga je naar Montreal?' vroeg hij.

Ze knikte weer.

'Winnipeg,' zei hij, al had ze niet gevraagd wat zijn eindbestemming was, het kon haar ook niets schelen. 'Boris Ziblow,' zei hij en hij stak een grote, vlezige hand uit, die zij drukte, waarbij ze het eelt op zijn handpalm voelde, dezelfde eeltige handen als haar vader, waarmee hij de zachte handen van mensen had geschud uit kringen waar hij tot hoopte door te dringen.

'Lily Azerov,' zei ze.

'Leuk je te ontmoeten, Lily Azerov.'

Dat hij niet vroeg waar ze vandaan kwam, vatte ze meer op als een kwestie van tact dan van desinteresse. Ze dronken zwijgend hun thee op en ze verontschuldigde zich en zei dat ze zich even ging opfrissen.

'Vertel eens,' zei hij toen ze terug was. 'Heb je iemand die op je wacht in Montreal? Als ik zo vrij mag zijn.'

'Mijn verloofde.'

'Ach,' zei hij, alsof dat iets veranderde. Alsof hij had overwogen haar een huwelijksaanzoek te doen.

En waarom ook niet, dacht ze. Ze kende hem ongeveer even goed als de man die haar van het station van Montreal zou komen afhalen. Beter, eigenlijk. Want ze dronken samen een kopje thee nadat ze de nacht met elkaar hadden doorgebracht, bij wijze van spreken.

'Ken je hem al?' vroeg hij.

Ze schudde haar hoofd.

'Ach,' zei hij weer, en door dat woordje werd ze opeens bang wie en wat haar precies te wachten stond.

'Ik heb gehoord dat het een prachtige stad is,' zei hij.

'Winnipeg?'

Hij glimlachte. 'Winnipeg ook. Maar ik bedoelde Montreal.'

Opeens vond ze het een beetje raar dat ze met een man uit haar eigen land in een taal sprak die voor allebei vreemd was. 'Ik hoop dat u gelijk hebt,' zei ze in het Pools.

Hij glimlachte, gaf antwoord in het Pools: 'En zo niet?'

Ze glimlachte ook en ze haalden alle twee tegelijk hun schouders op. Hij haalde een zakje amandelen uit zijn tas en bood haar wat aan. Toen ze er een paar in haar mond stak, besefte ze pas dat ze enorme honger had. Ze had niets meer gegeten sinds twaalf uur 's middags de vorige dag. Maar toen ze zag dat hij naar haar zat te kijken, kauwde ze wat minder gretig en toen hij haar nog een handje aanbood, sloeg ze het af.

'Het is geen schande om honger te hebben,' zei hij met een stem die zo vriendelijk was dat hij een heel ander iemand leek dan de opgeblazen praatjesmaker van de avond daarvoor.

Ze pakte nog een paar amandelen en accepteerde een tweede kopje thee.

'Ik had een vriendin die naar Canada is verhuisd,' zei ze tegen hem. 'Een paar jaar voor de oorlog, toen we nog op school zaten. Ik had vreselijk medelijden met haar. De hele klas. Dat ze haar vriendinnen, haar huis moest achterlaten. We gingen haar uitzwaaien op het station. Ze huilde zo erg dat ze moest overgeven. Ik zei dat ze ook bij ons in huis mocht komen wonen, dat ze niet weg hoefde. Ze sloeg haar armen om me heen alsof ik haar leven had gered, maar ze ging toch mee met haar ouders en ik heb daarna nooit meer iets van haar gehoord. Die stilte vatte ik op als een teken dat het goed met haar ging en dat ze helemaal niet meer aan ons dacht, maar misschien had ik het mis. Misschien was ze zo ongelukkig dat ze zichzelf had gedwongen om ons te vergeten.' Waarom deze idiote ontboezeming? vroeg ze zich af.

'Geen van je verklaringen is de juiste,' zei Boris met een glimlach die zo welwillend was dat ze hem geloofde. 'Ze is je nooit vergeten.'

'O, dat weet ik niet... gisteravond vroeg ik me nog af of ik haar hier zal terugzien, al weet ik niet eens in welke stad ze is gaan wonen – dat was toen maar een overbodig detail. Ik zou haar graag weer willen zien, geloof ik. Al herkent ze me misschien niet meer. En ze heeft nu natuurlijk een heel ander leven.'

Boris legde even zijn hand op die van haar, zijn hand die zoveel op de hand van haar vader leek, de lichte druk van zijn eelt die haar zo vertrouwd voorkwam als een gezicht dat ze had gekend en liefgehad.

'Kent u iemand in Winnipeg?' vroeg ze.

'Een onbekende neef van mijn vader.'

Ze knikte. Ze keken naar het voorbijtrekkende landschap.

'Het is een mooi land,' zei Boris op een gegeven moment.

'En zo niet?'

Hij reageerde met een weemoedig lachje.

Aan het einde van de middag kwamen ze in Montreal aan. 'Het ziet er inderdaad prachtig uit,' zei ze toen ze de groene berg zag die de achtergrond van het stadscentrum vormde. Toch voelde ze ook een diepe, trekkende angst in zich.

Boris haalde haar koffer uit het rek. Toen ze die met haar rechterhand oppakte, omklemde hij haar linkerhand met zijn beide handen. Ze moest denken aan haar vader die soms een angstige, binnengevlogen vogel voorzichtig in het kommetje van zijn handen oppakte om hem zo naar de voordeur te brengen en weer vrij te laten.

'Veel geluk, Lily Azerov,' zei hij.

'En u ook, Boris Ziblow.'

De winter dat ik negentien werd ontmoette ik Reuben in de universiteitsbibliotheek. We zaten aan dezelfde tafel te studeren. Ik wipte zenuwachtig op en neer met mijn been, een beweging die hem irriteerde, of zou gaan irriteren, vertelde hij me achteraf, als het meisje aan wie het storende been vastzat niet zo leuk was om te zien. Hij reikte me over de tafel een briefje aan: 'Je been oogt wat gespannen. Zou een kopje koffie helpen?' Ik mocht zijn aanpak wel, zijn gezicht, de lachrimpeltjes die zich aftekenden om zijn ogen.

We gingen naar de mensa en dronken daar waterige, bittere koffie uit kartonnen bekertjes. Ik klaagde over de koffie. 'Hij is tenminste warm,' zei hij alsof dat genoeg was. Ik vroeg of zijn kennelijke tevredenheid een teken van een positieve levensinstelling was of van een gebrek aan kritisch vermogen en daar moest hij om lachen. 'Ik reserveer mijn kritisch vermogen liever voor belangrijke zaken,' zei hij. Hij keek me aan en ik had het gevoel dat hij het over mij had.

Hij nam een slokje koffie en trok een vies gezicht. 'Het smaakt inderdaad smerig,' zei hij. 'Maar ook als koffie wel goed is, vind ik het niet lekker.'

'Waarom heb je dan gevraagd of ik koffie met je ging drinken? Als je het toch niet lekker vindt, bedoel ik.'

'Waar had ik je anders mee naartoe moeten nemen?' antwoordde hij, een vraag die, als hij met een suggestief lachje gepaard was gegaan, ons naar een heel andere plek had kunnen leiden. Maar Reuben opperde het in al zijn onschuld, alsof hij gewoon wilde weten waar ik wel en niet van hield.

'Geen idee,' antwoordde ik. 'Naar de kroeg?' En toen hij daar niet met zichtbaar enthousiasme op reageerde: 'Drink je ook geen alcohol?'

'Niet echt,' gaf hij toe.

'Ben je soms een mormoon?'

Hij glimlachte. 'Een doodgewone Jood.'

We wisselden de gebruikelijke dingen uit: waar we woonden, waar we waren opgegroeid, onze studierichting – scheikunde, in mijn geval, hij studeerde biologie, al had hij eigenlijk liever conservatorium gedaan, maar daar waren zijn ouders op tegen omdat dat tot armoede opleidde. Ik vertelde dat ik altijd scheikunde had willen studeren, maar dat ik er inmiddels niet meer zo zeker van was.

Ik moest denken aan hoe trots mijn familie was toen ik ze de afgelopen lente had verteld dat ik scheikunde ging studeren. We zaten allemaal bij Bella om de tafel. Het was een etentje om te vieren dat ik was toegelaten tot de universiteit van Montreal, McGill, dus in plaats van de gebruikelijke gebraden kip had Bella doorregen runderlappen gemaakt met haar speciale saus van gemberbier en ketchup, en we dronken allemaal zoete Hongaarse wijn, een strogele stroperige drank die Bella altijd bij feestelijke gelegenheden schonk. 'Scheikunde!' riep Elka naar aanleiding van mijn mededeling. Haar gezicht en stem waren vol van trots. De meeste meisjes van mijn klas gingen iets sociaals doen, ook Carrie, al was die een betere leerling dan ik (later schopte ze het nog tot eerste vrouwelijke student aan de rechtenfaculteit van McGill). 'Onze eigen kleine Madame Curie,' zei Nina, zoals ze ook had gezegd toen ik van mijn vader mijn eerste scheikundedoos kreeg. Mijn vader schonk onze glazen nog eens bij terwijl Sol een toost uitbracht op de toekomstige winnares van de Nobelprijs voor Scheikunde. Bella, die zelfs ook met een trots lachje rondliep, begon met iedereen feestelijk te klinken in plaats van ons te waarschuwen dat we niet de huid van de beer moesten verkopen voordat hij geschoten was. En Ida Pearl gaf me een knipoog toen ze haar glas hief om op mij te proosten.

'Het is heel anders dan ik had verwacht,' zei ik tegen Reuben.

'Wat had je dan verwacht?'

'Ik weet niet,' zei ik, denkend aan de proeven die ik als kind met mijn scheikundedoos had gedaan, waar oplossingen voor mijn ogen van kleur veranderden. 'Poëzie, denk ik.'

Hij glimlachte.'Misschien moet je de taal nog leren.'

'Wie weet. Vind jij biologie leuk?'

'Dat komt nog wel,' zei hij. Hij maakte een opvallend berustende indruk voor iemand die gedwongen was om zijn ware passie op te geven.

'Maar je wilde naar het conservatorium,' zei ik. 'Welk instrument speel je?'

'Piano.'

'En je ouders vonden het niet goed dat je daarmee doorging?'

'Niet als beroep, nee.'

'En vind je dat niet erg?'

'Dat zij mijn hele opleiding betalen en dat ze dat geld liever niet door de plee spoelden? Nee, dat vind ik niet zo erg.' Uit zijn glimlach, zij het een tikje weemoedig, bleek op geen enkele manier dat hij boos of verbitterd was. 'De waarheid is dat ik niet goed genoeg ben en dat ook nooit zal worden.'

'Hoe weet je dat nou? Als je het niet probeert?'

'Waarom denk je dat ik het niet geprobeerd heb?' En voordat ik antwoord kon geven, voordat ik de haast onmerkbare verandering in zijn stem had geduid en verwerkt, zei hij: 'Zullen we het onderwerp van mijn mislukte ambitie maar laten rusten en verdergaan met de uitwisseling van persoonlijke gegevens?'

'Sorry,' zei ik.

Hij was de oudste van zeven, vertelde hij. Drie jongens en vier meisjes. 'Gelovig,' voegde hij eraan toe, waarschijnlijk als verklaring voor de grote kinderschare. 'En jij?'

'Agnostisch. Al ben ik wel gelovig opgevoed. Grotendeels. Ik zat op een joodse school. Young Israel.'

Hij glimlachte. 'Ik bedoelde hoeveel broers en zusjes.'

'O. Geen. Mijn moeder is het huis uit gegaan toen ik nog een baby was.' Ik was benieuwd hoe hij zou reageren op het feit dat mijn bestaan niet genoeg was geweest om mijn moeder aan me te binden, dat ik meteen al volkomen de mist was ingegaan bij mijn eerste taak als individu: namelijk ervoor zorgen dat je moeder zoveel van je gaat houden dat ze bij je blijft. 'Ze was niet helemaal normaal,' zei ik voordat hij de voor de hand liggende opmerking zou maken.

'Wat is normaal?' vroeg hij, zoals mensen doen die zelf normaal zijn en dat saai en overschat vinden.

'Van je eigen kind houden, om mee te beginnen.'

'Waarom denk je dat ze niet van je hield?' Zijn toon was zo oprecht nieuwsgierig dat ik antwoord gaf zonder de gebruikelijke gêne die ik altijd had als ik over mijn moeder praatte, zonder de gebruikelijke angst voor de reactie van anderen.

'Het bewijs,' zei ik.

'Het bewijs,' herhaalde hij. 'En is er ook... bewijs dat je nog niet hebt genoemd?'

'Je bedoelt afgezien van weglopen toen ik drie maanden oud was en nooit meer terugkomen? Nee. Niet echt. Een paar stenen in de loop der jaren.'

'Stenen?' Daarvan keek hij verbaasd op, dus gaf ik hem een beschrijving van de stenen die ze me had toegestuurd. Hij luisterde, knikte af en toe. Hij glimlachte niet meer, maar had ook geen verbeten of medelijdende uitdrukking op zijn gezicht. Toen ik klaar was, bleef hij even stil voordat hij antwoord gaf.

'Het lijken wel de stenen die mensen neerleggen op een graf,' zei hij.

'Maar ik ben niet dood,' bracht ik naar voren.

'Dat was het eerste waaraan ik moest denken.'

'Ze kwam uit Europa,' zei ik. 'Haar hele familie is in de oorlog omgekomen.'

Hij knikte. 'Dus je hebt geen familie meer?'

'Wel van mijn vaders kant.'

Hij knikte weer.

'Komen jouw ouders uit Canada?' vroeg ik aan hem.

'Mijn moeder wel. Mijn vader komt uit Polen, maar hij is hier gekomen toen hij jong was. Vóór de oorlog.'

We zaten een tijdje zwijgend bijeen en keken hoe een student een kwartje in het apparaat stopte waaruit zo-even onze koffie was gekomen. Hij rammelde aan het apparaat en gaf er uiteindelijk een trap tegen toen het niet de vermaledijde drank verschafte die wij net tot ons hadden genomen.

'Hij zou het apparaat dankbaar moeten zijn,' zei ik.

Reuben lachte. 'Heb je weleens overwogen haar te gaan zoeken?' vroeg hij.

'Dat heb ik weleens overwogen.'

Reuben knikte, maar vroeg niet verder.

'Vroeger op school plaagden ze me met mijn moeder en zeiden dat ze keigek was,' zei ik. 'Vanwege de stenen... Kéígek.'

'Ja, ik snap 'm.'

'Waardoor ik dacht dat ik ook gek was.'

'Hoezo?'

Ik dacht aan de keren dat ik, als er weer een pakje was bezorgd, de steen vasthield en er dan een beeld van haar naar boven kwam. En dat ik soms 's nachts, als ik niet kon slapen, de stenen een voor een vastpakte en in gedachten zag hoe zij dezelfde steen had vastgehouden. Ik werd dan meegesleept door allerlei beelden en emoties en ik voelde me getroost en rustig bij het idee dat mijn moeder diezelfde steen in haar hand had gehad en dezelfde sensatie had ervaren. Dat vertelde ik aan Reuben. 'Het is of ik haar aanwezigheid kon voelen in elke steen die ze opstuurde. Alsof ze tegen me praatte in haar eigen taal die niemand op de wereld kon verstaan, maar ze wist dat ik hem wel verstond.'

Reuben knikte alsof hij het begreep en ik liet mijn gebruikelijke praatje van hoe raar het allemaal was, hoe idioot, achterwege.

Er opende zich een stilte tussen ons. Ik zeg 'opende' omdat het zo voelde: ruim en comfortabel op de een of andere manier, als de koele, donkere luchtbellen die ik tijdens de zomers van mijn kindertijd en vroege tienerjaren creëerde door een kano ondersteboven te keren en er dan onder water naartoe te zwemmen en precies op het juiste punt in die koepelvormige stille ruimte naar boven te komen. Er gingen een paar minuten zwijgend voorbij. Het voelde niet gênant, geen dringende noodzaak iets te zeggen, het gesprek weer op te pakken.

'Hoe gelovig ben je eigenlijk?' vroeg ik na een tijdje. Zodra ik hem zag, wist ik dat het wollen keppeltje dat hij ophad – dat hij niet had afgedaan hoewel het in de mensa redelijk warm was – niet bedoeld was om hem warm te houden of als modieus attribuut.

'Genoeg om mijn moeder niet te vertellen dat jij agnost bent.'

'Dus je gaat je moeder al over mij vertellen?' vroeg ik, gevleid maar ook nogal verbaasd.

'Ik ben van plan met je te trouwen.'

'Ja, hoor.'

'Ik meen het,' zei hij.

'We hebben elkaar net ontmoet.'

Hij haalde zijn schouders op alsof dat een onbelangrijk detail was.

'Je bent gek,' zei ik. 'Je kent me niet eens.'

'Ik ken je wel,' verzekerde hij me. 'Ik heb een feilloze intuïtie.'

Het was het soort huwelijksaanzoek dat sommige vrouwen maar niets zouden vinden. Carrie bijvoorbeeld.

'Wat een arrogante zak,' zei ze. We zaten in haar kamer tegen een hele hoop kussens tegenover elkaar op het bed.

'Hij is geen zak.'

'Hij heeft één gesprek met jou en op basis daarvan besluit hij dat hij je kent en met je wil trouwen – zonder dat hij even de moeite neemt te informeren of jij wel iets voor hem voelt – en dan vind je hem geen zak?'

'Ik weet dat hij dat niet is.'

'Wat zou je hem dan noemen?'

'Ik zou hem iemand noemen die op zijn intuïtie afgaat.'

Carrie keek me even aan. 'Alleen een psychopaat gaat op zo'n manier op zijn intuïtie af.'

'Dat hoeft niet. Kijk maar naar jóú.'

'O, ja, wannéér dan?'

De eerste dag op de lagere school stond ik tegen het hek van harmonicagaas afwachtend naar de grote groep schreeuwende kinderen te kijken die mijn klasgenoten en vriendjes zouden worden toen Carrie op me af kwam lopen en zei dat ze mijn beste vriendinnetje ging worden. Het was een openingszin die in zijn zelfverzekerdheid wel wat van die van Reuben had: de directe, volkomen aanvaarding van mijn persoon. Maar toen ik

Carrie daarop wees, keek ze me weer aan alsof ik gek was geworden. 'We waren toen zes, Ruthie. Weet je nog? Tussen de leeftijd van zes en negentien hoort iemand toch een behoorlijke psychologische en emotionele ontwikkeling door te maken.'

Ze pakte haar sigaretten, nam er eentje uit en tikte met het uiteinde op haar nachtkastje, de eerste stap van een ritueel dat soms wel tien minuten kon duren.

'Hou je van hem?'

'Dat weet ik nog niet. Ik ken hem nog maar net.'

'Als je verliefd bent, weet je dat.'

Ik was niet echt verliefd, moest ik toegeven, maar in zijn bijzijn voelde ik me heerlijk rustig en op mijn gemak.

'Prima als hij een schoen zou zijn,' zei Carrie toen ik dit aan haar probeerde uit te leggen. 'Maar bij een man zoeken we iets anders dan bij een schoen. Je op je gemak voelen is bedoeld voor later met je echtgenoot in spe, als de verliefdheid eenmaal over is.'

Hoe kon ik uitleggen dat ik het feit dat ik me zo op mijn gemak bij hem voelde me veel meer aantrok dan het onzekere gevoel van verliefdheid? Hoe moest ik de aantrekkingskracht verklaren van deze onvoorwaardelijke aanvaarding van mij, vooral aan Carrie, die juist de spanning van onzekerheid zocht omdat ze niet wist hoe de angst voor echte twijfel voelde? Dat kon ik niet, omdat ik het ook zelf niet helemaal begreep, altijd had gedacht dat *ware liefde* meer als een donderslag zou zijn dan een gevoel van behouden aankomst.

Carrie was inmiddels begonnen aan het roken van haar sigaret, een handeling die in zijn geheel volbracht zou worden terwijl ze zich tegelijkertijd aan de regel van haar ouders hield dat er in huis niet gerookt mocht worden. Daarom hing ze met haar sigaret uit het open raam van haar kamer en bij elke trek die ze nam, stak ze haar hoofd naar buiten en wapperde met haar vrije hand – die zich in de kamer bevond – om eventuele binnen-waaiende rook weg te wuiven. Ik wachtte met spreken tot haar hoofd weer binnenskamers was.

'Ik heb er vertrouwen in,' was het enige wat ik zei, en ze knikte alsof ze het begreep, maar ik wist dat ze haar eigen intuï-tie net zo onfeilbaar vond als Reuben de zijne, en dat niets haar van het idee kon afbrengen dat hij een arrogante zak was.

'Ik heb gehoord dat je iemand hebt ontmoet,' zei Nina toen ik een paar weken later met haar koffiedronk. Ik zag haar geregeld sinds ik dagelijks in het centrum was voor mijn studie. Vaak spra-ken we bij haar thuis af, want ze woonde een paar straten bij de universiteit vandaan, maar op deze bewuste middag zaten we in een van de Hongaarse cafés in de stad waar ze taartjes hadden die zonder bloem werden gebakken en koffie zo sterk en geurig dat hij amper nog leek op de waterige drank die we thuis maakten.

'Het nieuws verspreidt zich snel,' zei ik. Reuben en ik had-den die zaterdag net onze vijfde afspraak achter de rug.

'Volgens Elka is het serieus.'

'Ze heeft hem nog niet eens ontmoet. Hij heeft me nog maar een keertje bij mijn vader opgehaald.'

'Ze zegt dat je erg bent veranderd.'

'Hoe dan?'

'Ze vindt dat je een gelukkige indruk maakt, volwassener.'

'IJdele hoop.'

Nina glimlachte. 'Ze wil gewoon graag dat je gelukkig bent. Dat is toch de reden dat mensen kinderen krijgen?'

'Om ze gelukkig te maken?'

'Zodat ze hun eigen gefnuikte verwachtingen aan de volgen-de generatie kunnen opdringen.'

'Welke gefnuikte verwachtingen?'

Nina keek me aan alsof ze mijn vraag niet begreep. 'Ik zou

het huwelijk van Elka met Sol niet bepaald de liefdesverbintenis van de eeuw willen noemen.'

Nu was het mijn beurt om Nina verwonderd aan te kijken. Dacht ze dat Sol en Elka een ongelukkig huwelijk hadden? 'Ze zijn misschien niet Zjivago en Lara,' gaf ik toe, 'maar daarom zijn ze nog niet ongelukkig.'

Het grootste deel van haar kindertijd had Elka liggend op de gewreven linoleumvloer achter de toonbank in haar moeders winkel doorgebracht, spelend met haar poppen terwijl haar moeder boven haar stond en eindeloos de diamanten in de vitrine schikte die door haar oom Chain in consignatie waren gezonden maar die niemand kwam kopen. Toen ze ouder werd en naar school ging, moest ze elke dag naar huis hollen om thee en zoete wijn op te dienen aan de klanten uit haar moeders koppelaarspraktijk terwijl de andere meisjes uit haar klas lekker buiten konden spelen of bij elkaar thuis melk konden drinken en koekjes eten. Dan luisterde ze naar haar moeders gesprekken met haar klanten over de overeenkomsten in niveau en achtergrond of de karakterverwantschap die de basis van een goed huwelijk vormde, en 's nachts lag ze wakker in bed in het donker van haar kamer te staren en peinsde over die verwantschappen en overeenkomsten – of even sterke afstotende krachten – die volgens haar moeder de wereld samen hielden of uiteen konden laten vallen. Ze wist dat zij het product was van disharmonie, dat haar humeurigheid en andere slechte eigenschappen manifestaties waren van de tegenstrijdige verbintenis die zij belichaamde. En ze werd steeds nieuwsgieriger naar haar vader, een man die ze nooit had gekend. Ze bedacht fantasievaders, samengesteld uit stukjes van haar moeders klanten en uit de helden uit romans die ze las en de films waar ze naartoe ging, maar elke keer dat ze iets vroeg over haar vader, beweerde Ida Pearl steevast dat ze zich niets meer van hem kon herinneren.

'Hoe kun je nou niet meer weten wat voor kleur haar hij had?' had Elka streng gevraagd toen ze twaalf of dertien was.

'Wat maakt dat uit?'

'Het maakt ook niet uit. Ik was gewoon nieuwsgierig.'

'Wat valt er nieuwsgierig naar te zijn?' antwoordde haar moeder. 'Dacht je dat hij ooit nieuwsgierig was naar jou? Heus niet, dat kan ik je verzekeren. Een man zoals hij is te druk bezig om de wereld te redden dan nieuwsgierig te zijn naar de dochter die hij erop heeft gezet.'

Vlak na Elka's geboorte was hij naar Rusland vertrokken, had Ida Pearl haar verteld. 'Om bij die andere bolsjewieken te zijn.'

'Is hij een communist?' had Elka gevraagd.

'Nou en of,' had Ida Pearl geantwoord. Al had ze ook een keer laten vallen dat hij naar Palestina was gegaan om bij al die andere zionisten te zijn.

'Je liegt,' had Elka beschuldigend gezegd. 'Hoe kan hij nu tegelijk in Rusland en Palestina zijn? Hij is waarschijnlijk in geen van beide. Hij is misschien wel nooit uit Montreal weggegaan.' En toen haar moeder geen antwoord gaf: 'Hij heeft hier vast al die tijd gezeten.'

'Zie jij hem?' had Ida snibbig gepareerd, terwijl ze met haar arm door het armzalige flatje zwiepte waarvan ze met moeite de huur kon betalen. 'Heb ik iets gemist? Zat hij hier de hele tijd en heb ik hem gewoon niet gezien?'

'En wie z'n schuld is dat? Wie z'n schuld is het dat ik geen vader heb en dat ik nooit op feestjes word uitgenodigd?' riep Elka, die zich op de sofa wierp. Ze zou nooit rust kennen, niet in dit leven tenminste, en ze tilde haar hoofd op om haar moeder dat voor de voeten te werpen.

'Niemand heeft behoefte aan een rustig hart,' had haar moeder geantwoord. 'Een hart dat klopt is genoeg.'

'Ik wou dat ik dood was,' jammerde Elka in haar kussen.

'Doe niet zo melodramatisch. Je moet je huiswerk nog afmaken.'

Wat Elka van het huwelijk had gewild – van het leven – was volgens mij vooral deel uitmaken van een gezin dat eruitzag als een doorsnee gezin, een man hebben die elke avond thuiskwam, in een huis wonen dat ingericht was zoals de andere huizen in de buurt en vol met kinderen die zo zeker waren van de liefde van hun ouders dat ze lawaaierig en ondeugend durfden te zijn. Dat had ze ook allemaal gekregen. En ze vond het heerlijk, en ze was er in alle opzichten door veranderd en opgebloeid zoals elke belangrijke liefde je schijnt te veranderen en laat opbloeien. Ik kon hiervan getuigen, want ik had bij haar ingewoond en het tevreden lachje op haar gezicht gezien als ze aan de telefoon tegen haar vriendinnen klaagde over de troep in huis die haar altijd aanwezige man en drie jongens maakten, of het plezier waarmee ze Sol af en toe plagerig met een theedoek sloeg, zoals Lucy en Ethel en andere huisvrouwen uit comedy's dat ook deden als hun man zich misdroeg.

Maar dat alles kon ik niet tegen Nina zeggen zonder het gevoel dat ik Elka verraadde. 'Elka maakt een gelukkige indruk,' zei ik.

Nina keek me met haar heldere bruine ogen aan die altijd meer leken te zien dan uit haar woorden bleek. 'En jij? Ben jij echt zo gelukkig en volwassen als Elka beweert?'

'Ziet u dat niet?'

Ze glimlachte en begon te vertellen over een auditie voor een tv-spotje waar ze de vorige dag naartoe was geweest. 'Het is nou niet meteen een Griekse tragedie,' gaf ze toe, 'maar het betaalt veel beter dan de radioreclames die ik heb gedaan. En misschien dat het weer tot iets anders leidt.'

Naar de volgende tv-spot, vreesde ik. 'Hebt u weleens in een Griekse tragedie gespeeld?' vroeg ik.

'Niet op het toneel.' Ze roerde de suiker om in haar piepkleine kopje, waarna ze de koffie in een teug opdronk. 'Kijk niet zo. Ik maak maar een grapje. Mijn leven is geen Griekse tragedie geweest, hoor.'

Maar was ze gelukkig? vroeg ik me af.

Ik wist zo weinig van haar, besefte ik. In het voorjaar van 1945 was ze naar Palestina vertrokken, een paar jaar voor mijn geboorte, om daar jonge oorlogsoverlevenden uit Europa lezen en schrijven te leren, want in de oorlog waren ze niet naar school geweest. Niemand wist precies hoe ze het land in was gekomen, aangezien ze geen van de kwalificaties bezat die de Britten verplicht hadden gesteld om een visum aan Joden te verstrekken, of hoe haar leven er daar had uitgezien, of waarom ze uitgerekend daar naartoe was gegaan op het moment dat de oorlog min of meer was afgelopen en het leven overal weer op gang kwam. Maar dat interesseerde eigenlijk niemand in mijn familie. Wat hen uitsluitend interesseerde was dat ze als mooi, getalenteerd meisje van eenentwintig naar Palestina was gegaan en in 1954 uit Israël was teruggekeerd als een oude vrijster van dertig, en daarna eigenlijk niet meer kon aarden.

'Waarom bent u eigenlijk naar Palestina gegaan?' vroeg ik haar nu.

Daar dacht ze even over na, waarna ze haar schouders ophaalde alsof het te lang geleden was om het zich te herinneren. 'Om dezelfde reden dat Elka met Sol is getrouwd, denk ik. Om te ontsnappen aan een ongelukkig leven thuis. Om het ontbrekende stukje in mijzelf te vinden.' Ze keek me aan alsof ze wilde zeggen dat ik niet hardop hoefde uit te spreken wat ze zelf ook wel wist van Elka. 'Om dezelfde reden dat jij waarschijnlijk met deze Ronald gaat trouwen.'

'Reuben,' zei ik. 'En ik heb geen ongelukkig leven thuis waaraan ik wil ontsnappen. En ik denk ook niet dat hij de prins op het witte paard is die me...'

'Ik wilde je niet beledigen. Ik bedoel alleen maar dat we zulke dingen doen als we jong zijn. We zoeken elders naar antwoorden en oplossingen voor ons leven. We zoeken naar andere plaatsen en andere mensen. In mijn geval was dat misschien niet het slimste wat ik ooit heb gedaan.'

'Hoezo niet?'

'Ik wilde het liefst van alles toneelspelen. Dus ging ik naar een land waar ik de taal niet sprak. Hoe slim was dat?' Ze wenkte de ober om nog een kopje koffie.

'Hebt u het gevonden?'

'Wat gevonden?'

'Dat ontbrekende stukje.'

'Niet daar. Nee. En de zon was zo slecht voor mijn huid.'

De ober kwam met de koffie.

'Wil je soms een stuk taart?' vroeg ze aan me.

'Nee, dank u.'

'En voor haar een stuk taart,' zei ze tegen de ober. 'Die met walnoten en abrikozenjam.'

'Wist u dat Elka haar vader heeft gevonden?' vroeg ik aan Nina.

Ze keek me aan alsof ze dacht dat ze me niet goed had verstaan.

'Ze is naar zijn begrafenis geweest.'

'Echt waar?'

'Eh, ja,' zei ik terwijl ik in mijn maag dat misselijkmakende gevoel kreeg dat je voelt als je iemands vertrouwen schendt, al had ik dat formeel niet gedaan, Elka's vertrouwen geschonden, want een begrafenis bijwonen is een openbare aangelegenheid.

'Hoe weet je dat?'

'Ik ben er samen met haar naartoe gegaan.'

'En?'

'Er is geen "en". Ze haalde me op van school, we zijn naar de begrafenis gegaan en daarna zijn we een ijsje gaan eten. Ik had een blauw met witte zomerjurk aan.'

Ik had dat detail van de jurk erbij gevoegd als bewijs dat het waargebeurd was, en ondertussen zag ik voor mijn geestesoog mezelf weer in die jurk en dat haalde weer een andere herinnering naar boven: de seringen op de tafel van mijn lerares, een vaas vol met paarse, lila en witte seringen waarvan ik de geur opsnoof toen ik de klas uit liep naar Elka die stond te wachten.

'En? Vertel verder.'

'Meer weet ik niet.' De jurk. De seringen. De harde bank achter in de kapel. De hoed met de voile die Elka's ogen bedekte. Ze had iets verbetens gehad – de manier waarop ze mijn hand vastpakte toen we de kapel binnengingen en uit liepen, de streep van haar mond. En iets steels. Ze had haar hoofd omlaag gehouden, alsof ze haar gezicht wilde verbergen, toen de kist langs werd gedragen. En we waren direct achter de rouwdragers aan naar buiten geglipt, haar hand als een bankschroef om de mijne, alsof we op de vlucht waren.

'Hoe heeft ze dat aan jou uitgelegd?' vroeg Nina.

'Dat heeft ze niet. Niet op dat moment.' Ze stond opeens in de deuropening van het klaslokaal en had op gedempte toon met de lerares gesproken, die zei dat ik mijn spullen moest pakken omdat ik naar een afspraak moest. Maar nog voordat Elka iets tegen me had gezegd, wist ik dat het geen afspraak bij de dokter of tandarts was, al wist ik niet goed hoe ik dat wist. Door haar verbetenheid misschien. Haar donkere mantelpakje dat ik met de hoge feestdagen en andere plechtige, officiële gebeurtenissen associeerde.

We zijn waarschijnlijk in haar blauwe Rambler – de auto die Sol en zij hadden gekocht toen we net in Côte-Saint-Luc woonden – naar de begrafenis gereden, maar ik herinner me dat niet meer, alleen Elka achter het stuur toen we op de plek van bestemming waren aangekomen. Ze draaide het achteruitkijk-spiegeltje naar zich toe en zette haar hoedje op, een zwart dopje met een stukje zwarte kant dat als een voile voor haar ogen hing. Ze werkte haar rode lippenstift bij, keek me aan – haar ogen waren donker achter de sluier maar nog wel zichtbaar, en haar onbedekte mond was felrood – en keek weer in het spiegeltje, waarna ze alle lippenstift er met een tissue weer afveegde. Toen ze me aankeek, zag haar mond er levenloos, bloedeloos uit.

'Maar ze heeft toch wel íéts tegen je gezegd?'

'Ze zei dat we naar een begrafenis gingen en dat ik heel rustig en braaf moest zijn en doodstil moest blijven zitten, dan zou ze me daarna op een ijsje trakteren. Pas een paar jaar terug ben ik erachter gekomen wiens begrafenis het was.'

Nina knikte en we zaten een poosje zwijgend bijeen. Nina speelde met een niet-aangestoken sigaret; ik speelde met de taart die de ober had gebracht.

'We kunnen er niet aan ontsnappen. Geen van allen,' zei Nina.

'Wat?'

'Aan onze behoefte om te weten waar we vandaan komen, om het te verbinden aan wie we zijn en waar we heengaan. Dat maakt ons tot mensen, dat is wat ons onderscheidt van de dieren.'

'Ik dacht dat het opponeerbare duimen was,' zei ik.

'Apen hebben ook een opponeerbare duim, schat. Het is afkomst en bestemming – onze obsessie daarmee. Dat kenmerkt de mens.'

'Denkt u?'

'Ik ben niet de enige die dat denkt. Al dat geleuter in de Thora, waar dacht je dat dat over ging? Uiteindelijk, bedoel ik, al die opsommingen van wie gewon wie die je op jouw school uit je hoofd moest leren? Waar dacht je dat het hele idee van God over gaat?'

Ik geloof niet dat ik tot dan toe iemand ooit over God als een *idee* had horen praten.

'Het grote verband tussen afkomst en bestemming. Dat is God,' zei Nina.

'Ik heb Hem altijd gezien als een grote brulkikker die op een troon zit met een paarse mantel om en een met juwelen bezette kroon en een glinsterende kristallen scepter.'

Nina glimlachte. 'Alleen al om uit te vinden waar je gevoel voor humor vandaan komt, is de moeite waard om je moeder op te sporen.'

Ik keek haar even aan. Niemand van mijn familie had het ooit nog over mijn eventuele zoektocht naar mijn moeder. Ik vroeg me soms af of ze dachten dat ik er overheen was. 'Niemand heeft het ooit over haar gevoel voor humor,' zei ik.

'Nee.'

'Het enige wat ik heb gehoord is dat ze zo afstandelijk was. Zo kil...'

'Het zal best dat ze toen niet de leukste thuis was.'

Maar mijn vader had van haar gehouden, dacht ik, en het was hun gelukt om mij te verwekken, dus zo kil en afstandelijk was ze nou ook weer niet geweest.

'Ik herinner me haar lach nog,' zei ik. Zomaar, plompverloren. Het was iets dat ik nog nooit tegen iemand had gezegd, en waarvan ik altijd had gedacht dat ik dat ook nooit zou doen. Mensen kunnen zich geen dingen uit hun babytijd herinneren. Dat wist ik. Maar Nina leek dat niet te weten. In dat opzicht was ze ook anders; in wat ze wel en niet wist. Ze reageerde alsof ik iets volkomen logisch had gezegd.

'Vertel me er meer over,' zei ze.

'Er is niet zoveel te vertellen. Alleen dat ik soms in mijn slaap een lachsalvo hoor. Het is zo levensecht, zo werkelijk, dat ik gewoon zeker weet dat er iemand bij me in de kamer is. En dan word ik wakker.'

'Word je er wakker van?'

'Ja.'

Ze knikte, alsof het feit dat ik er wakker van werd ergens op duidde.

'Ik weet dat het maar een droom is, maar het lijkt echt. Het voelt als...'

'Het is een herinnering,' verkondigde ze. 'Het is een herinnering die zo diep van binnen zit dat je er alleen in je dromen toegang tot hebt.'

Dat wist ik. Dat geloofde ik, althans.

'Soms verbeeld ik me dat ik op een dag door een drukke straat loop en het dan ook hoor.' Die bekende lach. 'En dan draai ik me om...'

Maar op dat moment liet mijn verbeelding me altijd in de steek. Nu ook weer. Dat moest Nina aan mijn gezicht hebben gezien.

'Mag ik je een goede raad geven?' vroeg ze.

'Kan ik ook nee zeggen?'

Ze lachte.

'Maak niet dezelfde fout als Elka.'

'Met oom Sol trouwen, bedoelt u?'

'Even serieus, schat.'

'Sorry, ga door.'

'Wacht niet met je moeder zoeken totdat ze dood is.'

'Elka heeft juist níét gewacht,' zei ik. 'Ze was al jaren naar hem op zoek, maar Ida had glashard tegen haar gelogen over wie hij was en waar hij woonde.'

Elka's vader was helemaal nooit uit Montreal weggegaan. Dat had Elka me verteld vlak nadat ik had ontdekt dat mijn moeder een andere naam had, toen ik boos en overstuur was en een verklaring wilde hebben van alle volwassenen om me heen die hun zwijgen tot een leugen hadden laten uitgroeien. Haar hele jeugd lang had de vader van Elka in een schoenenwinkel in Sainte-Catherine Street gewerkt, een paar straten ten westen van Ida Pearls eerste juwelierszaak. Kort nadat hij met Ida Pearl had gebroken, was hij hertrouwd en had vier kinderen gekregen, die hij alle vier tot volwassenen had grootgebracht. Kortom, hij was altijd in de buurt geweest, alleen niet voor Elka.

'Was ik beter af geweest als ik het al als klein meisje had geweten?' vroeg Elka me op scherpe toon. 'Was het zo verkeerd van mijn moeder om het voor me te verzwijgen?'

Beter om tegen een aanwezige moeder te kunnen razen en tieren, een moeder die Elka's woede en driftbuien met haar liefde kon temperen in plaats van Elka te jong in het niemandsland van haar vaders onverklaarbare onverschilligheid te laten rondzwalken. Dat begreep ik uit Elka's woorden, ondanks al haar praatjes al die jaren dat ze open tegen me was en elke vraag die ik over mijn eigen verdwenen moeder had eerlijk zou beantwoorden.

Pas toen Elka zelf kinderen had onthulde Ida de identiteit van Elka's verwekker, en bekende dat het niet de Arthur Krakauer was die over de wereld zwierf op zoek naar een revolutie of een andere nobele strijd – die persoon bestond niet en had nooit bestaan –, maar een van de Krakauers die voor iedereen in het telefoonboek van Montreal te vinden waren, namelijk de derde van boven. En het was pas op zijn begrafenis – een gewone begrafenis zoals Elka al vele had meegemaakt, met een huilende weduwe en haar kinderen, en vrienden en buren die allemaal zeiden hoe aardig hij was – dat ze zich pas echt realiseerde dat hij haar niet met kwade opzet in de steek had gelaten.

'Ida had Elka expres op een dwaalspoor gezet,' zei ik tegen Nina.

'Dat is misschien wel zo, maar toen ze eraan toe was om hem te zoeken, vond ze hem ook meteen.'

Alsof het feit dat ik er nog niet aan toe was, de enige hindernis tussen mij en mijn moeder was.

'Ik hoop alleen maar dat je niet wacht tot het te laat is. Meer niet.'

'Te laat voor wat?'

'Dat is niet aan mij om je te vertellen,' zei Nina.

HOOFDSTUK 13

Bella had net een kop koffie voor zichzelf ingeschonken en was met de krant aan de keukentafel gaan zitten toen ze de voordeur open hoorde gaan. Ze dacht dat Lily thuis was omdat de deur van haar slaapkamer dicht was – nog steeds de enige aanwijzing dat Lily overdag thuis was – maar ze moest naar buiten zijn geglipt toen Bella even niet keek en kwam nu terug. Ze zou natuurlijk als een geest door de gang glijden, zonder Bella een blik waardig te keuren, laat staan haar even te groeten. De deur van de slaapkamer zou krakend opengaan, met een klik dichtvallen en dan zou er verder geen activiteit meer plaatsvinden, althans niet dat Bella kon horen, maar om vijf uur, vlak voordat Nathan van zijn werk kwam, verscheen ze dan mooi aangekleed en opgemaakt, als een huisvrouw die een doodgewone dag achter de rug had.

Het was niet eerlijk om haar iets te verwijten, wist Bella, maar ze deed het toch. Ze kende genoeg mensen die gruwelijke, verschrikkelijke verliezen hadden geleden en het toch konden opbrengen om hun schoonouders beleefd en vriendelijk te groeten als ze hen tegenkwamen in de gang. Zoals Bella bijvoorbeeld. Was zij ook niet alles kwijtgeraakt? Haar hele leven, leek het toen wel. Haar verleden, haar toekomst. Haar kinderen. Het was haar allemaal afgenomen en het enige wat ze nog had was het heden, een heden zo dun als een scheermesje en zwevend in een leegte. Maar ze had zichzelf gered met wat er nog gered had kunnen worden. En ze zou haar schoonmoeder niet alleen beleefd en vriendelijk hebben gegroet elke keer dat ze haar tegenkwam, ze zou haar ook persoonlijk op haar schouders naar het schip hebben gedragen als de vrouw niet aan tyfus was overleden nog voordat ze uit Berditsjev waren vertrokken.

Al klopte het ook niet helemaal dat Lily niet beleefd was. Ze was erg beleefd als ze gedwongen was tot contact. Uiterst beleefd en hoffelijk zelfs. Dat was het niet, het was een ander soort afwezigheid. Van hoofd. Van hart. En Nathan probeerde haar terug te lokken, tot leven te wekken, tot liefde, net zoals Bella vroeger had geprobeerd Nathans vader terug te lokken, zonder te beseffen dat dat vergeefs was...

'Jij?' riep ze toen Nathan in de deuropening verscheen.

'Ook leuk u te zien, ma.'

'Wat is er gebeurd?' Het was drie uur op een donderdagmiddag.

'Ik ben ontslagen.'

'Wát?'

'Grapje, ma. Rustig maar. Wie zou me moeten ontslaan?' Hij pakte een koekje van Bella's schoteltje. 'Ik ben mijn eigen baas, weet u nog?'

Aan zijn arm hing een zwart wollen damesmantel. Een elegante mantel, dacht Bella, die het bontrandje aan de kraag en mouwen bekeek. Een prachtige mantel. Een mantel die zo helemaal haar smaak was dat ze even dacht dat Nathan helderziend was geworden en wist dat er onder haar slonzige onverzorgde uiterlijk nog altijd een gevaarlijk chique jonge vrouw schuilging.

La Belle was de *nom de guerre* die ze vroeger voor zichzelf had verzonnen. Zelfs nu, dertig jaar later, dacht ze nog met gêne terug aan deze idiote bijnaam die ze, godzijdank, nooit aan iemand had genoemd. En dan de even idiote verhalen die ze erbij had verzonnen: 'La Belle maakt zich wel erg druk om welke nieuwste mode uit de Franse lichtstad geschikt is om te dragen voor de staking van de metaalbewerkers, en welke meer geschikt om fabrieksarbeidsters lezen en schrijven te leren,' had ze gefantaseerd dat een van haar kameraden zou opmerken, een jaloers meisje dat het niet kon zetten dat Bella mooi en stijlvol was en toch de klassenstrijd heel serieus nam en zich met hart en ziel aan de goede zaak wijdde. En in haar fantasie had ze natuurlijk het perfecte weerwoord klaar: 'Ik zal de wereld binnenkort een nieuwe betekenis van de term "femme fatale" laten zien,' zou ze sissen, een dreigement dat tegelijk zo'n erotische lading had dat toen ze eraan toevoegde 'Let maar op', niemand weerstand zou kunnen bieden.

'Wat?' vroeg Nathan toen hij Bella's dromerige glimlach zag.

'Niets,' zei Bella.

Was er in de vrouw die ze was nog iets van de jonge Bella terug te zien? Dat wist ze eigenlijk niet. Als ze de jonge Bella op straat zou tegenkomen, als de twee vrouwen elkaar zouden ontmoeten, elkaar zouden aanstaren over de kloof van tijd en ervaring heen, zou de jongere dan de oudere versie van zichzelf herkennen? Of zou ze haar gewoon straal voorbijlopen en denken dat de oude vrouw een vreemde was?

Ze zou doorlopen, dacht Bella, want wat was er nog over van die jonge vrouw?

En zou Bella haar dan achterna roepen: *Wacht! Ik zal je bewijzen wie ik ben...*? Dat wist ze niet, want hoe moest ze dat bewijzen? Wat kon ze laten zien dat in de loop der tijden niet veranderd was? Welk speciaal gebaartje of persoonlijke zienswijze of emotie was er overgebleven van dat jonge lichaam waarin ze ooit had gezeten, haar betere ik die haar nu beduusd en teleurgesteld aanstaarde? Haar idealen waren niet veranderd, dat was wel zo, maar ze had niet meer de durf van vroeger om ze uit te dragen, miste de moed die nodig was om idealen te schragen. De grootste mensenmenigte waarin ze zich nu nog waagde was het wekelijkse gedrang op de vismarkt, de donderdagochtenddrukte van vrouwen die elkaar uit de weg duwden om de meest verse, dikste karper te bemachtigen. Zij, die juist haar man deze karakterzwakte had verweten.

En hier stond Nathan met een mantel voor die jonge vrouw. Alsof hij haar aanwezigheid voelde. Alsof hij door de lagen van zijn moeder heen keek naar het oorspronkelijke meisje dat in stukken uiteen was gevallen. Voorzichtig vlijde hij de mantel op de bank tegen de keukenmuur. O, die zal hem een lieve duit hebben gekost, dacht Bella.

'Waar is Lily?' vroeg hij.

Lily was ook verbaasd om Nathan te zien. Ze had iemand snel de trap op horen komen maar had niet gedacht dat hij het kon zijn. Hij kwam nooit midden op de dag naar huis.

'Jij bent het,' zei ze opkijkend. Ze zat op het bed met haar rug tegen het hoofdeinde, pen in de hand, een boek open op haar schoot.

'Verwachtte je iemand anders?'

Ze glimlachte en sloeg het boek dicht. Het was het dagboek dat ze een paar weken terug had gekocht.

'Kan ik er ook nog bij?' vroeg hij.

Ze schoof een eindje op en hij ging zitten, terwijl hij zich even een dokter voelde die op de rand van het bed van zijn patiënt plaatsneemt, een gevoel dat hij verdreef door haar op haar mond te kussen.

'Je bent ijskoud,' zei ze. De kou van buiten was nog voelbaar op zijn huid.

'Het is inderdaad koud,' beaamde hij. 'Ze zeggen dat het misschien gaat sneeuwen.'

'Nu al?' Het was nog maar de eerste week van oktober. 'Is dat normaal?'

'Niet normaal, nee, maar ook niet ongekend. Ik zat te denken dat we maar een winterjas voor je moeten kopen. Ik zag er laatst eentje bij Eaton... lamswol met een bontkraag, en een bontrandje aan de mouwen.' Hij ging met zijn vinger om de omtrek van haar pols om het bontrandje aan te duiden.

'Denk je dat je die mooi zou vinden?'

'Waarom zou ik die niet mooi vinden?'

Hij glimlachte. 'Blijf daar zitten.'

Even later was hij terug.

'O, Nathan...' Ze streelde de zachte zwarte wol, de bontkraag, de voering die zo glad als satijn aanvoelde.

'Vind je hem niet mooi?'

'Hij is prachtig. Te mooi.'

'Doe hem eens aan.'

Dat deed ze.

'Jíj bent mooi,' zei hij. 'Draai je eens om.'

Ze draaide zich langzaam om, genoot van zijn bewonderende blikken.

'Zullen we er even een proefritje mee maken?'

Ze fronste even maar ze vroeg niet wat hij bedoelde. Ze gaf nooit toe als ze iets niet begreep, wachtte in plaats daarvan op aanwijzingen, meer context, en dat beviel hem aan haar; haar trots, haar listigheid, haar geslotenheid. Hij vond het ook prettig dat ze niet vroeg hoeveel de jas had gekost, of ze hem zich wel konden veroorloven. Het was waarschijnlijk een slechte eigenschap voor een echtgenote, desinteresse in geldzaken, maar hij vond het juist aantrekkelijk, opwindend: de onuitgesproken suggestie dat hij niet altijd hoefde te letten op de kosten.

'Laten we een wandeling maken,' stelde hij voor. 'Dan kan ik met je pronken.'

Ze lachte, pakte haar dagboek van het bed en stopte het in de bovenste la van de essenhouten commode, waar ze haar lingerie bewaarde. Ze had er nog niets in geschreven, maar ze wilde ook niet dat haar schoonmoeder de lege bladzijden zag als ze het dagboek toevallig tegenkwam en er stiekem even in neusde.

'Wat was je aan het schrijven toen ik binnenkwam?'

'Niets. Een paar krabbeltjes voor mezelf.'

'Niets? Of een paar krabbeltjes voor jezelf?'

Weer dat lachje. Soms voelde het intiem, samenzweerderig, erotisch. Andere keren, zoals nu, leek het eerder ontwijkend. Maar het lachje zelf veranderde nooit, besefte hij.

'Zullen we met mijn nieuwe jas gaan pronken?' vroeg ze.

Bella had nog ontspannen aan haar koffie en de krant gezeten toen Nathan binnenkwam om de jas voor Lily te halen. Nu stond ze bij het aanrecht uien te raspen, met haar rug naar de deur. Naast de groeiende hoop ui lag een nog grotere hoop vis.

'Ma! Wat bent u aan het doen?' vroeg Nathan.

Bella gaf niet eens antwoord. Wat dacht hij dat ze aan het doen was?

'U hebt niet eens uw koffie op.' En naast het halflege kopje lag de krant ook nog open. 'Laat toch zitten. Drink eerst even uw koffie. Lily helpt wel als we terug zijn.'

Maar Bella ging door met raspen.

'Wilt u de nieuwe jas die ik voor Lily heb gekocht niet zien?'

Bella draaide zich om. 'Heel aardig.' Ze ging weer verder met haar werkje.

'Ik help u wel als we terug zijn,' beloofde Lily.

Daar heb ik wat aan, dacht Bella. Maar ze zei niets hardop. Ze had zich voorgenomen niet zo'n type schoonmoeder te worden. Verbittering leidde tot niets.

De week ervoor was Lily thuisgekomen van een van haar

uitstapjes en was niet zoals gewoonlijk naar haar kamer geglipt, maar was bij de keukendeur blijven treuzelen, met haar boodschappentas tegen haar borst geklemd als een kind dat een zak met jonge katjes vasthoudt. 'Ik heb appels en honing meegenomen,' verkondigde ze. 'Voor Rosj Hasjana,' voegde ze eraan toe, alsof Bella niet zou weten waarom ze appels en honing nodig hadden. Alsof Bella niet al lang een kip in de marinade had gelegd voor de maaltijd die ze de avond erop met z'n allen zouden nuttigen, en alsof ze niet al ongeveer de hele ochtend bezig was geweest met bergen uien, aardappels en wortels raspen voor de *kugels*, de *gefilte fisj* en de *tsimmes* die nog gemaakt moesten worden. Lily had de pot honing en de zes appels op de tafel uitgepakt en tegen Bella geglimlacht, een verwachtingsvolle lach, meende Bella – dacht ze soms dat Bella haar zou bedanken voor de enorme inspanning die ze zich zo-even voor de hele familie had getroost? – en ze moest opeens denken aan mevrouw Pozniaks kersverse schoondochter die Bella toevallig die ochtend bij de ingang van de vismarkt was tegengekomen.

'Mevrouw Kramer!' had het meisje haar enthousiast begroet. Shirley heette ze; ze had vroeger een oogje op Nathan. 'Het is een gekkenhuis daarbinnen,' had Shirley lachend gezegd. 'Blijft u maar hier, dan haal ik de vis wel voor u.'

Bella wilde al protesteren maar Shirley liet zich niet vermurwen. 'Waagt u het niet naar binnen te gaan! Waarom zouden we allebei ons leven op het spel zetten?' Toen ze even later terugkwam wenste ze Bella een *gut jor* toe en had haar hartelijk omhelsd en gezoend.

Wat een lief kind, had Bella gedacht, terwijl ze de verpakte vis in haar boodschappentas stopte. Maar Nathan had helemaal geen belangstelling voor Shirley gehad. Waarom zou hij een lief, gezond meisje willen dat bruiste van energie en levenslust als hij ook met het zielige vogeltje kon trouwen dat nu bij haar keukendeur rondhipte?

'We zijn over een uurtje terug,' zei Nathan.

'Veel plezier,' zei Bella met haar rug naar hen toe.

'Tot straks,' zei Lily met een beleefd lachje naar Bella's rug. Ze had zich voorgenomen niet het type schoondochter te worden dat een wig tussen haar man en zijn moeder dreef.

'Het is ijskoud,' zei Lily toen ze de deur uit stapten. In de loop van de dag was de temperatuur enorm gedaald.

'Arme Sol,' zei Nathan.

'Wat nu?' vroeg Lily. Ze had haar hand vastgepakt toen ze de trap van hun verdieping naar de straat waren af gegaan.

'Hij verheugde zich heel erg op de wedstrijd vanavond. Hij zou een meisje meenemen.'

'O, ja?'

'En nu vriezen ze halfdood.' Nathan schudde zijn hoofd. 'De hele avond naar de knoppen.'

'Wie neemt hij mee, weet je dat?'

'Een meisje dat met haar moeder ongenodigd op onze bruiloft is verschenen, schijnt het.'

'Elka?' Ze liet zijn hand los.

'Ken je haar?' Hij knikte naar mevrouw Beler, die op haar balkonnetje een kleed stond uit te kloppen.

'Ze is bij ons thuis geweest.'

Nathan glimlachte. 'Dan moet het serieus zijn. Hij heeft nog nooit een meisje mee naar huis genomen.'

'Dat had hij ook niet. Ze kwam uit zichzelf langs. Hij had haar niet meer gebeld nadat hij haar mee uit had genomen, dus kwam ze verhaal halen.'

Nathan glimlachte. 'Een meisje dat weet wat ze wil en zich niet laat afschepen. Geknipt voor Sol, lijkt me. Is ze knap?'

'Je hebt haar gezien. Ze was op ons huwelijk.'

'Dat weet ik, maar ik kan me haar niet herinneren.'

'Zo knap is ze dus.'

'Lily Kramer,' zei hij nog altijd glimlachend. 'Als ik niet beter wist, zou ik denken dat je jaloers was.'

'Daarop?'

'Wat is er mis met haar?'

'Niets.'

'Niets?' Hij moest nog steeds geamuseerd lachen; vond het niet verontrustend dat ze zo bozig was dat ze Sols aandacht nu moest delen. Hij wist dat Sol Lily begeerde. Dat had hij op het huwelijk aan zijn broers gezicht afgelezen. Dat vond hij niet erg; integendeel, hij deed hem deugd dat de schande die Sol haar had aangedaan nu gewroken was.

Jaloers? dacht Lily. Het idee alleen al was een belediging. Besefte Nathan niet dat ze zich niet eens verwaardigde om zichzelf met zo'n bakvisje te vergelijken? Een meisje zonder diepte of nuance. Een meisje dat niet eens wist hoe je een confrontatie met een man die je had afgewezen moest ensceneren... Of wist ze het wel? Lily moest denken aan de tedere uitdrukking op Sols gezicht toen hij haar de vormelijke, hoogdravende brief had voorgelezen die Elka had geschreven, een brief die hem ontroerde, scheen het Lily toe, vanwege de onderliggende emoties, de doorzichtigheid van het meisje dat verliefd op hem was en zichzelf aanbood.

'Ze heeft wel ruggengraat, dat moet je haar nageven,' zei Sol en Lily hoorde aan de trots in zijn stem dat hij Elka al als deel van zichzelf zag, dat hij zich haar eigenschappen al tot de zijne had gemaakt.

Hij kon Lily nog wel smachtende blikken toewerpen als hij de kans kreeg, zou haar nog wel blijven begeren, maar hij zou met deze Elka trouwen, besefte ze nu, een meisje met wie niets mis was, dat niets had wat hem afschrikte zoals hij instinctief was afgeschrikt toen hij Lily voor het eerst zag.

En dan, vroeg Lily zich af. Wat moest ze zeggen tegen de moeder van het meisje, die dan, door het huwelijk, familie van haar werd? Daar kon ze nu nog even niet aan denken.

'Je moeder schijnt haar aardig te vinden,' zei ze.

Hij pakte haar hand weer. 'Mijn moeder vindt jou niet on-aardig.'

'O, nee?'

Nog geen week eerder was Lily boodschappen voor Rosj Hasjana gaan doen. Ze probeerde meer moeite te doen, zoals Nathan en Sol haar hadden aangeraden, elk op hun eigen manier. En Bella was heel vriendelijk geweest en had haar voor de appels en honing bedankt, waarna ze had gevraagd om samen met haar koffie te drinken, wat Lily had gedaan. Ze had wat over koetjes en kalfjes gepraat, geprobeerd althans, maar terwijl Lily belangstelling trachtte op te brengen voor wat haar schoon-moeder aan het vertellen was – de mensen die ze bij het bood-schappen doen was tegengekomen, de prijs die ze had betaald voor de kip die in de braadpan lag –, was ze onder het bedenken van een antwoord door zo'n enorme vermoeidheid overvallen dat het leek of ze door een concreet iets werd neergedrukt, alsof de lucht zich tot een ander element verdikte. Ze had het gevoel of ze in slow motion sprak en woorden moest uitstoten door een element dat meer op water dan op lucht leek, een vervormend element dat haar woorden tot een gemompel, een vaag gebrab-bel transformeerde.

Bella leek het te merken, omdat ze geen vragen meer stelde en ophield met babbelen. Ze pakte Lily's hand en de warmte van haar aanraking deed haar schrikken, het gevoel kwam zo dichtbij hoewel Lily het idee had dat ze in een dikke cocon ver-stopt zat. Bella begon te vertellen over haar eerste Rosj Hasjana in Canada. Ze beschreef een naargeestige, vreugdeloze feestdag, haar man, Joseph, die amper oog voor haar had en Nathan die amper oog had voor de feestmaaltijd waar ze zo haar best op had gedaan. Aan het einde van de avond was ze bij het raam gaan staan met Nathan in haar armen om naar de maan te kijken – de nieuwe maan van het nieuwe jaar – en had een liedje voor de baby gezongen. 'Het was zo'n eenzame maan,' zei Bella, die het smalle sikkeltje koel, zilverig licht beschreef dat in de onmetelijke donkere lucht hing. En Lily zag meteen de analogie met Bella's eigen leven: haar leven was ook eerst afgebrokkeld tot er haast niets meer van over was en op den duur was het leven, net als de maan, weer gaan wassen. En met het leven van Lily zou dat op den duur ook vast gebeuren. Alleen de maan, ook als hij vol was, bleef altijd een kil eenzaam licht in een onmetelijke duisternis, dacht Lily.

'Ze draait wel bij,' had Nathan beloofd.

Ze staken de straat over die hun buurt van Mount Royal scheidde en namen het brede grindpad evenwijdig aan de sportvelden die even later overgingen in de beboste helling van de berg.

'Dat was mijn vaders bankje,' zei Nathan. Op hun avondwandelingen en op zondag waren ze vaak langs dat bankje gelopen, maar het was voor het eerst dat hij dit tegen Lily zei. Nu zat er een oud echtpaar op, de vrouw in een duffelse jas weggedoken, zo'n soort jas die zijn moeder ook zou dragen, de man had een pet op met naar buiten wijzende oorkleppen. Ze zaten naast elkaar, armen over elkaar geslagen, naar de wereld te kijken zonder een woord te zeggen. 'Daar zat hij als hij niet aan het werk was. Zomer, winter...'

'Wat te doen?'

'Niets. Mijmeren.'

'Niets? Of mijmeren?'

Nathan glimlachte. 'Dat weet ik eigenlijk niet.'

Meer dan eens had hij zijn vader genegeerd als hij langs het bankje was gelopen, al zei hij dat er niet bij tegen Lily. Een paar meter verderop was hij met zijn vriendjes een bal aan het overgooien en deed net of hij hem niet zag. Zijn eigen vader. En waarom? Toen hij dat een keer tegen een meisje had verteld, een meisje dat hij leuk vond, had ze geconcludeerd dat Nathan zich schaamde. 'Ik schaamde me helemaal niet,' had hij teruggesnauwd, boos op zichzelf dat hij het had verteld en boos op haar vanwege haar stompzinnige reactie. 'Het is normaal dat een jongen zich voor een vader schaamt die niets anders doet dan de hele dag op een bank in het park zitten,' had het meisje hem verzekerd – Shirley heette ze, inmiddels getrouwd met Pozniak. 'Hij deed wel iets. Hij werkte. De hele dag,' had Nathan gezegd. 'Knopen sorteren,' was de reactie van Shirley geweest, alsof dat iets was om je voor te schamen. Alsof haar eigen vader hersenchirurg was in plaats van een doodgewone slager van wie bekend was dat hij bij elke aankoop wat gewicht toevoegde door met zijn pink – heel lichtjes, maar een paar cent extra – op de weegschaal te drukken. 'Ons onderhouden,' had Nathan haar verbeterd, waarop Shirley haar schouders had opgehaald en het onderwerp verder had laten rusten.

Het was niet schaamte geweest, maar iets anders. Hoe het te verklaren, deze man te begrijpen die Nathan elke middag op het bankje in het park zag zitten en die hem een vreemde in het lichaam van vader toescheen, een man met een ander leven dan het leven waarin Nathan zijn zoon was. Hij was zo in dat andere leven verdiept dat hij Nathan niet eens zag. Zo leek het, zo voelde het. En wanneer ze 's avonds aan dezelfde eettafel zaten, gaf hij geen enkel teken dat hij Nathan een paar uur daarvoor nog in het park had gezien. Op één keer na. Nathan herinnerde het zich weer: avondeten, Nina en Sol die over iets zaten te kibbelen, hun moeder die iets terugschreeuwde en hen een harde klap gaf. In het daaropvolgende tumult van verontwaardigd gekrijs en beschuldigend gebrul van wie er was begonnen, keek zijn vader op van zijn bord en keek Nathan aan met een glasheldere, haarscherpe blik. Op dat moment waren ze met z'n tweeën, verder niemand. Nathan die recht in de dwingende ogen van zijn vader keek. 'Die bal had je mooi gevangen,' zei zijn vader en de rust van zijn stem sneed dwars door het omringende lawaai. Met zijn lepel in zijn hand deed hij precies na hoe Nathan eerder die dag de hoge bal had gevangen. Daarna boog hij zich over zijn soep en was voor de rest van de maaltijd weer verdwenen.

'Ik heb laatst over hem gedroomd,' zei Nathan. Hij onthield zijn dromen bijna nooit; ze verdampten zodra hij wakker werd. Maar soms bleven er flarden hangen, als rookpluimen, en zweefden de hele dag door zijn hoofd.

'Wat droomde je?' vroeg Lily.

Het kwam langzaam terug, steeds duidelijker: zijn vader die in de zon op de bovenste traptree van hun portaal zat. Het was een lentezon – feller en scherper dan het zware, vervloeiende licht van de zomer. Hij had een roodzwart geruit flanellen overhemd aan – dat had Nathan al jarenlang niet meer gezien, er ook nooit aan gedacht – en zijn mouwen had hij tot zijn ellebogen opgerold, zodat zijn sterke, gespierde onderarmen zichtbaar waren. Hij beschreef zijn vaders onderarmen aan Lily, de opvallend gladde huid van de binnenkant van zijn armen, zo zacht als die van een kind, maar met zichtbare spieren onder de huid. Terwijl hij aan het praten was, voelde hij zijn vaders huid weer. Hij beschreef het aan Lily: de vreemde sensatie die hij toen had – op het moment dat hij met zijn tien jaar dode vader op de berg aan het wandelen was – van de zachte huid van zijn vaders onderarmen onder zijn vingertoppen.

'Ze zeggen dat onze diepste herinneringen in onze vingers zitten,' zei Lily.

Hij keek haar aan.

'Dat denk ik ook,' zei ze. Soms lag ze 's avonds in bed en had het idee dat haar handen niet bij haar hoorden, dat ze groter en warmer dan de rest van haar lichaam waren, dat ze prikkelingen konden waarnemen die de rest van haar lichaam niet registreerden. Het was net of ze een eigen leven leidden, dat ze elk moment zonder haar konden wegvliegen.

'Hij zat boven aan de trap hout te snijden,' zei Nathan. 'Hij maakte altijd speelgoed van hout voor ons: soldaatjes voor Sol en mij, poppen voor Nina, draaitollen... Hij had een keer voor Nina een paard gemaakt, een hengst.'

'Een hengst?'

Nathan glimlachte. 'Het leek meer op de knol van de melkboer, maar zo noemde hij het. Een hengst.'

Tot nu toe had Lily uit de verhalen van de zoons over hun vader nooit kunnen denken dat Joseph Kramer iemand was die uit een blok hout een hengst voor zijn dochtertje zou snijden.

'Mijn vader heeft een keer een *dreidel* voor me proberen te maken,' zei ze. Ze glimlachte. 'Maar die deed het niet.'

'Hoe bedoel je, dat hij het niet deed?'

'Hij draaide niet. Als je hem een harde draai gaf, viel hij gewoon hup, omver.'

Nathan moest ook lachen. 'Was hij niet goed met z'n handen?' Sinds ze hem had verteld dat haar vader in de import en export zat, zag hij een rijke man voor zich met een chique winkel die niets met zijn handen deed, alleen over de zachte Perzische tapijten strijken die hij importeerde.

'Hij was heel goed met z'n handen; hij kon alleen geen houten voorwerpen snijden. Als hij zijn hand op de schors van een boom legde, kon hij met zijn ogen dicht zeggen of het een beuk of een eik was. Toen hij me mee uit varen nam in zijn boot, heeft hij me geleerd hoe je dat kon voelen.'

'Had hij een boot?'

'Natuurlijk had hij een boot. Hij was veerman.'

'Maar ik dacht dat je zei...'

'Hij vervoerde goederen voor import of export.'

'Wat voor goederen?'

'Dat verschilde,' zei ze, 'afhankelijk van de markt.'

'Welke markt?' drong hij aan. Hij begreep niet waarom ze zo terughoudend was met het verstrekken van de simpelste gegevens over haar leven van voor de oorlog.

'Rusland,' antwoordde ze.

'Rusland?'

'De Sovjet-Unie. We woonden dicht bij de grens,' legde ze uit. 'Na 1920 werd onze rivier de nieuwe grens.'

'Maar... ik wist niet dat er na de revolutie handel met Rusland werd gedreven. Ik dacht dat ze de grenzen hadden gesloten.'

'Er werd gehandeld.'

Hij wachtte op meer, nadere bijzonderheden, een uitleg.

'Je was nog niet klaar met je droom,' zei ze.

'Wel. Dat was het.'

'Je zag je vader op de stoep iets van hout zitten snijden en... jij dan? Wat deed jij?'

'Ik zat niet in de droom.'

'Je zat erbuiten?'

'Inderdaad. Ik was toeschouwer. Vertel nog eens wat meer over je vaders werk.'

'Dat heb ik al gedaan. Hij had een boot. Hij bracht goederen over en weer.' Ze wierp even een blik opzij. 'Waarom kijk je me zo aan?'

'Ik kijk je niet anders aan dan normaal.'

'Hij was veerman. Net als zijn vader en zijn grootvader voor hem.'

'Maar toen zijn vader en grootvader op het veer werkten, was het legaal,' zei Nathan, die angstvallig probeerde niet te moralistisch te klinken.

'Iedereen profiteerde ervan,' zei ze.

'Was het niet gevaarlijk?'

'Het was een tikje riskant,' gaf ze toe. 'Maar minder als ik met hem meeging.'

'Hij nam je mee?' Had ze dat bedoeld toen ze zei dat ze voor hem had gewerkt als de zoon die hij niet had gekregen? Wat voor vader...? 'Stel dat jullie waren betrapt?'

'Ik werd heus niet betrapt. Ze kregen goed betaald om ons niet te betrappen.'

'Maar toch niet elke grenswacht...'

'Bij vrouwen en kinderen knepen ze een oogje dicht.'

Hij knikte.

'Kijk niet zo geschrokken.'

'Ik ben niet geschrokken.'

'Teleurgesteld.' Zoals ze al had verwacht. Hij dacht dat hij een meisje van goede komaf had getrouwd, een puntgave echtgenote uit de afvalbak met vluchtelingen die de oorlog had opgeleverd, om dan tot de ontdekking te komen...

'Helemaal niet.' Hij was eigenlijk wel opgelucht, besefte hij. Het was de eerste informatie die ze verstrekte die een verklaring was voor haar geslotenheid, haar ontwijkende gedrag dat hem zorgen begon te baren en hem deed afvragen of ze misschien iets te verbergen had, maar dat bleek dus nu alleen maar schaamte te zijn om haar afkomst. 'Heb je het warm genoeg?'

'Heerlijk. Het is een heerlijke jas, Nathan. Dank je wel.'

Ze liepen een eindje zwijgend voort, het pad voerde hen nu

door het bos en klom geleidelijk omhoog naar de uitkijkpost over de stad.

'Als je nu je ogen dichtdoet en ik je naar een boom breng waar jij je hand op legt, kun je dan zeggen wat het is?'

'Probeer maar,' zei ze. Ze deed haar ogen dicht en ze werd zich meteen bewust van het pad onder haar voeten, de zachte sponsachtige gedeeltes waar lagen rottende bladeren zich in de loop der jaren hadden opgehoopt, de hardere stukken van kale vertrapte aarde, de stukken rots en wortels die door het oppervlak waren heen gebroken. Hij bleef staan en legde haar vlakke hand op een boomstam. Ze liet haar hand onbeweeglijk liggen, alsof ze de schors door haar huid heen absorbeerde.

'Esdoorn,' zei ze.

'Goed gegokt,' riep hij, waarop ze moest lachen.

Ze liepen verder, het pad ging rakelings langs een steile rotsformatie. Ze streek met haar hand over de steen toen ze er langsliepen.

'Ik neem aan dat je me ook kunt vertellen wat dat is.'

'Gabbro,' zei ze.

Hij keek haar verbaasd aan.

'Was het fijn hem te zien?' vroeg ze.

'Wie?'

'Je vader?'

'Zeker,' gaf hij toe en hij voelde zich een beetje opgelaten om over zijn droom te praten alsof het echt was gebeurd.

'Dan heb je geluk,' zei ze. 'Ik zie nooit iemand.'

'Ik heb hem niet echt gezién.'

'Mijn doden komen niet naar me toe,' zei ze.

'Het was maar een droom, Lily.'

'Eén keer dacht ik dat ik ze hoorde. Dat was in de woestijn. Daar was ik naartoe gegaan met een man die ik had ontmoet. Een Engelsman op verlof. Ik had nooit met hem mee moeten gaan. De Engelsen, onze ergste vijanden... ik weet het. Terwijl ze in Europa onze beste vrienden waren.' Ze haalde haar schouders op. 'Het was november...'

'Heb je daar zo goed Engels leren spreken?' onderbrak Nathan haar. 'Van deze... Engelsman?'

'Nee, nee. Dat kon ik al. Ik heb Engels op het gymnasium gehad. Ik was de beste van de klas.'

'Als je je vader niet met smokkelen hielp?' Hij hoorde het sarcasme in zijn stem, maar dat kon hem niets schelen. Het was jaloezie, wist hij – wie was deze Engelsman precies?

'Ik hielp hem alleen na school. Ik zat op het meest vooraanstaande gymnasium van de hele streek – één op de drie Joodse leerlingen werd maar toegelaten.'

'En wat vonden je vooraanstaande vriendjes van je vaders beroep?'

'Dat wisten ze niet. Ik zei dat hij exporteur was.'

Net zoals ze tegen mij had gezegd, dacht Nathan. 'Dus je ging met hem mee, deze Engelsman op verlof van het terugsturen van ons volk naar Europa...'

'Naar Cyprus,' zei ze zachtjes.

'En verder? Dacht je dat het een goede gelegenheid was om je Engels op te frissen?'

'Hij had me verteld dat het de mooiste plek was waar hij ooit was geweest. Daarom ging ik. Trouwens, hij zei niet dat het de mooiste plek was, maar de eenzaamste. Volgens hem was het het eenzaamste landschap op aarde. De enige plek op aarde waar hij zich niet alleen voelde.'

Ze keek naar Nathan. 'Ik voelde affiniteit met hem.'

Nathan voelde dat ze hem onderzoekend aankeek, maar hij staarde recht voor zich uit.

'Het was november, dus overdag was het warm maar niet zo heet meer, en 's nachts was het koud en helder. Zo helder – die leegte kun je je gewoon niet voorstellen, Nathan, de enorme weidsheid. Drie dagen lang zijn we niemand tegengekomen. We praatten amper met elkaar. We zaten voor onze tent te kijken naar hoe het licht veranderde, naar het zand dat stoof in de wind, de sterren die verschenen... En toen, op de derde avond, hoorde ik gefluister. Ik werd er wakker van – een droom die niet ophield toen ik wakker was. Het was vervormd gefluister – ik kon geen woorden onderscheiden – maar alleen het gevoel dat ze er waren, me riepen, me lieten weten dat ze nog steeds de mijne waren en ik de hunne...'

Nathan hoorde de emotie in haar stem, een openingetje, maar het enige wat hij wilde weten was wie die man was die haar naar de woestijn had meegenomen.

'Toen mijn vriend 's ochtends koffiezette, vroeg hij of ik 's nachts ook iets gehoord had. "Wat gehoord?" vroeg ik. "Gefluister," zei hij, en toen legde hij het uit. Het blijkt dat fluisterend zand een verschijnsel is dat alleen voorkomt in dat deel van de Sinaï. Dat heeft te maken met de samenstelling van het zand, van zuiver kwarts. Het meeste zand is een mengsel van andere mineralen,' legde ze uit, 'maar in dat deel van de Sinaï is het een zuiver mengsel en als die korrels tegen elkaar schuren als ze verschuiven...' Ze schudde haar hoofd. 'Dat hoorde ik dus.' Ze keek hem aan. 'Kwarts.'

Wie was deze vriend? vroeg Nathan zich af, die zich schaamde voor zijn jaloezie, de bekrompenheid van zijn reactie. Hij pakt haar hand vast om zijn innerlijke onrust te verbergen, zijn onvermogen om een echtgenoot voor haar te zijn. 'Het spijt me,' zei hij.

1944
   Gisteravond, een warme maaltijd, een stoofschotel van aard-appels en iets van vlees dat volgens André beslist eekhoorn was,

maar dat niet was. Het was kattenvlees, dat wist ik, en niet vanwege de smaak – want hoe moest ik het verschil kennen tussen eekhoorn en kat? – maar vanwege het schichtige knipperen van zijn ogen als hij loog. Een leugen om bestwil – ik had hoe dan ook van de stoofschotel gegeten, en dat ik net deed van niet was om het wezen dat ik was geworden weer even terug te veranderen in het meisje dat ik ooit was: een meisje met gevoeligheden, een meisje dat liever van de honger omkwam dan een stoofschotel van kattenvlees te eten en elke druppel kattenjus uit haar kommetje te likken.

Ik was hem dankbaar voor zijn leugen, zei ik tegen hem toen we het op hadden. Jij bent me dankbaar voor het vlees, antwoordde hij, maar hij was toch blij.

Ik voelde me opeens heel sterk terwijl we zaten uit te buiken. Het was de kracht van een vrouw, geen spierkracht maar een zinnelijke, alsof al mijn zintuigen openstonden zodat ik de rivier vijftien kilometer verderop kon ruiken – een vage vissige lucht met een indringend vleugje metaal – en ik hoorde de vluchtige, snelle hartjes van elke muis kloppen en van elke mol die zich in het bos om ons heen had verborgen. Ook de tragere ritmes hoorde ik, het hart van slapende wilde zwijnen, van beren die zich opmaakten om te gaan slapen. Dat zei ik tegen André en die moest lachen. Dat komt door het vlees, beweerde hij.

Eerst kon ik niet goed de slaap vatten, mijn maag krampte steeds samen, maar later die nacht werd ik wakker van de stilte. Het was zo'n overweldigende stilte dat ik aanvankelijk dacht dat ik dood was, maar toen ik een tijdje zo lag besefte ik dat het de afwezigheid van pijn en honger, van angst en kou was die ik voelde, een beëindiging die als een stilte in me was. En binnen die stilte voelde ik de warmte van een stralend licht en ik moest denken aan wat onze buurvrouw eens had gezegd toen ze zwanger van haar eerste was, dat bij een kind in de baarmoeder, naar verluidt, een licht boven zijn hoofd brandt en dat het van de ene kant van de wereld naar de andere kan kijken, dat een kind dat in Antwerpen in de baarmoeder slaapt een droom kan zien in Spanje.

Ik wist toen dat ik dit zou overleven en in een tweede leven herboren zou worden. Dat André niet de handlanger van de dood is, zoals ik eerst dacht. Of de dief van wie ik vreesde dat hij de drie diamanten die ik hem als vergoeding aanbood gewoon zou afpakken en er dan vandoor gaan, of erger, me vermoorden. Hij is een man van vlees en bloed die niet anders is dan hij lijkt. Hij zal me de rivier over brengen die ik van vijftien kilometer afstand al ruik.

HOOFDSTUK 14

'Jonathan is terug,' zei Carrie.

We waren in mijn kamer in het huis van mijn vader. Ik lag languit op het bed, met een stapel damesbladen naast me, op zoek naar bruidsmeisjesjaponnen en bloemstukken voor mijn bruiloft. Carrie zat in de leunstoel tegenover het bed door een van de tijdschriften van de stapel te bladeren.

'Hij heeft niet eens gebeld om te zeggen dat hij weer thuis is.'

'Waarom zou hij ook?' vroeg ik.

Carrie had Jonathans hart gebroken toen ze het met hem had uitgemaakt. Maandenlang had hij diepbedroefd rondgelopen in de hoop dat ze van gedachten zou veranderen, was met andere vrouwen uitgegaan in een poging haar jaloers te maken, en toen hij eindelijk de uitzichtloosheid van de situatie had geaccepteerd, was hij van school gegaan en vertrokken naar India, met als doel zichzelf te vinden.

'Ik kwam zijn moeder en zus laatst in Snowdon tegen. Ze waren op zoek naar een jurk voor haar afstuderen. Die zus is trouwens dik geworden. Ze vonden het beiden dolletjes me te zien. Ze wisten duidelijk niet dat hij me nog niet had gebeld, dat ik geen flauw idee had dat hij naar huis wilde komen, laat staan dat hij al terug was en al een hele week thuis was. Een week, Ruthie. Wat mankeert hem?'

'Jij hebt het uitgemaakt, Carrie. Weet je nog? Jij vond hem

saai en geborneerd. Je werd gek van zijn armezondaarsgezicht dat jou constant in de gaten hield.'

'En als hij nou een ander heeft?'

Ik keek haar aan. Ze was niet mooi, maar bezat een charme waarmee ze mensen aantrok en ze was zo overtuigd van haar eigen aanminnigheid dat iedereen daarin meeging. Niemand ging bij Carrie weg; Carrie ging bij anderen weg. Dat was een van de basisregels van haar leven. En Jonathan was in zekere zin ook geen uitzondering op die regel, al begreep ik ook wel dat het weinig zin had haar daarop te wijzen.

'En deze dan?' vroeg ik terwijl ik een tijdschrift ophield zodat zij de jurk kon zien die ik voor haar had gevonden.

Carrie boog zich voorover, schudde haar hoofd. 'Daarin zie ik eruit of ik hepatitis heb.'

'Niet de kleur. Ik bedoel het model.'

'Ruthie,' zei ze, 'heb je me in al die jaren dat we elkaar kennen ooit in een A-lijn jurk gezien?' Ze leunde weer achterover, maar keek haar tijdschrift niet meer in.

'Ik denk dat ik dat gipskruid maar niet in mijn boeket doe,' zei ik. 'Te afgezaagd.'

'En een witte jurk is dat niet?'

Ik keek haar aan.

'Bij een huwelijk gaat het niet echt om het uiten van je originaliteit,' zei Carrie.

Ik ging daar maar niet op in, was niet in de stemming voor een van Carries exposés over het huwelijk dat in vele opzichten alleen maar stond voor gebrek aan fantasie en durf. Het was 1967 en de maatschappelijke veranderingen drongen ook langzaam door tot onze wereld, maar voornamelijk in de vorm van kortere rokken, drugs, muziek en dienstweigeraars uit de Verenigde Staten. Carries tirades over het huwelijk waren niet zozeer politiek geïnspireerd, als wel ingegeven door het feit dat ze bang was geen man te kunnen vinden die ze leuk genoeg vond om mee te nemen naar mijn bruiloft. Ze trok een pluk haar voor haar gezicht om die op gespleten punten te controleren, iets waar ze zo ingespannen en lang mee bezig was dat ik me maar weer in mijn tijdschrift verdiepte.

'Heb je het dagboek al meegenomen naar Ida?' vroeg ze. Ik had haar verteld dat ik van plan was Ida aan haar belofte te houden die ze jaren terug had gedaan, namelijk dat ze me het dagboek zou voorlezen als ik verloofd was. Toen ik niet antwoordde, vroeg ze: 'Waar wacht je nog op?'

'Ik ben bang dat ze het niet goed aankan. Ze was ook al zo uit haar doen toen ik haar de diamant liet zien. En niet bepaald toeschietelijk.'

Carrie knikte. 'Misschien moet je het naar mevrouw Schoenfeld brengen. Dat is niet zo'n gek idee.'

'Te laat.'

Carrie stopte halverwege haar onderzoek van een lok en keek me door haar haar aan. 'Is ze dood?'

'Nee, nee. Maar ze is niet meer helemaal bij.'

'Hoe bedoel je?'

'Gister kwam ze naakt haar huis uit.'

'Wat?'

Reuben en ik zaten in de logeerkamer van Sol en Elka op de vloer Chuck te helpen zijn spoorbaan aan te leggen toen ik opstond om iets te drinken te halen, uit het raam keek en mevrouw Schoenfeld poedelnaakt over haar tuinpad naar de straat zag lopen. Ik wist al een tijdje dat ze aan geheugenverlies leed, maar ik had nooit bewijs gezien dat dat verlies voor haar hele verstand gold. Ze lachte me bijvoorbeeld nog steeds hartelijk toe als ik langs haar huis liep en zij haar tuinplanten water gaf, al wist ze niet meer hoe ik heette, en ze kwam nog elke sjabbes naar de sjoel, altijd gekleed in de onopvallende rokken en blouses die vrouwen van haar leeftijd doorgaans droegen en met een dubbele rij parels om haar hals waarmee haar kleindochter speelde en die ze in haar mond stopte als ze op haar grootmoeders schoot zat onder het voorlezen uit de Thora.

'Het enige wat ze droeg was haar parelsnoer.'

'Jezus,' mompelde Carrie. 'Blij dat ik het niet gezien heb.'

Het was vooral de aanblik van zoveel loshangends dat me choqueerde. Haar grijze haar, dat ik alleen maar in een strakke knot had gezien, wapperde in dunne pieken om haar hoofd; haar borsten klapperden als twee lege hulzen tegen haar ribben. Een andere huidflap – haar buik – hing over haar intieme delen maar in feite was ze één groot intiem deel. Zo kwam het op me over. Wat ik voor me zag was een privézaak die voor Jan en alleman zichtbaar was, haar naaktheid te grabbel op het lege maar onmiskenbaar openbaar trottoir waarop ze stond. Ik weet niet hoe lang ik naar haar staarde. Het leek maar een kort moment. Het leek of ik haar nog maar amper had gezien, of het nog maar nauwelijks tot me was doorgedrongen toen Reuben al buiten naast haar op de stoep stond. Hij had een laken in zijn hand, een laken dat hij uit onze linnenkast getrokken moest hebben terwijl ik nog steeds stomverbijsterd naar de verschijning voor me staarde. Hij hing het laken over haar heen, trok de punten bijeen en knoopte die vast, alsof hij haar een toga aandeed. Dat dacht mevrouw Schoenfeld ook, want ze hield de lakenpunten even vanzelfsprekend en elegant vast als een bruid die haar sleep oppakt om naar het altaar te schrijden. Daarna legde ze haar hand in Reubens uitgestrekte hand en liet zich door hem naar huis brengen.

Ik vertelde het aan Carrie en herinnerde me weer de golf van liefde die ik voor Reuben op dat moment voelde, het idee dat ik het wezen van zijn karakter zag, en dat het een goed karakter was, moedig, lief, sterk.

'Sint Reuben,' zei Carrie.

'Wat bedoel je daar nou mee?'

'Niets.' Ze haalde een nagelvijl uit haar tasje en begon haar al volmaakt verzorgde nagels te vijlen.

'Je mag hem niet.'

'Godallemachtig. Natuurlijk mag ik hem.'

'Je zegt nooit iets aardigs over hem.'

'Ik zeg nooit iets aardigs over wie dan ook.' Ze grijnsde me op die typische manier van haar toe, charmant en irritant tegelijk.

'Het is niet zo dat ik hem de verkeerde voor jou vind...' Carrie dacht daar even over na. 'Maar je wordt opeens zo doorsnee, snap je? Een doorsnee Joodse man, een doorsnee bruiloft met de geijkte bruidsmeisjes en bloemen...' Ze keek even naar me hoe ik hierop reageerde. 'En daar is niets mis mee...' Haar stem stierf weg.

Klopte het wat Carrie beweerde? Ik hield van Reuben, maar ik kon niet ontkennen dat ik het ook fijn vond dat het zo simpel met hem was, zo rustig, om ook eens een keer net zo als de anderen te zijn. Ik moest toegeven dat de warme hartelijkheid waarmee Reuben en ik overal werden verwelkomd meer dan prettig was, de hartelijkheid van mensen die een aantrekkelijke weerspiegeling van zichzelf zagen, en voor mij was het een onvoorstelbaar verschil met de afgemeten vriendelijkheid die ik tot dan toe in mijn leven had ontvangen. Maar dat ging ik allemaal niet bekennen aan Carrie.

'Ik weet dat het voor jou moeilijk te begrijpen is dat ik misschien van een man hou die vanaf het eerste moment dat hij me zag verliefd op me was, die aardig voor me is, die bereid is een levenslange verbintenis aan te gaan met...'

'O, doe niet zo beledigd,' zei Carrie. Ze ging weer verder met haar nagels en ik bladerde nog wat door mijn tijdschrift, maar zonder iets te zien. 'Komt je vader met Sandra naar het huwelijk?' vroeg ze.

Sandra was de vrouw met wie mijn vader een relatie kreeg vlak nadat ik mijn verloving met Reuben had aangekondigd. Zodra ik haar had ontmoet, wist ik dat mijn vader iets anders voor haar voelde dan de rest van de vrouwen die hij in de loop der jaren had gehad. Sandra zelf was ook anders: minder babbelziek, minder lief in bepaalde opzichten dan de andere vrouwen.

'Natuurlijk,' zei ik een beetje al te geestdriftig. Ik was eigenlijk een beetje jaloers op Sandra, op de blijdschap die ze op mijn vaders gezicht wist te toveren.

Die week had ik voor het eerst bedacht dat de reden dat mijn vader nooit een vrouw had ontmoet die hij echt leuk vond misschien was dat hij op zoek was naar een lieve stiefmoeder voor mij, en dat de vrouwen van wie hij dacht dat ze lief voor me zouden zijn (Joyce, Melinda, Naomi en nog een paar anderen) geen vrouwen waren die hij zelf interessant vond.

'Dat maakt het makkelijker voor jou,' zei Carrie.

'Wat?'

'Dat hij iemand heeft. Dan voel je je niet zo schuldig dat je het huis uit gaat.'

'Ja, precies,' loog ik. Ik schaamde me voor mijn jaloezie.

'Denk je dat Oscar ook meekomt naar het huwelijk?' Oscar was de hond van Sandra. Hij ging overal mee naartoe. Het was een enorme Newfoundlander die Ida Pearl en Bella 'de pony' noemden.

'Ik hoop dat hij voor uitsmijter wil spelen.'

Carrie glimlachte. 'Volgens mijn moeder was Sandra altijd al een beetje gek.'

Ik keek haar aan. 'Kent je moeder Sandra?'

'Ze zaten samen op school. Ze is niet echt gek, hoor. Gewoon anders. Haar vader was kunstenaar. Hij zette vroeger zijn ezel op langs de kant van de weg in Saint-Donat en dan zat hij de hele dag te schilderen.'

'Dat verklaart alles.'

Carrie lachte.

'Ik denk dat mijn vader op gekke vrouwen valt. Tja, wie weet... Mijn moeder was ook een beetje raar.'

'Klopt,' zei Carrie.

'Ook de manier waarop ze me achterliet was raar,' zei ik, de flessen babyvoeding indachtig die netjes op een rij in de ijskast stonden, een beeld dat me zo vaak was geschetst dat ik het idee had dat ik het met eigen ogen had gezien; haar zorgvuldig geplande vertrek waarbij ze zich had verzekerd dat ik geen moment zonder toezicht zou zijn; de stenen die ze opstuurde, niet regelmatig maar wel consequent, een contact dat gedurende mijn hele kindertijd en tienerjaren bleef bestaan, ook al had het de vorm van een rouwritueel aangenomen, zoals de stenen die we voor onze dierbare overledenen achterlaten.

'Ik geloof niet dat er een normale manier is om je baby achter te laten,' zei Carrie, en door haar woorden voelde ik de aloude schaamte weer naar boven komen. Ik had gedacht dat ik die voorgoed had afgeschud, en er was geen reden om me te schamen, zeker niet voor Carrie, maar toch stak ze nu weer de kop op, de schaamte die ik voelde als ik nieuwe, onbekende mensen ontmoette, die niets van me wisten, alleen dingen over me gehoord hadden, wat er gebeurd was in onze familie. Ik vroeg me af of ik die schaamte ooit helemaal kwijt zou raken.

'Niet boos op me zijn,' zei Carrie. Ze had het over ons eerdere onderwerp.

'Boos op je?'

'Om wat ik over Reuben zei...'

'Dat geeft niet,' zei ik.

'Weet je het zeker?'

'Het is oké, Carrie. Echt.'

'Honderd procent?'

Dat was het niet, maar als Carrie gewetenswroeging had, gedroeg zich net als een jong hondje dat kwispelend bij de rommel staat die het heeft gemaakt en dan ook nog eens over je neus likt zodat je onmogelijk boos kunt worden. 'Honderd procent.'

'Fijn. Omdat ik heus niet wilde...' En toen was ze net als dat hondje alweer verder gehuppeld om ergens anders nieuwe rommel te maken. 'Vind je dat ik hem moet bellen?' Jonathan, bedoelde ze.

'Ik vind dat je hem met rust moet laten.'

'Te laat.' Ze grijnsde me weer triomfantelijk toe.

'Heb je hem gebeld?'

'Gisteravond.'

'En?'

'En niets. Hij klonk wel blij om me te horen. Al kun je dat niet zo goed door de telefoon horen. O, en je raadt nooit wie zijn nieuwe beste vriend is.' Ze zweeg even uit effectbejag. 'David Czernowitz.'

Ze wachtte op mijn reactie, maar de naam zei me niets.

'Ga me niet vertellen dat je meneer C vergeten bent.'

'Hoe kan ik die nou vergeten...'

'David is zijn zoon,' zei Carrie.

'Heeft hij een zóón?'

'Hij was met Jonathan in India.'

'Dat geloof ik niet,' zei ik.

'Het is toch echt zo. Ik dacht dat hij in Israël in een kibboets werkte, al leek hij me niet echt het sinaasappels-plukkende-type.'

'Ken je hem?'

'Hij volgde hetzelfde bijvak als ik.'

'Ik vind het onvoorstelbaar dat je me nooit iets hebt verteld.'

'Hoezo? Ik heb hem nauwelijks gesproken.'

'Maar toch...'

'Maar toch wat? Als er iets te vertellen was, had ik dat natuurlijk gedaan.'

'Ik kan gewoon niet geloven dat hij een zoon heeft.'

Carrie keek me verbaasd aan, alsof ze wilde vragen wat daar nou zo moeilijk te geloven aan was. Dat een man die tien jaar eerder onze leraar was geweest een leven had gehad dat ik me misschien niet kon voorstellen?

'Hij heeft gevraagd of ik vanavond meega naar een feest.'

'Jonathan?'

'Wie anders?'

'En ga je?'

Ze haalde haar schouders op. 'Zin om mee te gaan?'

Het feest bestond uit een stuk of tien mensen die in een kring op de vloer van een souterrain zaten. Carrie had afgesproken om Jonathan daar te ontmoeten en toen we binnenkwamen, stond hij op om ons te begroeten. Hij had lang haar en zijn baard laten groeien, een stijl die bij de jongens die wij in Montreal kenden nog niet was doorgedrongen.

'Hoi, Ruthie,' zei hij en hij kuste me op mijn wang. 'Hallo, Carrie,' zei hij tegen Carrie, die vlak achter me stond. Ik bespeurde iets van reserve in zijn stem en houding, een ietwat ongemakkelijke uiting van de emotionele afstand die hij van Carrie had weten te bewerkstelligen, en van zijn voornemen om niet weer in de kuil van zijn uitzichtloze liefde voor haar te vallen.

'Je lijkt Jezus wel,' begroette Carrie hem.

Jonathan gaf geen antwoord, maar ik zag de eerste tekenen van pijn en verdriet direct alweer op zijn knappe, gebruinde gezicht terugkomen.

'Mijn valse messias is terug uit het land van de afgodsaanbidders,' zei Carrie, die haar handen om zijn gezicht legde en hem vol op de mond kuste. De kus was kort maar krachtig. Ik zag dat zijn wil bezweek. Ik zag dat het voornemen dat zijn gezicht tijdelijk had gehard als sneeuw voor de zon verdween, en ik had met hem te doen. Hij was een lieve jongen en had al aardig op weg kunnen zijn naar een redelijk gelukkig huwelijk met een meisje dat wel wat leek op een van zijn zusjes, en een carrière waarmee hij een gezin zou kunnen onderhouden in een buurt en gemeenschap die hij zelf ook had gekend, als hij zich niet zo aangetrokken voelde tot bepaalde aspecten van het leven die hem juist angst aanjoegen. Carrie, bijvoorbeeld, die hem op het feestje waar ze elkaar hadden leren kennen met zijn eigen sjaal had geblinddoekt en hem naar een hoekje had geleid; vrije liefde, waarin hij beweerde te geloven ondanks dat hij ook diep van binnen geloofde dat je in het leven niets voor niets kreeg; en nu zijn nieuwste: een spirituele traditie zonder schepper als middelpunt, daar had hij het over terwijl hij een sigaret opstak, althans, ik dacht dat het een sigaret was. Het was helemaal te gek, zei hij, om je eigen adem, in plaats van die van God, naar het middelpunt van je bewustzijn te brengen. Dat was namelijk wat hij deed als hij mediteerde, een bezigheid die voor hem in plaats van bidden was gekomen.

'In mijn oren klinkt het als narcisme,' zei Carrie voordat ze een trekje nam van de joint die rondging. Waarop iemand anders – een man die me meteen bij binnenkomst was opgevallen – antwoordde dat als er al sprake was van narcisme dat dan op haar sloeg, omdat ze zo-even een hele spirituele traditie waar ze niets van afwist, alleen dat die anders was dan de religie die ze kende, achteloos terzijde had geschoven.

Carrie keek meer geamuseerd dan beledigd – ze vond het heerlijk om intellectueel te worden uitgedaagd – maar Jonathan was zichtbaar van zijn stuk door de aanval op de vrouw die hem de bons had gegeven en zijn leven jarenlang tot een hel had gemaakt.

'Even dimmen, David,' zei hij, en toen ik keek hoe de man daarop zou reageren, wist ik dat ik naar de zoon van meneer C keek.

Als ik misschien niet geweten had dat hij een vriend van Jonathan was, als ik niet al min of meer had verwacht dat hij er zou zijn, had ik het gezicht waar ik nu naar keek niet zo snel kunnen thuisbrengen. Maar ik wist het wel; ik was ervan uitgegaan dat hij op het feest zou zijn. Wat ik niet had verwacht, was dat ik hem aantrekkelijk vond.

Hij was niet bijzonder knap, maar hij was op een ongewone manier aantrekkelijk. Hij had grote, diepliggende ogen en er zat zo weinig vlees op zijn oogkassen dat je de contouren van zijn schedel kon zien. En zijn lichaam was ook al zo tanig; een fysieke magerte die in mijn ogen een manifestatie van zijn karakter was, van een persoonlijkheid die een afkeer had van het overbodige, dat zowel het vlees als de conventionele omgangsvormen betrof.

Jonathan was intussen overgestapt op de vraag of het universum door een bewustzijn of een andere kracht was ingericht en daar hield hij een heel betoog over. Na een tijdje mengden de anderen zich ook in de kwestie. Ik hoorde hun stemmen scheller worden en dan weer zachter, maar de inhoud van hun woorden drong niet tot me door, want mijn aandacht werd geheel en al door David C in beslag genomen.

Hij verveelde zich, dacht ik. Het gesprek verveelde hem, een eindeloze opeenstapeling van woorden die zo dik als de rook in de kamer waren, het gezelschap, het feest verveelde hem. Hij pakte de joint aan die hem werd aangereikt maar gaf hem door zonder er een trekje van te nemen. Even later stond hij op en verliet de kring.

Het gesprek werd steeds stompzinniger, mensen die zich gedroegen zoals ze dachten dat je je hoorde te gedragen als je stoned was: lachen om dingen die niet grappig waren, de kommen chips en schalen koekjes die midden in de kring stonden opzuigen met de stofzuiger. Ik wachtte tot David Czernowitz terugkwam, maar toen de joint voor de tweede keer de ronde deed, besefte ik dat hij niet meer terugkwam, dat hij wellicht van het feest was vertrokken. Ik stond op, schudde mijn been dat was gaan slapen omdat ik zo lang in kleermakerszit had gezeten, en ik liep naar het vertrek dat doorgaans het toevluchtsoord is voor de onhandigen en de buitenstaanders op zulk soort feestjes: de keuken. Deze keuken had tl-verlichting, een laag, vlekkerig plafond en mosterdgele apparaten. Naast die apparaten lagen zakken chips en zoutjes netjes opgestapeld; in de gootsteen stonden flessen wijn en frisdrank. En bij de muur achterin, met zijn rug naar de deuropening, stond David.

Hij was aan het praten met een vrouw die hij tegen de muur leek te hebben klemgezet. Zijn ene hand hield hij een stukje boven haar hoofd en de andere was tegen de muur gedrukt, naast haar schouder. Dat klemzetten was meer in de verbeelding dan echt, want hij raakte haar niet aan, maar zij had een listige duik moeten maken om onder zijn armen vandaan te komen. Ik kon niet goed zeggen of ik op een versierpoging of een ruzie was gestuit, of er woede of juist lust over en weer ging – ze praatten te zacht om te verstaan wat ze zeiden. Ik was verder de enige in de keuken en ik wist dat ik beter weg kon gaan, maar mijn nieuwsgierigheid naar hem was groter dan mijn discretie of beleefdheid, dus bleef ik staan en hield mezelf voor dat dit een openbare ruimte was, waarna ik maar de plastic bekertjes in handige stapeltjes begon te zetten.

'Jij je zin,' hoorde ik de vrouw zeggen en ze tilde zijn arm op

– de arm naast haar schouder – alsof het een hek was en liep de keuken uit.

Hij bewoog zich niet, bleef in dezelfde houding staan, met zijn ene hand vlak boven de plek waar haar hoofd zo-even had gerust, de ander arm een paar centimeter van de plek waar haar schouder zou zijn geweest als ze er nog had gestaan, maar dat was niet zo, dus iemand die op dat moment de keuken binnen-kwam zou denken dat hij gewoon tegen de muur geleund stond in plaats van te hangen boven de leegte die zonet nog was gevuld door een vrouw van vlees en bloed. Iemand die nu binnen-kwam, zou logischerwijs aannemen dat hij misselijk of verdrie-tig was, want hij had zijn gezicht tegen zijn bovenarm gedrukt, een houding die onderdrukte tranen, woede of misselijkheid suggereerde, of een combinatie van de drie, en was precies de houding die zijn vader tijdens een van zijn huilbuien in de klas had aangenomen, bijna tien jaar eerder.

Even later liet hij zijn armen vallen en draaide hij zich om. Hij deed net of hij mij niet zag, pakte een plastic bekertje uit de stapel die ik net had gemaakt en schonk zichzelf een glas sinas in. Ik pakte ook een bekertje en hield dat op, om zijn aandacht te trekken. Hij schonk mijn bekertje vol zonder me aan te kij-ken. 'Ik ben Ruth,' zei ik. Zijn ogen waren bruin, kalm, ongeïn-teresseerd. 'David,' zei hij.

'Ruth Kramer,' zei ik erbij.

Hij nam een slok, keek mij weer aan en uit zijn blik werd duidelijk dat hij hoopte dat met deze uitwisseling van informa-tie ons gesprek beëindigd was. 'David Czernowitz.'

'Leuk je te ontmoeten.' En toen hij daarop niets terugzei, vroeg ik maar: 'Was dat je vriendinnetje?'

'Ik hoop dat ze het nog steeds is.'

'Ik wilde niet...'

'Je ergens mee bemoeien?'

'Ik probeer gewoon een gesprek aan te knopen.'

Hij was als een stroomdraad waarvan het beschermende laagje af is. Ik wilde contact met hem maken. Ik vroeg me niet af waarom. Ik dronk mijn sinas op en zon ondertussen op iets om te zeggen. 'Koffie of schimmel?' vroeg ik opgewekt, wijzend naar de lichtbruine plek op het plafond vlak boven ons hoofd.

Hij keek even omhoog en haalde toen zijn schouders op.

'Weet je wie hier woont?' zwoegde ik verder.

'Ik.'

'O, nou, lijkt me leuk om je eigen woning te hebben.'

'Niet echt.'

'Niet echt?' Ik lachte, maar hij lachte niet terug. 'Woon je noodgedwongen op jezelf of zo?'

Hij wierp me een lange, verveelde blik toe. 'Met wie zou ik dan moeten samenwonen, vind je?'

'Dat weet ik toch niet. Je ouders... je vriendin...'

'Die wil niet eens naar bed met me, dus het is niet erg waarschijnlijk dat ze bij me intrekt.'

'Arme stakker.'

'Wil jij met me naar bed?'

De vraag was als een bijensteek, waarvan het gif zich binnen één seconde in me had verspreid. Eerst dacht ik dat hij het letterlijk meende en was nogal beduusd, omdat de vraag voortkwam uit een gesprekje dat van zijn kant niet bepaald geïnteresseerd was te noemen. Maar toen drong zijn belediging tot me door. Hij begeerde me helemaal niet, maar hij zou bereid zijn met me naar bed te gaan als ik dat per se wilde, zodat ons saaie gesprek tenminste beëindigd kon worden. Ik keek hem aan. Zijn gezicht was gesloten als een oester.

'Ik ben verloofd,' antwoordde ik, misschien om hem te laten weten dat er een man was die me wél begeerde, die zelfs van me hield.

'Betekent dat ja of nee?'

'Ik geloof niet dat ik hier verder over wil praten.'

'Niemand dwingt je, hoor.'

En ik stapte nog steeds niet op. 'Ik heb je vader gekend,' zei ik.

Nu keek hij me wel aan.

'Hij was mijn leraar.'

Hij wachtte op wat ik te zeggen had. Wat moest ik in vredesnaam nog zeggen? We hebben hem aan stukken gescheurd als een roedel wolven die bloed ruikt? We hebben hem als een druppel pus uit een etterende wond gedrukt, zonder te begrijpen dat de pus het symptoom was en niet de oorzaak van onze infectie? Ik keek naar zijn gezicht, zijn scherpe kaaklijn en jukbeenderen die ik al vanaf het moment dat ik hem zag wilde strelen, een verlangen dat niet was afgenomen door het gesprek van daarnet.

'Je lijkt op hem.'

Geen reactie. Wist hij het misschien? vroeg ik me af. Wat weten? Dat ik een van die jonge wolven was geweest die zijn verwoeste vader uit ons blikveld hadden verjaagd zodat we zijn verwoesting niet zelf hoefden te voelen. 'Hoe gaat het met hem?'

'Prima.'

Wat had hij anders tegen iemand als ik moeten zeggen? Iemand met normale ouders, nam hij waarschijnlijk aan. Canadese ouders. Iemand die nooit zou begrijpen hoe het was om uit hartverscheurend verdriet te zijn geboren.

'Fijn te horen,' zei ik.

Ik wilde zo graag zijn gezicht aanraken. Dus deed ik dat. Ik stak mijn hand uit en hij trok zich niet terug. Ik voelde zijn scherpe jukbeen, de holte eronder, aanvankelijk koel, toen warmer van het toevloeiende bloed door mijn aanraking. Ik voelde hoe glad zijn voorhoofd was onder mijn vlakke hand, hoe vol zijn lippen, hoe het masker van verveling wegviel. Toen ik mijn hand weghaalde, was zijn gezicht dat van een jongen. En voordat het weer zijn strakke trekken aannam, drukte ik met mijn duim op zijn mond. 'Ik ben niet wie je denkt dat ik ben,' fluisterde ik.

'Ah, wat ben je vroeg,' riep Ida, al hadden we geen bepaalde tijd afgesproken.

De vorige avond had Reuben me de ring gegeven. Ida had hem gemaakt en toen ik haar belde om haar te bedanken, vroeg ze of ze met eigen ogen mocht zien hoe hij me stond.

Zat ik ermee dat dezelfde hand waaraan nu de ring prijkte een paar avonden terug het gezicht van een andere man had gestreeld? Ja, maar ik had allerlei redenen bedacht voor de aantrekkingskracht die ik voor David voelde, de meeste hadden te maken met het verleden dat ik achter me hoopte te laten. En ik twijfelde niet dat ik een gelukkige toekomst tegemoet ging als vrouw van Reuben. Maar toen Ida mijn dubbelhartige hand beetpakte, vroeg ik me af of ze niet de verraderlijke hitte van mijn vingertoppen en handpalm voelde terwijl ze de koele pracht van de diamant bewonderde die zo mooi in zijn zetting rustte. Het leek van niet. Ze knikte goedkeurend en gebaarde toen dat ik in de voorkamer moest gaan zitten. Ondertussen ging zij theezetten.

Het grootste deel van mijn leven woonde Ida al in dit appartement – de ruime kamers en de inrichting weerspiegelden haar stijging op de maatschappelijke ladder sinds de oorlog – maar ze had me slechts één keer eerder in de voorkamer uitgenodigd, dat was het weekend dat mijn familie naar Côte-Saint-Luc was verhuisd, jaren terug.

'Weet u nog dat ik hier een weekend heb gelogeerd?' vroeg ik toen ze bij me kwam zitten.

'Natuurlijk weet ik dat nog.' Ze zette het blad op het tafeltje bij de bank. 'Je was zo'n apart kind. Je at steeds je bordje leeg hoe vaak ik het ook vulde – ik was bang dat je misschien een lintworm had – en om de drie minuten bedankte je me voor de kleinste dingetjes. En je klopte op je kleren alsof het je huisdieren waren.'

Het plassen in mijn broek liet ze weg en daar was ik haar dankbaar om.

Het theeservies was nog hetzelfde als toen en ze deed een schijfje citroen in haar eigen kopje, net zoals die ene middag, maar in plaats van frambozenjam door mijn thee te roeren gaf ze me nu ook een scheutje van de amberkleurige drank uit de kleinste zilveren kan op het blad.

'Je bent afgestudeerd,' zei ze terwijl ik de damp van de whisky uit mijn kopje opsnoof. Ze deed ook wat in haar eigen thee en hield haar kopje op om te proosten. 'Lechajim.'

Ik zei ook lechajim en hief mijn kopje naar haar op.

'Zo...' zei ze. We kwamen niet vaak bij elkaar, zonder anderen erbij; nu de ring aan alle kanten was bekeken, zocht ze naarstig naar een gespreksonderwerp. 'Hoe staat het met de huwelijksplannen?'

Ik verzekerde haar dat we plannen hadden.

Ze knikte glimlachend.

Ik haalde het dagboek uit mijn rugtas. Ida keek eerst naar het dagboek, toen naar mij. 'Weet u nog dat u gezegd had het me voor te lezen als ik verloofd was?'

Ik dacht ze me weer zou afwimpelen, maar dat deed ze niet. Was er eindelijk genoeg tijd voorbij? Had ze misschien een andere reden om het nog eens door te lezen? Wilde ze het eigenlijk altijd al pas aan me voorlezen wanneer ze dacht dat ik oud genoeg was om de emoties die het opriep te begrijpen? Ze pakte het dagboek aan, zette haar leesbril op en sloeg het open.

'*Ik begin met een droom...*' las ze en voor mijn geestesoog doemde een beeld op van een stenen stad waaruit alle menselijke emotie was gewist en er alleen nog doodsangst over was, en waaruit alle kleuren waren verdwenen afgezien van het grijs van de straten en het dieprood van de vloeistof die nu de kuilen vulde waar zich vroeger regenwater verzamelde. Ik zag een doodsbang meisje door het doolhof van straatjes rennen en bij een deur komen die haar de weg blokkeerde. Ik zag haar tegen de deur vallen, ertegen smeken alsof er in zijn houtvezels nog een greintje genade zat, en toen de wonderbaarlijke opening: naar de kleur, het zonlicht, de geur van abrikozen, de tinkelende pianoklanken.

'Dat was mijn ouderlijk huis,' zei Ida. 'Lily's tante Lottie was mijn moeder. Ze noemt niet mijn vader omdat ze die nooit heeft gekend. Hij was de oudste broer van haar vader, maar hij is overleden toen ze nog een baby was. Hij heette Herschel – ik heb Elka naar hem vernoemd.' En toen ze mijn verbaasde gezicht zag: '*Hersch* betekent " hert" in het Jiddisj. *Elk* in het Engels.' Ze glimlachte. 'Het was nog een reden voor haar om me te haten toen ze klein was.'

'Vond Elka haar naam niet mooi?'

'Ze had liever Elizabeth geheten.' Ida schudde haar hoofd. 'Lily en haar familie woonden in Antwerpen, haar vader was mijn oom Chaim.' Ze keek me aan.

Ik knikte, dat wist ik al.

'Ze ging elke zomer met mijn moeder op bezoek bij mijn familie in Krakau. Ook toen mijn vader dood was en mijn moeder hertrouwd, kwamen ze nog steeds op bezoek – tussen mijn moeder en haar moeder was er een hechte vriendschapsband, die zich zelfs verdiepte toen ze geen schoonzusjes meer waren. Lily's moeder had natuurlijk ook haar eigen familie in Krakau om op te zoeken, maar ze logeerde altijd bij mijn moeder. Elke zomer. In juni vertrokken ze uit Antwerpen en kwamen dan pas in september terug. En ik zag ze met lede ogen vertrekken, mijn tante en mijn verwende nichtje, naar mijn huis, naar mijn familie. Terwijl ik achterbleef en me voor haar vader moest afbeulen.'

'Waarom was uw oom Chaim in Antwerpen terwijl de rest van de familie in Polen zat?'

'Antwerpen was het centrum van de diamanthandel. Heel veel mensen gingen daar wonen. Mijn eigen vader wilde er ook heen verhuizen, maar hij was de oudste en mocht dus niet weg. En ook al was hij de jongste geweest, zoals Chaim, dan had hij het misschien niet eens gekund. Mijn vader had veel visie maar weinig kracht – hij zag wat er gedaan moest worden, maar kon dat zelf niet doen.'

Ze pakte het dagboek. *'Wie ben ik? Een bergje modder op een herfstakker. Een hoop dorre bladeren aan de rand van een bospad. Ik stop mijn handen onder me als je langsloopt, druk mijn gezicht in de aarde. Ik ben een vage streep die je uit je ooghoek ziet, volkomen roerloos als je je blik op me richt. In jullie steden ben ik een rat die onder het oppervlak van jullie leven rondscharrelt. Ik verberg me in jullie riool. Ik besmet je dromen met ziektes. Ongedierte, noemen jullie me. Insect. Hondsvot. Varken. Vroeger was ik een meisje.'*

'Ze had altijd al een neiging tot dramatiek,' zei Ida die over haar leesbril naar me tuurde. 'Er was een tijd dat ze actrice wilde worden. De Sarah Bernhardt van haar generatie. Maar op haar dertiende veranderde ze opeens in een verlegen kind. Je zag het langzaam over haar heen zakken, schreef mijn zusje Sonya.' Ik zag een strakke jurk die over het lichaam van meisje zakte, een koker van verlegenheid die haar beknotte. 'Maar daaronder was ze nog dezelfde. Zelfverzekerd. Dus ik denk dat ze daarom besloot om schrijfster te worden, een fantasie waarin haar ouders

haar stijfden zoals ze bij elke gril deden die in haar hoofd opkwam. Ze lagen gewoon aan haar voeten – zij was de jongste en
hun enige meisje. Hun prinsesje. En ik ondertussen maar twaalf
uur lang elke dag in haar vaders slijperij werken waar ik de be-
nodigdheden maakte om haar gedroomde luxeleventje te kunnen leiden. Waar dit trouwens ook toe behoorde.' Ze hield het
dagboek omhoog, dat waarschijnlijk een dure aankoop was geweest, besefte ik, al dateerde die van lang na Ida's vertrek naar
Montreal.

Ida las nog iets over een ontmoeting van het meisje met een
wezen, dat óf een man óf een verzinsel was: '*Er was een scheur in
de Poolse dag verschenen, de wereld die zich terugtrok langs een
rafelige rand. Ik kneep mijn ogen toe om het beter te kunnen zien:
dit uiteenwijken in de vorm van hem, deze opening naar een andere wereld.*

Sta op, zei hij. Vlug.

'Denkt u dat ze zich echt in een hoop bladeren had verstopt?'
vroeg ik.

'Ik denk eerder een soort schuilhol. Het was geen toevallige
ontmoeting die ze beschreef. Hij was een smokkelaar. Hij ging
haar de rivier over smokkelen – ik weet niet precies welke rivier,
en ik weet ook niet waarom. Ik weet zelfs niet waar de grens was
op dat punt in de oorlog. Dat hol waarin ze zich schuilhield was
waarschijnlijk een van tevoren afgesproken ontmoetingsplek.'

'Een smokkelaar? U bedoelt tegen betaling?'

'Uiteraard tegen betaling.'

Ik dacht na over de passage die ze net had voorgelezen. 'Als ze
niet in leven was gebleven om het op te schrijven, zou je denken
dat ze de engel des doods was tegengekomen, niet een mens.'

Ze tuurde weer over haar bril naar me. 'Ze is niet lang blijven
leven.' Ze pakte het dagboek. '*Ik ben een wandelende begraaf-
plaats, zei ik tegen hem. De doden zijn begraven in mijn huid...*'

Ida's stem was luid en duidelijk, maar haar handen beefden, zag ik. Een klein beetje, maar het gaf mij een onbehaaglijk gevoel, alsof de hele aarde onder me een beetje beefde. '*Uren gingen voorbij. Dagen, geloof ik. Zijn ogen waren zwart, maar ze weerkaatsten het licht. Mijn gezicht kwam tevoorschijn, gaf zichzelf bloot aan hem.*'

'Zie je nou wel,' zei Ida.

Wat moet ik zien? dacht ik.

Ze las verder. '*Mijn vader werkte met licht, zei ik tegen hem. Hij ving het licht met stenen. Hij boog gebroken licht om in schoonheid...*'

Haar schrijfstijl van die passage deed me denken aan de gedichten die ik op de middelbare school had geschreven toen ik op Charles Blumenthal verliefd was, de moeite die ik deed om van de saaie details van mijn leven iets interessanters te maken, iets dat de diepte van mijn gevoelens voor hem zou weergeven.

'*En van moederskant stam ik af van goedheid...*' Dat was een verwijzing naar de grootvader van moederskant van het meisje. '*Hij was een man die zo goed was dat vermoeide trekvogels op zijn schouders kwamen uitrusten,*' las Ida voor en ik zag een beeld voor me van een man die aan de rand van een weiland stond met uitgeputte ganzen op zijn schouders.

'Zou dat niet zwaar zijn geweest?' vroeg ik.

'Wat, zwaar?'

'Die ganzen,' zei ik, denkend aan de Canadese ganzen die elke lente en herfst wegtrokken, stelde me voor hoe eng het zou zijn als er eentje op mijn schouder zou landen.

'Wie had het over ganzen? Het waren zangvogels. Piepkleine vogeltjes, honderden, die allemaal naast elkaar op z'n schouders en armen neerstreken.'

'Als op een boom,' merkte ik op en ze keek me aan alsof ik iets zinnigs had gezegd.

'Er was iets niet goed met haar grootvader,' zei ze.

'Hoe bedoelt u?'

'In zijn hoofd. Daarom logeerden Lily en haar moeder bij ons. Het was net of hij kinds was geworden, alleen was hij daar nog veel te jong voor. Hij verloor gewoon langzaam zijn verstand en persoonlijkheid. Eerst zijn geheugen, toen zijn verstand, toen zijn spraak, totdat hij op het laatst nergens meer zin in had.'

'En er alleen nog goedheid over was,' zei ik, want dat was de indruk die het meisje had gewekt, en Ida knikte noch beaamde dat, maar ze ontkende het ook niet.

'En ze was laf, Lily's moeder; ze kon het niet aan. Een normale dochter zou die zomervakanties hebben gebruikt om haar moeder te helpen, om wat van de last over te nemen, maar dat kon ze niet... En toch was ze een echte vriendin voor mijn moeder. Door dik en dun. Met alle moed die vriendschap vereist.'

Ik vond Ida's gezicht er anders uitzien, zachter, nu ze me beperkte toegang verschafte tot haar leven en de mensen die ze had gekend, een leven en een wereld die in alles verschilde van die waarin ik haar kende. Ze haalde haar schouders op en pakte het dagboek weer op. '*Als je nog steeds je vaders dochter bent, zou je nu oversteken om mijn blik te ontlopen. Dat zou ik nooit doen, verzekerde ik hem. We zijn voor elkaar voorbestemd.*'

Ida stopte even. 'Begeerte voelt altijd als voorbestemd,' zei ze. 'Daarom is het zo gevaarlijk.'

Ik voelde het bloed naar mijn wangen stijgen omdat ik bang was dat Ida meer wist dan ze liet merken toen ze eerder tijdens onze afspraak mijn hand had vastgehouden, dat ze op een of andere manier wist van het verlangen dat ik een paar avonden daarvoor voor David had gevoeld – zij noemde het *begeerte* – en die zomaar mijn bestemming kon worden. Maar Ida's opmerking ging niet over mij, besefte ik. Ze refereerde wellicht aan haar eigen verleden. Aan haar nichtje.

Ze las verder. Sommige dagboekpassages gingen meer over alledaagse dingen: beschrijvingen van het eten, de structuur van de najaarsmodder. Het grootste deel bestond uit dromen, zoals Bella al jaren terug had gezegd. Er stond ook wat gebazel in, maar minder dan me was voorgespiegeld; een paar citaten en dichtregels; enkele beschrijvingen van haar leven voor de oorlog – haar vriendschap met Eva, andere vriendinnen, een lievelingsjurk die ze had aangetrokken om indruk te maken op een jongen die ze leuk vond – maar er was niets, voor zover ik kon zien, dat Ida's weigering om me het te willen voorlezen tot ik eraan toe was, Bella's categorale weigering om me het voor te lezen en het onbehagen van de hele familie over het dagboek rechtvaardigde.

'Gaat het de hele tijd zo door?' vroeg ik op een gegeven moment.

'Wat bedoel je?'

'Wanneer gebeurt er nou eens iets?' Een domme vraag, besefte ik, maar ik was opnieuw teleurgesteld. Ik wilde weten hoe ze aan haar einde was gekomen, wat het verband tussen haar en mijn moeder was, waarom mijn moeder haar naam had aangenomen, net deed of ze haar was.

Ida haalde haar schouders op. 'Er gebeurt niets, nee.'

'Maar?'

'Er is geen maar.' Ze bladerde door een paar bladzijden alsof ze zich ervan wilde verzekeren dat ze niets had overgeslagen. 'Wil je nog dat ik doorga?'

'Het is wel goed zo,' zei ik.

Ze deed het dagboek dicht en legde het op het bijzettafeltje.

'In sommige opzichten is het het bekende verhaal,' zei Ida.

'Het bekénde verhaal?' Die woorden raakten me als een klap in mijn gezicht.

'Ze had de belangstelling van een man voor iets anders aangezien. Daarin verschilde ze in niets van alle andere rijke meisjes die verliefd worden op een man die alleen maar uit is op hun geld. Niet anders in sommige opzichten dan mijn eigen verkeerde inschatting van Elka's vader, al was ik niet rijk natuurlijk, maar wel rijker dan hij. En de gevolgen in mijn geval waren niet fataal.'

'Ik weet wat er in uw leven is gebeurd, maar...'

'Zijn belangstelling voor haar was uitsluitend financieel, schat – hij wilde haar diamanten – maar ze zag het aan voor liefde. Dat komt vrij veel voor, helaas.'

'En waar was u toen? Kende u hem?'

Alle natuurlijke kleur uit haar gezicht trok in een keer weg en er bleef een bleekheid over waartegen de oranje-beige vegen van haar make-up spookachtig afstaken. Ze zweeg een paar minuten en ik was bang dat ik met mijn gedurfde opmerking een einde aan het gesprek had gemaakt, maar toen begon ze te vertellen over een bezoek dat ze drieëntwintig, bijna vierentwintig jaar, eerder aan mijn moeder had gebracht.

'Het was vlak voor Jom Kippoer. Ze woonde toen met je vader nog bij Bella in, een paar maanden na hun bruiloft. Ze was al zwanger van jou, alleen wist niemand dat nog. Een paar weken daarvoor was ze bij me in de zaak geweest. Met de diamant. Dat had ik je al verteld...' Ida keek me aan.

Ik knikte.

'Toen ze me die liet zien, vroeg ik me af hoe ze aan zo'n diamant was gekomen.'

Ik knikte weer.

'Ik had misschien niet hardop die vraag moeten stellen, goed, maar je moet begrijpen dat ze zich toen voorstelde aan mij – aan de hele wereld – als mijn nichtje Lily Azerov.'

Het was niet Ida's antwoord dat me in verwarring bracht. Het was lógisch dat Ida zich afvroeg waar die diamant vandaan kwam. Maar het was mijn moeders gedrag dat merkwaardig was: bij Ida in de zaak komen en beweren dat ze haar nichtje was.

'Toen ze de zaak binnenkwam, dacht ik dat ze niet wist wie ik was. Mijn relatie met Lily Azerov, bedoel ik. Ik dacht dat ze alleen was gekomen omdat ze had gehoord dat ik goed werk leverde. Vanwege mijn reputatie. Maar in werkelijkheid had ik die reputatie niet, jammer genoeg. Als het er uitsluitend om ging wie de beste juwelier was voor zo'n diamant dan was ze wel naar Grinstein gegaan. Ik vind het niet leuk om te zeggen, maar zo was het.' Ida haalde haar schouders op. 'Ze kwam naar mij omdat ze wel wist wie ik was. Elka had Sol verteld dat ik een nichtje had dat Lily Azerov heette en dat de reden was dat wij naar de bruiloft waren gegaan. Dat heeft Sol aan haar verteld en toen heeft ze de puzzelstukjes in elkaar geschoven.' Ze zweeg weer. 'Wacht hier eventjes,' zei ze, alsof ik van plan was de deur uit te rennen als iemand eindelijk op het punt staat iets over mijn moeder te onthullen.

Ida ging naar haar studeerkamer en kwam terug met de brief die haar zuster Sonya had geschreven over het vreemde bezoek van een meisje dat beweerde hun nichtje te zijn, een onbekende met de naam van hun nichtje die binnenkort in het huwelijksbootje zou stappen met een man die Kramer heette. De brief kon ik, net als het dagboek, niet lezen – hij was ook in het Jiddisj – maar mijn vader had er al over verteld. Opnieuw vroeg ik me af wat mijn moeder had bezield om naar het nichtje te gaan van het meisje dat ze beweerde te zijn.

'Toen ze bij me in de zaak kwam, wist ze niet van het bestaan van de brief, dat wist niemand, maar ze moet er op een of andere manier achter zijn gekomen dat mijn zus die had geschreven. Afgeleid hebben uit het feit dat ik op hun bruiloft was. Maar dat wist ik niet. Het enige wat ik wist was dat deze vrouw met de naam van mijn nichtje een diamant bij zich had die heel goed van mijn nichtje geweest had kunnen zijn ten tijde van hun... ontmoeting. Ik geef toe dat ik het ergste dacht.'

En wat was het ergste? vroeg ik me af. Ik durfde het niet te vragen, maar ik was ook bang om het moment voorbij te laten gaan. 'Denk u dat mijn moeder haar... vermoord kan hebben?'

'Ze heeft tegen je oma gezegd dat ze dat niet heeft gedaan en er is geen reden om haar niet te geloven.'

Had ze het mijn oma verteld? Wel Bella, maar niet mijn vader?

'Maar die ochtend in mijn winkel wist ik dat allemaal niet. Het enige wat ik wist was dat mijn nichtje tijdens de oorlog was verdwenen en dat deze vrouw in haar plaats was opgedoken.' Die de naam van haar nichtje droeg en een ruwe diamant bij zich had die in de werkplaats van haar oom Chaim wel vaker bewerkt werden. 'Wat was nou precies het doel van jouw moeders bezoek aan mijn winkel die ochtend?'

Ze keek me aan alsof ik misschien het antwoord op die vraag had.

'Ik neem aan dat haar belangstelling puur financieel was. Ik neem aan dat ze wilde dat ik de diamant voor haar sleep zodat zij hem voor veel geld kon verkopen.'

Een diamant die mijn moeder duidelijk had gestolen en die waarschijnlijk van een familielid van Ida was geweest.

'Maar ik had het mis,' zei Ida. 'Ik had haar bedoelingen verkeerd ingeschat. Dat besefte ik pas toen ze weg was. Als ze alleen maar die diamant wilde laten slijpen en verkopen, was ze niet naar mij gekomen. Ze had niet vijf jaar oorlog overleefd om dan in vredestijd haar gezonde verstand te verliezen.'

Maar waarom niet? Er waren toch genoeg mensen die juist in gevaar opbloeiden?

'Nee, ze wist wie ik was en daarom is ze naar mij gekomen.

Vanwege mij. Omdat ik het nichtje was van het meisje voor wie zij zich uitgaf. Maar waarom? Dat vroeg ik me in de weken na haar bezoek steeds maar af. Waar was ze op uit? Om te zien of ik van plan was haar te verraden? Om me bij een misdrijf te betrekken dat ze had begaan om die steen in handen te krijgen? Een prachtige steen, trouwens. Een steen van uitmuntende klasse. De verleiding was heel groot, dat kan ik je wel vertellen. Wat maar weer aantoont dat...' Haar stem stierf weg, zodat het aan mij was om mijn conclusies te trekken over wat werd aangetoond met de verleiding waarin zij was gekomen om een steen te slijpen die niet alleen van uitmuntende kwaliteit was, maar ook nog eens gestolen van een meisje – haar eigen nichtje nog wel – dat niet meer in leven was om iets te vertellen over de omstandigheden van de diefstal en haar eigen dood.

'Ik zou haar niet verraden. Dat wist ik zodra ze voor me stond. Het was niet eens een besluit, want zo'n tsedaka was niet echt iets voor mij. Het was meer... Ik was bang, denk ik, voor wat er zou gebeuren als ik haar zou vertellen wat ik wist.'

Bang waarvoor? Ik wachtte.

'Haar zelfvertrouwen en haar superieure, bestudeerde maniertjes... Het was net... de laag ijs op een rivier op de eerste koude ochtend aan het einde van de herfst. Het ziet er stevig uit, maar je weet dat dat niet zo is. Je weet dat het scheurt als je er te veel druk op uitoefent.'

Ida zweeg weer even. 'Het was een instinctieve ingeving, meer niet, maar in de daaropvolgende weken groeiden de redenen als takken aan een boom. Ik zou haar niet verraden, want wat had het voor zin om nog een leven te verwoesten? Ik zou haar niet verraden want wie was ik om haar te veroordelen? Ik zou haar niet verraden omdat... en zo ging het maar door. Wie weet? Misschien hoopte ik stiekem wel dat ik als ik haar niet verraadde uiteindelijk de hand op die diamant zou weten te leggen.' Ida moest daar onwillekeurig een beetje om lachen.

'Het punt is dat haar geheim veilig was bij mij, en dat wilde ik haar vertellen. Ik zou niet haar leven verwoesten, ik zou haar niet kapotmaken. Dat was de reden dat ik haar opzocht, geloof me.'

Ze keek me aan alsof ik had gezegd dat ik haar niet geloofde.

'Waarom zou ik anders op de dag aan de vooravond van Jom Kippoer naar haar toe zijn gegaan?' vroeg ze me. 'We gaan niet voor de Dag des Oordeels bij elkaar op bezoek om ons eigen oordeel uit te vaardigen. We gaan elkaar niet beschuldigen. We gaan juist om vergeving smeken, we proberen het kwaad dat we hebben aangericht bij onze naasten goed te maken, opdat we door God worden vergeven.'

Waarom deze godsdienstpreek? vroeg ik me af.

'Maar ze was niet thuis.' Een schouderophalen, alsof mijn moeders afwezigheid die dag op een of andere manier doorslaggevend was geweest.

'Het was een prachtige middag, heel warm. Dat herinner ik me nog goed. Eerder die week was het juist koud, nog maar een paar dagen daarvoor. Ik herinner me die herfst nog zo goed. Het was de herfst dat Sol en Elka serieus verkering met elkaar kregen. Hij had haar een paar dagen eerder meegenomen naar een honkbalwedstrijd. Die donkere man speelde mee...'

'Jackie Robinson,' zei ik.

'Precies. Een enorme gebeurtenis, het winnen van die wedstrijd. Iedereen was zo door het dolle dat het bijna op rellen was uitgedraaid.' Ze haalde haar schouders op. 'Maar het was buiten ijskoud. Toen Elka thuiskwam, stak ze me haar handen toe om te voelen hoe koud ze waren, en op dat moment wist ik het. Ik kan niet goed uitleggen hoe ik het wist – Elka vertelde me nooit haar hartsgeheimen – maar ik wist dat ze van hem hield, en ik wist ook, dat stond voor mij al vast, dat jouw oom Sol haar niet gelukkig zou maken en haar veel verdriet zou bezorgen, omdat hij nou eenmaal dat type man is. Maar ja, ook daarin heb ik me vergist...' Opnieuw stierf haar stem weg.

'Dus u ging naar mijn moeder...'

'Op de dag voor Jom Kippoer. Het weer was omgeslagen. Een nazomerse dag. Het was warm in de tram. Te warm. Ik had dorst gekregen toen ik bij je oma's huis was aangekomen. Je moeder was niet thuis, maar Bella vroeg of ik binnen wilde komen om iets te drinken. We kletsten... Dat was de eerste keer dat we elkaar ontmoetten, je oma en ik. Het begin van onze vriendschap.' Ida moest weer even glimlachen. 'Nog een reden om je moeder niet te verraden. Niet dat mijn lijstje met redenen er nog toe deed. Je moeder dacht dat ik haar zou verraden. Dat deed ertoe: wat volgens jouw moeder mijn bedoelingen waren. Maar dat waren nooit mijn bedoelingen geweest, geloof me. Ik geef je mijn erewoord dat ik niet van plan was het leven kapot te maken dat ze probeerde op te bouwen. Maar zij dacht van wel, daar lag het probleem.'

Geloofde Ida dat echt? vroeg ik me af. Dacht ze nu werkelijk dat mijn moeder niet was weggegaan als Ida dat noodlottige bezoek niet had gebracht dat mijn moeder verkeerd had geïnterpreteerd? En had ze daarin gelijk? Of gedeeltelijk gelijk? Was mijn moeder uit angst verraden te worden het huis uit gegaan? Was daardoor het ijs gaan scheuren van haar nieuwe leven en haar nieuwe identiteit die ze probeerde op te bouwen?

'Ik was van plan na de feestdag terug te komen, maar daarna was er opeens van alles te doen. Het leek wel of de hele wereld zich die herfst ging verloven, het was het begin van de zogeheten babyboom. En het waren niet alleen baby's die welig tierden. Alles. Ook mijn zaak. Als nooit tevoren. En voor ik het wist was Soekot voorbij en Simchat Thora...'

'Ik zag haar op de dag voorbij de winkel lopen. Ze hadden

ondertussen hun eigen flat, je vader en zij. Het huis waar jij bent geboren. Niet ver van hier.'

Ik knikte. Ik wist precies waar het stond.

'Het was november, geloof ik. Koud. Ze had een prachtige mantel aan, zwart lamswol, afgezet met bont. Duur. Een mantel die de wereld duidelijk maakte dat het je vader voor de wind ging. En hij zat haar al strak – ze had al een buikje inmiddels. Nog een paar weken en ze zou de jas niet meer over haar buik kunnen dichtknopen, dacht ik nog. Na haar vertrek gaf hij hem trouwens aan Elka. Je vader. Maar wat moest Elka met zo'n mantel?'

Een mantel die iedereen alleen maar aan mijn moeder herinnerde als ze hem zagen? Bedoelde Ida dat?

'En sokken gaf hij haar ook.'

'Sokken?'

'Een paar wollen sokken dat ze uit Europa had meegenomen. Ik heb werkelijk geen idee wat hij dacht dat Elka daarmee moest.'

Ik herinnerde me een paar oude wollen sokken die ik in de la van mijn vaders kast een paar jaar eerder had gevonden. Had hij die nog steeds? vroeg ik me af.

'Maar toen ze die dag langs mijn winkel liep, zag ze eruit als een doodgewone zwangere jonge vrouw, goedgekleed, een bollend buikje van haar eerste zwangerschap, en op dat moment dacht ik dat het helemaal geen zin meer had om haar te verraden. Ze was inmiddels Lily Kramer-Azerov geworden; dat dacht ik toen. Niet mijn nichtje. Dat bedoel ik niet. Maar een heel nieuw iemand. En ik vond het niet langer verdacht. Het was ook helemaal niet zo ongebruikelijk dat een vrouw haar naam veranderde nadat ze aan de dood was ontkomen. Hier is het geen gewoonte, dat weet ik, maar waar wij vandaan komen, werd het normaal gevonden om je naam te veranderen als je genezen was van een ernstige ziekte of aan de dood was ontsnapt. Om de dood op een dwaalspoor te brengen, snap je?'

Ik knikte.

'Dus toen ik haar die dag langs zag lopen dacht ik gewoon dat het zo eenvoudig was. Aan het einde van de oorlog had ze de naam van een ander aangenomen. Dat was alles. Ik kende de omstandigheden niet, goed, maar waarom meteen het ergste denken? Ze had de naam aangenomen van iemand die al dood was, met het achterliggende idee dat de dood de komende jaren niet naar die naam zou komen zoeken.

Maar ik had het mis, natuurlijk. Zo eenvoudig was het niet. Hoe zou dat ook kunnen? Een naam bestaat niet zomaar uit wat klanken die uit je mond komen. Het is een aanroeping. Het is verbonden met het leven en de ziel van de drager ervan, op manieren die wij niet volledig kunnen begrijpen. Daarom mogen wij de naam van God ook niet uitspreken, maar noemen we hem de Naam, de Aanwezige, de Heer, de Almachtige. Dat is niet alleen uit eerbied, snap je? Maar uit angst wat er met Zijn naam verbonden is, wat er allemaal opgeroepen kan worden als we hem zouden uitspreken...'

Ze zweeg een paar minuten en keek me toen aan.

'Ik kan je niet vertellen wat de reden was dat je moeder de naam van mijn nichtje heeft aangenomen. Ik heb er veel over nagedacht, echt. En ook over de vraag waarom ze zo ver ging met haar maskerade. Kwam het door de schok en alle ellende die ze had moeten doorstaan dat ze zich niet langer de persoon van voor de oorlog voelde? Was het mogelijk dat je moeder niet meer wist hoe het voelde om die persoon te zijn, de vrouw die ze eerst was? Dat gebeurt soms, dat weet ik. Door een schok kunnen mensen buiten zichzelf treden. Maar zo erg? vroeg ik me af. Waarom niet, zei ik tegen mezelf. Een mens is tenslotte geen ei dat een onvervreemdbare kern heeft. We moeten ons verlaten op onze omgeving en de mensen om ons heen om ons er steeds aan te herinneren wie we zijn. Je gelooft me niet, hè? Ik zie het aan je gezicht. Je denkt dat je persoonlijkheid in steen staat gebeiteld en dat je, als je van deze wereld naar een andere wordt overgeheveld, nog steeds Ruth Kramer bent. Maar dat is niet zo, geloof me. Dat was met mij zo. En met je oma. En met je opa, moge hij rusten in vrede.'

'Maar u bent niet iemand anders geworden,' merkte ik op. 'En mijn grootouders ook niet.'

'Niet op die manier, nee.'

Kon iemand werkelijk zijn bewustzijn van wie hij of zij was verliezen omdat de wereld die zijn of haar persoonlijkheid had gevormd en weerspiegelde er niet meer was? vroeg ik me af. Was je persoonlijkheid niet iets wat wezenlijk in je verankerd zat?

'Misschien kwam het niet door wat ze kwijt was maar door wat ze heeft gedaan,' opperde ik. 'Misschien heeft ze een afschuwelijke daad begaan waardoor ze de persoon die het had gedaan niet meer als zichzelf herkende.'

'Dat kan ik je niet vertellen.'

Maar misschien het dagboek wel, dacht ik.

'Het enige wat ik weet is dat na mijn bezoek die persoon weer langzaam terugkwam. En die persoon...'

Wie was ze? Ik wachtte op het antwoord.

'Misschien had ze het idee dat ze geen recht op jou had. Op niets... je vaders liefde, zijn naam, zijn familie, het nieuwe huis, de dure jas...'

Was ze dan toch een moordenares? vroeg ik me af. Een verraadster? Een van die Joden die zich bij de vijand had aangesloten om hun eigen hachje te redden? Ik pakte het dagboek weer op.

'Daar staat het antwoord niet in,' zei Ida. 'Dat dacht ik eerst ook. Toen je vader het voor me meenam. Na haar vertrek bracht hij het mee.'

Ik knikte. Dat wist ik al.

'Ik dacht dat ik er dan misschien achter kon komen wat er met mijn familie was gebeurd. Van geen van hen is ooit nog iets vernomen, weet je.'

Dat wist ik.

'Het is net of God mijn stappen door het leven met een gum in zijn hand heeft gevolgd.' Ze zweeg. 'Dus toen je vader hiermee aankwam... Je kunt je voorstellen.' Ze zweeg weer even. 'Maar er stond niets, niets en nog eens niets in. Geen woord over mijn moeder, mijn zusjes en broers, alleen iets aan het begin, de allereerste droom. Maar daarna, bladzij na bladzij met... nou ja, je hebt het gehoord. Dus wat moest ik hiermee aanvangen?'

Ze keek me aan alsof ik dat misschien wist.

'Het erge was dat ik mijn nichtje niet mocht. Het was nog maar een klein kind toen ik haar kende, maar ik mocht haar gewoon niet. Zelfs als kind kun je iemands persoonlijkheid niet leuk vinden, en ik vond de hare niet leuk. Misschien speelde er ook wel jaloezie en verbittering mee – daar ben ik heus niet trots op – maar het is nu eenmaal zo. En zodra ik in het dagboek begon te lezen, kwam meteen weer die afkeer naar boven.' Ze schudde haar hoofd. Van berouw wellicht. Of schaamte vanwege het feit dat na al die jaren van dat vreselijke drama alleen haar hekel, haar jaloezie, haar soort van haat voor haar nichtje was overgebleven.

Ze keek me nog steeds aan; ik had het gevoel dat ik haar antwoord moest geven. 'Vindt u dat we het moeten laten vertalen?'

'Waarom?' vroeg ze.

'Ik weet niet. Misschien had zij dat gewild? Als ze voor een publiek schreef...'

'Wat ze wilde was blijven leven.'

'Dat weet ik wel, maar...'

'Maar wat?'

Ze had willen blijven leven. Er was geen maar. 'Ik vraag me af of mijn moeder op een of andere manier iets goed probeerde te maken.'

'Wat goedmaken?'

'Dat het meisje was doodgegaan en mijn moeder was blijven leven.'

'Ik denk niet dat je moeder iets goed probeerde te maken.'

'En het dagboek dan? Waarom zat mijn moeder er zoveel in te lezen?' En toen Ida geen antwoord gaf: 'Omdat uw nichtje wilde dat iemand het zou lezen.'

'Dat kan. Ik weet niet hoe jouw moeder over mijn nichtje dacht, of ze haar wel of niet iets schuldig was.'

'Misschien kocht ze daarom haar eigen dagboek,' ging ik verder. 'Het lege. Misschien wilde ze het dagboek vertalen zodat anderen het ook konden lezen. Zodat het niet voor niets is geweest, dat uw nichtje het heeft geschreven.'

'Ik wist helemaal niet dat er een ander dagboek was,' zei Ida.

'Mijn moeder had het gekocht, maar ze heeft er niets in geschreven.'

Ik herinnerde me dat ik vroeger dacht dat ze er misschien met onzichtbare inkt in had geschreven, en dat ze het daarom had achtergelaten. Omdat ze wist dat ik op een dag de oplossing zou vinden om de inkt zichtbaar te maken, zodat ik kon ontcijferen wat ze had geschreven en wat ze speciaal voor mij had achtergelaten. Ik vertelde Ida over alle pogingen die ik had ondernomen om de inkt die voor het blote oog niet te zien was zichtbaar te maken. Ik gaf toe dat ik, ook toen ik ouder was, me nog steeds af en toe afvroeg of er misschien toch iets in stond. Dat klonk idioot, besefte ik, dus haastte ik me om erbij te zeggen: 'Op de middelbare school heb ik er een paar keer in proberen te schrijven. Niet als dagboek.' Ik wilde niet dat Ida dacht dat ik zo'n mooi notitieboekje voor zoiets banaals zou gebruiken als noteren dat Charles Blumenthal de leukste jongen was die ik ooit had ontmoet en dat ik alleen maar kon hopen dat hij me even leuk vond, of dat Carrie een vervelende trut was en ik niet snapte waarom ik nog steeds bevriend met haar was. Voor zulke alledaagse trivialiteiten had ik mijn eigen dagboek, een goedkoop prul met gelinieerd papier en een kunststof omslag met een afbeelding van een jonge vrouw die over een opengeslagen dagboek zat gebogen, pen in de aanslag en lang haar dat als een gordijn om haar hoofd viel. 'Voor gedichten en zo,' legde ik uit.

Ida knikte.

'Maar het lukte me niet erin te schrijven.'

Ik had verwacht dat Ida kregelig zou reageren. Zelfs Carrie was kregelig geworden toen ik dit aan haar vertelde. 'Hoe bedoel je dat het je niet lukt erin te schrijven?' had ze gevraagd. Maar Ida hield haar blik strak gericht op mij en vroeg wat ik bedoelde, dus vertelde ik haar dat het vanaf het eerste moment dat ik er mijn vader om gevraagd had niet goed voelde. 'Wil je het zelf gebruiken?' had hij gevraagd. 'Niet als dagboek,' had ik uitgelegd. 'Maar voor bijzondere dingen. Voor gedichten.' Mijn vader had er even over nagedacht en toen gezegd 'Waarom niet?', maar hij aarzelde; dat hoorde ik aan zijn stem. Hij kon geen reden bedenken waarom het dagboek ongebruikt in de kast moest blijven liggen, maar het zat hem toch niet helemaal lekker dat ik het van de plank zou pakken en de bladzijden met mijn eigen teksten zou vullen.

'Maar ik pakte het toch,' zei ik tegen Ida. Ik pakte het van zijn oude vertrouwde plek en stopte het in de la van mijn nachtkastje. 'Maar het lukte gewoon niet om er iets in te schrijven.' Elke avond zat ik met mijn pen boven het lege vel. Elke avond had ik het ideale gedicht bedacht, maar ik kon mezelf er niet toe zetten het ook op te schrijven. Het was net of de bladzijden al gevuld waren,' besloot ik.

Ida knikte alsof het volkomen redelijk en logisch was wat ik net had gezegd.

'Toen ik een jonge vrouw was werkte ik als diamantslijpster,' zei ze. 'Dat weet je toch?'

Ik knikte.

'Ik begon onderaan, met polijsten. Dat werd gezien als routinewerk, saai, en dat was het in zekere zin ook, maar aan elke steen die ik onder handen kreeg zat wel iets waardoor hij niet helemaal tot zijn recht kwam. Ik wist gewoon hoe het beter had gemoeten. Dat zei ik een keertje tegen een van de meisjes naast me op de bank en ze lachte me uit. Ze vertelde het door aan een van de jongens in de werkplaats, mijn oudste neef, Theo, op wie ze een oogje had. Ze hoopte Theo te imponeren met haar weetje, om met mijn kennis zijn aandacht te trekken, maar het werkte averechts uit. Hij was een ervaren diamantslijper, de meest getalenteerde van de zaak. Hij was degene die de stenen kliefde. Weet je wat dat betekent?'

Ik knikte.

'Nee, dat weet je niet. Dat kun je ook niet weten. Een ruwe diamant is niet bijzonder om te zien,' legde ze uit. 'Alle schoonheid zit vanbinnen, maar die is nog niet verwezenlijkt. Die wacht om onthuld te worden, maar hoe? Hij houdt de ruwe diamant in zijn hand, hij moet zichzelf in die steen verplaatsen, moet erin rondlopen, het innerlijke landschap leren kennen. Hij moet ontdekken in welke richting de steen gekliefd moet worden. Dat klinkt eenvoudig, maar dat is het niet. Diamanten zijn niet als bomen, waarbij het uiterlijk het innerlijk weerspiegelt. Daarom is het Engelse woord "truth" afgeleid van "tree". Wist je dat?'

Ik schudde mijn hoofd.

'Jazeker,' zei ze. 'Maar met diamanten is de kliefrichting vaak het tegenovergestelde van wat die op het eerste gezicht lijkt, en als dat het geval is en de kliever heeft het mis, zijn V in de verkeerde richting maakt en dan die tik op de hamer geeft...' Ze deed net of ze snel op iets tikte. 'Afgelopen.'

'Wat is afgelopen?'

'De diamant. Kapot. Die verbrijzelt in waardeloze stukjes.'

'Maar ik dacht dat diamant het hardste materiaal op aarde was.'

Ze maakte een wegwerpgebaar. 'Hard, maar niet sterk. Helemaal niet. Als je sterk materiaal zoekt, moet je nefriet hebben. Dat zit vol met vezellaagjes, als een wortelstelsel. Daar valt met een hamer weinig schade aan te richten. Maar een diamant? Hard, ja, maar heel kwetsbaar als hij verkeerd wordt gekliefd. Dus je moet het in één keer goed doen.' Ze keek me aan. 'Je denkt dat ik overdrijf, hè?'

'Helemaal niet,' wierp ik tegen.

'Toen Joseph Asscher de Cullinan kliefde – we spreken over het jaar 1908 – waren er een arts en twee verpleegsters bij aanwezig. Meteen nadat hij hem had gekliefd, was er zo'n ontlading van alle spanning, van de opgekropte zenuwen dat hij flauwviel. Hij moest daarna drie maanden in het ziekenhuis liggen.' Ze glimlachte. 'Maar hij had hem precies goed gekliefd.'

En dit uit de mond van Ida, die altijd zei dat ze niet van aanstellerij hield.

'Dus toen mijn collega naar mijn neef rende om over mijn rare kronkel te vertellen – zij vond het althans een rare kronkel – werkte dat juist tegen haar, zoals ik al zei. Hij duwde haar opzij en zag mij voor het eerst. Niet als zijn arme nichtje dat zo'n pech had in het leven, maar als een verwante ziel. Vanaf dat moment vertelde hij me dingen over zijn werk. Hij liet me de ruwe diamanten zien, ik mocht ze vasthouden, bestuderen en we bespraken de details, hoe we de fonkeling tot zijn recht moesten laten komen, hoe we een ruwe steen moesten transformeren tot een kostbare diamant.'

Ze was even stil.

'Zo ben ik uiteindelijk in Montreal terechtgekomen, maar dat is een ander verhaal.'

'Omdat u beter bleek te zijn dan hij?'

'Béter? Nee, hoor, ik kon niet eens in zijn schaduw staan. Omdat we verliefd werden. Neef en nicht. En ook als we geen familie waren geweest... wie was ik nou helemaal? Een eenvoudige arbeidster in zijn vaders werkplaats. Een meisje zonder geld. Ik was niet bepaald de partij die mijn oom Chaim in gedachten had voor zijn zoon.'

'Maar ik dacht...'

'Niet naar Elka's verhalen luisteren. Ik zeg je nu toch hoe het echt is gebeurd. En wat jij denkt over je moeders dagboek klopt. Niet dat er al iets in geschreven staat, maar dat wat er in hoort te staan al van tevoren is bepaald. Daarom kon je er niet je gedichten in schrijven. Omdat het dagboek daarvoor niet bedoeld was. Als je ontdekt wat het is... dan zullen de woorden als vanzelf uit je pen vloeien. Niet eerder.'

Gisteravond was ik zo moe dat ik meteen in slaap viel toen het donker werd. We hadden een slechte dag. Twee slechte dagen. Dat kwam door de modder. We hebben ons pad verlaten en daarmee ook de harde zomergrond die ons tot nu toe heeft gedragen. Met elke stap zakken we dieper weg, elke stap kost ons twee keer zoveel moeite als de stap ervoor. Het is net of de aarde het niet langer kan verdragen dat we erover lopen. En toch wil de aarde ons ook niet laten gaan. Hij trekt aan ons; we moeten ons best doen onze voeten los te krijgen uit zijn greep. We vervloeken deze plek die niet wil dat we over zijn oppervlak lopen, maar ons ook niet wil laten gaan, deze aarde die in een ander element zal veranderen alleen om ons te pesten.

Toen ik wakker werd, leek het donker te bewegen. André zat rechtop naast me, waakzaam. Eerst dacht ik dat ik door de aarde zelf wakker was geworden, die vervloekte aarde die overal om ons heen vloeibaar was geworden, maar deze keer bleek er iets aan de hand te zijn in de lucht. Mortiervuur in de verte, dacht ik eerst – soms werd ik wakker van de trillingen nog voordat ik het geluid hoorde – maar dit was een ander soort onrust.

Luister, fluisterde André toen hij zag dat ik wakker was.

Toen hoorde ik het ook: de najaarstrek, duizenden klapwiekende vleugels boven ons hoofd.

HOOFDSTUK 15

Toen Lily op een oktobermiddag thuiskwam, ontdekte ze dat de deur niet op slot was, de keuken een janboel en haar schoonmoeder nergens te bekennen. Op de keukentafel lag een braadstuk nog verpakt in het slagerspapier; in de braadpan ernaast was een handjevol wortels gegooid. Op het fornuis stond een pan vol gesnipperde uien te wachten om gefruit te worden. Het leek of Bella druk bezig was geweest met koken tot ze opeens besefte dat er een ingrediënt ontbrak waarop ze snel de deur was uit gegaan om het te kopen.

Lily stond voor het aanrecht, bij een van Bella's onderbroken taken: een aardappel op de snijplank die voor de helft in plakjes was gesneden. Ze keek naar de waaier van plakjes naast de bolvorm waaruit ze waren gekomen en vroeg zich af wat er zo dringend was dat Bella haar mes meteen had neergelegd en de deur was uit gerend.

Het weer was omgeslagen; een terugkeer van de zomer na de kou die nog geen twee dagen eerder een laagje rijp op de tuinen en leuningen had gelegd. Het was benauwd in de keuken. Lily keek naar het raam om te zien of het openstond en ze zag dat er iemand op de brandtrap zat. Haar hart krampte samen en ze greep het mes in haar hand extra stevig vast, zonder zich te herinneren dat ze het had opgepakt. Haar vingers gingen over het lemmet, onbewust, instinctief, voelend hoe scherp het was. Ze deed een stap richting het raam en zag dat het haar schoonmoeder was die op de trap zat.

'Alles goed?' vroeg ze door het open raam. Haar hart bonsde nog steeds, maar haar stem klonk kalm.

'Ah, je bent thuis,' zei Bella.

Lily had Bella nog nooit op de brandtrap gezien, had niet gedacht dat ze lenig genoeg was om door het raam te klimmen, had in ieder geval nooit gedacht dat ze in zoiets frivools was geïnteresseerd als de laatste zonnestralen opvangen op een prachtige herfstdag, want dat leek ze te doen.

'Het was gewoon te mooi weer om in de keuken te blijven,' zei Bella, wat Lily opvatte als kritiek op haar. Bella die haar er subtiel op wees dat het de dag voor Jom Kippoer was en dat er een maaltijd bereid moest worden voordat het vasten begon en wie had vandaag weer in haar eentje alle boodschappen gehaald en het meeste voorbereidende werk gedaan?

'Zal ik u daar een kop thee brengen?' vroeg Lily.

Een lichte aarzeling. Het was een onverwacht aanbod, nog niet eerder vertoond.

'Dat zou lekker zijn,' zwichtte Bella.

Lily legde het mes weer naast de aardappel op de snijplank en zette water op.

'Weet je waar alles staat?' riep Bella door het raam.

Lily negeerde de onuitgesproken vooronderstelling dat ze niet zou weten waar de theekopjes stonden in de keuken die al bijna drie maanden ook haar huis was. Ze schonk twee kopjes thee in en zette het dienblad met de kopjes door het open raam op het platje, waarna ze zelf door het raam klom en naast haar schoonmoeder op de trap ging zitten. Het was buiten zo warm als op een zomerdag.

'Heerlijk, hè?' zei Bella.

Indian Summer, noemde Nathan deze nazomerse warmte, die niet zozeer een seizoen was maar meer een periode.

'*Babye Leto*,' zei Lily tegen Bella, want ze gaf de voorkeur aan de Russische term. Vrouwenzomer. Daarin zat de verwijzing naar de laatste warme bloeiperiode voordat de winter begon, ongeveer te vergelijken met de laatste opbloei van een vrouw voordat haar schoonheid voorgoed ten prooi viel aan verval.

'Babye Leto,' herhaalde Bella glimlachend. Die term had ze in geen jaren meer gehoord, ze had er in geen jaren meer aan gedacht. Het herinnerde haar aan de hardwerkende boerinnen die eindelijk mochten uitrusten en van een paar zomerse dagen genieten, deze laatste warmte vlak na de oogst, na de eerste vorst, aan het einde van een lange zomer meedogenloos ploeteren. 'We gingen altijd naar mijn grootouders rond deze tijd van het jaar,' zei Bella, waarbij ze onbewust op het Jiddisj was overgegaan. 'Dan gingen we met paard-en-wagen tot aan de rivier en van daaruit met de boot. Vaak was het al koud, maar soms hadden we ook weer zoals vandaag, en dan zaten de mensen op de oevers als we voorbijvoeren te genieten van de zon, de warmte. We aten appels...' Ze proefde weer het zoete, sappige vruchtvlees van de appels die haar moeder voor de tocht had ingepakt, voelde weer de gladde, wasachtige bol in haar hand. 'Dan zwaaiden we...'

'Welke rivier?' vroeg Lily.

'De Dnjepr.'

Lily knikte.

'Ken je de Dnjepr?'

'Natuurlijk.' Lily dacht aan de rivier waar ze met haar vader op had gevaren, die kronkelige rivier met de wirwar van zijriviertjes en aftakkingen. Hij was niet zo breed en imposant als de Dnjepr. Ze kwamen nooit iemand tegen. Meestal staken ze 's nachts de rivier over. 'Die appels... waren dat soms Antonovs?'

Bella glimlachte. 'Wat hier voor appels moet doorgaan...'

'Nog altijd beter dan de appels in Palestina.'

'Palestina heeft niet het juiste klimaat om appels te kweken. Wat een appel nodig heeft, is een dag als vandaag, warmte en zon, zodat hij zoet wordt, en dan gevolgd door een koude nacht, maar zonder dat het vriest. Dan krijg je een perfecte appel, een beetje zuur bij het zoet.'

Lily moest denken aan de pruim die Nathan en zij op hun trouwdag hadden gedeeld, die vertrouwde rinse smaak, waarvan haar mond even was geschrokken. 'Kun je in Montreal ook Antonovs krijgen?'

'De grond hier is niet geschikt.'

'Waar ik vandaan kom, was de grond ook niet geschikt.'

'Hoe ken je Antonovs dan?'

'Mijn vader bracht ze af en toe mee.'

Het was voor het eerst dat ze het tegen Bella over haar vader had, de eerste keer dat ze sowieso iets over haar familie zei. 'Dus je vader, was dat... zijn specialiteit... fruit?'

'Import-export,' zei Lily.

Bella wachtte tot Lily verder zou gaan, maar toen dat niet gebeurde: 'Ik heb een yarhzeit-kaars voor je gekocht.' Een gedenkkaars: op de vooravond van Jom Kippoer werd die traditioneel aangestoken.

'Dank u,' zei Lily.

Ze dronken hun thee op. Naarmate de zon zakte, leek het steeds warmer te worden op het balkon.

'We moeten maar weer naar binnen gaan,' zei Bella. Nathan zou zo thuiskomen.

'Ja,' beaamde Lily, maar ze maakten geen van beiden aanstalten op te staan.

'Er kwam nog iemand langs voor je,' zei Bella.

'Voor mij?' Wie kon er in deze stad van onbekenden nou van haar bestaan weten?

'Een vrouw die Krakauer heet.'

Ze was die ochtend geweest, vlak nadat Bella terug was van boodschappen doen. Bella had haar gezicht herkend van de bruiloft en had gedacht dat Ida, zodra ze had gezegd wie ze was, vanwege haar dochter was gekomen die een oogje op Sol had, de dochter die Bella de vorige week had ontmoet, geen onverdeeld genoegen. Maar Ida was niet gekomen om over Elka en Sol te praten.

'Is Lily thuis?' had ze gevraagd.

'Lily?'

Er verscheen een geërgerde frons op Ida's voorhoofd bij het idee dat ze voor niets in een warme tram de hele stad door was gereden. 'Woont die hier niet? Ik dacht...'

'Nee, nee, die woont hier,' verzekerde Bella haar. 'Maar ze is niet thuis.'

'Aha,' zei Ida, alsof ze die mogelijkheid nog niet had overwogen.

Daarin leken moeder en dochter op elkaar, dacht Bella. Ze herinnerde zich de ontzetting op Elka's gezicht toen ze te horen kreeg dat Sol niet thuis was, de nauw verholen ergernis, alsof het eigenlijk Bella's schuld was dat Sol niet thuis was, iets dat Bella met opzet had gepland, uitsluitend om de jonge vrouw die onaangekondigd voor haar deur stond te pesten. Bella had de moeder gevraagd binnen te komen, net zoals ze dat aan de dochter een week eerder had gevraagd. 'U kunt binnen wachten als u wilt.'

Bella ging haar voor naar de woonkamer, niet naar de keuken waar ze de dochter had laten plaatsnemen. Ze bood Ida een verfrissing aan, die Ida afsloeg, maar toen Bella haar toch een koele drank bracht, dronk ze haastig het glas leeg. Bella ging terug naar de keuken om Ida's glas bij te vullen en ging toen naast haar op de sofa zitten. Ze wilde weten wat de relatie van deze vrouw met Lily was.

'U speelt piano,' zei Ida. Het was een constatering, geen vraag. Een piano in zo'n donkere, overvolle flat kon ze wel waarderen. Er sprak ambitie uit, offers die gemaakt werden omwille van de cultuur. Ze zag het veldbed achter de piano staan, een geïmproviseerde slaapkamer die haar des te meer de waarde en prioriteit die aan de piano werd gegeven deed waarderen.

'Mijn dochter speelt.'

'Ik wist niet dat u een dochter had.' Ida kon moeilijk zeggen dat ze geen dochter had gezien op de bruiloft waarvoor ze niet was uitgenodigd, maar die ze toch had bijgewoond.

'Ja,' zei Bella.

Er was iets aan de hand met de dochter; dat was af te leiden uit het korte antwoord van de moeder. Niet zo erg dat ze geen piano kon spelen, maar wel iets waardoor ze niet op de bruiloft was geweest en haar moeder liever geen verdere vragen over haar beantwoordde. Op de foto in de boekenkast zag de dochter er volkomen normaal uit, een knap kind zelfs, iets te zwaar opgemaakt, te mondain voor een meisje dat niet ouder dan... zestien geweest kon zijn op het moment dat de foto was gemaakt? En misschien lag daar wel het probleem, dacht Ida.

'Woont ze bij u, uw dochter?'

Het hoofdschudden van de moeder bevestigde Ida's vermoeden. De dochter woonde niet meer thuis, maar ze woonde ook niet met een echtgenoot – want zulke informatie zou natuurlijk gaarne worden verstrekt. Er was vast iets onfatsoenlijks aan de hand.

'Een dochter hebben valt niet mee,' merkte Ida met een zuchtje op, wat Bella verraste, de openhartigheid, de indirecte bekentenis dat Ida's eigen dochter ook lastig was. Het was een openhartigheid die Bella niet had verwacht van deze uiterst zelfverzekerde vrouw die haar schoondochter wilde spreken.

'En zonder man is het nog veel moeilijker,' gaf Bella op haar beurt toe. Net als haar gast was zij niet het type dat haar hart uitstortte, tegen niemand, maar de bekentenis die ze in Ida's zucht had gehoord had haar tot haar eigen bekentenis aangezet. 'Nina was pas elf toen haar vader overleed, en haar broers waren niet veel ouder, jongens nog.'

'Elka is ook zonder vader opgegroeid,' hoorde Ida zichzelf zeggen, een ontboezeming waarmee ze zichzelf verraste, want zo voelde het, die zes woorden: een ontboezeming. Want had ze ooit de schaamte voor haar situatie tegen een ander geuit? 'Hij is nog voor de geboorte van Elka vertrokken.'

Bella proefde de schaamte en het verdriet die achter de zakelijke, openhartige mededeling schuilgingen. Het was een bekentenis die om een tegenbod vroeg, een reactie die haar boven noch onder haar gast plaatste, maar naast haar. Het was voor het eerst sinds jaren dat er zo'n beroep op haar werd gedaan – ze had hier ook geen echte vriendinnen, besefte ze.

'Ik heb uw dochter ontmoet,' zei Bella. Ida knikte, waarmee ze bevestigde dat ze wist van Elka's bezoek een week eerder. 'Ze heeft een sterke wil, dat zag ik wel, ja...'

Ida knikte weer, een beetje bang voor wat er komen ging, maar ook ernaar verlangend. Het meisje in haar eentje opvoeden was zwaar geweest. Er was nooit iemand geweest die zich betrokken genoeg voelde om zich met de opvoeding te bemoeien.

'Maar een sterke wil kan behalve kracht ook koppigheid betekenen...' Bella keek naar Ida. 'Het soort kracht dat voortkomt uit het kennen van je sterke en zwakke punten.'

Die jij in je eentje aan haar hebt weten over te brengen, hoorde Ida onder Bella's woorden. *Die je haar hebt overgebracht zonder hulp van een man of maatschappelijke status.*

'Ze heeft zo haar goede momenten,' antwoordde Ida. Dat was haar manier om Bella te bedanken voor haar compliment, voor haar tactvolle indirecte suggestie dat Ida niet de mislukte moeder was die ze vreesde te zijn. 'Als ik bedenk hoe ik op haar leeftijd was...'

'Hoe dan?' vroeg Bella.

Ze keken elkaar in de ogen. Ze geneerden zich nu, twee volwassen vrouwen die zich net twee schoolmeisjes voelden, aangegrepen door de weerspiegeling van zichzelf in de ogen van de ander. Het was een gevoel dat hen aanzette tot een gesprek dat ze niet hadden gedacht ooit nog te hebben, en het was dat gevoel waarvan Bella later die middag op de brandtrap moest bijkomen, dat aloude gevoel van opwinding dat een ander belangstelling voor je leven heeft. Niet haar leven van alledag, want daar interesseerden haar kinderen zich ook voor, maar haar innerlijke leven, 'haar ziel', zoals ze het vroeger zou hebben genoemd. Dat heerlijke gevoel dat je onder de aandachtige blik van een ander tot leven komt, en dat die ander zich op haar beurt ook openstelt. Het was een gevoel waar ze nog even van wilde genieten voordat ze zich weer richtte op het vlees dat de oven in moest voor de maaltijd.

'Heeft ze gezegd wat ze wilde?' vroeg Lily. Was het mogelijk dat Ida haar al tegenover Bella had ontmaskerd, dat ze tegenover haar schoonmoeder de beschuldigingen had geventileerd die Lily in haar blik had gezien toen ze die dag bij haar in de zaak was geweest, in haar weigering om iets van doen te hebben met de diamant die Lily haar had laten zien?

'Nee,' zei Bella. Ze was benieuwd hoe de twee vrouwen elkaar kenden, durfde het niet zo goed te vragen, maar deed het toch.

'Een paar weken terug ben ik met een steen naar haar toe gegaan.'

'Een steen?' vroeg Bella.

'Een diamant.'

Ze herinnerde zich weer de doelgerichte vastberadenheid waarmee ze die dag door de stad was gelopen op weg naar Ida's zaak, een stad die voor haar geen ander doel had dan dit, zo voelde ze dat: de levenden hun eigendom teruggeven, teruggeven wat haar was toevertrouwd.

Hoe kon ze zo stom zijn?

'Ze beschuldigde me van diefstal.'

'En was dat ook zo?'

'Dat weet ik niet.

'Dat weet je niet?'

'Het meisje was dood. Kun je iets van een dode stelen?'

Bella gaf geen antwoord. Ze dacht aan het paar laarzen dat ze jaren geleden van de voeten van een lijk had getrokken, tijdens de burgeroorlog die na de revolutie was uitgebroken. Het was een vorm van toe-eigening die ondenkbaar, misdadig zou zijn geweest als de vrouw nog had geleefd. Maar was het diefstal om de laarzen weg te nemen van iemand die toch nooit meer een stap zou zetten, die toch niet het ijslaagje zou voelen dat zich op haar voetzolen vormde? Was het een misdaad om de doden iets af te nemen wat de levenden nodig hadden om in leven te blijven?

'Het meisje van wie de diamant was, was familie van Ida,' zei Lily.

'Kende je familie van haar?'

Bella's stem klonk kalm, nuchter, en dat had iets troostends.

'Haar nichtje. Ik kende haar niet. Ik had opdracht gekregen haar naar een veiliger plek te brengen, maar toen ik op de plek kwam waar we hadden afgesproken... bleek er iets mis te zijn gegaan.'

Had Ida soms gelijk met haar veronderstelling dat ze een ordinaire dievegge was? vroeg Lily zich af. Werd ze misschien door geldzucht gedreven? Toe-eigening? Had Ida soms in Lily gezien waar ze zelf alleen bang voor was? Afwijkend gedrag dat in vredestijd als een misdaad werd beschouwd? Een gebrek dat niet puur door de omstandigheden werd uitgelokt, maar een wezenlijke karaktertrek van haar was, onlosmakelijk verbonden met haar persoonlijkheid? Strekte Ida's buitengewone opmerkzaamheid als het ging om de kwaliteit en waarde van een edelsteen zich ook uit tot het menselijk hart?

Ze 'had de opdracht haar te brengen' was het zinnetje dat door Bella's hoofd bleef spelen. Wat zou dat betekenen? 'Eh, hielp jij mensen?'

'Ik bracht mensen van de ene plek naar de andere. Ik kende de omgeving,' legde ze uit. 'Ik kende mensen die konden helpen. Van daarvoor, mijn vaders werk. Of ze er uiteindelijk mee zijn opgeschoten...' Lily haalde haar schouders op.

'Je vaders werk...?' vroeg Bella.

'Hij was smokkelaar. Al is hij niet zo begonnen.'

Wist iemand eigenlijk wel hoe je begon? vroeg Bella zich af.

'Hij was veerman. Net als mijn grootvader en mijn overgrootvader. Ik kom uit een familie van veerlieden. De rivier was generaties lang de bron van inkomsten voor onze familie. Maar toen brak de revolutie uit in Rusland, de oorlog... Na de oorlog, de Pools-Russische oorlog, werd onze rivier de nieuwe grens. Kent u die, de Sloetsk?'

'Alleen van naam.'

Het was geen geheim, het smokkelen langs de nieuwe staatsgrenzen. Nog voordat Bella en Joseph uit Berditsjev waren vertrokken, was smokkelen al een van de grootste problemen waarvoor het nieuwe regime zich geplaatst zag. Ze herinnerde zich, een paar maanden voor hun vertrek, in een krant te hebben gelezen dat 'smokkelarij het besluit aangaande de nationalisatie van de buitenlandse handel ondermijnt en er een leugen van maakt'. En bij een lezing die ze jaren later in Montreal had bijgewoond had een gastspreker verteld dat de omvang van de smokkelarij en het aantal mensen dat erbij was betrokken tussen 1920 en 1935 groter was dan in enig ander tijdperk in de Russische geschiedenis, misschien wel in die van de hele mensheid.

'Opeens mocht niemand meer de rivier over,' zei Lily. 'Dus het werd lucratief om mensen en goederen over te zetten. Je kunt je niet voorstellen wat een gebrek ze daar aan van alles hadden, eerst door de ontwrichting van de oorlog en daarna, maar een paar jaar later, met het verbod op de productie van de meest elementaire goederen voor dagelijks huishoudelijk gebruik...'

Ten bate van een betere, eerlijkere toekomst voor iedereen, dacht Bella.

'... petroleum, lucifers, schoenen... In 1932 werd de productie van handgemaakte schoenen verboden ten gunste van de staatsproductie, maar ze hadden het benodigde aantal onderschat zodat er tienduizenden schoenen te weinig waren en de helft van de bevolking in de westelijke gebieden op blote voeten moest lopen...'

Arme kinderen liepen altijd op blote voeten, dacht Bella. Nu kleefde daar tenminste geen schande meer aan.

'... allerlei lederwaren, religieuze voorwerpen, natuurlijk, garen, naalden, ketels, kookpannen, alle huishoudelijke spullen van metaal – in de jaren dertig moest alles van metaal naar de fabrieken toe en was het opeens verboden om een pan in huis te hebben...' Ze schudde haar hoofd bij de herinnering. 'Het verschafte mijn grootvader en overgrootvader een inkomen waar ze alleen maar van hadden gedroomd... twee huizen, waarvan eentje voor de zomer, onderwijs voor ons allemaal, mooie meubels, kleren...'

'Een echte ondernemer,' zei Bella, die meteen spijt had van haar sarcastische opmerking, bang dat de deur tussen haar en haar schoondochter die nu op een kier openstond weer dicht zou vallen, maar Lily glimlachte alleen maar. Ze vond Bella's sarcasme wel bevrijdend, het toontje was haar bekend, want haar tantes hadden ook altijd commentaar op de plotse welvaart van haar vader.

'Hij nam me altijd mee. Ondanks de bezwaren van mijn moeder, die niet wilde dat haar dochter betrokken werd bij... nou ja, dat kunt u zich wel voorstellen.' Ze keek even naar Bella. 'En mijn moeder had natuurlijk gelijk. Mijn vaders werk was gevaarlijk, moeilijk. Hij had me niet mee mogen nemen. Hij had me gewoon veilig thuis moeten laten, in het zachte bed dat hij met al z'n geld nu voor me had kunnen kopen, ervoor zorgen dat ik de opleiding en algemene ontwikkeling kreeg die zijn eigen ouders hem niet hadden kunnen geven. Maar uiteindelijk bleek zijn onverantwoordelijke gedrag mijn redding te zijn. Als mijn moeder haar zin had gekregen, zoals met mijn jongere zusjes, en hij me niet had meegenomen en ik niet van hem bepaalde dingen had geleerd... Niet alleen praktische zaken – zijn kennis van de omgeving en hoe je die moest doorkruisen, bekenden van hem die ons konden helpen – maar ook hoe je je tegen angst moest wapenen, tegen alle lichamelijke ongemakken, noem maar op...'

Bella knikte weer. 'En het meisje? Het nichtje van mevrouw Krakauer?'

'Ik weet niet wat er met haar is gebeurd.'

'Was ze daar niet?'

'O, ja, zeker. Ze was precies op de afgesproken plek, ik moest haar oppikken in een dorpje dat ik kende. Maar ze was dood.'

Het woord zelf – *toit* in het Jiddisj – klonk als een einde, dacht Lily. Dat kwam door de laatste *t*. Er was geen open klinker of een zachte medeklinker die je kon laten rollen of verlengen, geen bruggetje naar iets anders, alleen maar dat woord en de abrupte beëindiging die je mond noodgedwongen maakte.

'Ik weet niet hoe ze aan haar einde is gekomen,' zei Lily, al vroeg Bella daar niet naar. 'Ze was beroofd...' Ze keek weer even naar Bella. 'De vergoeding was weg.'

'Welke vergoeding?'

'Voor haar vervoer.'

Was de schok op haar gezicht te lezen? vroeg Bella zich nadien af. Haar schok dat er een vergoeding was bedongen om het leven van een meisje te redden dat al nauwelijks een kans had in het leven? Waarschijnlijk wel, want Lily's volgende woorden waren een verantwoording.

'We hadden het geld nodig voor eten, medicijnen,' zei Lily. 'Niet alleen voor ons tweeën. Er waren anderen. Een kamp...'

Bella knikte.

'Ik denk dat ze ziek was. Dat ze misschien iets verkeerds had gegeten.' De kat. De kat waarvan André had gezegd dat het een eekhoorn was en die best al aan het rotten kon zijn geweest toen hij hem vond.

'Denk je dat ze aan die ziekte is doodgegaan?'

'Waarschijnlijk wel.'

'Maar je weet het niet zeker.'

'Nee,' zei Lily. 'Maar als je iemand wilt beroven, hoef je die persoon nog niet te doden.'

Het meisje was beroofd, dat was waar, dacht Lily, maar niet alles was meegenomen. De twee diamanten, ja, de twee geslepen diamanten waren weg, maar het identiteitsbewijs, het opschrijfboekje en de laatste diamant niet. En waarom niet? Waarom had hij die niet meegenomen?

'Ze had nog een steen bij zich, een diamant. Die ik aan Ida heb laten zien.'

Waarom was Ida vandaag nou hier gekomen? vroeg Lily zich weer af. Om haar te ontmaskeren? Maar als wie? Om haar te beschuldigen? Maar waarvan?

'Het was een ruwe diamant. Ongeslepen.' Zonder waarde,

had Ida tegen haar gezegd. 'Dat is de enige reden dat hij hem heeft achtergelaten.'

'Hij?'

'De dief. En ze had haar identiteitsbewijs ook nog. Wat moeilijker te verklaren is.' Ze keek naar Bella. 'Toen de Duitsers zich terugtrokken, werd een Joods identiteitsbewijs meer waard. Dat wist iedereen. Het was algemeen bekend dat dat deuren opende voor de juiste klant.' Ze bleef Bella aankijken omdat ze niet wist of ze het wel begreep. 'Een gelegenheidsdief zou dat ook hebben meegenomen,' legde ze uit.

'Dus het was geen gelegenheidsdief?'

'Nee, dat was het niet.'

'Kende je de man dan die haar heeft beroofd?'

'Ja,' zei Lily.

'Was het... een... kameraad van jou?'

'Inderdaad,' zei Lily. 'Het was André.'

'André,' herhaalde Bella. De man die het meisje in veiligheid had moeten brengen.

'Hij heeft haar niet gedood,' zei Lily.

'Maar hij liet haar wel liggen,' zei Bella en Lily ontkende dat niet. 'En hij liet voor jou de diamant achter,' zei Bella. De diamant zonder waarde. 'Als je beloning.'

Haar beloning voor een onafgemaakte opdracht, een opdracht waarvoor geen beloning verschuldigd was en waarvoor geen enkele vergoeding ooit voldoende zou zijn.

'En het identiteitsbewijs,' zei Lily.

'Dat je kon doorverkopen.'

'Om zelf te gebruiken,' zei Lily. 'Ik was bang voor de Russen. Toen ze in 1939 de macht overnamen, hadden ze mijn vader al opgepakt. De ene avond gingen we als gerespecteerde burgers naar bed en de volgende dag waren we vijanden van het volk. Ze namen hem mee. André wist dat ik bang was om door de Russen opgepakt te worden, zij waren bezig Polen te bevrijden. Bang dat ik gerepatrieerd zou worden. Naar Rusland. Dus had hij het identiteitsbewijs voor me achtergelaten.'

'Wat attent van hem.'

'Hij wilde me kwijt.'

Bella keek haar aan.

'Hij was niet alleen mijn kameraad.'

'Gaf je veel om hem?'

'Heel veel. Maar hij niet zoveel om mij, bleek later. Hij had me bedrogen met haar. Het staat er allemaal in. In het opschrijf-boekje.'

'Wat voor opschrijfboekje?'

'Het meisje had een opschrijfboekje bij zich. Dat heeft hij ook voor me achtergelaten. Eerst dacht ik dat hij het had laten liggen omdat het geen waarde voor hem had, het gemeier van een meisje dat haar doel had gediend – sorry dat ik zo grof ben. Maar nu besef ik dat hij het met een reden had achtergelaten. Hij had het laten liggen zodat ik met eigen ogen kon lezen hoe hij me had bedrogen. Zodat ik hem niet zou proberen achterna te gaan, vermoed ik.'

'Achterna te gaan waarheen?' vroeg Bella.

'Rusland in. De Sovjet-Unie. Daar wilde hij gaan wonen. Zijn droomplek – hij kwam uit een andere sociale klasse dan ik. Voor mij zouden daar geen kansen zijn, juist niet. Maar voor hem? Het was logisch dat hij van zo'n samenleving droomde, waar zijn afkomst hem niet zou verhinderen vooruit te komen in het leven.'

Het tij was toen gekeerd en het was beter om je er door mee te laten voeren. De tijd was gekomen om je eigen toekomst veilig te stellen en daarvoor alles te pakken wat je pakken kon. En dat had hij ook gedaan, dacht Lily. Hij had genomen wat hij nodig had. En de rest achtergelaten.

'Hij was een slagerszoon. En ook nog een bastaardkind. Mijn ouders hadden me bijna vermoord toen ik met hem thuiskwam. Dan hadden ze zo hard gewerkt hun leven lang en kwam ik aanzetten met een toekomstige echtgenoot die in status, opleiding en beschaving ver onder ons niveau was. Waarschijnlijk dachten ze dat ik het deed uit opstandigheid, maar dat was niet zo. Het was liefde. Het was...'

'Ben je met hem getrouwd?'

'Nog steeds, geloof ik.'

Ze had nee kunnen zeggen, dacht Bella, maar dat had ze niet gedaan. Omdat ze zich nog steeds getrouwd met hem voelde, met haar eerste echtgenoot, van wie ze duidelijk nog steeds hield ook al had hij haar bedrogen met een ander, al was hij haar niet waard en ontbrak hem elk fatsoen, ook al...

'Hij heeft Ida's nichtje niet omgebracht,' zei Lily.

'En dat weet je honderd procent zeker?'

'Niet honderd procent, nee, maar ze zag er zo vredig uit.' Ze had eruit gezien als haar jongste zusje in haar slaap. 'Had ze er ook vredig uitgezien als ze was vermoord door de man van wie ze hield?'

De zon was ondertussen achter de huizen aan de overkant gezakt. Ze zaten nu geheel in de schaduw, al was het een warme schaduw die prettig aanvoelde op hun huid.

'Ik zal niet ontkennen dat haar dood me goed uitkwam.' Hij had het identiteitsbewijs voor haar achtergelaten met wie hij haar de vrijheid had geschonken, het identiteitsbewijs van het meisje waarmee hij haar had bedrogen, die ver buiten het Sovjetrijk geboren was, die een naam had waaraan een compleet ander verleden was verbonden dan dat van haarzelf. Zijn betaling om van haar af te zijn, bedacht ze achteraf. Zijn verzekering dat ze hem niet achterna zou komen. 'Maar heb ik dan haar dood op mijn geweten?'

Bella gaf geen antwoord. Ze probeerde te begrijpen wat haar schoondochter haar vertelde, wat het nu precies betekende om overlevende te zijn van een weggevaagde wereld en dan verraden te worden door de enige persoon die er nog over is, de man die misschien wel de belangrijkste in haar leven was. En wat was de omvang van dat verraad? Lily leek dat niet precies te weten, wilde dat ook niet weten misschien. De liefde tussen hen beiden, ja, hun huwelijk... maar wat verder nog?

'Ik geloof niet dat ze geleden heeft,' zei Lily.

'Misschien niet,' antwoordde Bella. De enige troost die ze kon bieden. 'En hoe heette ze?' vroeg ze. De naam van het meisje dat haar leven had betaald met een identiteitsbewijs die een ander van nut bleek te zijn.

'Lily Azerov.'

'Aha...' Meer een uitroep dan een constatering of commentaar.

Ze zaten een tijdje zwijgend bijeen terwijl het om hen heen steeds donkerder werd.

'En hoe heet jij?' vroeg Bella.

'Dat doet er niet toe.'

'Het doet er wel toe.'

Zometeen kwam Nathan thuis en was het tijd om naar binnen te gaan en het eten op tafel te zetten.

'Yanna,' zei ze.

'Yanna,' herhaalde Bella.

Hoe lang was het geleden dat ze haar eigen naam had gezegd? Hoe lang was het geleden dat ze die had gehoord? 'Yanna Marissa,' mompelde ze. Ze deed haar ogen dicht om alleen te zijn met alles wat in die naam besloten lag.

HOOFDSTUK 16

Bella stierf in september 1972. De hele familie was begin september bijeengekomen bij Sol en Elka thuis om de eerste wedstrijd van de ijshockeycompetitie tussen de Sovjet-Unie en Canada te bekijken, een wedstrijd die hard en spannend zou worden, zo verwachtten we, meer krachtvertoon dan wedstrijd. We zouden die Russen eens even laten zien wat ijshockey was.

Ik was vijf maanden zwanger van mijn dochter, Sophie, en voelde haar tijdens de wedstrijd zo erg schoppen dat ik zeker wist dat het een jongetje was. We zouden hem Phil noemen, dacht ik, naar Phil Esposito, die binnen de eerste minuut al een punt voor Canada scoorde. Toen ik echter naar Reuben keek, wist ik dat het geven van een naam aan onze kinderen, net als bij zo veel andere aspecten van ons leven samen, een kwestie van traditie zou zijn.

'Ik voel me niet lekker,' zei Bella op een gegeven moment tijdens de wedstrijd.

'Dat voelen we ons geen van allen,' zei Sol. De Sovjets stonden inmiddels vóór en schaatsten sneller, vielen meer aan en scoorden vaker dan de Canadezen.

Bella ging naar mijn oude slaapkamer om even te gaan liggen en toen Sol na de wedstrijd naar boven ging om haar de rampzalige uitslag door te geven, was ze dood.

Ze was zevenenzeventig toen ze overleed en had tot aan de eerste helft van die ijshockeywedstrijd in goede gezondheid geleken, maar tijdens de sjivve hoorden we dat Bella zich de laatste maanden van haar leven al niet zo goed voelde, dat het haar grote inspanning kostte om boodschappen te doen en 's ochtends koffie voor zichzelf te zetten. Ze was bang dat ze op een ochtend niet meer de kracht zou hebben om nog uit bed te komen, dat ze niet meer in staat zou zijn om de telefoon op te pakken en iemand te bellen, dus had Ida haar elke ochtend gebeld.

'Dat wist ik niet,' zei ik.

'Hoe kon je dat ook weten?' zei Ida en ik wist niet of ze me verweet een egoïstische, onverschillige kleindochter te zijn of toegaf dat Bella een binnenvetter was.

'Ze hield van rozen,' zei de rabbijn in zijn grafrede, wat ik ook niet wist, maar aan de andere kant, wie houdt er nou niet van rozen? Het was een merkwaardig algemeen soort detail om in een grafrede te noemen, want Bella werd daardoor juist een vagere, prentbriefkaart-versie van haarzelf in plaats van dat er een duidelijker beeld van haar naar voren kwam. Ik vroeg me af of er soms een lijst was met veilige, algemene details die rabbijnen en andere geestelijken konden raadplegen als ze een grafrede moesten schrijven voor iemand die ze nauwelijks kenden, maar toen ik dat hardop aan Ida vroeg, schudde ze haar hoofd.

'Dat heb ik hem verteld.'

Op zomeravonden ging ze vaak samen met Bella een wandeling door de buurt maken om de rozen in de tuinen te bewonderen, vertelde ze. Bella hield van de oudere rassen waarvan de geur niet ten koste was gegaan van een gevuldere bloem. Ze vond die opzichtige rozen zonder zoete geur in hun bloemblaadjes lijken op de vele gladgeschoren, geparfumeerde vrouwen die Canada rijk was.

'Heeft ze dat tegen u gezegd?'

'Dacht je soms dat ik het verzonnen heb?'

'Ik kende haar niet echt,' zei ik.

'Maar ze hield veel van je,' antwoordde Ida, en opnieuw wist ik niet of dat als een verwijt of als troost bedoeld was. Wat was belangrijker: iemand kennen of van iemand houden?

Bella had me haar kandelaars, een geëmailleerde vlinderbroche die ik haar nooit had zien dragen en een verzegelde envelop met mijn naam erop nagelaten.

Haar kleinkinderen hadden ook allemaal een envelop gekregen. Jeffrey scheurde de zijne meteen open. Ik keek naar zijn gezicht terwijl hij de brief las, een brief vol emoties, en ik had het idee dat hij er luchtig over probeerde te doen.

'Dus nu weet ik wat ze echt van me vond,' zei hij.

De anderen bewaarden hun brief om die in een moment van afzondering te kunnen lezen.

Allerliefste Ruthie, las ik toen ik die avond thuiskwam. In gedachten hoorde ik haar stem zo duidelijk dat ik haast niet kon geloven dat ik die nooit meer zou horen. Het was een zachte stem, waar het Jiddisj dat ze had gesproken voordat ze Engels leerde nog zwaar doorklonk. Ze noemde me haar 'kleindochter', maar ze sprak me aan als moeder. De geboorte van mijn eerste kind zou nog enkele maanden duren, dus Bella had kennelijk verwacht dat ze langer zou leven, in ieder geval lang genoeg om mij als moeder te zien. Ze deed een beroep op mijn eigen inzicht als moeder dat je niet altijd weet wat je moet doen om je kinderen te helpen, en met 'kinderen' bedoelde ze mijn vader en mij. Ze vertelde over het gesprek dat ze op de brandtrap van het huis aan Clark Street had gehad, op die warme middag vóór Jom Kippoer, in de herfst van 1946. Ze vertelde over het leven van mijn moeder voordat ze naar Canada was gekomen en over de man van wie ze had gehouden en nog steeds hield, ook al was ze drie maanden met mijn vader getrouwd. De man die haar had bedrogen en misschien het meisje had vermoord met wie hij haar had bedrogen, het meisje – Ida's nichtje – wier naam mijn moeder uit Europa had meegenomen. Ze schreef hoe mijn moeder eigenlijk heette en dat de persoon die ze was geweest tijdens haar verhaal opeens tevoorschijn kwam – *vlak voor mijn neus, als een kuikentje dat zijn schaal kapot pikt en uit het ei kruipt* – en toen Yanna Marissa eenmaal uit het ei was waar ze zich zo lang in had verstopt, wist Bella dat ze zou opstaan en weggaan. *Dat moest haast wel*, schreef Bella. *Ze kon niet anders. Hoe kon ze nog blijven nu ze niet meer de vrouw was met wie je vader was getrouwd en niet meer de vrouw die met je vader was getrouwd? En Ida en ik wisten er nu van; maar waarom had ze het niet aan je vader verteld?*

Hoe iets begint is hoe het verdergaat, zei mijn vader vaak. Wat als bedrog begint, zal ook als bedrog verdergaan. Ik wist dat hij er zo over dacht, maar was het na drie maanden huwelijk al werkelijk te laat voor mijn moeder om het bedrog recht te zetten waarmee ze het huwelijk was ingegaan? Als mijn moeder het werkelijk had gewild, hadden ze dan niet met een schone lei kunnen beginnen? Zeker gezien de omstandigheden van haar leven in Europa en wat ze allemaal had meegemaakt. Ze hadden best opnieuw kunnen beginnen, vond ik. Als mijn moeder het had gewild.

Wat Bella niet wist was dat mijn moeder op dat moment zwanger was. Na dat gesprek op de trap zou ze meteen zijn weggegaan als ze niet zwanger was geweest, dacht Bella. *Ze was anders nog diezelfde avond vertrokken, of een paar dagen later, maar het feit dat ze dat niet heeft gedaan strekt haar tot eer. Ze hoefde niet te blijven. Ze had op elk moment kunnen opstappen, jou in haar buik met zich meenemen. Maar dat heeft ze niet gedaan, en waarom? Die vraag heb ik mezelf vaak gesteld. Waarom bleef ze hoewel ze, in haar hart, al vertrokken was? Omdat je moeder een geweten had, ondanks alles wat haar was overkomen en wat ze had gezien en meegemaakt. Ze had een geweten en van binnen was ze een goed mens. Ze wist dat je beter af was bij ons dan waarheen zij zou gaan en dus liet ze jou achter. Om beter af te zijn. Dat was haar geschenk aan jou, dat je bij een familie was waarvan ze wist dat die van je hield en die je een liefdevolle opvoeding zou geven. En jij was haar geschenk aan ons.*

Het was een leuke interpretatie, dacht ik, maar ik kon er niet helemaal in meegaan. Als het een doos bonbons was geweest, ja. Vrouwen gaven elkaar bonbons cadeau. We gaven elkaar snuisterijen, bloemen, boeken... maar we gaven elkaar niet onze pasgeboren kinderen. Als boetedoening dan? Bedoelde Bella dat soms, maar had ze niet openlijk durven zeggen dat mijn moeders aandeel in de dood van Ida's nichtje haar er misschien toe had gebracht om haar eigen kind als boetedoening weg te geven? Misschien. Maar ook daar kon ik niet in meegaan. Op papier klonk het aannemelijk, maar menselijke emoties lieten zich niet door de rede leiden.

Alsof ze mijn gedachten las, schopte mijn eigen ongeboren dochtertje in mijn buik. Ik legde mijn hand op haar en las verder.

Ik had tegen je vader moeten zeggen wat ze me had verteld. Niet meteen. Dat bedoel ik niet. Ze had me in vertrouwen genomen en ik ben niet iemand die de geheimen van een ander doorvertelt. En ik had medelijden met haar. Meer dan ze heeft geweten. Waarschijnlijk heeft ze altijd gedacht dat ik geen medelijden met haar had.

Daar was hij dan eindelijk: Bella's bekentenis dat zij deels schuld had aan het vertrek van mijn moeder. Iedereen in mijn familie dacht dat ze iets hadden gedaan of nagelaten, besefte ik inmiddels. Een tekortkoming, een onbehagen in haar gezelschap dat ze niet konden verbergen. Ida had er nog het meeste last van, maar de hele familie, ook Sol, had mijn moeder al vanaf het begin van haar nieuwe prille leven afgewezen. Bella sprak waarschijnlijk de waarheid dat ze medelijden had gehad met mijn moeder. Toen ze merkte dat mijn moeder niet zou blijven – niet kón blijven, benadrukte Bella – hoopte ze waarschijnlijk oprecht dat ze ergens anders opnieuw kon beginnen. Maar ze was misschien ook wel opgelucht dat dat nieuwe leven zich niet binnen Bella's familie zou afspelen. Een opluchting die ze uiteindelijk toch niet had kunnen verhelen en dat had de jonge vrouw alleen maar nog meer reden gegeven om weg te gaan. In Bella's ogen, dan.

Maar ik had het hem moeten vertellen toen ze weg was, dat weet ik nu, maar destijds was ik bang dat hij alleen nog maar verdrietiger zou worden. Hij was nog jong toen ze wegging en ze waren maar zo kort getrouwd geweest. Bovendien was hun huwelijk op bedrog gebaseerd. Het was meer een droom dan een huwelijk, de tijd die je ouders samen waren geweest. Ik wilde zijn pijn niet nog erger maken. Het had toch niets uitgehaald. Het had haar niet teruggebracht.

Dus ze had het hem niet verteld. Ze had aan niemand verteld – behalve misschien aan Ida – dat ze mijn moeders echte naam wist en hoe haar leven er voor een deel had uitgezien vóór en tijdens de oorlog. Om mijn vader te beschermen, had ze gezegd. En het was niet bij haar opgekomen dat ze door haar zoon verdriet te besparen ze mij juist pijn deed. Dat had ze me bezworen.

Ik wilde dat jij gelukkig was.

Om verder te kunnen met mijn leven, met andere woorden, de tragische gebeurtenissen uit het verleden achter me te laten. Zoals zij had gedaan. Kon ik haar dat kwalijk nemen?

Het had wel iets lafs, vond ik, dat Bella zo lang had gewacht met haar bekentenis zodat ze niet zou worden geconfronteerd met mijn reactie op het feit dat zij al die jaren de waarheid had achtergehouden. Maar het had ook iets grootmoedigs. Voor hetzelfde geld had ze haar langdurige, leugenachtige zwijgen mee het graf ingenomen. Toch had ze er juist voor gekozen om mijn goede herinneringen aan haar op het spel te zetten en mijn woede op te wekken terwijl ze me de redenen niet meer kon uitleggen waarom ze nu pas haar fout probeerde recht te zetten. Omdat ze iemand was met een geweten, dacht ik, en van binnen een goed mens was.

Mijn reactie op Bella's onthulling was mild. Het was intussen negen jaar geleden dat ik iets van mijn moeder had vernomen. Ik wist niet waarom ze me geen stenen meer toestuurde, evenmin waarom ze daar ooit mee was begonnen. Ik had het natuurlijk graag willen weten. Ik was benieuwd of het goed met haar ging, of het uitblijven van een reactie van mij haar had teleurgesteld, of ze misschien had gehoopt dat ik meer initiatief had getoond, zoals Nina ooit had geopperd, toen ze via de stenen weer contact met me had gezocht, maar ik had me er inmiddels bij neergelegd dat ik het wellicht nooit zou weten. Mijn moeder was als een dode die binnen in mij begraven was, een verstomde mengeling van verdriet, angst en spijt onder de lagen van mijn drukke, steeds ingewikkelder dagelijkse leven, maar ik ging er niet onder gebukt. Er was een soort onrust in me, waarvan ik wist dat die met haar te maken had, al voelde het meer als een vage, algemene onrust. Verder had ik ook het idee dat er iets ontbrak, maar had niet iedereen dat? Ik wist niet of het bij mij erger was dan bij anderen en naarmate ik een steeds gevulder leven kreeg, kon ik het gevoel steeds beter van me afzetten. Af en toe speelde het nog wel op. Zoals in de lente ervoor, toen Reuben en ik voor het eerst samen op vakantie waren geweest, naar Israël.

Kwam het door ons besluit een gezinnetje te stichten en de gedachte zelf moeder te worden dat ik sterk aan mijn eigen verdwenen, afwezige moeder moest denken, de gebroken keten van continuïteit die van generatie op generatie was doorgegeven? Waarschijnlijk wel. Toen we in Tel Aviv waren aangekomen, wilde ik in de voetsporen treden van mijn moeder, naar dezelfde plaatsen toegaan waarvan ik zeker wist dat zij er ook was geweest. We hadden gezocht naar het huis waar Ida's zuster, Sonya, had gewoond, maar kwamen tot de ontdekking dat het was gesloopt en vervangen door een hotel, een van de vele hoge gebouwen op rij die langs de kust waren neergezet en de zeewind tegenhielden die altijd voor verkoeling had gezorgd in de benauwde hete zomers, in de tijd dat mijn moeder en Nina hier woonden.

'Wat jammer,' zei Reuben terwijl we omgeven waren door de uitlaatgassen van de toeristenbussen die op de oprit van het hotel stationair stonden te draaien.

'Het is niet erg,' zei ik. Hij pakte mijn hand. 'Laten we gaan zwemmen,' stelde ik voor en dat deden we.

Later die dag keerden we terug naar onze kamer in een van de identieke hoogbouwhotels die de hele kust domineerden en elk spoor van wat er ooit had gestaan hadden uitgewist, en daar verwekten we het kind dat ik nu in me voelde schoppen.

De informatie die Bella me had gegeven was niet de enorme klap waar zij zo bang voor was geweest. Toen ik de brief las, voelde ik niet dat mijn huidige leven opeens wegviel, en door het lezen van mijn moeders naam werd ik ook niet in het spreekwoordelijke warme bad gedompeld dat een eind maakte aan mijn onrustige verlangen en gemis. Ik voelde juist verdriet om Bella, een levend iemand die ik mijn leven lang van nabij had meegemaakt, van wie me de stem, de kookkunst, de boekentips, de waarschuwingen, de complimenten, de weinig subtiele adviezen en onhandige klopjes op dichtstbijzijnde lichaamsdelen nog zo levendig voor de geest stonden dat ik elk moment verwachtte dat ze gewoon binnen kwam lopen.

Mijn vader was ook niet erg ondersteboven van de rijkelijk late onthulling van Bella. Misschien dat het hem vroeger wel zou hebben geraakt dat de vrouw op wie hij dol was zijn moeder wel in vertrouwen had genomen en hem niet. Maar nu deed het hem weinig meer. Het was inmiddels vijfentwintig jaar later. Het was 1972, niet 1947. Hij reageerde bedachtzaam en rustig op het nieuws en op zijn gezicht stond misschien verdriet te lezen, maar dat kon net zo goed verdriet om zijn moeder zijn in plaats van om hemzelf. Of misschien was het wel verdriet om mij. Dat wist ik niet. Hij hield nu van Sandra. Ze woonden samen in haar huis aan Lakeshore, waar ze naar muziek luisterden en met Oscar de hond gingen wandelen. (En toen Oscar doodging, gingen ze met Sadie wandelen. Ook een newfoundlander. Ook enorm groot.) Mijn vader had noten leren lezen en was begonnen met cello spelen. Na zijn werk zat hij urenlang te oefenen, zo vertelde Sandra me, en terwijl zij vond dat hij vooruitging, stond Sadie altijd op en liep de kamer uit om zo ver mogelijk uit zijn buurt met een zucht weer te gaan liggen.

Na de geboorte van mijn dochter werd ik plotseling overmand door een diep verdriet, zo erg dat ik bang was eraan onderdoor te gaan. Het was als een donkere onderstroom van de stomverwonderde, beschermende liefde die in me opwelde toen ik voor het eerst in het onderzoekende, verbaasde pasgeboren gezichtje van mijn dochter keek. Bij elk ritueel van het kersverse moederschap voelde ik het: het tellen met Reuben van de tien piepkleine volmaakte vingertjes en de tien piepkleine volmaakte teentjes, de ontdekking van weer een nieuw detail van haar pasgeboren volmaaktheid, borstvoeding leren geven, luiers verschonen, haar behoeften leren kennen, de klankkleuren van haar gehuil leren onderscheiden, het kijken in ogen die zich langzaam scherp stelden en terugkeken. Zou mijn moeder dat ook met mij hebben gedaan? vroeg ik me af. Dat moest haast wel, dacht ik. Maar als ze die dingen ook had gedaan, had ze me toch nooit kunnen verlaten?

Toen Sophie voor het eerst bij het horen van mijn stem tegen me lachte, begreep ik dat ik ook om de stem van mijn moeder had moeten lachen, dat ik haar stem door de kamer had gevolgd, net zoals Sophie nu bij mij deed. En vanaf het moment dat Sophie tegen me begon te kirren – eerder dan ik had verwacht – besefte ik dat ik ook tegen mijn moeder gekird moest hebben en dat het vast even zacht, lief en schattig was geweest als het kirren van Sophie. En dat besef maakte me heel verdrietig; het was een verdriet even sterk en intens als elke vorm van liefde die ik ooit had gevoeld.

Ik sprak er met niemand over, ook niet met Reuben. Ik schaamde me te veel voor dit diepe, trekkende verdriet tegenover het vreugdevolle wonder dat Sophie was. En ik was bang, omdat dit verdriet een eigen leven leek te hebben. Ik was bang om erdoor meegesleept te worden. Maar ik hoopte dat het, als ik maar gewoon rechtuit bleef gaan, zorgen voor Sophie, van haar houden, het leven leidde dat ik wilde, op een gegeven moment minder zou worden zonder dat ik erdoor werd meegetrokken. En dat gebeurde ook, na verloop van tijd. Net zoals de eerste keer dat ik een dergelijk verdriet had ervaren.

Maar ik vroeg me wel af hoe het voor mij was geweest, dat eerste verdriet, dat wanhopige verlangen dat ik moet hebben gevoeld naar een warm levend middelpunt van mijn wereld dat er opeens niet meer was? Hoe had ik dat verwerkt zonder dat ik het kon begrijpen? Wie had me getroost? Bella? Mijn vader? Niet Elka, die toen nog maar zeventien was, te jong om de surrogaatmoeder te zijn die ze later voor me werd. Wisten ze wel dat ik troost nodig had? Of dachten ze dat ik nog te jong was om goed te beseffen wat me was overkomen?

Ik kon er niet over nadenken, wilde dat ook niet. Ik hield me bezig met de talloze beslommeringen van alledag en dat was een vol, druk bestaan. Sophie was een actief kind met een eigen willetje, zoals alle hummeltjes van die leeftijd. Verder was ik bezig met de afronding van mijn studie en had ik een bijbaantje als papierconservator. Ik raakte weer zwanger, eerder dan we hadden gepland, kreeg een zoontje, Joey, en daarna nog eentje, Sam. We kochten een eengezinswoning in Côte-Saint-Luc en overwogen naar Toronto te verhuizen, zoals veel Engelstaligen van onze generatie uit Montreal. Uiteindelijk besloten we ons Frans bij te spijkeren en te profiteren van de lage huizenprijzen als gevolg van de uittocht van de Engelstalige inwoners. Het huis dat we kochten was maar een paar straten bij het huis vandaan waarin ik was opgegroeid. Ik was omringd door de mensen van wie ik hield en die van mij hielden. Ik maakte deel uit van een druk, levendig gezin. Ik was niet altijd even gelukkig, maar ik was ook niet ongelukkig.

Pas in 1982 besloot ik haar te gaan zoeken. Het was zomer en we waren met het gezin op vakantie. Om redenen die me nu geheel ontgaan had het Reuben en mij een goed idee geleken om met drie kinderen van onder de elf een trip door Canada te maken en weer terug. We waren al twee dagen met de auto onderweg toen we bij Wawa in Ontario aankwamen, aan de noordkant van Lake Superior. Tegen de tijd dat we het stadje binnenreden hadden Sam en Joey er al urenlang gekibbel op zitten. Sophie had zich helemaal tegen het portier aangedrukt om zoveel mogelijk afstand te scheppen tussen haarzelf en de rest van ons. Ze zat een stripboek te lezen en deed net of ze ergens anders was. Ik draaide me schreeuwend om naar de jongens en dreigde dat ik ze op de trein naar huis zou zetten, en toen ik me weer omdraaide keek ik naar een reusachtige gans die haast uit mijn dromen leek op te stijgen. Het was een enorm standbeeld van de Canadese gans, het enige waar Wawa bekend om was.

'Stoppen!' riep ik. Mijn stem klonk zo paniekerig dat Reuben de auto meteen aan de kant zette.

'Moet je overgeven?' vroeg Joey.

'Nee,' zei ik. 'Moet je die gans zien.'

Het was een indrukwekkende gans. Geen van de kinderen vond het raar dat ik Reuben had bevolen te stoppen voor een gans. Alleen Reuben vond het vreemd. Hij keek naar mij, niet naar de gans.

'Ze is hier geweest,' zei ik tegen hem, maar het was meer dan dat. Het was alsof er door het zien van die gans een deur was opengegaan van het vertrek in mijn binnenste waar mijn moeder had gezeten en dat ze nu door alle lagen van mijn leven omhoog naar de oppervlakte was geschoten.

'Wie is hier geweest?' vroeg Sophie.

'Mijn moeder.'

Ik had de kinderen al eerder over mijn moeder verteld, dat ze na de oorlog naar Canada was gekomen maar niet had kunnen blijven en dat ik niet wist waarom ze was weggegaan en waarheen, en ja, het was droevig, maar je kunt iets droevigs meemaken en toch ook gelukkig zijn. We hadden het hele verhaal stap voor stap doorgenomen, ons eigen persoonlijke sprookje: de mysterieuze moeder die op een dag verdween en haar dochter prachtige stenen uit prachtige plaatsen stuurde. Soms leek het al bijna niet meer echt. Maar op dat moment voelde het wel als echt. Ik wist niet waarom, kon niet verklaren waarom die stomme gans zo'n grote impact op mijn geest had, net zomin ik de andere dingen kon verklaren die met mijn moeder te maken hadden.

Mijn kinderen haakten in op de opening die ik bood. 'Mis je haar?' vroeg Sophie me. Ze was nog op de leeftijd dat haar moeder verliezen haar grootste angst was. Dat gold voor allemaal.

Ben je verdrietig? wilden ze weten. Een beetje, gaf ik toe. Joey vond dat we naar het strand moesten gaan en een steen proberen te vinden die leek op de steen die ze me daarvandaan had gestuurd, en dat zijn we ook gaan doen, al weet ik niet meer of het hetzelfde strand was waar zij twintig jaar eerder had gelopen toen ze me de laatste steen had gestuurd. We vonden heel veel stenen, sommige mooi, maar geen van alle zo mooi en welgevormd als de gestreepte agaat die ze me had gestuurd. Mijn kinderen bleven me met vragen bestoken. Denk je dat zij ook verdrietig is? Denk je dat ze je mist? Waarom heeft ze je die stenen gestuurd? Waarom hield ze ermee op? Hield ze van je? Denk je dat ze je wil zien? Zou jij haar willen zien? Denk je dat ze ons wil ontmoeten? Is ze dood?

Op al die vragen wilde ik ook het antwoord weten. In lange tijd had ik niet zo graag iets gewild.

Toen we een paar weken later weer thuis waren, belde ik een vriend van Nina die privédetective was. Althans, volgens Nina. Hij bleek echter forensisch accountant te zijn en kon mij niet helpen, maar hij bracht me in contact met Paul, die voor een incassobureau werkte.

'Die gasten kunnen iedereen opsporen,' verzekerde Nina's vriend me, maar Paul wist dat nog zo net niet.

'Er is niet veel informatie,' zei Paul toen ik hem belde. 'Twee namen, maar geen achternaam, een geografisch gebied dat meer dan de helft van Canada beslaat.'

Ik zag hem voor me in een smoezelig kantoor, ongeveer zoals Sam Spade, maar voor hetzelfde geld zat hij in een enorme ruimte op de bovenste verdieping van een kantoorgebouw aan Place Ville-Marie met een weids uitzicht over de stad en de rivier. De rente was toen meer dan tien procent, dus er viel veel geld te verdienen met het invorderen van schulden. De zucht aan de andere kant van de lijn deed vermoeden dat mijn eerste fantasie dichter bij de waarheid lag.

'Ik zal eens kijken wat ik voor u kan doen,' zei hij.

Ik verwachtte niet nog wat van hem te horen, maar enkele weken later belde hij al terug. 'Yanna Marissa Eglitis,' zei hij. 'Geboren op 3 december 1919. Huidige verblijfplaats Thunder Bay, Ontario. Zou dat 'r kunnen zijn?'

Ik knikte.

'Bent u daar nog?'

'Ja,' wist ik uit te brengen.

'Ik ben niet honderd procent zeker, maar dit is het enige wat ik heb kunnen vinden. Dankzij die namen. Ongebruikelijke combinatie, Yanna Marissa. Daarvan zijn er niet zoveel. Suzie Q, tja, dat kun je wel vergeten.'

Ik glimlachte alsof hij mijn beleefde reactie op zijn flauwe grapje kon zien. 'Dank u wel,' zei ik.

'Ik heb ook nog een adres. Wilt u dat?'

Hij gaf me de naam van een straat in Thunder Bay, waarna er een stilte viel en ik wist dat het mijn beurt was om iets te zeggen. 'Wat krijgt u van me?'

'Uw eerstgeborene. Haha. Grapje. U bent me niets schuldig.'

'Ik neem aan dat u hier normaliter geld voor vraagt. Ik wil u graag betalen.'

'Als het inderdaad uw moeder blijkt, moet u me maar een foto sturen van de gelukkige hereniging. Dat is voor mij beloning genoeg.'

Ik vatte dat op als een teken, dat vrijgevige gebaar van een man die, had ik het idee, van nature niet zo vrijgevig was.

'Een teken waarvan?' vroeg Carrie toen ik haar belde om het te vertellen. Ze was doodmoe, dat hoorde ik aan haar stem. Charles Blumenthal en zij hadden inmiddels drie kinderen, maar die waren jonger dan de mijne, en ze werkte fulltime als officier van justitie in Toronto. Ze had geen tijd voor tekens. 'Eglitis,' zei ze. 'Volgens mij is dat Lets.'

'Hoe weet je dat?'

Haar zware, bekende lach. 'In tegenstelling tot jou kom ik nog eens ergens.'

Dat kon wel kloppen. Mijn werkdag speelde zich af in een geklimatiseerd vertrek waar ik oude documenten herstelde die aangetast waren door de zure inkt waarmee ze waren geschreven.

'Het is in ieder geval geen Joodse naam,' zei ze.

'Dat had ik ook al door.'

'Dus?' vroeg Carrie.

'Dus wat?' vroeg ik, in de veronderstelling dat ze doelde op het feit dat mijn moeder geen Joodse achternaam had.

'Denk je dat je er klaar voor bent om je moederloosheid op te geven?'

Die avond schreef ik haar. Het was geen moeilijke brief om te schrijven, misschien wel omdat het allemaal zo onwezenlijk voelde. Het moeilijkst was nog hoe ik haar moest noemen. *Beste mevrouw Eglitis*, schreef ik. Dat was juist waardoor het zo onwezenlijk voelde, denk ik. Ik was niet iemand die een moeder kon hebben die mevrouw Eglitis heette en in Thunder Bay, Ontario woonde. Ik stelde mezelf voor aan mevrouw Eglitis en zei dat ik reden had om aan te nemen dat zij mijn moeder was en ik vroeg me af of ze misschien geïnteresseerd was in een ontmoeting. Verder gaf ik geen uitleg. Als ze mijn moeder was, had ze die ook niet nodig. Als ze het niet was, deed het er niet toe wat ze van de brief vond.

Ik ondertekende hem met: *Vriendelijke groet, Ruth*.

Een week later had ik antwoord. Toen ik thuiskwam van werk, zag ik de envelop op de vloer in de vestibule liggen, net zoals ik het eerste pakje van haar had zien liggen dat door de brievenbus was gevallen. Ik zag het handschrift, het enige van haar dat ik kende.

Beste Ruth, fijn dat je contact met me hebt gezocht. Ik zou je graag ontmoeten. Jij moet maar zeggen wat jou het beste schikt. Je Yanna Marissa Eglitis-Chorover.

Nou, heel scheutig was ze niet. Op dat punt klopte mijn levenslange fantasie in ieder geval wel. Maar ik had in mijn brief ook niet bepaald overgelopen van opgekropte gevoelens van liefde en verlangen. Ik voelde dat de stijve, plichtmatige ondertekening voor haar nog het moeilijkste gedeelte van de brief was geweest. Hoe ondertekent een moeder een brief aan haar dochter die ze vijfendertig jaar geleden in de steek heeft gelaten? Hoe noemt ze zichzelf? Vooral als de naam die ze gebruikte ten tijde van de geboorte haar dochter niet haar echte naam was. Er zat een heleboel informatie in die ondertekening verstopt: dat ze dus toch Joods was, dat ze van zichzelf een Joodse achternaam had in ieder geval; dat ze was hertrouwd nadat ze bij mijn vader was weggegaan. En in dat *je* – niet *vriendelijke groet*, zoals ik had geschreven – las ik dat ze zich nog steeds, in zeker opzicht, de mijne voelde.

Ik besloot na de maand van feestdagen, die begon met Rosj Hasjana en eindigde met Simchat Thora, met de bus naar haar toe te gaan.

'Waarom met de bus?' vroeg Reuben. 'Dat is twee dagen en een nacht reizen, en dan weer terug. Met het vliegtuig ben je er in twee uur.'

'Ik wil er niet in twee uur zijn,' zei ik. Ik wist niet goed waarom ik wilde dat de reis langer zou duren. Was ik van plan om tijdens de lange eentonige reis in de bus die me naar mijn oorsprong zou brengen al mijn opgestapelde lagen van me af te schudden? Misschien wel, en misschien voelde Reuben dat aan

– bang ook misschien om wat ik onderweg van me af zou werpen. Hij had in ieder geval zijn eigen angsten om de reis die ik ging maken. Dat wist ik en daarom kon ik hem zijn volgende opmerking ook vergeven.

'Maar het nieuwe schooljaar is net begonnen,' zei hij. Hij zei er niet bij dat hij het razenddruk op de praktijk had of dat de kinderen me bij het enerverende begin van het schooljaar juist nodig hadden. Dat zei hij niet hardop, in ieder geval.

'Ik moet gaan,' zei ik.

'Maar moet dat nu?'

'Ja, nu,' zei ik.

Hij ging er verder niet op in, maar gaf me ook niet de aanmoediging en steun die ik had verwacht. Ik had zijn terughoudendheid en twijfels als een teken kunnen opvatten, net zoals ik Pauls vrijgevigheid als een teken had gezien, maar ik besloot dat niet te doen.

'Je redt je wel,' zei ik.

Aan zijn gezichtsuitdrukking te zien dacht hij daar anders over. Hij was medicus met een bloeiende praktijk als longarts, maar hij vond dat het lezen van de bereidingswijze op een pak spaghetti zijn kunnen te boven ging. En een bed opmaken was duidelijk ook iets waarvoor zijn ruimtelijke en lichamelijke vaardigheden niet toereikend waren.

'Hoe lang blijf je weg, denk je?' vroeg hij.

'Ik heb geen idee.'

'Het zou wel fijn als je enig idee had,' zei hij.

Ik begreep dat hij zich niet alleen zorgen maakte of hij het wel zou redden met het huishouden en de kinderen, maar dat hij zich ook ongerust om mij maakte, dat hij me in mijn eentje naar de emotionele afgrond stuurde die mijn moeder was. Maar op dat moment kon ik zijn bezorgdheid er niet bij hebben.

'Tja, ik weet het gewoon niet,' zei ik.

Ik nam inderdaad de bus, en Reuben en de kinderen brachten me naar het station om me uit te zwaaien. Toen we er aankwamen, stond Nina er al en even later verschenen ook Sol en Elka. En net toen ik wilde instappen, kwamen mijn vader en Sandra aanlopen. We stonden even bij elkaar, probeerden wat luchtig te praten, over hoe lang de reis zou duren, met alle plaatsen waar de bus stopte, of het weer goed zou blijven en dat ik misschien sneeuw zou zien als ik eenmaal voorbij Sudbury was, ook al was het pas half oktober. Ik vermoedde dat als Jeffrey niet in Palo Alto woonde, en Mitch en Chuck niet in Toronto, ze ook een ochtendje vrij hadden genomen van hun werk om over het weer en de busroute te staan kletsen.

Ten slotte zei Sol: 'Goed, ga nu maar', en gaf me een van zijn warme omhelzingen en ik kuste ze om de beurt, Reuben als laatste, al was het de hand van mijn vader op de zijkant van mijn hoofd die ik nog voelde toen ik in de bus stapte. Ik voelde me ongeveer als een kind dat op zomerkamp gaat, met een mengeling van angst en opwinding in mijn buik en een dappere lach op mijn gezicht zwaaiend naar mijn dierbaren die langzaam in de verte verdwenen. En als een kind viel ik, zodra we op de snelweg waren, op mijn broodtrommel aan, al was het nog niet eens negen uur 's ochtends. Ik at de twee broodjes kaas en alle koekjes op die voor drie dagen waren bedoeld, waardoor ik me misselijk voelde – maar dat dempte in ieder geval mijn angst wat. Ik werd er ook slaperig van. Ik sliep een paar uur en toen ik wakker werd, was ik alleen op wat als een groot avontuur voelde.

Ik dacht niet na over wat komen ging, maakte me geen zorgen over wat achter me lag. Ik zat gewoon met mijn gezicht tegen het raam naar de eindeloze noordelijke bossen te kijken. De meeste bomen waren aan het verkleuren, maar onder een lage grijze lucht zagen de gouden, okergele, rode en oranje tinten van de dorre bladeren, afgewisseld met donkere dennen en grillige grijze rotsformaties, er eerder naargeestig en onheilspellend uit dan mooi. Een teken? Ik hoopte van niet. Bij elke stopplaats stapte ik uit en hoe noordelijker we kwamen, hoe frisser en tintelender de lucht werd. Maar het sneeuwde niet.

Nadat ik mijn brood en koekjes op had, at ik de rest van de reis bijna niets meer. Ik dronk koffie en water, en kocht bij een van de haltes onderweg een banaan. Ik was niet bewust aan het vasten, maar ik vond de ietwat zweverige toestand die je krijgt van een lege maag, onderbroken slaap en geen reisgenoten wel fijn. Het was jaren geleden dat ik voor het laatst alleen was geweest. De enige keer dat ik niet bij mijn dierbaren was die zowel een lust als een last waren, was als ik aan het eind van de dag in het warme bad ging liggen. Ik was blij met het leven dat ik nu had, een leven dat me afschermde van het gevoel apart en anders dan de rest te zijn, wat ik als kind had ervaren. Ik had mijn leven stukje bij beetje opgebouwd, even nauwgezet als Elka dat had gedaan, maar het was verfrissend om alleen te zijn, verfrissend om een lege maag en lege geest te hebben en om over een lint van asfalt door een eindeloos, desolaat natuurgebied te rijden.

De volgende dag kwamen we aan het begin van middag in Thunder Bay aan. De zon was tevoorschijn gekomen en het water van het meer schitterde blauw in het licht. De bomen waren ook opeens mooi, gloeiend als laaiende vuren in de zon. Ik dacht dat ik eerst naar mijn hotel zou gaan, inchecken en mijn spullen uitpakken – ik had Reuben beloofd dat ik zou bellen. Maar in plaats daarvan nam ik meteen een taxi naar het adres dat Paul me had gegeven.

De taxirit duurde langer dan ik had verwacht. 'Het is in een buitenwijk,' zei de chauffeur tegen me. Het was een rustige omgeving met bungalows en houten huizen op grote lappen grond, de meeste keurig netjes onderhouden. De taxi stopte voor een withouten huis met een puntdak, zwarte luiken en bloembakken met oranje bloemen voor de ramen.

'Hier is het,' zei de chauffeur. Ik besefte dat we al een tijdje voor het huis stonden en dat ik nog geen aanstalten had gemaakt om hem te betalen.

'O, sorry,' zei ik, rommelend in mijn tasje op zoek naar mijn portemonnee. Ik betaalde hem en hij stapte uit om mijn koffer uit de achterbak te halen. Ik was mijn koffer helemaal vergeten. Die had ik beter in een kluisje op het busstation kunnen doen, bedacht ik. Hij was zwaarder dan ik me herinnerde toen ik hem over het tuinpad zeulde – een pad met aan weerskanten borders met bladplanten waarvan ik de namen niet kende, in allerlei rode en gouden herfsttinten. Iemand was een enthousiast tuinier. Mijn moeder?

Ik had haar gezegd op welke dag ik zou aankomen, maar nu had ik spijt dat ik niet van tevoren vanaf het busstation had gebeld. Ik stond een tijdje voor de deur en wist niet goed wat ik moest doen. Uiteindelijk belde ik aan, maar binnen hoorde ik geen geluid. Ze kon best uit zijn, en wat dan? Ik had de taxi weggestuurd en kon niet in mijn eentje met de koffer terug naar het centrum lopen. Maar terwijl ik stond te dubben wat ik moest doen, waar ik de koffer tijdelijk kon opbergen, hoorde ik aan de andere kant van de deur iemand lopen.

De deur ging open en daar stond ze, een vrouw van vlees en bloed van begin zestig, met wit haar dat strak van haar voorhoofd was weggetrokken, zodat haar hoge Slavische jukbeenderen goed uitkwamen, en de diepliggende ogen die op de mijne leken.

'Lieve help,' zei ze en haar ogen vulden zich met tranen. Ze tilde haar hand op om mijn gezicht aan te raken, alsof ze zich ervan wilde verzekeren dat ik wel echt was.

Ik stak mijn hand niet uit. Ik was gebiologeerd door haar

gezicht, de hoeken en vlakken, de tranende blauwe ogen, de mond die breed was met dunne lippen, en die vroeger mijn huid beroerd moesten hebben. Ik zocht naar mezelf in de trekken en de mimiek.

'Kom toch binnen,' zei ze en ik stapte een warme ruimte in die naar koffie en pasgebakken cake rook.

Ik zette mijn koffer bij de voordeur en ging zitten op de bank die zij aanwees, tegenover een haard waar een vuur zachtjes brandde. Ze ging naast me op het randje van de bank zitten, met haar handen op haar knieën en haar lichaam een slag gedraaid zodat ze me aan kon kijken. Ze leek haast wel een vogeltje op een tak dat me nauwgezet bestudeerde maar ook elk moment kon wegvliegen. Er was niets overtolligs aan haar, niet eens een dun laagje vet tussen de bleke, gladde huid van haar gezicht en de botten eronder.

Ik had mijn jasje niet uitgedaan en had het opeens warm. Terwijl ik het uittrok, maakte zij het algemene, zichzelf naar beneden halende gebaar van alle gastvrouwen overal ter wereld. Het *Kom, geef dat maar aan mij, vraag ik je binnen te komen en dan neem ik niet eens je jas aan!* werd niet uitgesproken, maar indirect verondersteld terwijl ze mijn jasje aannam en aan de kapstok ging hangen. Had ze zich ook zo gedragen op de dag dat ze de keuken uit kwam en tegen Elka zei dat de melk op was en dat ze nieuwe ging halen, en dat ze dat Elka natuurlijk niet liet doen, want een goede gastvrouw vroeg toch niet iemand op de koffie om haar vervolgens zelf haar melk te laten kopen? En terwijl ik daar over nadacht, rook ik weer die uitnodigende geur van koffie en cake, dezelfde geur waarmee ons huis gevuld moet zijn geweest toen ze me in de steek liet. Die bewuste scène had ik me nooit voor de geest gehaald: de pruttelende koffie en de pasgebakken cake die Elka geroken moest hebben toen ze de woonkamer van mijn ouders binnenging, de geur die er vast ook nog hing toen mijn moeder al weg was en Elka naast me had zitten wachten tot ze terugkwam. Besefte mijn moeder ook dat haar huis gevuld was met dezelfde geuren als die in het huis waar we elkaar voor het laatst hadden gezien? vroeg ik me af. Het was vijfendertig jaar later en een andere woonkamer, goed, maar met dezelfde rondzwevende geuren had het net zo goed hetzelfde moment kunnen zijn, en je kon je ook voorstellen dat ze het volgende moment niet tegen Elka zou zeggen dat ze even melk moest halen, maar dat ze mij zou optillen en op mijn buikje kussen, waarna tijd en gebeurtenissen zich langs een geheel andere levenslijn zouden hebben ontrold.

'Ik heb koffie gezet. Drink je koffie?'

'Jazeker. Graag.'

Ze verdween naar de keuken en ik bleef achter op de bank. Het was een klein huis en de meubels pasten allemaal net in de woonkamer: de bank waarop ik zat, het bijzettafeltje tussen mij en de haard, de twee fauteuils aan weerszijden van de haard. Het raam was in de muur achter me, de deur naar de keuken ergens rechts, evenals de trap naar de bovenverdieping. Op de houten vloer lag een groot rond geweven kleed dat het gedeelte tussen de bank en de haard bedekte. Naast een van de fauteuils stond een mand met wol en een onafgemaakte trui of sjaal waaruit breinaalden staken. Naast de andere fauteuil stond ook een mand, met tijdschriften. Daar zaten ze 's avonds, zij en meneer Eglitis, in die twee fauteuils, mijn moeder te breien en hij te lezen. Misschien las hij haar wel voor terwijl ze breide. Op de schouw: een ingelijste foto van mijn moeder en de man die meneer Eglitis moest zijn, en daarnaast een foto van een knappe jongeman die ongetwijfeld hun zoon was, trots lachend in zijn toga en baret. Rondom de foto's lagen wat stenen.

Met een zwaarbeladen blad met koffie, cake en bijbehorend

gerei kwam ze de kamer weer binnen. Ik sprong op om haar te helpen.

'Nee, laat maar, het lukt wel, dank je. Ga zitten, alsjeblieft.' Ze zette het blad op het tafeltje, trok de fauteuil bij die ik al tot de hare had bestempeld en ging recht tegenover me zitten.

'Ik had even moeten bellen voor ik kwam. Sorry,' zei ik.

'Ik wist dat je kwam,' zei ze. 'Ik wachtte al.'

Ze schonk de koffie in. Haar vingers waren langer dan de mijne, spitser, maar sterker. Ze had de handen van iemand die ze haar hele leven had gebruikt, heel anders dan de gehandschoende elegantie waar Elka het over had gehad. Met de hare vergeleken waren mijn eigen handen dikkig, zacht, stads. Ze sneed de cake aan en daarbij legde ze haar wijsvinger over de hele lengte van het mes. Het was een ongewone manier om een mes vast te houden. Als ik bij haar was opgegroeid had ik dat haar natuurlijk de hele tijd zien doen, dacht ik. Dan was dat een van de vele karakteristieke gewoontes van haar geweest die tot uiting kwamen in de talloze daagse klusjes. Ik had haar aparte manier van een mes vasthouden op een gegeven moment niet meer als iets opmerkelijks gezien maar gewoon als deel van het wezen van mijn moeder. Zoals ook het geval was geweest met de aparte manier waarop Elka haar haar borstelde, met haar mond trok als ze nadacht en haar hand op haar onderrug legde als ze moe was. Ze gaf me een schoteltje met een plakje cake erop.

'Dank u wel,' zei ik en toen keken we elkaar weer zwijgend aan.

We aten niet van de cake die voor ons op een schoteltje lag en namen ook geen slok van onze koffie. Ze vroeg niet hoe mijn reis was geweest of hoe lang ik dacht in Thunder Bay te blijven. Niet eens hoe mijn leven was geweest en hoe het er nu uitzag. Ik zei niets over haar huis en vroeg niet of de kleine bruingespikkelde appeltjes in de schaal afkomstig waren van de boom die ik in de tuin had zien staan. Evenmin vroeg ik hoe mijn halfbroer, die me met mijn mond vanaf de schouw toelachte, heette en hoe oud hij was. We keken elkaar ongegeneerd aan, zonder verdere bijgedachte, slechts de intensieve wederzijdse bestudering van onze gezichten. Ze had een gezicht dat prachtig was in al zijn strengheid; de enige kleur erin was het blauw van haar ogen. Zelfs haar lippen waren bleek. Ik zag het verschil met mijn eigen donkerder teint, mijn zachtere, vollere trekken. Vielen haar die verschillen ook op, dat haar eigen ogen een andere kleur hadden tegen mijn teint en in de vleziger, minder strenge contouren van mijn gezicht?

Ik hoorde ergens in het huis een koekoeksklok slaan, het knappen en vallen van een houtblok in de haard. Viel mijn moeder dat ook op?

Nee, dacht ik. Ze was als verlamd, op haar gezicht stond een uitdrukking van stomme verbazing. Haar ogen vulden zich weer met tranen. Haar ogen waren nu als saffieren, heel anders dan de mijne. De eerste tranen vormden zich, gleden over haar wangen. Ze veegde ze weg, maar er kwamen er steeds meer. Een gestage stroom tranen alsof er een kraan in haar was opengezet.

'Het spijt me,' zei ze en ik stak mijn hand uit, een instinctief gebaar, om haar te troosten en ze pakte mijn hand vast.

Het was de hand van een vreemde, sterk, verweerd, heel anders dan de handen die mij tijdens mijn leven hadden gestreeld en verzorgd, maar ooit had ik ze wel gekend, dacht ik, toen ik haar handdruk voelde.

'Het spijt me,' zei ze nogmaals.

Voor onze eerste ontmoeting had ik me talloze scenario's voor de geest gehaald, had lijstjes met vragen en mogelijke gespreksonderwerpen opgesteld, dingen die we zouden kunnen doen. Ik had een paar stenen meegenomen die ze me had gegeven om te vragen waarom ze die had opgestuurd, of elke steen iets bijzonders had. Ik had de diamant en de dagboeken ook bij me. Ik wist nog niet of ik ze ook tevoorschijn zou halen, maar ik had ze voor alle zekerheid meegenomen. En dan waren er nog de foto's van Reuben en de kinderen, de tekeningen die de kinderen voor haar hadden gemaakt, de steen die Joey in onze achtertuin had gevonden en die hij haar als cadeautje wilde geven.

'Ik kan je niet uitleggen waarom ik heb gedaan wat ik heb gedaan.'

'Daar ben ik ook niet voor gekomen.'

'O, nee?'

Ik dacht even na voordat ik antwoord gaf. 'Dat is maar bijzaak.'

'Het spijt me,' zei ze weer.

'Het is al genoeg om u te zien,' zei ik.

'Echt?'

Ik besefte hoe waar dat was. Het was niet zo dat mijn vragen er niet meer waren of dat ik ze irrelevant vond. Het was meer zo dat ze waren vervangen door de rust die ik in haar nabijheid voelde, een rust die ik totaal niet had verwacht en die op me neerdaalde toen ik naast haar zat, waardoor de opdringerige vragen en verklaringen vanzelf naar de rand van mijn gedachten verdwenen. Ik gaf geen antwoord, maar misschien voelde ze mijn antwoord aan, want ze glimlachte en zei niet voor de zoveelste keer dat het haar speet.

'Je eet niet van je cake,' zei ze.

'U ook niet.'

Ze lachte weer. 'Je bent mooi.'

'Nee, dat ben ik niet.' Ik was leuk om te zien, dat wist ik – 'een prettige verschijning,' zoals Reuben het noemde – maar mooi was ik niet. Dat was ik niet en zou ik ook nooit worden.

'Wel,' zei ze. 'Mooi.'

En ik ging niet voor de tweede keer tegen haar in, omdat de blik in haar ogen, toen ze het zei, die was van een kersverse moeder die haar krijsende, gerimpelde garnaaltje dat ze zojuist op de wereld had gezet het mooiste wezen op aarde vond.

'Je hebt de goedheid van je vader,' zei ze. 'Dat voelde ik zodra ik je zag. En de mond van je grootvader.'

En tien volmaakte vingertjes en teentjes, dacht ik. Was het mogelijk dat ze al die dingen bij mijn geboorte niet had gezien? Het kon best, besefte ik, vanwege welke combinatie dan ook van verlies, angst, zelfverwijten, verbijsterend verdriet en terugkerende herinneringen aan allerlei gruwelen, waarvan ik de reikwijdte toch nooit zou kunnen begrijpen. En hoewel ik inmiddels vijfendertig was, zelf drie kinderen had, koesterde ik me in haar merkwaardige, wat late, trotse vaststelling van mijn schoonheid.

Ik hoorde de klok weer slaan. Hoe lang was ik hier al? Een uur? Twee? Het was schemerig geworden in de kamer, maar het was nog niet donker. Deze keer hoorde zij de klok ook. Ik voelde de verandering in haar.

'Mijn man komt zo thuis,' zei ze en ik begreep dat ze wilde dat ik wegging voordat hij thuiskwam.

'Is dat uw man?' vroeg ik, met een blik naar de foto's die me vanaf de schouw aankeken.

'Ja,' zei ze zonder zich om te draaien.

Ik wist dat ik moest opstappen, dat ik in ieder geval aanstalten moest maken, haar moest vragen wanneer we elkaar de volgende dag weer konden zien, als ze me tenminste nog wilde zien, en dat ze misschien liever ergens anders afsprak, in mijn hotel bijvoorbeeld. We bleven nog even zitten. Het leek of de tijd stilstond, maar opeens sloeg de klok weer het kwartier.

'Kom je morgen terug?' vroeg ze.

Ik zei dat dat goed was en pakte mijn tas.

'In de ochtend,' zei ze.

We spraken een tijd af.

'Uw man weet niet van mijn bestaan, hè?'

'Nog niet,' zei ze en ze keek me aan met een blik die me smeekte om er begrip voor op te brengen. Ik was bang dat ze weer 'het spijt me' zou zeggen, maar dat deed ze niet.

'Hoe oud is uw zoon?' vroeg ik, terwijl ik naar de foto keek van mijn lachende halfbroer in zijn toga en baret bij zijn buluit-reiking.

'Negenentwintig.'

Hij was dus geboren toen ik zes was. Het jaar dat ze me de eerste steen had toegestuurd.

Toen ik die avond Reuben belde stelde hij voor om de volgende dag een auto te huren zodat we ergens heen konden rijden en daar gaan wandelen.

'Waar dan?' vroeg ik.

'Weet ik veel. Buiten. Waar jullie elkaar niet de hele tijd aan-staren. Ergens waar zij het mooi vindt. Laat het maar aan haar over.'

Ze nam me mee naar een wandelpad door een bos naar een klein meer. Ze vertelde dat ze na het zien van het landschap en de meren hier uit de trein was gestapt.

'Ik moest gewoon de lucht opsnuiven,' zei ze. Ze woonde toen al een jaar in Montreal en was nog nooit de stad uitge-weest. En daarvoor had ze in Palestina gewoond. Toen ze in Canada was aangekomen, had ze uit de trein de bossen gezien, maar ze was niet uitgestapt. 'Ik ben in zo'n bos opgegroeid. Ik dacht dat als ik die geur weer rook, nu het vrede was en er zoveel jaar voorbij was, dat er misschien iets van voor de oorlog naar boven zou komen.' Een verdwenen herinnering aan haar vader, aan andere familieleden wier stemmen en gezichten nooit opdoken, niet eens in haar dromen, zei ze. 'Maar er gebeurde niets,' zei ze. Toch stapte ze niet terug op de trein.

'Waar wilde u naartoe?'

'Ik had geen plan,' zei ze. 'Ik had een kaartje naar Winnipeg.'

Ze vond meteen werk, in een wegrestaurant, waar ze pannenkoeken moest bakken. Ze hield van de klanten, voornamelijk mannen, van wie de meesten uit het noordoosten van Europa kwamen: Finland, Oekraïne, Estland, Letland, Litouwen, Polen. Ze werkten in de bossen, in de haven. Ze huurde een verdieping in een pand in Port Arthur. Als ze niet aan het werk was, ging ze wandelen of skiën in het bos. Vaak ging ze kamperen, soms dagenlang.

'Was u niet bang?'

'Waarvoor?'

'Ik weet niet. Beren.'

Ze glimlachte. 'Ik was altijd bang. Maar niet voor beren.'

Maar na verloop van tijd nam haar angst af en was ze niet meer bang. En kort daarna kwam ze de man tegen die haar echtgenoot zou worden. Hij was landmeter, een van de klanten van het restaurant. Op een dag, vier jaar na hun eerste ontmoeting, viel hij haar op. Het is een goed mens, dacht ze. Ze trouwde met hem, kreeg een zoon. Ze gaf het pannenkoeken bakken op en ging als lerares werken.

'Ik heb een talenknobbel,' zei ze.

Hoe meer ze vertelde, hoe groter de afstand werd tot de vrouw met wie ik de vorige dag op de bank had gezeten en die met betraande ogen me verbaasd had aangekeken, maar ik was blij om te horen hoe haar leven was verlopen. Ze vroeg hoe het mij was vergaan. Ik vertelde over Reuben, de kinderen, mijn baan als restaurator van manuscripten. Maar hoe meer ik vertelde, hoe minder ik het gevoel had dat ik een waarheidsgetrouw beeld van mijn leven schetste.

'Ik kan niet goed uitleggen hoe het toen voor me was,' zei ze op een gegeven moment.

Maar dat had ik ondertussen al begrepen.

We zaten op een groot rotsblok uit te kijken over het meer. Ik liet haar de foto's zien die ik had meegebracht. Ze vond mijn kinderen schatjes en mijn man knap. Ik deed mijn rugzak weer open en haalde de tekeningen eruit die de kinderen voor haar hadden gemaakt. 'Wat een talent,' zei ze. Ik gaf haar de steen van Joey, en ze hield hem glimlachend en zwijgend in haar dichte vuist, en alle woorden en verklaringen vielen weer weg en ik voelde me deel uitmaken van een deel dat diep in haar verborgen lag.

We bleven een tijdje daar zitten.

'Je was niet mijn eerste,' zei ze.

Ik keek haar aan.

'Ik had al een kindje verloren.'

'Een baby?'

'Ik kon haar niet in leven houden.'

'Tijdens de oorlog?'

'Ja. Toen.' En terwijl ze bijna onmerkbaar haar hoofd schudde, zei ze: 'Dit vertel ik niet om mijn daden goed te praten, alsof dat het zou verklaren...' Ze zweeg even. 'Er waren veel mensen die kinderen hadden verloren. Je oma bijvoorbeeld.'

Ze keek me aan, wachtend op mijn reactie.

'Het spijt me,' zei ik en daarop werden haar ogen, die droog, haast kil waren geweest toen ze me over mijn overleden halfzusje vertelde, weer zacht.

'Tonya,' zei ze. 'Zo heette ze.'

'Hoe oud was ze?'

'Vijf maanden.' Ze schudde haar hoofd. 'Het was heel gevaarlijk om haar bij ons te houden. Er waren families die haar zouden hebben opgenomen, ons hebben geholpen.' Ze keek me aan. 'Geloof de mensen niet die zeggen dat niemand ons wilde helpen. We werden geholpen. Door goede mensen.' Ze zweeg. 'Ook minder goede mensen. Die hielpen ons ook.'

Ik knikte.

'Maar ik wilde haar bij me houden.' Ze keek me aan alsof ze wilde vragen of dat nou zo'n vreselijke misdaad was.

Ik probeerde me te verplaatsen in haar situatie, de keuze die ze moest maken, maar ik wist dat ik me het niet goed kon voorstellen.

'Ik had haar hoe dan ook verloren. Maar dan zou ze tenminste nog in leven zijn.'

Opnieuw probeerde ik het me voor te stellen. 'U deed wat u dacht dat het beste was,' zei ik, wat gratuit en banaal klonk.

'Dat klopt,' zei ze. 'Maar het was de verkeerde keus.'

We zaten een tijdje naast elkaar zonder iets te zeggen. De wind stak op en er verschenen golfjes op het meer.

Ze keek me aan. 'Het maakt me blij je te zien.' Ze glimlachte. 'Al lijkt dat misschien niet zo.'

'Jawel,' zei ik. Ik kende de onderstroom die onder bepaalde soorten blijdschap schuilging.

Er trokken een paar wolken voorbij. Toen ze voor de zon dreven, was plotseling alle warmte uit de lucht. Ik kreeg het koud, maar ik wilde niet opstaan. Zij ook niet. Ze trok haar jas wat dichter om zich heen. We schoven dichter naar elkaar toe.

'Waarom bent u eigenlijk na de oorlog naar Palestina gegaan?' vroeg ik.

'Dat weet ik niet,' zei ze. 'Waar moest ik anders naartoe?' Even later voegde ze eraan toe: 'Het was niet Europa en daar had ik grote kans dat ik niet teruggestuurd zou worden. Ik heb er niet heel bewust voor gekozen. Waarom vraag je dat?'

'Zomaar. Ik was benieuwd.'

'Het was een verkeerd besluit. Dat wist ik zodra ik er aankwam.'

'Hoe wist u dat?'

Ze haalde haar schouders op. 'Dat wist ik gewoon.'

Waardoor? vroeg ik me af – de hitte? De geur van de buitenlucht? – was voor haar de eenzaamheid daar moeilijker te verdragen? Ze ging er verder niet op in en we zaten een poosje zwijgend te kijken naar de bossen die zoveel leken op de bossen waarin ze was opgegroeid, het haar vertrouwde landschap waardoor ze uit de trein was gestapt.

'Uiteindelijk moest ik terug naar Europa om Canada binnen te kunnen komen.'

'Echt waar?'

'Want ik was illegaal Palestina binnengekomen, dus het was bijna onmogelijk om het land weer uit te komen en naar Canada te gaan... vooral omdat de Engelsen er de leiding hadden.'

'Dus u ging terug naar Europa?' Wie had er nou ooit gehoord van een Jood die in 1946 uit Palestina vertrok om naar Europa te gaan?

'Ik kende iemand die via de Sinaï naar Egypte zou reizen. Ik ging met hem mee en van daaruit terug naar Europa. Het was toen niet moeilijk om Europa binnen te komen. En het was makkelijker om van daaruit dingen te regelen. Europa verkeerde nog in grote chaos.'

'Maar na alle moeite die u had gedaan om Palestina binnen te komen...' Ik moest denken aan de boeken die ik had gelezen over Joodse vluchtelingen die daar hadden geprobeerd binnen te komen. 'Was het niet logischer geweest om daar te blijven en te proberen...'

Iets in haar gezicht deed me de rest van mijn zin inslikken.

'In die periode was niets logisch. Ik had mijn zinnen op Canada gezet; waarom weet ik ook niet precies. Het woord zelf riep bepaalde beelden bij me op, een gevoel van rust... Ik kan je niet goed uitleggen wat ik dacht.'

Ik voelde dat ze me op afstand probeerde te houden, of misschien wilde ze de herinnering aan die tijd in haar leven wel op afstand houden en vond ze het vervelend dat ik zo aandrong op een verklaring, omdat ze het daardoor voor een deel opnieuw beleefde. 'Het spijt me. Ik wilde u niet...'

'Het spijt me dat ik geen beter antwoord voor je heb.'

'Het is goed genoeg.'

'Echt?'

We zaten nog een tijdje op de rots en net toen ik dacht dat de zon nooit meer achter die ene enorme wolk tevoorschijn zou komen, verscheen hij weer. Het was lekker om naast haar in de verwarmende zon te zitten. Ik denk dat ik op dat moment wist dat ik haar nooit meer zou zien, maar daar had ik vrede mee. Hier was ik tenslotte voor gekomen, bedacht ik.

'Ik herinner me nog uw lach,' zei ik tegen haar.

Ze lachte. 'O ja?'

Ik vertelde dat ik haar lach soms in mijn slaap hoorde; dat het leek op een droom, maar dat het mijn slaap verstoorde en bij het ontwaken besefte ik dan dat het geen droom was maar een herinnering.

Ze knikte; dat begreep ze heel goed, en ik hoopte dat ze zou lachen, zodat ik het geluid weer zou horen, maar dat deed ze niet.

'Je hebt geluk,' zei ze.

Ik keek haar aan. 'Geluk?'

'Wat zou ik er niet voor over hebben om mijn moeder te horen lachen,' zei ze.

EPILOOG

Januari 2005

Ik word wakker van gelach. Een enkele kreet. De lach dringt mijn slaap binnen en verjaagt mijn droom, dan is het geluid weg en ben ik wakker, alleen, en in de verte hoor ik een hond blaffen, een auto te hard over het asfalt scheuren. Vannacht zal ik niet kunnen slapen. Ik voel nu al de druk in mijn borst toenemen, een groot beest dat in me wakker wordt. Ik doe mijn ogen open maar het donker onttrekt het leven dat in de ochtend weer zal beginnen nog aan het oog. Even is er alleen het duister en de omtrekken van een kamer die niet in ons huis is en de zwiepende koplampen van auto's die beneden op straat voorbijrijden.

Ik kijk even op de wekker: 04.00 uur. Ik had gehoopt dat het later zou zijn. De hond begint harder te blaffen, tegen het wanhopige aan. Straks gaat het over in gejank. Zo gaat het elke nacht: ongeveer een uur blaffen, dan een poosje janken en dan – eindelijk – stilte. Of wat voor stilte moet doorgaan. Niemand klaagt en als ik het tegen mijn buren zeg kijken ze me bevreemd aan, met een nauw verholen lachje. Zij beschouwen mij als een vreemde eend in de bijt – omdat ik geen gezin heb, geen doel in mijn leven. Ze vinden me best aardig, maar ze worden ook wat onrustig van mijn aanwezigheid. Ze vragen zich af hoe lang ik nog blijf.

Ik ben hier vorige maand aangekomen en ik ben van plan nog een week te blijven.

'Doel van uw reis?' vroeg de douanebeambte.

'Ik kom een document geven,' antwoordde ik. Wat ik ging geven, was het dagboek van Lily Azerov. Dat wilde ik schenken aan het archief van Jad Wasjem, het herdenkingscentrum in Jeruzalem voor de slachtoffers van de Holocaust. Maar ik was moe van de lange reis en kon niet eens een korte verklaring geven waarom ik het geschrift van dit meisje nu pas aan het publieke domein kwam schenken. Ik wilde gewoon de luchthaven uit, de frisse lucht in.

'Waar gaat u spreken?' vroeg de douanebeambte terloops, die mijn vage gebruik van het woord 'geven' verkeerd opvatte. Ze bladerde door mijn paspoort op zoek naar een lege pagina om het stempel te zetten.

'Jad Wasjem.'

Ik dacht dat ze zou doorvragen, maar nee. Het noemen alleen al van Jad Wasjem leek alle eventuele twijfels over het doel van mijn bezoek weg te nemen. Ze knikte en trok even een rimpel in haar voorhoofd toen het controlestrookje van mijn instapkaart uit mijn paspoort op de grond viel. Ze raapte het op, stopte het weer in mijn paspoort en gaf het terug aan mij.

'Prettig verblijf,' zei ze.

Het is hier nooit echt stil. Ook niet midden in de nacht. Er klinkt een onafgebroken gezoem, een zoemende spanning. Misschien wel die van mij. Ook nu hoor ik het, nu de andere nachtgeluiden eindelijk zijn weggestorven: de blaffende hond, de voetstappen boven me, de lachende stemmen en het regelmatige geluid van kaarten die met een klap worden neergelegd. Ik hoorde het, ik voelde het zodra ik door de deuren van de luchthaven naar buiten liep. Een gezoem als van een opstijgende zwerm bijen.

'Jeruzalem,' zei ik tegen de eerste de beste chauffeur die op me afkwam. 'Het Kings Hotel.'

'Amerikaans?' vroeg hij toen we wegreden.

'Canadees.'

'Spreekt u Hebreeuws?'

'Een beetje,' bekende ik. Vloeiend in feite – ik heb mijn moeders talenknobbel geërfd – maar ik had meteen spijt dat ik dat had gezegd. Ik wilde met rust worden gelaten, in stilte.

Toen de taxi een eindje bij luchthaven Ben Gurion vandaan was, deed ik mijn raampje open. De buitenlucht was verkwikkend na de benauwde vliegtuigcabine. Het was een januariavond, koeler dan ik had verwacht, en er vielen nog spetters van een eerdere regenbui. De taxichauffeur deed mijn raampje dicht en scheurde de snelweg op. Ik deed het weer open.

'Hebt u een kamer geboekt bij het Kings?' vroeg hij.

'Denkt u dat dat had gemoeten?'

Hij lachte. 'Als ik u een voorstel mag doen...'

'Laat me raden,' zei ik. 'U kent een veel beter hotel. Betere prijs, betere locatie.' Hij keek me aan in zijn achteruitkijkspiegeltje. 'En toevallig is dat het hotel van uw zwager.'

'Van mijn nicht,' zei hij, terwijl hij met een mond vol zilver in het spiegeltje naar me grijnsde. 'Het is vlak bij zee...'

'Het zal vast een heel mooi hotel zijn, maar ik moet in de stad zijn. Ik moet een document afgeven.'

'Het is maar drie kwartier van de stad. Ik kan u ophalen wanneer u wilt en weer terugbrengen. Elke dag.' Hij stak zijn hand naar achteren om me zijn visitekaartje te geven. Op de ene kant stond zijn naam en op de andere een gebed voor een behouden reis. 'Het maakt niet uit hoe laat, u kunt me gewoon bellen dan kom ik voorrijden. Tot uw dienst. Yuri,' voegde hij eraan toe, voor het geval ik zijn naam op het kaartje niet kon lezen.

'Heel erg aardig van u,' zei ik, 'maar ik heb geen belangstelling. Brengt u me maar naar mijn hotel.'

'Er is ook een keukentje bij.'

'Ik hoef geen keukentje. Ik blijf hier maar een paar dagen.'

'Wat? Bent u helemaal uit Canada gekomen om hier maar een paar dagen te blijven?'

'Ik kan niet langer blijven,' zei ik.

In feite had ik net een halfjaar verlof opgenomen van mijn werk. Ziekteverlof had ik het maar genoemd, want mijn werkgever kende geen verlof voor rouw. Ik kon zo lang blijven als ik wilde, had geen retourticket en tegen Reuben had ik gezegd dat ik pas over een paar weken weer thuis zou zijn. Maar ik had me voorgenomen om vanuit Tel Aviv naar Zuid-Frankrijk te vliegen, of misschien naar Toscane, waar Nina nu woonde met haar vriendin van wie ze al veertig jaar hield. Met die onthulling had ze aangetoond dat ze al die jaren een betere actrice was geweest dan iemand van de familie ooit had gedacht.

'Het is ideaal voor één persoon,' verzekerde Yuri me. Hij keek me aan in het spiegeltje. 'Bent u getrouwd?'

Ik overwoog even geen antwoord te geven, maar had het idee dat hij zou denken dat ik hem niet had verstaan en dezelfde vraag nog eens zou stellen, maar dan luider.

'Ja,' zei ik.

'Houdt hij niet van Israël?'

Alles was hier persoonlijk. Dat was ik vergeten. 'Hij kon geen vrij krijgen.'

Met dat antwoord had hij vrede. 'Ik zal u eens wat zeggen... hoe heet u eigenlijk, mevrouw de professor?'

'Ruth,' zei ik.

'Ik zal je eens wat zeggen, Ruthie. Onderweg zal ik even stoppen zodat je een kijkje kunt nemen – we komen er toch langs. En als je het niets vindt, rij ik direct door naar Jeruzalem, zonder de omweg in rekening te brengen.'

'Ik dacht dat u zei dat we er sowieso direct naartoe gingen.'

'Je vindt het vast een mooie kamer, echt.'

Sinds onze eerste ontmoeting had ik mijn moeder niet meer gezien. Tijdens mijn bezoek had ik dit al voorvoeld. Ze was mijn moeder, mijn oorsprong, maar onze levens waren uiteengegaan, we hadden elk onze eigen familie en zij kon me niet in haar leven opnemen. Ik had gehoopt op meer, zij misschien ook, maar het was al fijn geweest om haar te zien, om naast haar te zitten, om een idee te krijgen van wie ze was en waarom ze was weggegaan, en om te weten dat zij een idee had van wie ik was, van wie ik hield, hoe mijn leven eruitzag. Ik voelde me meer op mijn gemak in de wereld nu ik wist waar ze was en haar in gedachten voor me zag in de woonkamer van haar huis in Thunder Bay, waar ze 's avonds bij de open haard in haar stoel zat of in haar tuin bezig was of door de bossen vlak bij haar huis wandelde.

Maar naarmate de jaren verstreken, moest ik steeds vaker aan haar denken. Ik vroeg me af hoe het met haar gezondheid was, hoe haar leven eruitzag nu ze op leeftijd was. Dacht ze anders over het verleden nu ze zelf niet meer zoveel tijd van leven had? Kwamen de herinneringen aan haar eigen familie weer naar boven? Zou ze het fijn of troostrijk vinden om mijn kinderen te ontmoeten, die inmiddels jongvolwassenen waren en min of meer op eigen benen stonden? Ik overwoog haar een brief te schrijven, waarin ik haar vroeg of ik haar nog een keer mocht zien, of ze dat ook wilde; maar toen werd mijn vader ziek, liep Sophies huwelijk op de klippen en was Reubens moeder tijdelijk bij ons ingetrokken terwijl ze wachtte op een plekje in een verzorgingstehuis. Dat waren allemaal dringender zaken.

In november 2004 overleed mijn vader, op een sombere dag van een sombere maand. En nog geen twee weken later ging de telefoon na het eten. Reuben nam op.

'Ja?' zei hij. 'Aha, juist. Een momentje.' Hij gaf me de hoorn. 'Het is Anton Eglitis.'

Ze had om me gevraagd. Dat was mijn eerste gedachte toen ik de hoorn aannam. Tegen de tijd dat ik 'Hallo?' had gezegd, had ik mijn moeder al op haar sterfbed zien liggen, omringd door haar dierbaren, maar met het gevoel dat er iemand ontbrak, ik, de dochter die ze niet zelf had kunnen grootbrengen. Ze had hun op het laatst over mijn bestaan verteld, had hun om vergiffenis en begrip gesmeekt voor haar lang bewaarde geheim en had ze verzocht mij te vragen om te komen. Ik zou de volgende ochtend afreizen, daar hoefde ik geen moment over na te denken. Sophie, Sam of Joey kon in huis komen om voor Reubens moeder te zorgen.

'Hallo?' zei ik.

'Hallo,' zei hij. 'Je spreekt met Anton Eglitis. Ik weet dat we elkaar nooit hebben ontmoet, maar we hebben dezelfde moeder.' Dacht hij soms dat ik dat niet wist? 'Ik heb helaas droevig nieuws. Ik bel om te zeggen dat... ze overleden is. Onze moeder.'

'Echt?'

'Gisterochtend om tien uur.'

De vorige dag zat ik om tien uur op mijn werk, maar had niets ongewoons gevoeld. Evenmin had ik een verandering in mijn omgeving waargenomen, het was nog steeds de grimmige realiteit van mijn vaders recente dood, Reubens ziekelijke moeder en Sophies verdriet om haar scheiding.

'Ik dacht dat je dat wel wilde weten.'

'Ja, natuurlijk.'

Ik voelde Reuben achter me staan, met zijn handen op mijn schouders.

Anton vertelde dat ze al een paar weken griep had die maar niet over leek te gaan. En toen was de griep overgegaan in longontsteking.

'Ik snap het,' zei ik met het laatste restje lucht in me, zo leek het.

Anton vertelde daarna over de begrafenis. Ze hadden haar binnen vierentwintig uur begraven, in een eenvoudige grenen kist, zoals ze had gewild. 'Ze was Joods,' legde hij me uit. Dacht hij soms dat ik dat niet wist? vroeg ik me weer af. Ik was haar dochter, godbetert. Maar aan de andere kant had ik jarenlang niet geweten wat haar echte naam was.

'Was de begrafenis vandaag?' vroeg ik.

'Vanmiddag. Het spijt me dat ik niet eerder heb gebeld.'

'Ik vind het fijn dat je nu in ieder geval belt. Hoe wist je...?'

Van mijn bestaan, bedoelde ik. Ik wist niet goed hoe ik het moest formuleren, maar dat bleek niet nodig.

'Ze heeft het ons verteld. Vlak na jouw bezoek.'

'Echt waar?' Ook dat voelde als een klap. Ze had me dus niet op afstand gehouden om haar huwelijk of haar gezin niet aan het wankelen te brengen, niet uit angst om de eventuele reactie van haar man, maar om haar eigen gemoedsrust. Omdat een confrontatie met mij een confrontatie met zichzelf en haar verleden was, dat ze liever niet wilde oprakelen.

Maar hoe zat het met Anton, deze halfbroer van me? Was hij niet benieuwd naar mij geweest, zijn enige familie van moederskant?

'Woon je in Thunder Bay?' vroeg ik.

'Toronto. Maar nu zijn we allemaal hier uiteraard.'

In de woonkamer die ik nog zo voor me zag. Maar met z'n hoevelen waren ze dan? Wie precies?

'Jouw gezin?'

'Mijn vrouw en onze zoons.'

De familie en het leven dat mijn moeder op de puinhopen van haar eerdere levens en identiteiten had gebouwd.

'Hoeveel zoons heb je?'

Hij aarzelde. Dacht hij soms dat het een strikvraag was? Dat ik iets van hem wilde, aanspraak maken op de familie die niet van mij was? Had mijn moeder iets aan hem laten doorschemeren over hoe eng ze het vond dat ik nog steeds in haar binnenste zat, over de verschrikkelijke mengeling van gevoelens die ik in haar losmaakte en die haar leven konden verwoesten als ze naar boven zouden komen?

'Vier,' antwoordde hij.

'Leuk,' zei ik en dat meende ik ook deels. Het was leuk dat mijn moeder vier kleinzoons had, maar terwijl ik me voorstelde hoe ze allemaal bijeen waren in de woonkamer waar ik naast haar had gezeten, om te rouwen om haar dood, hun moeder en grootmoeder die ook mijn moeder was geweest, voelde ik me weer als het gebrekkige hondje dat uit het warme nest was verstoten naar de koude eenzaamheid van de buitenwereld. En ik was boos dat ik een halfbroer en neven had die allemaal vreemden voor me waren, en dat mijn eigen kinderen een oom en neefjes hadden die altijd vreemden zouden blijven. Het leek me een zinloze, domme verspilling van bloedverwanten.

Anton vroeg niet naar mijn leven, riep niet opgetogen hoe leuk het zou zijn om een keer af te spreken, dat ik moest bellen als ik toevallig in Toronto was en dan moest langskomen om zijn vrouw en kinderen te ontmoeten. Was hij niet eens nieuwsgierig? vroeg ik me weer af. Was hij een ongevoelige hork? Wist hij niet dat nieuwsgierigheid naar onze afkomst ons definieerde als mens? Dat het niet taal was, zoals hij misschien dacht, of opponeerbare duimen, maar afkomst, die onlosmakelijk aan je bestemming was verbonden.

'Ik ben blij dat je gebeld hebt,' zei ik nogmaals.

'Graag gedaan. Ik dacht dat je het wel had willen weten.'

Toen ik had opgehangen, haalde Reuben een scheermesje uit de badkamer en maakte het begin van een scheur in mijn blouse. Hij deed het aan de linkerkant van mijn blouse, boven mijn hart. Daarna pakte ik de stof beet en scheurde hem kapot. Reuben hield me vast terwijl ik in mijn eentje om mijn moeder huilde.

Yuri's nicht bleek een vrouw te zijn van onbestemde leeftijd die blijkbaar al lag te slapen toen Yuri op haar deur roffelde. Ze begroette ons hartelijk, trok snel haar peignoir om zich heen en streek haar haar glad – opvallend hartelijk, vond ik, voor iemand die om elf uur op een regenachtige winteravond werd wakker gemaakt om iemand een kamer te laten zien die er toch geen belangstelling voor had.

'Ik haal de sleutels even,' zei ze.

Terwijl we achter haar aan drie trappen op gingen, stelde ik me een donkere muf ruikende kamer voor, maar toen ze de deur openduwde, werd ik verblind door al het wit en de blauwe vloer die schitterde als de zee in het zonlicht al was het bijna nacht.

'O, wat mooi,' riep ik meteen. Het hele appartementje bestond uit één witte kamer met een blauwe tegelvloer. Het was geen grote kamer maar hij maakte een heel ruime indruk. Er stonden alleen de noodzakelijkste meubels: een bureau tegen de muur met het raam, een houten tafeltje, en het bed, met een witte sprei, dat tegen de andere muur was geschoven. Het blauw van de vloer kwam terug in de tegels van het aanrecht in het keukentje.

'Het is net een schip,' merkte ik op, wat misschien een beetje vreemd was omdat het helemaal niet op een schip leek, maar de kamer gaf me dat gevoel. Ik dacht dat ik er terug kon komen als ik het dagboek had afgegeven waarvan ik ooit had gehoopt dat het de sleutel tot mijn moeders leven bevatte, dat de kamer me veilig over de golven van de toekomst zou loodsen en naar een nieuwe haven zou brengen.

Yuri grijnsde even hoopvol tegen zijn nicht. 'Hij is onlangs compleet verbouwd,' zei hij, al moet het wel duidelijk zijn geweest dat de kamer geen verdere aanprijzing nodig had. 'Het is een van de oorspronkelijke gebouwen in Tel Aviv. Het is gebouwd in... Wanneer was het ook alweer, Ayelet?' vroeg hij aan zijn nicht.

'Laat de geschiedenisles maar zitten,' zei zijn nicht. 'Zie je niet dat ze doodop is van de reis?'

Ik was inderdaad doodop, besefte ik, elk verkrampt, ongerieflijk moment van twintig lange uren reizen werd in één keer voelbaar.

'U zult hier heerlijk slapen,' verzekerde ze me.

Ik heb hier niet heerlijk geslapen, maar dat maakt me niet uit. Ik ben hier niet om te slapen.

Het is nu vijf uur in de ochtend. Dat weet ik zonder op de wekker te hoeven kijken. De eerste ochtendvlucht denderde zojuist over mijn hoofd heen, uitzwenkend in de richting van de zee. Yuri had niet gezegd dat het hotel op een aanvliegroute lag, vond het waarschijnlijk niet de moeite. 'U went er wel aan,' zegt Ayelet elke keer. Ze heeft met me te doen, dat is wel duidelijk. Verloren ziel, denkt ze. Niets beters te doen dan zich 's nachts liggen druk te maken over blaffende honden en vliegtuiglawaai. Maar ze heeft het mis.

De kamer ligt op het oosten, bij de zee vandaan, en ik vind het juist fijn dat ik door die tekortkoming de eerste zonnestralen zie. Zometeen komt dat eerste licht de kamer binnen. Het zal over de muur boven het bureau kruipen waar ik de foto van Reuben en de kinderen heb opgeprikt, als ze net lachend en bibberend uit het ijskoude meer bij Wawa komen, op onze trektocht door Canada in 1982. Dan over het bureau, waar ik de rozenkwarts heb neergelegd die ik altijd als presse-papier gebruik.

Lily Azerovs dagboek is weg – ik heb het gister afgegeven, samen met de ongeslepen, ruwe diamant. De conservator bestudeerde een hele tijd het dagboek en knikte. Ze vertelde dat zulke documenten heel zeldzaam zijn, dat ze voor de toekomstige generaties heel belangrijk en nuttig zijn. Maar de diamant bevreemdde haar. Ze keek me vragend aan.

'Die was bij het meisje gevonden,' zei ik. 'Bij Lily Azerov.'

Ik wilde het aan de conservator en de toekomstige generaties overlaten wat de rol was geweest van de steen in het leven van het meisje dat niet lang genoeg had geleefd om het ons te vertellen.

Wat er nu nog op mijn bureau ligt is het andere dagboek – dat van mijn moeder. Het is nog leeg, maar dat zal niet lang meer duren. Gisteravond, voordat ik naar bed ging, heb ik het bij de eerste bladzij opengeslagen en daar ligt het nog steeds. Deze ochtend zal ik, zodra de eerste lichtstralen op de bladzij vallen, beginnen met schrijven. Ik zal beginnen met een bruiloft in juli 1946. Ik zal beginnen in een zijkamertje van een feestzaal in Montreal.

DANKWOORD

Voor het kritisch doorlezen en becommentariëren van de eerste versies van dit boek wil ik graag de volgende mensen bedanken: Cynthia Flood, Tova Hartman, Sara Horowitz, Barbara Kuhne, Lydia Kwa, Helen Mintz, Janet Ostro, Susan Ourio, Diane Richler, Martin Richler, Carmen Rodiguez, Robin Roger, Julia Serebrinksky, Howard Stanislawski, Rhea Tregebov, Vicki Trerise en Aletha Worrall.

Verder wil ik Dean Cooke en Iris Tupholme bedanken voor hun vertrouwen in deze roman, en voor hun inzicht en geduld. Ook had ik heel veel aan de frisse blik die Jennifer Weis op het manuscript wierp.

Mijn dank gaat eveneens uit naar mijn ouders, Myer en Dianne Richler, voor hun onvoorwaardelijke steun en vrijgevigheid.

Tijdens het schrijven van dit boek was het Calabria Café in Vancouver mijn tweede huiskamer. Dank aan Frank Murducco en zonen, die er de scepter zwaaien.

En ten slotte, zoals altijd, wil ik Vicki Trerise bedanken.

Het eerste hoofdstuk van dit boek is in ietwat gewijzigde vorm verschenen in *Room of One's Own*, deel 28:2, 2005.

Noot van de vertaler:
De strofe uit het gedicht 'Voorwoord' van Czeslaw Milosz, dat als motto aan het begin van dit boek staat, is vertaald door

Gerard Rasch en komt uit de verzamelbundel *Gedichten*, verschenen bij uitgeverij Atlas (2011).

ORLANDO
uitgevers

NANCY RICHLER

De oorlogsbruid

OVER DE AUTEUR
Over Nancy Richler 2
Enkele vragen aan Nancy Richler 3

OVER HET BOEK
Lovende woorden 6

LEESCLUB
Leesclubvragen voor *De oorlogsbruid* 8

EESCLUB
ORLANDO

Zie ook:
www.orlandouitgevers.nl
www.leescluborlando.nl

OVER DE AUTEUR

Nancy Richler (1957) won met haar tweede roman *Your Mouth is Lovely* (*Je prachtige mond*) in 2003 de Canadese Jewish Book Award en de Italiaanse Adei-Wizoprijs. De roman werd in zeven verschillende talen vertaald. Nancy Richler is geboren in Montreal en heeft lange tijd in Vancouver gewoond. Sinds kort woont ze weer in Montreal. *De oorlogsbruid,* haar derde roman, kwam op de shortlist voor de prestigieuze Giller Prize 2012.

ENKELE VRAGEN AAN NANCY RICHLER

Vlak na de Tweede Wereldoorlog, in 1946, komt een jonge vrouw vanuit Polen naar Montreal. Op het station ontmoet ze Sol Kramer, de man die heeft beloofd met haar te trouwen. Lily ziet er zo angstig en verward uit dat Sol van gedachten verandert. Zijn broer Nathan denkt er anders over, hij trouwt wél met haar.

De ideeën voor haar boeken komen uit Nancy Richlers eigen jeugd, maar voor haar is schrijven een proces. Het verhaal ontvouwt zich tijdens het werken. Waar lag het begin van De oorlogsbruid?

Zoals al mijn verhalen begon het met een zin die door mijn hoofd speelde, zomaar vanuit het niets: 'In een zijkamertje van een grote feestzaal in Montreal zat Lily Kramer zwijgend tegenover haar kersverse echtgenoot.' Welbeschouwd was het een simpele zin, maar terwijl ik schreef kwamen er allerlei vragen in me op. Wie was die vrouw? Waarom spraken zij en haar echtgenoot niet tegen elkaar? Waar kwam ze vandaan, wat had haar naar Montreal gebracht? Terwijl ik verder schreef ontdekte ik allerlei details die nog meer vragen opriepen. Waarom had de man die haar zou trouwen zich bedacht toen hij haar zag? Waarom had ze iemand anders' identiteit aangenomen? Het onderzoeken van de vragen die Lily opriep bleek het meest uitdagende, moeilijke en uiteindelijk bevredigende proces dat ik als schrijver ooit heb meegemaakt.'

De oorlogsbruid *vertolkt de gevoelens van verlies en ontworteling die in het hart van zo veel mensen leefden na de Tweede Wereldoorlog. In de naoorlogse jaren heeft de grote, steeds succesvollere Joodse gemeenschap in Montreal, de woonplaats van Nancy Richler, talloze Holocaust-overlevenden opgenomen. Voor haar twee eerdere romans, putte Nancy Richler inspiratie uit het dagelijks leven en de mensen uit haar omgeving. Is dat ook nu het geval?*

'Hoewel het verhaal en de omstandigheden heel anders zijn, kwam mijn grootmoeder van vaderszijde ook vanuit Europa naar Canada om te trouwen. Op het moment dat ze aankwam werd ze door de beoogde bruidegom afgewezen en stond dus voor zo'n zelfde beschamende situatie als Lily Azerov onder ogen moet zien.'

Hoe is dat afgelopen?

'Ik weet het niet precies, want tegen ons is altijd verteld dat een van de drie broers Richler met mijn oma zou trouwen, maar niet precies welke. Ik vermoed echter dat, in tegenstelling tot Nathan, die behoorlijk verkikkerd is op Lily, dit huwelijk voor mijn grootvader niet helemaal vrijwillig was. Maar hij is met mijn grootmoeder getrouwd, ze hebben negen kinderen gekregen en hun huwelijk heeft heel lang geduurd. Uiteindelijk hebben ze het dus volgehouden samen.'

Lily Azerov blijkt niet te zijn wie ze beweert te zijn. Ze reist naar Canada onder de naam van een vrouw die overleden is. Dit houdt ze geheim. Als het verhaal zich ontwikkelt, volgen we Lily's dochter Ruth die op zoek gaat naar haar moeder. Maar wie is haar moeder eigenlijk? Is dit ook een gegeven dat zijn wortels heeft in de werkelijkheid?

'Jazeker, ik had een vriend op de middelbare school die me vertelde dat zijn achternaam niet zijn echte achternaam was. Zijn familie had Canada alleen binnen kunnen komen met behulp van een gestolen identiteit. Dit intrigeerde me: deze mensen hadden de oorlog overleefd, maar hun naam leefde niet voort. En ik vroeg me ook af of hij zich verantwoordelijk voelde voor de naam die hij wel in stand hield. Ik heb iets met namen in al mijn romans. Eerlijk gezegd probeer ik het een beetje onder controle te houden, omdat ik niet een van die schrijvers wil zijn die zichzelf herhalen. Maar namen hebben gewoon een enorme betekenis voor me.'

Ergens aan het eind van de roman zeg je dat het de nieuwsgierigheid naar onze afkomst is wat ons menselijk maakt, en dat je daarom je naam moet kennen.

'Ja, zo is het. En ook hiervoor geldt dat veel van mijn vrienden die dus ook deel uitmaakten van de Joodse gemeenschap in Montreal, dit hebben ervaren. Niemand wist iets van zijn geschiedenis dat verder terugging dan zijn ouders, alsof het allemaal uitgewist was. Zoals ik schreef, is het alsof iemand door het leven gegaan is met een gum. Mensen wisten niets, ze hadden hun ouders en dat was het, ze wisten niets van iets of iemand daarvoor.'

Alsof je zegt: aankomst bij het immigratiekantoor, 1946; het begin van het leven.

'Precies, en wat daarvoor gebeurde? We weten dat onze afkomst ons beïnvloedt, op dit moment komen ze er zelfs achter dat het onze genen beïnvloedt, dat we een soort genetisch geheugen hebben. Het is dus geen inbeelding, het is iets dat ons echt allemaal raakt.'

Bronnen:
www.macleans.ca
www.jewishtribune.ca

OVER HET BOEK
LOVENDE WOORDEN VOOR *DE OORLOGSBRUID*

'Een groots en meeslepend familiedrama. Richler weet de lezer te betrekken bij haar kleurrijke optocht van geknakte zielen, ook in hun meest triviale momenten.' – *Quill and Quire*

'Geheimzinnig, vol verborgen schoonheid, zoals de ruwe diamant die deze levensechte personages achtervolgt. In het verhaal worden alledaagse scènes afgewisseld met de onzegbare gruwelen uit het verleden van overlevenden die na de oorlog een nieuw bestaan proberen op te bouwen.' – Daphne Kalotay, auteur van *Russian Winter*

'Nancy Richler schetst een trefzeker, liefdevol portret van het Joodse Montreal van na 1945, en keert voor haar intrigerende plot terug naar Europa tijdens de oorlogsjaren. Het resultaat is een prettig leesbare, ontroerende familiegeschiedenis.' – Kate Taylor, auteur van *Mme Proust and the Kosher Kitchen*

'*De oorlogsbruid* is een juweeltje. Met groot vakmanschap herschept Richler haar verhaal en personages uit de puinhopen van de Tweede Wereldoorlog, elk leven getekend door een geheim verdriet. Het verhaal draait om een bruid die naar Canada komt met een gestolen identiteit. De schokgolven die haar plotse verdwijning teweegbrengen, vormen – en verbinden – de levens van allen die haar gekend hebben. Het zijn personen die je nog lang bijblijven nadat je het boek uit hebt. Personen die laten zien dat je uit de ergste gebeurtenissen nog hoop en liefde kunt putten.' – Naomi Benaron, auteur van *Running the Rift*

'Nancy Richler rafelt met grote emotionele precisie en scherp inzicht in het helend vermogen van het menselijk hart de geheimzinnige familiebanden uiteen.' – Ellen Feldman, auteur van *The Boy Who Loved Anne Frank*

'*De Oorlogsbruid* van Nancy Richler draait om het mysterie van Lily Azerov. De roman "switcht tussen Lily's verleden en haar dochter Ruths heden, en is doorvlochten met de percepties van haar hele familie, terwijl die zich aanpast aan de gerieflijkheid van Montreal" na de verschrikkingen van de Holocaust. "Een prachtig genuanceerd fictief verhaal geschreven door een meestervertelster," zo eindigde het juryrapport.' – de jury van de Giller Prize 2012

LEESCLUB
LEESCLUBVRAGEN VOOR *DE OORLOGSBRUID*

1. Wat impliceert deze roman over de vraag of families gemaakt of geboren worden?

2. Waarom heeft Lily ervoor gekozen via stenen met haar dochter te communiceren, in plaats van met woorden?

3. *De oorlogsbruid* bevat veel geheimen, te beginnen met Lily's ware identiteit. Welke geheimen hebben andere personages, en helpen deze hun geliefden uiteindelijk of veroorzaken ze slechts pijn?

4. Lily probeert haar jeugd en de moeilijke jaren in haar thuisland te isoleren van haar volwassen leven. Is dat ooit echt mogelijk? Of is het beter om alles achter je te laten?

5. Waarom is Lily naar het huis gegaan van de familie van het meisje wier identiteit ze gestolen heeft?

6. *De oorlogsbruid* wisselt een aantal keer tussen tijdsperioden en vertelwijzen, waardoor de lezer verschillende perspectieven op dezelfde gebeurtenissen krijgt. Zijn er personages waarvan je graag gezien had dat ze meer onthulden over hun perspectief? Op welke manier laat deze structuur de ervaringen van een individu zien binnen een familie?

7. Waarom moesten sommige mensen de identiteitspapieren van anderen overnemen aan het eind van de Tweede Wereldoorlog? Waarom had Lily het gevoel dat ze dit moest doen? En jij, denk je dat ze gelijk had?

8. Voor welke persoonlijke doeleinden nam zij de identiteit over van een ander?

9. Heb jij het gevoel dat Lily enige verantwoordelijkheid draagt voor de dood van het meisje wier identiteit ze heeft gestolen? Verschuiven of veranderen morele eisen of moreel handelen als een persoon in gevaar is of uitgebuit wordt?

10. Lily's gedrag tegenover haar dochter kan gezien worden als koud, afstandelijk en hartvochtig. Hoe zie jij haar pogingen om te communiceren, en haar omgang met Ruth wanneer zij ouder is?

11. Hoe zien de hoofdpersonages loyaliteit? Heeft het verlaten worden door een ouder invloed op Ruths relaties als ze volwassen is?

12. Veel personages uit *De oorlogsbruid* balanceren tussen zelfzuchtigheid en medeleven. Wat leert *De oorlogsbruid* je over vergiffenis. Ben je het ermee eens dat Ruth de vrouwen in haar leven vergeeft?

13. Het eind van Ruths relatie met haar moeder zal voor sommige lezers als een verrassing komen. Vind je het realistisch? Vindt Ruth, na haar moeder jaren te hebben geïdealiseerd, eindelijk waar ze op hoopte?

14. Wat voor een effect had het op je toen Ruth de brief van haar overleden oma las? En die van haar eigen moeder?

15. Vond je het einde bevredigend?

Ontdek de beste en mooiste nieuwe boeken met de gratis *Lees dit boek*-app

Wilt u als eerste de beste en mooiste nieuwe boeken ontdekken? Vaak nog voordat die boeken zijn verschenen en de pers erover heeft geschreven? Download dan gratis de *Lees dit boek*-app voor iPhone en iPad via www.leesditboek.nl.

Geef je mening over dit boek en lees die van anderen op www.leescluborlando.nl of op Facebook Leesclub Orlando.